Dans la collection
polars en nord

Dernières parutions

189. *Irréversible*, de Christophe Arneau
190. *Un flic ne dort jamais*, de Luc Watteau
191. *Sacré temps de chien*, de James Holin
192. *À sens unique*, d'Hervé Hernu
193. *Amiens, une nuit*, d'Hervé Jovelin
194. *Dans les pas de Chaïm*, de Philippe Tassart
195. *Son vrai visage*, de René Foulon
196. *Ketty au pouvoir*, de Jean-Pierre Bocquet
197. *Scandaleuse*, de Blandine Lejeune
198. *Plein aux as*, de Vincent Jacquet
199. *Les inconnus du vol 981*, de Gérard Bertuzzi
200. *De sang*, collectif
201. *Le joueur de tarot*, d'Irénée Deltombe
202. *Où es-tu Camille ?*, de Gilles Debouverie
203. *Travelling 357*, de Denis Albot
204. *Arsenal et vieux dentiers*, de Ricardo Salvador
205. *La trahison du miroir*, de Bruno Vanlan
206. *Toute cette haine*, de Gilles Walkowiak
207. *Regarde et meurs*, de Marc Le Piouff
208. *Aussi noir que le charbon*, d'Éric Dupuis
209. *Un peintre en cage*, d'Ingrid Klupsch
210. *Le numéro que vous demandez*, de Francis Essique
211. *Un zéro avant la virgule*, de James Holin
212. *Nuits de pleine lune*, Jacky Moreau
213. *Nul ne doit savoir*, de Christophe Arneau
214. *Jacks*, de Benoît Chavaneau
215. *En pleine tête*, d'Emmanuel Sys

Philip D. Langhe

Le sommeil des nymphes

RAVET-ANCEAU

5 rue de Fives, BP 70123, 59651 Villeneuve-d'Ascq cedex
www.ravet-anceau.fr
ISBN : 978-2-35973-583-3
EAN : 9782359735833
ISSN : 1951-5782

Composition : Nord Compo à Villeneuve-d'Ascq

Aux enfants d'un monde meilleur…
À Béatrice.

PROLOGUE

La journée avait enregistré un record de température pour la saison. La lumière commençait à décliner sur le parc d'où montaient encore quelques rires d'enfants. Assis sur un banc, il regardait le ballet des ombres qui s'approchaient des sorties ; autant de silhouettes, de corpulences, les unes typées, les autres empesées ou courbées par l'âge.

Ce jardin, aménagé sur le bord d'une rivière, attirait chaque jour de nombreux promeneurs et sportifs. Ils profitaient d'un moment de détente pour jouir de l'écrin de verdure dont la sérénité répondait à une symphonie de couleurs et d'odeurs, tant les essences végétales avaient trouvé ici un terrain propice à la profusion. L'endroit était considéré comme le poumon vert du centre-ville. L'homme suivait le mouvement descendant du soleil sur la façade moderne d'une tour de huit étages, qui dominait la ville de sa superbe. L'hôtel où il travaillait… L'ombre avait déjà gagné les étages supérieurs. Il s'en désintéressa pour replonger dans sa lecture.

Mais il n'arrivait pas à se concentrer. Il tendit l'oreille du côté des « gisants ». Ainsi appelait-on ces arbres couchés par la tempête Lothar à la fin du deuxième millénaire, qui continuaient de pousser à l'horizontale grâce à quelques racines toujours ancrées dans le sol. Une journée… Le 26 décembre 1999… Il n'avait fallu qu'une journée pour que les forêts au nord de Paris tombent sous les rafales. Si Chantilly avait été épargnée, il n'en était pas de même de sa périphérie. Le souffle dévastateur était venu de Normandie, avait traversé la Picardie puis s'était engouffré en Forêt-Noire avant de déferler sur l'Allemagne. Comme si, plus de cinquante ans après le Débarquement, les chevaux d'un vent rageur avaient uni à nouveau la France et l'Allemagne sur un même champ de bataille. Il se souvenait de ces paysages de désolation après le passage de l'ouragan. Avec d'autres détenus, il s'était porté volontaire pour déblayer les routes, nettoyer les espaces de leurs dépouilles végétales, aider les populations même parfois… Et il était tombé sur ces arbres déracinés, qui avaient décidé de continuer à vivre même s'ils étaient à terre. Quelle leçon de vie ils lui avaient donné à une époque où il avait lui-même sombré ! Quinze ans plus tard, il avait l'impression que ces « gisants » de l'Oise l'appelaient à nouveau, avec quelque chose à lui dire qu'il était le seul à pouvoir entendre. Des éclats de voix lui parvenaient ; ce n'était pas la première fois que des sans domicile fixe venaient boire à la santé de ceux qui avaient été terrassés par la vie, voyant peut-être eux aussi en ces « gisants » la symbolique de leur propre survivance. Était-ce parce que le parc était désormais presque vide que ces voix résonnaient d'un écho particulier… S'agissait-il d'une dispute d'ivrognes qui dégénérait… L'homme se redressa pour essayer de distinguer quelque chose au travers des feuillages.

– Allez, ce ne sont pas mes oignons. Je sais ce qu'il en coûte de me mêler des affaires des autres !… Allez vous faire foutre, bande d'ivrognes…, murmura-t-il avec agacement, vous finirez bien par vous endormir…

Il retourna à son livre, un précis de littérature sur les thèmes chers à Baudelaire, son auteur de prédilection.

« Le mouvement qui ne déplace pas la ligne… symbolisé par le thyrse, bâton sacerdotal autour duquel s'enroule en circonvolutions le lierre ou la vigne… »

Un cri sortit soudain le parc de sa torpeur. Comme étouffé et lugubre. L'homme interrompit sa lecture pour scruter à nouveau l'endroit d'où la plainte semblait être partie… Était-ce une plainte d'ailleurs, pourquoi pas un hurlement d'animal ?… Il se cramponna à son bouquin.

« … l'alliance de la ligne droite, sèche et dure telle que le bâton peut l'immortaliser sous sa forme la plus inébranlable, et de ces lignes fuyantes, aériennes que les corolles tracent autour de lui. D'innombrables arabesques que tout ramène à la rectitude… ».

Un second cri s'éleva, guttural cette fois-ci, puis une cavalcade. Des dizaines de pieds battant le sol, comme pris de panique… Mais l'homme avait beau sonder le rideau végétal, plus rien n'émergeait de la pénombre. Le silence…

L'homme passa la main dans ses cheveux blonds coupés en brosse. Il retira ses lunettes pour en mâchouiller nerveusement les extrémités, un geste qui trahissait son trouble. Il aurait dû se féliciter du calme revenu mais, curieusement, le silence avait, depuis le tumulte, quelque chose d'assourdissant. Il lui était impossible de reprendre sa lecture, tant il était absorbé par le murmure du vent dans les arbres, qu'il percevait maintenant comme un appel. D'une main un peu fébrile il rangea ses affaires dans un petit sac à dos. Il voulait quitter rapidement cette atmosphère lourde. Il se dirigea vers la sortie opposée à celle par laquelle il avait entendu les SDF s'enfuir, pour être sûr de ne pas faire de mauvaises rencontres.

Il se retourna plusieurs fois pour s'assurer que personne ne le suivait. Mais, plus il se retournait, plus son pas ralentissait… Ce cri… Se pouvait-il que celui qui l'avait poussé pût encore se trouver sur les lieux… Si tel était le cas, il restait le seul à pouvoir lui venir en aide. Lui, l'étudiant idéaliste qui autrefois avait choisi la médecine pour se mettre au service des autres, comment pouvait-il faire preuve aujourd'hui d'aussi peu de courage et d'altruisme ! Il est vrai que ses illusions sur la valeur humaine s'étaient envolées en même temps que son droit d'exercer, la prison avait eu raison de ses idées de grandeur. Encore aujourd'hui, il se sentait sale dans le regard des autres. Mais face à un homme blessé, quelqu'un que la vie était peut-être en train d'abandonner, peut-être un cadavre, que risquait-il ?

Il rebroussa chemin, marchant résolument en direction du rideau d'arbres, derrière lequel il avait entendu les voix. Le soir continuait de tomber, ce qui donnait à sa progression des allures fantasmagoriques. Toujours à l'affût du moindre bruit, il atteignit le premier gisant au bout de quelques minutes, qui lui parurent une éternité. Il s'arrêta, pris d'un étrange malaise, comme s'il venait d'entendre un léger râle. Il ne s'était pas trompé, il percevait une espèce de halètement, entrecoupé de petits cris étouffés à chaque respiration ; quelqu'un souffrait à proximité. Il contourna le gisant pour observer le côté opposé à l'allée de passage. Son regard se glaça : un homme était plaqué contre le tronc, deux branches lui sortaient du thorax et une troisième lui transperçait la cuisse. Un instant, il resta paralysé par cette vision, mais le sang qui s'échappait des blessures eut tôt fait de raviver d'anciens réflexes de médecin, comme celui d'enlever sa ceinture pour lui faire un garrot très serré au niveau de la cuisse. Autant les blessures en partie supérieure ne l'inquiétaient pas trop, son premier diagnostic était qu'aucun organe vital n'était touché. La cuisse en revanche avait beaucoup saigné. Un garrot retarderait l'échéance mais si la fémorale était touchée, il fallait faire vite. Le clochard semblait encore conscient, dans une demi-torpeur qui pouvait résulter d'une ébriété avancée, il sentait la vinasse à plein nez, ou d'une faiblesse consécutive à la perte de sang. Il toucha le cou de la victime, il sentait toujours le pouls. Il savait qu'il ne devait absolument pas le désincarcérer de sa prison végétale pour éviter que le sang ne coule à flots. Pas de téléphone portable pour prévenir… Il regarda à tout hasard dans les poches du SDF. L'inventaire était maigre : pas de papiers d'identité, la photo d'un enfant au crâne rasé sur un lit d'hôpital et un numéro griffonné à la hâte sur un article de journal jauni mais pas de téléphone portable !

Il n'y avait plus de temps à perdre. À force de venir dans le parc, il connaissait les habitudes des uns et des autres, notamment l'endroit où les jardiniers rangeaient leur matériel. Le local disposait d'un téléphone, il l'avait aperçu un soir en passant, alors que la porte était restée ouverte pendant l'arrosage. Tandis qu'il courait en direction du local, les images de la scène défilaient devant ses yeux. Rien ne lui apparaissait comme réel, naturel. Si le sans-abri avait couru à pleine vitesse avant d'aller s'empaler dans la ramure, il aurait été retrouvé avec les branches pénétrant par le ventre et ressortant dans le dos. C'était tout l'inverse que l'ancien praticien avait vu. Personne n'était capable de courir à reculons à grande vitesse. Pour que le dos soit ainsi plaqué à fond de tige avec une telle force de perforation, le malheureux avait forcément été « aidé » ; qui l'avait poussé avec une telle violence ? Règlement de comptes ? Querelle d'alcooliques ayant dégénéré ?

Un détail l'avait marqué : certaines branches semblaient avoir été taillées en pointe à leur extrémité, comme pour leur donner plus de facilité à traverser le corps de part en part. Cela supposait un minimum de préparation si on se refusait à envisager le terme « préméditation ». Était-ce réellement un SDF finalement ? Les mains de la victime ne paraissaient pas suffisamment abîmées pour ressembler à celles d'un homme dans la rue depuis longtemps.

Toi, tu aurais des choses à raconter, se dit-il en son for intérieur.

Il arrivait au local. Il se rua contre la porte, qui résista à ses deux premiers assauts ; au troisième elle céda. Il appela le SAMU, donna l'identité d'un médecin qu'il avait connu à l'hôpital voisin et qui devait toujours y exercer : l'urgentiste l'écouta avec attention donner tous les détails et ses recommandations pour que les secours soient les plus efficaces possible. Après avoir raccroché, il prit une scie, un diable et des sangles qui traînaient dans le local et retourna en hâte vers le gisant.

Lorsque les secours arrivèrent, environ dix minutes plus tard, quelle ne fut pas la surprise des ambulanciers à l'entrée du parc, lorsqu'ils trouvèrent un homme sanglé à un diable, avec des branches sectionnées à leur base et toujours dans le corps du malheureux ! La lueur des phares auréolait la vision d'un halo d'effroi.

Quelques lignes dans le journal local préciseraient le lendemain qu'un SDF avait été sauvé d'une mort certaine grâce à un appel mystérieux. Celui qui avait prévenu le SAMU ne s'était pas contenté de les attendre, il avait préparé le patient pour qu'il puisse être emmené immédiatement sans perte de temps. La position des garrots ainsi que les précisions apportées au téléphone laissaient penser que le bon samaritain, qui avait préféré conserver l'anonymat, pouvait avoir des connaissances médicales...

*

Lorsqu'il avait positionné le sans-abri sur le diable, l'ex-médecin avait pris soin de remplacer la ceinture utilisée pour le garrot par une sangle. Il ne voulait laisser aucune trace qui permît de l'identifier. Il avait emporté également la photo de l'enfant et l'article de journal.

Il écarta d'un revers la gazette locale, dont les autres sujets lui importaient peu. Un mug de café à la main, il s'approcha de l'ordinateur.

Il savait combien l'administration médicale pouvait être laxiste dès lors qu'il s'agissait d'une gestion rigoureuse des accès informatiques ! Même s'il n'exerçait plus depuis des années, ses codes pour accéder à des données médicales confidentielles fonctionnaient encore sur certains sites. Il retrouva la trace de l'enfant grâce à la photographie, il n'était pas atteint d'un cancer mais d'une maladie orpheline dont les traitements, toujours en test, n'étaient pas encore à disposition du public. Il parcourut la fiche du garçon.

Un père architecte, une mère agent d'assurances. Une rapide investigation sur la toile révéla que l'architecte avait la reconnaissance de ses pairs. Les articles montraient ses réalisations dans un style qui cherchait à unir le moderne et l'ancien. Puis, une photo... Qui aurait pu dire que cet homme élancé, au teint frais, à qui tout semblait réussir... finirait dans un parc, à l'agonie au milieu de ceux que la société avait rejetés ? Les traits de celui qu'il avait trouvé contre l'arbre étaient plus marqués, ceux d'un homme fatigué, sérieusement éprouvé, mais il n'y avait pas d'erreur possible. Il s'agissait d'une seule et même personne. Le malaise qu'il avait éprouvé dans l'analyse intuitive de la scène semblait se confirmer. Et si le clochard n'avait rien du mendiant traditionnel ? Devait-il aller jusqu'à l'idée de mise en scène ? Son café était froid, il le réchauffa au four micro-ondes.

Il ne comprit pas tout de suite ce que l'extrait de journal jauni retrouvé dans la poche du SDF pouvait avoir d'intéressant. L'article principal traitait de la prolifération des décharges sauvages de déchets toxiques dans certaines régions de France, et l'auteur développait ses arguments pour souligner la politique complaisante des élus sur un sujet de santé publique. La position du numéro de téléphone sur le journal l'intrigua. Davantage en bordure de page, elle évoquait peut-être les entrefilets listés sur la droite : des faits divers, une note de l'éditeur, deux encarts publicitaires… Et brusquement la lumière se fit…

« Une mère de famille atteinte d'une maladie incurable s'est pendue le jour de son anniversaire. Elle laisse à ses proches une lettre indiquant qu'elle a contracté une assurance vie et que son plus beau cadeau est de savoir que sa mort aidera davantage à financer les études des enfants qu'une vie en pointillé. L'assurance refuse d'indemniser la famille, considérant que le suicide ne fait pas partie des motifs légitimes de déblocage des primes… »

Avec un agent d'assurances dans la famille, il imaginait que l'architecte était couvert par un contrat d'assurance vie également. Et s'il avait voulu mourir utile lui aussi ? Pour financer un traitement coûteux pour la maladie de son fils peut-être ? Le regard de l'homme s'obscurcit, il savait dans quelle détresse pouvait conduire la mort d'un enfant, qu'elle soit brutale ou rendue inévitable par la maladie. Il descendit son mug de café d'un trait, laissant la brûlure dans sa gorge détourner son esprit des pensées morbides qui revenaient en force.

Au fond de lui-même, même si les preuves manquaient, il était maintenant persuadé que l'architecte avait organisé sa fin tragique, sans doute en payant quelques amis de la rue pour maquiller un suicide en acte sordide et contourner ainsi le Code des assurances. Un détail lui revenait. Il n'avait aperçu aucune ecchymose sur le corps du malheureux. S'il était imaginable qu'une dispute dégénère en acte sordide, il n'avait pas vu les traces d'une escalade vers la violence d'un point de vue physique : pas de coups, pas de griffes, pas de blessures, comme si l'empalement s'était imposé en première action, sans autre forme de procès. Cela le confortait dans l'idée d'une préméditation. Maintenant, avait-il le droit de penser que la victime pouvait en être l'auteur ? Si tel était le cas, en le sauvant, il avait probablement ruiné les plans du pauvre hère. Cette seule pensée l'accabla. La vision des branches sortant de ce corps inerte lui revint dans toute sa noirceur. Puis, l'image de l'enfant au crâne rasé se déformant sous la douleur, jusqu'à ce que son corps ne soit plus qu'un effilochage de lambeaux de chair. Encore une fois il s'était mêlé des affaires des autres et le résultat lui laissait un goût amer dans la bouche. Prenant un volume sur ses étagères, il se plongea dans la lecture de Baudelaire, l'un des seuls auteurs dont la pureté des lignes l'apaisait. Entre spleen et idéal.

Chapitre 1

Les jours se suivent et se ressemblent dans l'organisation des activités du grand hôtel. Les clients ne viennent pas simplement louer une chambre, ils viennent y chercher la constance, l'élégance et l'assurance d'un profond dévouement. Comme un autre chez-soi dont toute surprise, qu'elle soit bonne ou mauvaise, est exclue ; et si malgré tout l'improbable survient, ils exigent une compétence de tous les instants, pour que le retour à la situation normale s'opère au plus vite. « Luxe, calme et volupté », telle est l'excellence qu'il convient de viser, avec une rigueur de métronome, sans bruit et sans heurt.

Difficile d'imaginer, derrière cette rassurante stabilité, combien de petites mains s'affairent à vérifier le moindre détail, pour que rien ne vienne perturber une séquence bien huilée. Un personnel en effervescence au service d'une excellence invariable… Certains voyaient en cette idée de mouvement permanent pour conserver un cap comme un principe de l'univers régissant toute chose. Torn se souvenait de « ce mouvement qui ne déplace pas la ligne… ». Il l'avait découvert dans un précis littéraire consacré à Baudelaire, son poète favori, sans beaucoup accrocher à ces formulations trop abstraites. Mais le fonctionnement d'un hôtel n'était-il pas finalement une représentation humaine de ce grand principe ? Peut-être avait-il ressenti, ne serait-ce qu'intuitivement, cette perception sublime et symbolique lorsque, quelques années plus tôt, ses pas l'avaient guidé en ce lieu, où il pouvait oublier et se faire oublier.

L'hôtel recherchait à l'époque un veilleur de nuit, poste pour lequel il était surqualifié. Le premier entretien s'était très mal passé, le recruteur ne comprenant pas comment un homme comme lui pouvait aspirer à un emploi aussi subalterne, mais l'absence de candidat avait remis les choses dans leur contexte et il avait été rappelé. Pris à l'essai avec réserves, il avait assumé, depuis, différentes missions dans l'organisation, ce qui lui avait apporté tout d'abord de la visibilité puis une facilité à se fondre dans le paysage grâce à l'autonomie acquise. Chacun respectait aujourd'hui l'image de professionnalisme et de polyvalence qu'il incarnait. Il avait sa place dans l'établissement et personne ne pensait plus aux réserves initialement exprimées.

Il n'avait rien du vieux hibou hirsute, qui émerge en bâillant d'une loge miteuse pour ouvrir la porte à des clients trop imbibés n'ayant pas mémorisé leur code. Certes, l'uniforme lui conférait un caractère impersonnel derrière lequel il aimait à se dissimuler, mais il l'arborait avec une élégance naturelle qui trahissait sa bonne éducation. Seul le regard exprimait une profonde affliction. Il suffisait alors de l'observer un peu pour que certaines expressions du visage révèlent un tourment, dont même le corps portait les stigmates, et l'on oubliait presque les cernes, les yeux rougis par le manque de sommeil, pour être touché par la douleur qui émanait de lui. Il était cet arbre déchiré par la foudre un soir de tempête, tordu par le poids des branches désormais trop lourdes à porter.

Ses activités professionnelles laissaient à Torn beaucoup de temps libre. Les coups de feu alternaient avec les périodes en creux et, même s'il était employé à d'autres tâches, les veilles de nuit représentaient encore la majorité de son temps d'astreinte.

Les nuits s'étirent avec ennui lorsqu'il ne se passe rien et que l'on ne dort pas. Alors Torn scribouillait. Il noircissait des pages, qu'il entassait dans les nombreux tiroirs de sa loge de gardien. L'écriture est parfois le seul moyen d'expression restant à ceux qui ont délibérément choisi de s'isoler. Le personnel de nettoyage, qui le croisait chaque matin dans le hall, le surnommait Ghost Writer, à cause du teint blafard qu'une nuit blanche consacrée à sa rédaction névrotique lui procurait. Certains l'appelaient aussi « l'écrivain », mais il était probable que cette marque d'affection fût davantage dictée par l'ironie que par la déférence. Il voyait circuler devant lui, avec le même regard amusé, ces enfants du monde, dont il savait qu'ils n'étaient pas à l'aise avec l'écriture en langue française, et qui se permettaient de le juger par où ils péchaient. Ils venaient d'Afrique, d'Inde pour les plus nombreux, des pays de l'Est pour d'autres, mus par cette force qui les avait poussés à quitter le pays de leur enfance, avec un rêve d'Eldorado dans leur maigre bagage ; obtenir un poste, même mal rémunéré, dans un grand hôtel, à se consacrer aux tâches les plus ingrates, représentait pour eux un petit miracle d'ascension sociale. Torn continuait à les suivre du regard. Derrière la pointe d'amusement se cachait un profond respect pour ces survivants qui avaient osé tout abandonner pour offrir un jour meilleur à leurs enfants. Et qu'importe que ces travailleurs de l'ombre pussent se moquer de lui, son ombre n'avait rien à envier à la leur !

Cela dit, ils avaient raison d'ironiser. En nombre de pages, il avait élagué quelques arbres, si on cumulait le papier qui avait fini au fond de sa poubelle ou jaunissait encore dans des fonds de tiroir, aussi bien dans sa loge que dans sa chambre. Mis bout à bout, avec un peu de talent et d'opiniâtreté, il aurait certainement pu tirer de ces liasses de papier inutile quelques tomes d'un ouvrage, même médiocre, il ne lui manquait qu'une histoire et un style, donc tout. Écrire une page reste à la portée de tout le monde, tenir un lecteur en haleine avec un sujet qui passionne sur plus de deux cents pages relève de l'épreuve d'endurance, et force est de constater qu'il n'était pas un marathonien du verbe.

Il choisit très tôt de se réfugier dans la poésie, bien plus doué pour exprimer ses idées et ses émotions dans un format plus dense où chaque mot pouvait être ciselé à la manière d'une sculpture. Mais, là encore, la beauté des idées disparaissait derrière la noirceur de ses rimes.

Les premières lueurs du jour commençaient à baigner la façade moderne de cette haute tour qu'il regardait dix jours auparavant, assis dans le parc aux gisants. L'endroit avait été judicieusement choisi pour sa proximité avec le centre-ville, ses maisons bourgeoises et ses commerces de luxe. Dans le hall de l'hôtel, les clients aimaient à s'arrêter devant quelques photos en noir et blanc, soigneusement encadrées, montrant les restes d'un bâtiment industriel au bord d'un bras de rivière aujourd'hui disparu. Ils y voyaient le témoignage délicieusement suranné du paysage de l'époque, au moment de la construction de l'hôtel. Un gros travail de défrichage avait été réalisé sur la forêt environnante, pour doter l'hôtel d'un vaste parc arboré et fleuri. Des étages supérieurs, les clients pouvaient admirer ce petit paradis végétal qui s'enorgueillissait par ailleurs de nombreuses ruches, ce qui n'était pas si courant dans les établissements de standing. Le hall de l'hôtel, auquel les marbres, les dorures et autres matériaux précieux donnaient un aspect cossu, disposait d'un espace d'accueil impressionnant sur lequel débouchaient d'imposants escaliers de pierre menant aux étages. Depuis l'aube, il retrouvait un peu de vie, entre les agents de nettoyage qui astiquaient chaque parcelle de mur et de sol, les cuisiniers qui prenaient leurs quartiers devant les fourneaux, et la ronde des chefs de zone qui inspectaient tout, distribuant au passage leurs consignes sur un ton qui ne souffrait aucune contestation. Les travailleurs de l'ombre ne posaient pas de question, ils obtempéraient. Lorsqu'il aperçut les femmes de chambre glissant devant la façade de l'hôtel pour rejoindre l'entrée des artistes, il sut que son poste était en train de se terminer. Il rangea à la hâte ses papiers dans les tiroirs, ramassa ses affaires. Un des stewards de la réception s'approcha, vêtu dans un style impeccable :

– Salut Torn. Combien de chiens écrasés, de filles violées et de femmes en détresse sont venus frapper à ta porte cette nuit ?

– Bonjour Pierre, répondit-il avec un gros sourire un peu niais. Il me semble avoir reconnu ta femme, mais je ne sais pas à quelle catégorie elle appartenait.

– Sympa ! T'es en forme aujourd'hui…

Le steward fixa le zombie en face de lui. Torn avait répondu du tac au tac, avec une de ces réparties dont il avait le secret, et qui généralement mettaient fin à la conversation. Il s'éloigna en direction de l'ascenseur, pour gagner la petite chambre que l'hôtel avait mise à sa disposition dans les communs, à l'étage inférieur.

*

La jeune femme releva les yeux pour, l'espace d'un instant, s'imprégner du calme et de la chaleur du lieu. Elle aimait la vision de ces étagères de bois chargées d'odeurs. Les murs en étaient tapissés, les livres avaient pris possession de l'endroit, dans un silence sépulcral, comme teinté du murmure imperceptible des auteurs exprimant le foisonnement d'idées contenues dans leurs œuvres. Aménagés dans la pièce, comme autant d'alcôves lourdes de secrets, des espaces privatifs accueillaient les lecteurs qui recherchaient la tranquillité.

Elle tirait nerveusement sur ses longs cheveux noirs. Elle finit par les nouer en chignon, fixé à l'aide d'une pince grossière retrouvée au fond d'un sac fourre-tout un peu élimé. Elle vit qu'enfin l'ordinateur avait été libéré. Cela faisait dix minutes qu'elle attendait qu'un étudiant boutonneux le lâche. Elle se leva sans tarder. Tout dans son attitude révélait une femme énergique, qu'il s'agisse de son port de tête ou de son pas décidé. Elle ne souriait pas, ce qui donnait à son visage un air sévère qu'une peau très pâle achevait de figer dans la cire. Elle était de ces femmes sur lesquelles le regard des hommes ne s'arrête pas au premier abord. On distinguait dans ses yeux comme un mélange de force et d'inquiétude permanente qui n'exportait aucune douceur. Ses doigts effleuraient les touches avec agilité.

– Ah ! Je te tiens, murmura-t-elle d'un air triomphant.

L'ordinateur venait de lui indiquer où chercher l'ouvrage sur lequel elle avait jeté son dévolu. Elle ne lisait pas, elle dévorait, malheureusement sans toujours comprendre les subtilités de la langue. Elle apprenait néanmoins très vite.

Dès que son travail lui laissait un peu de temps libre, elle venait à la bibliothèque centrale, dont elle connaissait toutes les salles. Dans cet ensemble architectural biscornu, sa préférence allait à la salle des arts, section peinture et dessin. Elle trouva le livre sur Matisse sur l'étagère indiquée par l'ordinateur, puis revint s'asseoir. Elle se cala sur sa chaise devant une représentation du tableau *La Nature morte aux livres*. Ses yeux allaient d'un point à l'autre de la toile pour en saisir la quintessence. Alors sa main s'empara d'un fusain qui s'anima sous l'impulsion de petits gestes saccadés. L'exécution était si rapide que le crayon charbonneux donnait l'impression de ne pas quitter la feuille.

Elle stoppa brusquement, prit son dessin inachevé qu'elle tint à bout de bras, pour mieux en apprécier la vision d'ensemble. D'un air rageur, elle froissa le papier et reprit une feuille blanche.

Le crayon se mit à danser dans un nouvel élan de créativité. Cette fois-ci, l'artiste ne s'arrêta que lorsque l'esquisse fut terminée. Inspiré du tableau de Matisse, le résultat n'avait rien à voir avec l'original. Elle y avait mis davantage de mouvement, dans une interprétation toute personnelle mêlée d'émotion et de douce démence. Elle laissa le dessin sur la table et se leva, pour l'admirer avec le recul nécessaire. Lentement, elle tourna autour de la table pour en saisir les contours sous tous les angles. Elle dodelina de la tête, avec une mimique de satisfaction.

– Bonjour, fit un étudiant qui s'était approché sans qu'elle le remarque. C'est vous qui avez dessiné ça ?

Elle tança l'intrus d'un air hagard.

– *Ce tâmpit*[1], lui lança-t-elle.

1. Connard (en roumain).

Il comprit bien au ton que ce n'était pas une amabilité, mais elle ne lui laissa pas le temps de répliquer.

Elle ramassa son œuvre et alla replacer le livre sur l'étagère. Puis, elle enfila rapidement sa veste et se dirigea vers la sortie. L'étudiant la regarda s'éloigner en se demandant quelle mouche avait pu la piquer. Il haussa les épaules et passa à autre chose.

*

Il marchait dans un couloir interminable. Ses jambes se dérobaient à chacun de ses pas dans un univers où tout semblait avoir la consistance du coton. Des deux côtés du couloir, de nombreuses portes dont il ne savait pas où elles menaient. Toutes refusaient de s'ouvrir.

Jusqu'à ce qu'il entende cette musique. Cette musique qui le hanterait jusqu'à la fin de ses jours. Il sentit son cœur battre plus vite, son ventre se nouer. Un mauvais pressentiment commençait à l'envahir. Les notes poursuivaient leur refrain lancinant, comme si rien ne pouvait désormais infléchir le cours de son destin.

Elles venaient de cette pièce dont la porte était entrebâillée, la seule qui l'invitait à entrer.

Il commença par s'arrêter sur le seuil, pour écouter si d'autres bruits étaient perceptibles à l'intérieur. Rien ne filtrait, que cette maudite mélodie !

Il poussa la porte tout doucement, laissant ses yeux s'habituer à la pénombre. Tout avait l'air normal. Tout… Sauf cette… Il distinguait cette ombre au-dessus de l'escalier… Mon Dieu… Il se sentit vaciller et brusquement… il se redressa sur le lit, en nage, les yeux révulsés… Les images que lui renvoyait un passé où il avait tout perdu donnaient un visage particulier à ses angoisses. Son esprit ne parvenait plus à se détacher de cette photo d'enfant trouvée dans la poche de l'architecte en perdition. Et s'il avait raison ?

À la prochaine tentative de suicide déguisé, personne ne serait là pour le sauver. Ce qu'il avait accompli dans le parc n'aurait servi à rien. Torn alluma l'ordinateur et se connecta à nouveau sur les sites auxquels il avait encore accès. Le moteur de recherche l'orienta sur une revue médicale spécialisée qui détaillait les progrès réalisés par les équipes américaines sur plusieurs maladies orphelines ; celle dont l'enfant souffrait y était mentionnée. L'équipe de Boston avait développé un traitement, certes encore expérimental, mais dont les résultats s'avéraient déjà prometteurs. Le problème résidait dans l'impossibilité de tester la thérapie sur un nombre important de patients, puisque par définition une maladie orpheline ne touchait que quelques cas dans le monde. Un encart attira son attention : la revue appelait les médecins à faire connaître les malades susceptibles de servir l'expérimentation du traitement. L'équipe de Boston cherchait des cobayes pour que la taille de l'échantillon des personnes traitées avec son produit soit statistiquement représentative, en vue d'une prochaine commercialisation du fruit de ses recherches. Elle avait visiblement un budget pour que ceux qui acceptaient le statut de cobaye soient pris en charge à cent pour cent. Cet encart ressemblait étrangement à un message d'espoir.

Torn regarda son téléphone. Les chambres du personnel ne disposaient pas du statut international. Il pouvait envoyer un message électronique mais il ne voulait pas laisser de trace derrière lui. Comme il se sentait impuissant ! Il n'était même pas certain que l'architecte était encore à l'hôpital. Il s'allongea à nouveau sur le lit. Un rai de lumière perça au travers des persiennes et vint mourir sur son bras gauche, marqué de deux vilaines cicatrices.

Il réalisa soudain qu'il était midi. Il fixa longuement le plafond, le spectre de l'escalier tentait de revenir. Un rictus lui tordit les lèvres. Il fallait qu'il se lave la tête. Quelques minutes plus tard, il était sous la douche.

Chapitre 2

Les filles du poste de l'après-midi arrivaient à l'hôtel. Toutes différentes de par leurs origines et leurs attitudes, mais il se dégageait d'elles une certaine unité : le même maquillage léger, le même sourire aimable, la même sobriété dans la tenue. Comme si elles étaient toutes passées au travers d'un filtre pour mieux les formater. Dans le vestiaire, l'humeur enjouée donnait un écho particulier au bruit des portes de placard qui grincent et au froissement des vêtements qu'on retire à la hâte. Chacune revêtit son uniforme d'une manière mécanique.

Pour les unes, en contact avec le client comme à la réception, un ensemble tailleur de couleur bleu marine contrastait avec un chemisier blanc mettant en valeur les formes de l'intéressée : dans la perception des couleurs, le bleu avait la vertu d'adoucir, ce qui pouvait s'avérer utile en face de clients trop exigeants, voire revendicatifs. Tout était pensé dans un grand hôtel !...

Pour les autres, le noir et le blanc conféraient ce mélange de discipline et d'humilité qui convient aux femmes de chambre et autres agents d'entretien. Elles avaient reçu comme consigne de se faire oublier du client : ne pas le déranger, ne pas lui parler, elles étaient transparentes. Il n'était pas rare d'ailleurs que la direction choisisse pour ces tâches des profils ne parlant pas la langue, de sorte qu'il soit impossible à ces chevilles ouvrières de soutenir un dialogue et de « socialiser » auprès d'un client.

La porte du vestiaire s'ouvrit brusquement sur une femme un peu forte à la voix nasillarde.

– Clara, le chef veut te voir.

La matrone supervisait les équipes de nettoyage, le chef dont elle parlait tenait sous sa coupe l'ensemble des services opérationnels participant à la bonne marche de l'hôtel au jour le jour : maintenance, entretien, intendance, espaces verts, organisation d'évènements et autres projets fort lucratifs pour une clientèle fortunée. Autant dire qu'il contrôlait tous les points névralgiques de l'établissement. S'il n'avait pas le statut de directeur, il en connaissait néanmoins tous les rouages ; il commandait aux yeux et aux bras qui faisaient tourner la machine.

– OK. Je suis prête. Je monte le voir.

Clara était sans doute la plus jolie du groupe. Avec ses cheveux blonds coupés court, sa peau satinée et son visage délicieusement avenant, elle savait mettre en valeur son corps de sylphide qui lui avait valu, parfois, le surnom de Barbie des Carpates. Tout en elle dégageait une sensualité naturelle, dont elle aurait pu tirer parti auprès de la gent masculine. Mais ce n'était pas dans ses gènes et au global elle ne faisait pas forcément l'unanimité. Beaucoup prenaient sa douceur pour de la nonchalance, et sa réserve pour une attitude hautaine ; les plus insidieux suggérant qu'une telle attitude masquait juste une ignorance crasse. Arrivée de Roumanie quatre ans auparavant, elle avait su se fondre parfaitement dans le mode de vie hexagonal, démontrant par ailleurs d'étonnantes facilités à apprendre le français.

Elle interrogea du regard l'autre Roumaine du vestiaire, Selena, dont elle était proche, pour savoir si sa tenue était correcte. Selena acquiesça, non sans une lueur de défiance dans les yeux. Cette dernière était l'antithèse de Clara. Derrière un sourire assez froid se cachait une forte personnalité, parfois explosive, le regard sévère à l'égard de l'autorité ou de tout ce qui menaçait son espace, qu'elle défendait avec orgueil.

– As-tu une idée de ce qu'il te veut ?

– Pas la moindre. J'espère que je n'ai rien fait de mal.

– Pourquoi ? Tu as quelque chose à te reprocher ?

– Non… Je ne crois pas… Mais il m'est arrivé de me sentir observée…

– Par lui ?

– Oui…

– Un tordu, tu crois ?… Les hommes… dès qu'ils ont un peu de pouvoir… Ne te laisse pas faire, si tu sens qu'il a des arrière-pensées !

– Oh ! Selena ! J'espère que non… Je ne saurais pas où me mettre…

Clara disparut dans l'ascenseur, finissant d'ajuster le petit tablier blanc au-dessus de sa jupe noire.

*

Le mobilier moderne, aux notes très métalliques, conférait à la pièce une dimension très froide, qui mit tout de suite Clara mal à l'aise lorsqu'elle toqua délicatement à la porte ouverte pour signaler sa présence. Rien sur les murs, pas de photos sur le bureau. La seule marque de confort restait sans doute ce lourd fauteuil en cuir, sur lequel l'homme devait trôner une bonne partie de la journée. Il était plutôt élégant, vêtu d'un costume d'alpaga un peu désuet. Une odeur de tabac froid laissait imaginer que la cigarette n'avait pas relâché son emprise sur l'individu. Pourtant le cendrier était vide et propre.

– Entre, grommela-t-il, sans même relever les yeux de ses papiers.

Il lui désigna d'un mouvement de tête la petite table ronde près de la fenêtre, Clara comprit qu'elle devait s'asseoir.

Il vint la rejoindre, en l'observant sous toutes les coutures.

– Elena, c'est ça ?

– Euh !… Non… Clara.

– Oui, c'est ça. Avec tous ces prénoms qui finissent par « a » on finit par s'y perdre, tu ne trouves pas ?

Il ne lui laissa pas le temps de répondre.

– Clara…, enchaîna-t-il. Une fille du Château vient de nous quitter, nous devons la remplacer et nous avons pensé à toi. Pour ces étages où loge une certaine élite, il nous faut quelqu'un d'un niveau culturel supérieur, de bonne éducation et qui ne soit pas désagréable à regarder. Nous avons repris les états de service de chacun. Tu es consciencieuse, tu parles bien la langue, tu sais tenir ta place en te faisant oublier. Nous pensons que tu as le profil.

Il se leva pour aller fermer la porte du bureau.

À la seule mention du Château, Clara avait blêmi. On désignait par le Château les étages situés tout en haut de la tour. Ceux dont l'accès était surveillé. Ces derniers, découpés non pas en chambres mais en suites ou appartements de standing, étaient réservés à des personnes très fortunées, qui emménageaient avec leurs proches et même parfois leurs employés, qui un chauffeur, qui une dame de compagnie, pour une période généralement longue.

Les clients du Château, d'un niveau d'exigence extrême, pouvaient se livrer à n'importe quel débordement sans être inquiétés par la direction. Ils représentaient à eux seuls quarante pour cent du chiffre d'affaires, tant au niveau des loyers que des consommations. Toujours soucieux d'organiser des soirées à titre privé afin de briller dans certains cercles où le paraître était important, ils utilisaient la structure de l'hôtel pour préparer leurs évènements, dont les retombées financières, voire médiatiques, remplissaient les caisses de l'hôtel sans trop d'efforts.

Perdue dans ses pensées, Clara n'avait pas vu l'homme se positionner derrière elle. Elle sursauta lorsqu'elle sentit ses mains sur ses épaules.

– Clara, c'est une vraie promotion. Tu vas te retrouver au milieu de personnes très influentes, tu pourras profiter de leurs largesses. C'est un peu grâce à moi et j'espère que tu sauras te montrer à la hauteur.

Complètement déstabilisée, Clara bredouillait…

– Oui, chef, je vous remercie… d'avoir pensé à moi… Mais je ne suis pas sûre de pouvoir… m'en montrer digne… Je suis une fille de la campagne, avec des habitudes assez mal dégrossies…

Elle sentait la pression de ses mains sur ses épaules. Le bout de ses doigts touchait sa peau nue. Si ses doigts descendaient un peu, sa gorge serait à découvert, sans qu'elle puisse réagir. Elle aurait voulu ne rien montrer de son trouble mais sa poitrine, au rythme d'une respiration trop saccadée, la trahissait. Elle était paralysée.

– Je suis sûr que tu ne me décevras pas. Tu n'as pas envie de me décevoir, n'est-ce pas ?

Elle devinait le sourire carnassier sur son visage. Il poursuivit, avec un mouvement de ses pouces sur sa nuque.

– Lorsque tu seras au Château, tu ne montreras pas trop que tu comprends le français. Les gens ne se méfieront pas et auront tendance à lâcher des informations devant toi. Dans ces milieux-là, il y a toujours de bonnes affaires en cours de discussion. Tu garderas ces informations dans un coin de ta tête et tu viendras me les dire. Nous sommes d'accord ?

Lentement, elle se retourna pour croiser son regard. Il ne souriait plus. Ils restèrent ainsi à s'observer dans une lutte invisible, dont l'issue était déjà perdue pour elle.

– Ce n'est pas mon monde…, osa-t-elle encore timidement.

– Et le monde du travail, c'est ton monde tu penses ? Je suis sûr qu'il y a plein d'autres filles qui envieraient ta situation. Que ce soit celle à laquelle je te destine mais également l'actuelle…

Elle comprit le message et baissa les yeux.

Il relâcha la pression sur ses épaules et retourna à son bureau.

– C'est bien, tu es une bonne petite.

Elle le regarda d'un air interrogatif.

– Oui, autre chose ? aboya-t-il.

– Y a-t-il un changement dans mes conditions de travail ? Mes horaires ?

– Il n'y a pas d'horaires, tu vas voir un changement sur ta fiche de paie ; si tu sais y faire, tu encaisseras aussi des pourboires de gens qui ne comptent pas leurs dépenses… La belle vie quoi… La seule contrainte est la disponibilité de tous les instants, tu dois loger à l'hôtel.

– Mais, j'ai actuellement un appartement en ville.

– Et donc ?… Tu le revends, tu le loues, si je te fais confiance ce n'est pas pour m'encombrer l'esprit avec ce genre de détails. T'es pas du genre à te noyer dans un verre d'eau, n'est-ce pas ?

– Non, chef.

– Bien. Nous sommes d'accord. Tu auras un rendez-vous demain avec les ressources humaines pour les détails pratiques. Tu démarres au Château lundi.

Elle avait encore de nombreuses questions. Mais l'entretien l'avait tellement troublée qu'elle n'avait qu'une hâte : sortir de la pièce. Ce mélange de suffisance et de mépris. Ces œillades malsaines… Par ailleurs, elle n'était rien, il ne l'écoutait plus.

Lorsqu'elle fut dans l'ascenseur, elle ne put retenir une larme sur sa joue.

Chapitre 3

Zaïde n'avait d'autre souci que de chercher à plaire. Elle s'était offert un soin dans l'un des instituts les plus cotés de la place. Son corps encore chaud gardait la caresse de deux mains dont la vigueur et la douceur avaient été relayées par un immense bien-être. La crème avait redonné à sa peau comme une élasticité perdue. Les essences parfumées distillaient des mélanges capiteux et fleuris que ses longs cheveux diffusaient précieusement ; une note de jasmin, puis au détour d'une respiration, la fraîcheur du vétiver émergeait, rapidement emportée par la vague du musc et de l'encens. Elle regarda dans le rétroviseur son visage apaisé, après ces derniers jours qui n'avaient pas été sans émotion. Les cernes avaient presque disparu. Elle admira encore une fois ses nouvelles bottes qu'elle avait mis une heure à choisir.

Enfin, elle avait l'impression de se retrouver. Finis l'esclavage et les pressions. Tout autour d'elle respirait maintenant la légèreté, la radio enchaînait des mélodies qui lui renvoyaient des images d'elle-même à des périodes plus insouciantes de sa vie. Elle ne remarqua même pas que la nuit était en train de tomber.

– Quand je pense que tout ça, ce sont mes indemnités de départ... Bande de salauds... Vous m'avez presque baisée mais j'ai été plus forte que vous...

Et elle partit d'un rire nerveux.

Les voitures se faisaient plus rares à mesure qu'elle sortait de la ville. Elle avait décidé de retrouver une amie perdue de vue depuis deux ans pour fêter son émancipation. Au loin, elle aperçut les ruines d'un château... Elle se dit qu'elle aimerait voir un jour un autre Château subir lui aussi la morsure du temps mais elle se ravisa, se disant que c'était le gagne-pain de petites gens comme elle. Des copines y travaillaient encore, et elles avaient besoin de ce job pour exister. Ce n'était pas en Albanie qu'elle aurait pu se payer un coupé comme celui qu'elle conduisait, et ce qu'elle avait dépensé aujourd'hui en futilité et plaisir pour elle-même aurait pu nourrir sa sœur, restée au pays, pendant un mois. Oui. Elle avait vécu l'exploitation. Oui. Elle avait laissé ces hommes fortunés jouer de leur influence et parfois de son corps, mais elle savait que ce n'était qu'un passage obligé, un tremplin vers un monde meilleur. Et maintenant, elle en était sortie, un nouveau travail l'attendait le lundi suivant, et elle avait veillé à ce qu'il n'ait aucun rapport, de près ou de loin, avec l'hôtellerie de luxe.

Perdue dans ses pensées, elle ne vit pas les phares de l'imposante berline, qui la suivait depuis un petit moment, se rapprocher. Elle se sentit décoller du siège lorsque le puissant véhicule la percuta par l'arrière. Puis un deuxième choc, encore plus violent que le précédent, lui tira un cri dès que la douleur la parcourut au niveau des cervicales. Le coupé pivota sous l'impact, mais la robustesse de la caisse, la taille des pneus et un centre de gravité assez bas lui permirent de rester agrippé à la route. Un chemin vicinal se présentait sur la droite de la route, elle ne chercha pas à redresser la voiture sur la route principale, elle laissa le roadster trouver sa trajectoire dans ce chemin encaissé à peine plus large que son pare-brise.

– C'est quoi ce délire ?... lâcha-t-elle, avec un mélange de peur et de colère dans la voix.

L'autre véhicule, emporté par son élan au moment de l'impact, avait continué tout droit. D'un regard furtif elle avait capté le sourire goguenard d'un de ses assaillants. Elle connaissait ce faciès, comprit que ce n'était pas un accident. S'il lui fallait une autre confirmation, elle vit le crossover reculer et emprunter à son tour le chemin dans lequel elle venait de s'engager. Elle appuya à fond sur l'accélérateur, en se félicitant d'avoir acheté un petit bolide pour jouer à la fille branchée. Il ne s'agissait pas d'un modèle surbaissé, elle espérait néanmoins que le chemin resterait carrossable jusqu'au bout, ou elle serait prise au piège. Le SUV, avec sa garde plus haute, aurait la faculté, lui, de se faufiler sur tous les terrains.

Les arbres détachaient leur ombre menaçante, qu'un léger vent balançait dans la lueur des phares. La route dessinait maintenant des montagnes russes au milieu de la forêt. Malgré la vitesse, elle voyait bien dans le rétroviseur que le crossover se rapprochait. Elle cherchait à ne pas céder à la panique mais l'angoisse était montée d'un cran, lorsqu'elle avait réalisé qu'ils ne la lâcheraient pas.

– Ils ne veulent pas me laisser dans la nature avec ce que je sais...

Néanmoins, elle s'interdit de penser à autre chose qu'à sa course. Elle avait besoin de toute sa concentration pour s'en sortir. Elle prit une longue inspiration. Le chemin la ramenait vers la ville, elle apercevait en contrebas le pont illuminé où elle pourrait se fondre au milieu du trafic, encore dense à cette heure. Elle avait l'impression qu'il lui suffisait de tendre la main pour le toucher, mais quelques kilomètres la séparaient des lueurs de la cité et les poursuivants continuaient de se rapprocher. Un doute cependant s'empara d'elle, d'abord comme une simple interrogation puis la petite voix intérieure se fit plus insistante, avant qu'une méfiance sourde ne s'installe. Et si elle était attendue ? Il était si simple avec un portable, aujourd'hui, d'appeler une autre équipe en renfort. Un rabatteur en haut et une souricière en bas. Elle eut soudain la conviction que cette lumière, si proche, ressemblait dangereusement à une lampe insecticide, qui attire le moustique par son halo violet pour mieux lui brûler les ailes. Elle était le moustique. Il fallait opter pour une alternative que ces hommes ne pouvaient imaginer.

L'idée s'imposa d'elle-même lorsqu'elle comprit qu'elle n'avait plus le choix pour échapper à ses poursuivants. Dans une courbe qui la soustrayait un instant au regard de ses assaillants, elle dégrafa avec rage sa ceinture, effleura la pédale de frein puis sauta du véhicule en marche. Le talus... Au lieu de suivre les lacets, le véhicule continua tout droit sur sa lancée, comme si sa conductrice avait raté le virage. Zaïde finit au fond du fossé, dans l'ombre. Les poursuivants, trop occupés à regarder la course improbable d'une voiture en train de se disloquer, ne prêtèrent pas attention aux bas-côtés. Ils ralentirent à leur tour. Le coupé alla s'encastrer dans un arbre trois lacets plus bas.

Zaïde avait déjà vu la scène du héros qui s'éjecte d'une voiture à pleine vitesse au moins une bonne dizaine de fois. Le héros se relevait toujours sans une égratignure, toujours tiré à quatre épingles après un roulé-boulé parfaitement maîtrisé. La réalité fut tout autre. La réception sur l'asphalte fut plutôt brutale, elle eut l'impression d'être projetée sans ménagement contre un mur et chercha à se protéger comme elle le pouvait. Les mains, les coudes, les genoux encaissèrent de manière plus ou moins heureuse. Elle ne sut pas comment elle avait atterri indemne dans le fossé boueux sur le côté de la route. Bien sûr l'endroit n'avait rien de très ragoûtant, mais il eut l'avantage d'arrêter sa course tout en amortissant les chocs. Zaïde profita de la confusion pour quitter son fossé, elle s'enfonça dans la forêt.

Une voiture qui montait s'était arrêtée sur le lieu de l'accident. Puis, une deuxième. Les hommes de main se mêlèrent aux curieux. On cherchait le conducteur fantôme de la voiture folle. En vain... Les deux hommes échangèrent une œillade interrogative. Puis, ils embrassèrent du regard la forêt au-dessus d'eux. L'un d'eux remonta à pied les deux lacets, mais il revint vite avec la mine dépitée. Aucune trace. Ils repartirent en direction du pont et s'arrêtèrent auprès d'une seconde voiture qui attendait...

*

Selena sortait de la douche lorsqu'elle entendit résonner le carillon de l'entrée. Elle pesta. Un rapide coup d'œil à sa montre lui confirma qu'elle était en retard, elle avait proposé à Clara de passer à 20 heures, et cette dernière lui avait même laissé dix minutes de plus. Elle enfila un peignoir à la hâte et ouvrit. Clara avait une sale tête.

– Entre, Clara. Mets-toi à l'aise. J'enfile quelque chose de plus adapté et j'arrive. Désolée, j'ai pris un peu de retard avec mon cours de français.

Clara n'était pas venue depuis quelques mois. Elle avait gardé le souvenir de grands murs blancs, froids, d'un appartement sans âme et sans chaleur. Ce qu'elle y voyait maintenant semblait nourri d'une passion dévorante. Des dessins à main levée tracés à même le mur recouvraient une surface importante de celui-ci sur des thèmes variés. Qu'il s'agisse de paysages, de natures mortes ou de personnages, une sorte de furie s'en était emparée qui donnait une impression de mouvement plutôt inquiet et inquiétant. Une toile représentant un visage angélique, toujours sur le chevalet dans un coin de la pièce, attira son regard ; elle se rendit compte alors qu'un peu partout, posés contre les murs, des cartons à dessins stockaient d'autres toiles et croquis de tailles variables.

Selena apparut dans l'embrasure de la porte, pieds nus, vêtue simplement d'un denim et d'un pull. Ses longs cheveux tombaient sur ses épaules. Tout en les arrangeant en un chignon approximatif, elle observait son amie.

– Tu admires mon œuvre ? lança-t-elle, avec un sourire un peu gêné que quelqu'un puisse ainsi accéder à une parcelle de son intimité.

– Ce n'est pas banal… Et même un peu tourmenté on dirait…

– Tu veux un café ?

– À cette heure-ci, un thé plutôt, si tu as.

– OK… Alors tu me racontes ?…

Clara raconta l'entrevue avec son supérieur hiérarchique dans ses moindres détails, le changement de poste qui ressemblait à une promotion empoisonnée sur fond d'exploitation et de corruption, son comportement pendant l'entretien.

– Non ! Il t'a touchée ce porc ?

– Oui et non. C'était plus une mise en condition pour plus tard…

– C'est pareil… Et tu ne pouvais pas refuser la promotion ?

– Il m'a laissé entendre que, si je refusais, il me remplacerait dans le poste actuel.

Selena marchait nerveusement dans l'appartement, telle une lionne en cage. Elle était partagée entre un sentiment d'impuissance, lié à leur condition de migrant déraciné, et une sourde envie de révolte pour briser les carcans.

– Et tu connais la personne que tu remplaces ?

– Non. Pas vraiment. Les filles du Château descendent rarement. J'ai dû l'apercevoir une fois ou deux. Elle était déjà là avant notre arrivée.

– Comment s'appelle-t-elle ? On peut sans doute la retrouver, pour savoir de quoi il retourne de l'intérieur. Peut-être n'est-ce finalement qu'une tentative d'intimidation de la part de l'autre dégénéré, pour te mettre le grappin dessus. Le poste en lui-même est peut-être très bien, et les gens du Château dont tu auras à t'occuper pas forcément tous des dépravés…

– Tu crois vraiment ce que tu dis ?… Il ne faut pas se voiler la face, je pense qu'il se passe des choses pas toujours blanc-bleu dans cet hôtel… À la pause, des filles m'ont parlé d'une certaine Zaïde, partie récemment. Une Albanaise *a priori*. Il paraît qu'elle n'était pas assez docile avec les clients, ils lui ont tellement mis la pression qu'elle est partie. Tu crois qu'elle nous donnerait des infos sur la vie au Château ?

– C'est un bon début. Je vais essayer de la retrouver. Toi, tu vas être coincée là-haut, sans grande possibilité de sortie, il semblerait.

– Justement, j'ai un service à te demander. Je n'ai pas envie de lâcher complètement mon appartement en ville, ce serait me rendre complètement dépendante de l'hôtel. J'aimerais le conserver et le sous-louer à quelqu'un. Tu pourrais m'aider à trouver l'oiseau rare ?

– C'est une très bonne idée. Oui, bien sûr que je vais t'aider. Il faut aussi que je trouve la fameuse Zaïde. Mais il y a un détail qui m'inquiète. Comment allons-nous communiquer, si nous ne pouvons plus nous voir ?

– Ben, par téléphone. Pourquoi ?

– Je n'aime pas le téléphone. On n'est jamais certaine d'être seule sur la ligne.

– Pourquoi ? Tu penses qu'en plus je vais être fliquée ?

– Je ne sais pas. Mais tant qu'on ne connaît pas son ennemi, il vaut mieux faire attention. Je préférerais qu'on puisse trouver le moyen de se voir physiquement.

– Comment faire ? As-tu remarqué que les étages supérieurs ne sont accessibles qu'avec une carte magnétique ?

– Ah ! Pas fait attention… Au pire, ça veut dire que tu peux me balancer ta carte par une des fenêtres, avec des indications pour te rejoindre.

– C'est nul ! Comment sauras-tu que je te l'ai envoyée ? Non, je te téléphone.

– Un SMS ! Tu m'envoies toujours des messages anodins et on peut décider d'un code : si tu les signes, je sais que je dois regarder sous les fenêtres.

– Tu vois vraiment le mal partout… Et puis, je sais que je vais cumuler des heures pendant les jours où je serai à demeure au Château, mais les ressources humaines m'ont bien expliqué que ces heures étaient récupérables. J'aurai donc des jours libres où je pourrai sortir.

Selena continuait de faire grise mine.

– Ouais… Et toi, tu es trop gentille… On ne sait jamais qui est qui. Un jour, je te raconterai comment un con de flic a voulu me la mettre à l'envers. De toute façon, dans ce pays, dès que tu es roumaine, tu es une boniche, une voleuse ou une pute. C'est exactement ce que ton chef veut que tu fasses au Château…

– Suis pas une pute… Personne ne m'obligera à faire ce que je n'ai pas envie de faire… Suis pas venue ici pour que tu me rabaisses… J'en ai déjà assez sur les épaules…

Selena s'approcha et serra délicatement son amie dans ses bras.

– Pardonne-moi Clara. Tu es ma meilleure amie, tu le sais. Je ne serais nulle part, si tu n'avais pas été là pour moi. Je ne veux pas qu'on te fasse du mal, je ne veux pas qu'ils te gâchent…

Clara tendit ses yeux clairs.

– Ne t'en fais pas. Tu sais aussi qu'en France, ils ne savent pas faire la différence entre les Roumains, les Roms et les gens du voyage. Ça fait partie du décor… Et nous savons comment naviguer…

Selena s'apaisa. Elles restèrent enlacées un moment.

– OK, OK ! Va pour le SMS…

– Oui, profil bas et on observe.

Lorsque Clara fut repartie, Selena prit un pinceau et acheva la toile commencée sur le chevalet. Le visage du personnage peint, au départ angélique, fut remodelé sous l'inspiration du moment. Il exprima d'abord le tourment puis une forme de torture mentale. Selena prit alors un chiffon ; trait après trait, elle effaça toute forme d'expression. Quand elle n'eut en face d'elle qu'un personnage sans visage, elle contempla son œuvre, avec un mélange de haine et de satisfaction.

– Comptez sur moi pour ouvrir la boîte de Pandore et vous aider à perdre votre âme, finit-elle par murmurer d'une voix morne.

*

Zaïde avançait davantage au toucher qu'au visuel au milieu de la forêt. La lune était plutôt voilée, ce qui ne l'aidait pas dans sa progression. Elle avait juste allumé son smartphone, pour consulter le nombre de barres de réseau disponibles. Aucune. Elle était complètement isolée. Elle avait le sentiment que des milliers d'yeux l'observaient dans le noir. Le hululement d'une chouette, le souffle du vent dans les arbres, le moindre bruit la tenait en alerte, tant il semblait amplifié dans ce profond silence. Mais ce silence la rassurait également, car il signifiait que personne n'était à ses trousses.

Son seul repère était l'inclinaison du sol sous ses pieds. Elle avait choisi de toujours remonter la pente en ligne droite. Plus elle prendrait de hauteur, plus elle avait une chance de récupérer du réseau, voire de croiser un chemin. Mais au bout d'une heure, elle n'aurait pas pu parier sur la distance parcourue. Chacun de ses pas était entravé par des broussailles qui la déséquilibraient, les épines de ronces lui entamaient les chairs lorsqu'elle cherchait à se rattraper. La lune offrait décidément peu de clarté, il lui arrivait néanmoins de pouvoir discerner le sol sur une centaine de mètres devant elle. Puis un nuage venait à nouveau masquer l'astre bienfaiteur et l'obscurité avalait Zaïde de plus belle.

Elle se retrouva bientôt devant une barrière d'épines infranchissable, qu'elle chercha à contourner sans aucune visibilité. La lune ne répondait pas à ses appels. Elle tendit sa jambe en avant, pour anticiper un obstacle éventuel. Mais elle perçut soudain un mouvement à ses pieds. Une bête venait de se faufiler entre ses jambes. Elle se mit à crier tout en bondissant vers l'avant par réflexe, son pied accrocha une pierre. Elle perdit complètement l'équilibre, dévalant une pente au milieu des rochers qui lui broyaient les membres. Avec ses mains, elle essayait de protéger sa tête, sans pouvoir ralentir sa course. La lune brusquement libérée de son écran de brume la vit être projetée vingt mètres plus bas au fond d'une cavité. Son corps se brisa dans un craquement sec sur un tas d'éboulis en contrebas. Pour elle, la quête d'un monde meilleur aurait désormais la couleur d'un trou noir.

*

L'inspecteur Safran dînait en famille lorsqu'il fut appelé par la brigade. L'affaire était effectivement singulière : une voiture qui tombe de la montagne sans conducteur.

Après un rapide état des lieux, il consulta ses fichiers, qui liaient l'immatriculation à une conductrice du nom de Zaïde Arif. Avec le nom, il appela les services d'urgence des principaux opérateurs téléphoniques. L'un d'eux la retrouva sur ses listes, il lui révéla que Zaïde avait pris l'assurance contre le vol de son smartphone, celle qui autorise l'opérateur à localiser le portable en activant le GPS intégré. Il expliqua au préposé qu'il s'agissait d'une situation de vie ou de mort : si la conductrice avait été éjectée du véhicule, les minutes comptaient en cas de blessure.

L'opérateur enclencha la recherche.

– J'ai un signal, finit-il par dire.

Et il donna les coordonnées exactes, que Safran programma sur un GPS marcheur. L'inspecteur retourna près de la voiture accidentée avec une petite équipe, pour vérifier les coordonnées de localisation.

Effectivement, les deux séries de coordonnées s'avéraient très proches. Safran ne comprenait pas cet accident. La voiture ne pouvait être venue de la forêt, et pourtant la trace GPS indiquait que la conductrice y était. Nul doute qu'elle ne pouvait avoir été éjectée de son véhicule au milieu des arbres et des broussailles. Si on partait du principe élémentaire qu'un véhicule circule habituellement sur une route, la seule interprétation plausible était qu'Arif l'avait délibérément abandonné en bordure de celle-ci en serrant mal le frein à main. Puis elle s'était aventurée seule dans la forêt, pour une raison qui lui échappait encore. La voiture avait alors suivi la pente…

L'équipe de police s'engagea dans la forêt à la lumière de lampes frontales et de puissantes torches. La priorité restant de ne pas perdre de temps, comme il se doit dès lors qu'une vie est en jeu, la progression se fit à marche forcée, jusqu'au point désigné par le GPS.

– Bon sang ! Je ne savais pas qu'il y avait de telles dénivelées dans cette forêt.

– Là-bas ! désigna l'homme de queue.

– Où ?

– Dans les éboulis tout en bas, je vois une masse inerte qui ressemble à un corps.

Safran s'approcha du bord.

– Tu as raison. On descend en rappel.

Dix minutes plus tard, Safran palpait le pouls de Zaïde. Malheureusement, il ne put que constater le décès. Il n'avait pas encore la certitude de l'autopsie mais il pensait qu'elle était morte sur le coup dans sa chute, et non dans une agonie douloureuse.

La question restait entière :

– Que faisait-elle là, au milieu de nulle part ?

Chapitre 4

Torn avait toujours été fasciné par la mer, dont il voyait à présent les reflets par la fenêtre du train. La même séquence se répétait dans sa tête. Le champ d'éoliennes d'abord, les trois silos à grains de couleur rouge, qui ressemblaient à des points d'exclamation, et enfin la mer dans son immensité. Il était arrivé à destination. À raison d'une fois par mois, il connaissait aujourd'hui chaque détail du parcours par cœur.

Même si l'« exotisme » des rivages de la Manche ne faisait rêver personne, la simple vision de l'eau l'apaisait. Trait d'union entre les différents continents, elle était comme une fenêtre sur le monde, d'où s'envolaient tous les rêves du voyageur immobile. Scandée par les poètes de tous horizons… « L'Albatros », l'« Embarquement pour Cythère »… les textes de son auteur de prédilection respiraient en lui comme autant de bouffées d'air iodé.

Les mots d'un philosophe dont il avait oublié le nom lui revenaient. La mer y était décrite comme un miroir de l'âme, où les uns s'embarquent pour des horizons mystérieux aux confins d'une plus grande découverte d'eux-mêmes, où les autres sombrent dans des gouffres insondables cachés par une surface trop lisse. Et le philosophe de conclure que l'homme libre n'existait pas. Jeté dans le grand bain à sa naissance, il partageait avec la mer cette quête d'infini, mais restait prisonnier de cette grandeur, entraîné vers les profondeurs par les vagues de son âme, attiré vers les abîmes d'un passé naufragé et brisé par la lame d'une vie tourmentée. Torn ne pouvait s'empêcher de voir en son existence l'illustration du propos du penseur.

Un enfant se mit à crier à l'arrière du wagon. Torn détestait le train, son cortège de bruits et d'odeurs nauséeuses. Et même le tangage, qui aurait pu lui rappeler le mouvement d'un bateau, lui était insupportable. Mais, dans son cas, cela restait le moyen de transport le plus efficace pour gagner la côte, tout en échappant aux difficultés de trafic et de parking.

Torn s'amusait souvent à inventer une vie à ces couples improbables qu'il croisait au hasard des quais, avec une férocité sans cesse renouvelée. Parfois, il tombait sur un regard ami, transi d'une même consternation sur l'observation de son prochain. Il n'était pas dupe, il était tellement plus simple de déverser son fiel sur les autres que de plonger dans sa propre vacuité.

Il relut les strophes composées les jours précédents et pour lesquelles il cherchait une fin. Elles lui parurent soudain très noires.

« De ce terrain vague submergé par l'amer
L'espoir déraciné par les esprits du mal
S'élève dans le soir tel un râle automnal
Un requiem banal aux clameurs de misère

Dessous un ciel de sang un océan de fiel
L'homme à la dérive lutte mais trop chétif
Une ombre maladive entraîne le captif
Vers l'abysse insensé des tourbillons mortels

Géhenne. Une haleine de soufre souffle, aliène
Le plus fiévreux des fils, gorgé d'ors et de sève
Riche de faiblesse, richesse pathogène. »

Comment se concentrer au milieu d'une telle cacophonie ! Il fut pris d'un vertige lorsqu'il se rendit compte que sa voisine, plus pour tromper l'ennui que par sensibilité artistique, cherchait à lire ce qu'il avait écrit. Une de ces matrones dont le maquillage outrancier ne faisait que mettre de la couleur à la laideur.

En toute circonstance à l'hôtel, qu'il soit à son office ou même en repos, Torn n'avait d'autre choix que de se contrôler. Jamais un mot plus haut que l'autre. Il avait tellement réussi à se gommer lui-même, acquis tant de maîtrise dans l'art de se faire oublier, qu'il en était devenu transparent pour tous ses contemporains. Sous la surface de cet homme tranquille, nul n'aurait soupçonné une mer agitée par un refoulement permanent et la torture morale qu'il s'infligeait pour oublier son passé. Pas question de pénétrer dans son espace sans y avoir été invité. Il commença par éloigner le feuillet de cette voisine indélicate, mais celle-ci persista.

– On ne vous a jamais appris qu'on ne lit pas une lettre qui ne vous est pas adressée ? s'emporta-t-il.

Le visage de la grosse dame s'empourpra.

– Mais monsieur, je vous assure. Je ne comprends rien à la poésie, mais je suis toujours admirative que des gens puissent s'y intéresser.

– Ça tombe bien, moi non plus je ne comprends rien à la poésie. Je suis heureux de servir votre curiosité, dans votre observation des cas cliniques.

– C'est un peu excessif vous ne trouvez pas…

– Ce qui est excessif, c'est d'avoir à côté de soi des sans-gênes qui ne savent pas respecter l'intimité des autres.

– Où voyez-vous une intimité ? Nous sommes dans un train... Si vous ne vouliez pas que mon regard s'arrête sur vos écrits, il ne fallait pas me les mettre sous le nez.

Le ton était monté de plusieurs crans, au point que les voyageurs à côté des deux duellistes commençaient à trouver la situation embarrassante. Torn déchira alors son poème en petits morceaux, avant de le lui balancer à la figure.

– Et là ils sont suffisamment sous ton nez mes écrits ? Ça t'inspire ?

La fâcheuse respirait fort, d'abord estomaquée par l'agression, puis se mit à souffler pour se débarrasser des quelques morceaux de papier restés collés à son rouge à lèvres. Croyant qu'ils en étaient venus aux mains, l'un des passagers chercha à s'interposer et demanda à ce que l'on trouve un contrôleur.

Les contrôleurs étaient repartis vers l'avant du train, du fait de l'imminence de l'arrivée. Et brusquement Torn se mit à rire bruyamment, laissant le compartiment perplexe. La dame ne bougeait plus, redoutant le calme avant la tempête, persuadée d'être tombée sur un dément.

– On verra bien ce que dira le contrôleur, espèce de malade mental, maugréa-t-elle.

Parmi ceux qui avaient assisté à cette scène surnaturelle, elle avait réussi à gagner quelques observateurs à sa cause mais, pour la plupart, l'incident était clos puisque le silence était revenu. D'une main malhabile, elle tentait de redonner à son visage un nouvel éclat, complètement absorbée par son reflet dans le miroir de poche.

Elle s'arrêta lorsqu'elle vit les yeux du déséquilibré la scruter. Instinctivement, elle se retourna pour voir si l'agent de la SNCF arrivait. Personne en vue.

Le regard de Torn se perdit dans le vague, tout son être à l'arrêt, comme suspendu à un fil invisible. Il prit une feuille vierge et ferma les yeux. Le stylo glissait sur le papier.

« La bête a le dessus et d'Ennui l'homme crève
Étouffé par la Haine, il pourrit pauvre pomme
Ris, la bête, si rire est le propre de l'homme ! »

Il se mit à déclamer en marquant bien les syllabes, pour en vérifier le mètre, comme si ce monde qu'il détestait s'était soudain évanoui. Il entendit dans un état second les haut-parleurs annoncer l'arrivée prochaine du train au terminus. Il rangea ses affaires sommairement, se leva et se rapprocha de la porte du wagon, comme si la grosse dame n'avait jamais existé.

Lorsque le contrôleur arriva, il était descendu du train.

*

Retirer ses chaussures, pour sentir l'eau s'insinuer entre ses orteils, était un plaisir sans égal. Il aimait prendre ce petit moment chaque fois qu'il venait, quelle que soit la température de l'eau.

La mer ramène du large son lot de surprises pas toujours heureuses, des restes d'épaves, des débris de toutes sortes, et parfois même des cadavres. Les rivages de sa vie en étaient souillés, sans qu'il ait pu les évacuer tous, même après des années. Il vit le visage d'une fillette se dessiner sur le sable puis disparaître, l'instant d'après, avalé par la vague.

Il serrait dans sa main la photo d'un petit garçon chauve. Depuis l'explosion du téléphone portable, les cabines publiques disparaissaient les unes après les autres, trop chères à entretenir. Il en restait une sur le front de mer. Lorsqu'il appela l'hôpital pour savoir comment se rétablissait le clochard, on lui répondit qu'il était en convalescence. Il chercha à en savoir plus, mais l'opératrice en ligne ne sut le renseigner.

– Il va sortir bientôt, soupira-t-il.

Ce qu'il avait lu sur les progrès de l'équipe américaine au sujet de la maladie orpheline l'obsédait. Utile… Il n'était utile pour personne… Il ferma les yeux pour mieux échapper aux visions qui le tourmentaient. Il connaissait ses démons, ce sentiment de désespoir absolu qui pouvait virer à la haine, même pour une broutille. Personne n'aurait imaginé derrière son attitude affable qu'il pût être violent, il se maîtrisait mais l'incident du train lui rappela combien son équilibre était fragile.

Lucille l'attendait. Il remit ses chaussures pour se rendre à la piscine municipale.

*

Comme à l'accoutumée, Lucille l'accueillit avec un sourire lorsqu'il se présenta. Pour l'heure, elle faisait un remplacement à l'accueil mais elle faisait partie du personnel encadrant pour assurer la bonne gestion de la structure.

– Bonjour, tu vas bien ? interrogea-t-elle en lui tendant ses joues.

– Oui, je te remercie.

– Tu viens voir ta petite protégée ?

– Arrête tes conneries… Je viens te voir toi…

– Bon, j'ai bien noté que cela ne t'intéresse pas mais… elle a bien progressé depuis la dernière fois ! dit-elle d'un air malicieux.

Lucille était de ces personnes à l'humeur égale, pour qui il avait une tendresse particulière. Ils se connaissaient depuis si longtemps. Elle avait assisté, impuissante, au naufrage du couple. À l'époque, Torn n'était qu'une pièce rapportée avec qui elle avait gardé un contact poli, sans plus. D'abord attachée à la mère, et pleine d'attention dans la période de trouble, Lucille avait vu son amie s'égarer sur des chemins de traverse, et c'est en voulant la raisonner pour protéger la gamine qu'elle s'était pris le retour de flamme. La mère de la petite lui avait fait comprendre qu'elle n'avait de leçons à recevoir de personne. Comme elle était la marraine de l'enfant, Lucille avait néanmoins été autorisée à la voir de temps à autre, et c'est ainsi qu'elle avait pu garder une relation.

Torn et Lucille s'étaient ensuite croisés plusieurs fois par hasard, et ils avaient fini par sympathiser. Lucille lui avait parlé de la jeune fille plusieurs fois mais ce n'était que récemment qu'elle avait insisté pour qu'il la rencontre. Officiellement, le rejeton n'avait pas de père. Sa mère avait toujours martelé à qui voulait l'entendre que l'enfant n'était pas de Torn, les hommes ayant défilé dans sa vie sur la fin de la relation. Avec une certaine morgue, elle aimait à plaisanter qu'au départ elle désirait un chien mais, comme la gosse était là, elle avait décidé de la garder. Qu'importe qu'elle n'eût pas de père. Une gosse, ça aboyait moins qu'un chien. Force était de constater qu'il existait pourtant bien une ressemblance. Plus Léna grandissait, moins elle ressemblait à sa mère. Lucille la regardait s'affiner et, sans qu'ils soient trop marqués, prendre des traits de Torn.

Léna était restée proche de sa marraine, qui avait su se rendre indispensable en l'absence d'un père, tout en se faisant oublier de la mère. L'exercice s'était au départ révélé périlleux mais, aujourd'hui, chacun y trouvait un équilibre. Le lien s'était encore renforcé lorsque l'adolescente avait accepté d'apprendre à nager. Lucille avait fait preuve d'une finesse de cœur infinie. Elle avait vu dans cette situation l'opportunité que Torn puisse voir celle qu'elle considérait, davantage par intuition que par évidence, comme sa fille.

Torn ne parla pas beaucoup, il ne parlait jamais beaucoup. Lucille déverrouilla une porte uniquement réservée à l'usage du personnel.

– Tu veux la voir ?

– Si tu veux. Tu m'emmènes au mirador, c'est ça ?

Le mirador était une mezzanine, d'où on avait une vue plongeante sur toute la piscine.

– J'aurais aimé t'accompagner mais je dois rester pour les clients.

– Tu sais, ce n'est pas une obligation. Ta filleule a le droit de vivre sans avoir des yeux braqués sur elle.

Il était agacé par ses lubies.

– Bon… Fais ce que tu veux… J'en ai encore pour une petite heure, après je suis à toi.

Elle fut un peu déçue par son attitude, mais elle s'était habituée à son manque d'empathie.

En haut de l'escalier, une cabine de massage, que Lucille laissait libre lorsqu'elle savait qu'il venait. Au travers des vitres surteintées, il avait la vision des bassins en surplomb, il voyait sans être vu. De son perchoir, il lui était difficile d'apprécier cette ressemblance que Lucille semblait avoir saisie, mais il devait reconnaître que, dans le passé, ses intuitions s'étaient révélées bien fondées sur d'autres sujets.

Il se souvenait de la première fois qu'il avait vu la petite un an plus tôt, comme elle montrait des réticences à mettre la tête sous l'eau ou à entrer dans l'eau rapidement, en sautant d'un plot, par exemple. L'évolution était saisissante aujourd'hui, elle ne ressemblait plus à ce pantin désarticulé dont les garnements plus agiles et plus âgés qu'elle se moquaient sans vergogne. Le déclic s'était passé, elle donnait maintenant l'impression de ne plus avoir peur et même d'y trouver un certain plaisir. Sauter d'un plot ne l'effrayait plus. Elle nageait sans ceinture et, au rythme où elle enchaînait les longueurs, l'adolescente de 14 ans se forgeait un corps moins juvénile. Il se prit à la regarder avec tendresse, nul doute qu'un enfant sait parler aux cœurs les plus réfractaires.

Un froissement attira son oreille. Lucille venait d'entrer dans la pièce.

– Annette me remplace un peu à l'accueil. Alors, toujours rien à afficher ?

– Tu vois, je suis curieux, je suis monté quand même.

– Je vois… Et finalement, trouves-tu qu'elle te ressemble ?

– Tu me le demandes à chaque fois mais je reste dubitatif.

– La morphologie, les traits du visage, tu ne trouves pas que ce sont les tiens ?

– Honnêtement, je pense que tu te fais des films. Et puis, je ne sais pas si j'ai envie que tu aies raison. De ton côté, je sais que tout part d'une bonne intention mais, de mon côté, cette enfant représenterait une cicatrice de mon passé qui jamais ne pourra se fermer. Et c'est une période que j'ai envie d'oublier.

Lucille encaissa. Elle qui avait cru bien faire, elle se retrouvait au milieu de nulle part.

– Ah… Tu as peut-être raison… Excuse-moi. Elle me touche cette gamine, peut-être que j'ai juste envie qu'elle ait un père.

– Quel père ! Tu lui fais un cadeau empoisonné ! Tu sais, j'ai du mal à voir où ça me mène d'observer cette fillette depuis quelque temps. Je le prends plutôt positivement mais ça reste du voyeurisme, si à un moment je ne lui parle pas. Ça commence à me gêner et je ne vois pas pourquoi elle devrait rentrer dans ma vie, et moi dans la sienne. Ça me paraît compliqué.

– Excuse-moi, il faut que je te laisse pour reprendre mon poste.

En réalité, elle n'avait pas à libérer Annette. C'était juste un prétexte pour sortir de la conversation. Elle descendit l'escalier remplie d'amertume. Décidément, à chaque fois qu'elle voulait jouer les *deus ex machina*, elle se prenait une veste.

*

17 heures sonnaient au carillon du beffroi lorsque, de retour de sa petite virée, il sortit de la gare. Torn avait trouvé Lucille très distante à son départ. Elle prenait cette histoire de ressemblance trop au sérieux. Il avait lui-même plaisir à voir les progrès de Léna, mais ces séances où il jouait les voyeurs l'épuisaient également. Devait-il aller rendre visite à Lucille moins souvent et mettre de la distance avec cette gosse ? Et si elle avait raison ? Devait-il le prendre comme un don du ciel ou une pénitence ?

– Tu m'emmerdes Lucille, finit-il par dire.

La silhouette de l'hôtel se dessinait au bout de la rue. Elle le rassurait dans la certitude qu'il avait d'échapper à cette réalité qui l'oppressait. Bientôt, il retrouverait sa bulle nocturne, qui lui permettait de rejoindre un monde meilleur.

Il était à cinquante mètres de l'entrée, quand soudain il vit une ombre fouiller les buissons à l'angle du bâtiment. Ce profil lui était familier mais il n'arrivait pas à mettre un nom dessus. L'ombre s'éloigna. Au moment où elle passa sous un réverbère, il la reconnut.

Tiens, c'est une des Roumaines. Qu'est-ce que tu cherchais dans les buissons toi ? se demanda-t-il.

Instinctivement, il décida de la suivre, intrigué par son manège.

Quelle ne fut pas sa surprise de la voir rentrer à la bibliothèque d'un pas vif...

Une Roumaine que les livres intéressent. Ça voudrait dire que tu es capable de lire le français, alors que je ne t'ai jamais entendue parler... Tu es bizarre on dirait...

Il la suivit dans la salle des arts et la vit emprunter un livre sur Chagall. Il l'observa un moment, très studieuse. Elle lui tournait le dos, semblant ignorer sa présence.

Une femme de chambre instruite qui aime l'art... Ce n'est pas banal.

Il reprit le chemin de l'hôtel, avant qu'elle ne se rende compte de sa présence. Il se retourna plusieurs fois, pour s'assurer qu'il n'avait pas été repéré.

Selena sortit de la bibliothèque d'un pas furtif et se mit en planque dans une zone d'ombre. Elle regarda Torn s'éloigner. Pourquoi ce type l'avait-il suivie ?

Chapitre 5

La porte de la salle de bains s'ouvrit brutalement, laissant échapper un nuage de vapeur. Portant comme simple attribut un loup ridicule, elle courut en string dans l'appartement richement meublé, en criant ce qui ressemblait à un mélange de délire et d'affolement. Elle n'était pas à son aise mais son visage exprimait davantage l'incrédulité et l'amusement que la crainte. Le jeu du chat et de la souris avait démarré il y a plus d'une heure.

Un homme, qui pouvait bien avoir la trentaine, jaillit à son tour dans la pièce dans le plus simple appareil, encore dégoulinant. Il sortait d'un jacuzzi, l'eau ruinant les tapis à chaque pas. Il butait sa nudité mousseuse dans la table, dans les chaises, les yeux couverts, pour lui aussi, d'un masque de satire qui l'empêchait de voir de près. Elle pouffait d'un rire forcé qui n'était pas précisément une invitation à d'authentiques bacchanales, et encore moins à un « Embarquement pour Cythère ».

Il s'emmêla les pieds dans un peignoir qui traînait sur le sol et s'étala de tout son long. Elle rit de plus belle, bêtement, et de manière tellement appuyée qu'il vécut cette hilarité comme un affront. Il arracha son masque de dépit et se mit à la courser dans l'appartement.

– Tu vas arrêter de gigoter petite conne…

– Attrape-moi patron… Attrape-moi…

Elle n'eut pas le temps de le narguer trop longtemps. Elle avait gardé son masque, ce qui la handicapait dans ses déplacements. Il la saisit par les cheveux et la projeta contre le mur. Elle s'affaissa sur le sol, groggy par l'impact du choc.

Il regarda, avec un mélange de jouissance contenue et de compassion, ce corps inerte. Trop imbibé de vin et d'alcool, avait-il encore la perception du mal qu'il pouvait faire ? Il dodelina de la tête, toucha l'arrière du crâne de celle qui semblait dormir. Elle s'en tirerait avec une bosse, rien de grave. Il se mit à la secouer.

– Hé ! Réveille-toi, dormeuse !

Avec le doigt, il parcourut son visage, qui exprimait une certaine candeur, ses épaules bien charpentées, la courbe de ses seins… Il allait poursuivre, lorsqu'elle commença à remuer.

Il se releva d'un coup, ouvrit un tiroir et sortit des menottes. Avant qu'elle ne soit sortie de sa torpeur, il l'enchaîna au radiateur.

– Alors ma chérie, après le pays des songes, bienvenue au pays des paradis artificiels.

– Mais monsieur, vous auriez pu me faire mal. J'ai vu trente-six chandelles.

– Allez, tu n'as rien. Ne fais pas ta fille.

– Avec tout le respect que je vous dois, si vous me blessez ou laissez des bleus sur mon visage, je ne peux plus faire mon travail à l'hôtel et mes patrons me virent.

Il eut un sourire indéfinissable, où elle ne lut que du mépris.

– Et tu as l'intention de me taper avec tes petits poings pour me punir ? Vas-y...

Elle prit soudain conscience qu'elle était attachée. Elle se mit à rire nerveusement.

Il s'approcha pour lui montrer deux pilules dans la paume de sa main.

– Tu veux une rose ou une bleue ? lui demanda-t-il.

– Ce sont les mêmes que tout à l'heure ?

Ces pilules étaient fournies par l'hôtel, qui vantait leur caractère bienfaisant pour la relaxation du corps et de l'esprit. Il s'agissait d'un cocktail protéinique allié à une base inspirée de l'hormone du bonheur. Totalement inoffensif. Elle avait déjà goûté à leur effet délicieusement euphorisant en plusieurs occasions. Les clients pouvaient s'en procurer dans les distributeurs installés dans les couloirs du Château, au milieu des barres chocolatées et des préservatifs.

– Oui, les mêmes.

– Une bleue alors..., dit-elle avec un sourire entendu.

Il remplit deux verres de vin. Dans l'un d'eux, il s'empressa de dissoudre la pilule. Il caressa ses lèvres, mit un doigt dans sa bouche, jusqu'à ce qu'elle réclame le verre. Elle en but goulûment le contenu. Elle sentit bientôt une vague de chaleur l'envahir, ce n'était absolument pas le même effet que la dernière pilule, il lui avait menti. Elle frottait ses cuisses l'une contre l'autre, son sexe criait famine. Un début de frénésie s'était emparé d'elle, avec un mélange de frustration sourde : son corps exsudait le désir de caresses dans les parties les plus intimes, mais elle était prisonnière de son radiateur, lui ne semblant pas non plus très disposé à la toucher tout de suite. Elle lança ses mains en avant, telle une panthère voulant capturer sa proie. Mais il s'écarta à la dernière minute. Elle se frottait par terre, tapait du pied, sans pouvoir réprimer les convulsions que ce désir inassouvi donnait à son corps offert.

À nouveau il s'approcha, pour aussitôt s'éloigner dès qu'il vit les mains bondir.

– Allez, j'ai quelques ordres à passer en Bourse. Rumine un peu dans ton coin. Lorsque je te détacherai, tu seras tellement à fleur de peau que tu seras une vraie chienne.

Elle voyait trouble, tout s'embrouillait dans sa tête. La politesse, les convenances, le respect du client furent bientôt balayés par l'effet de la pilule.

Il venait de s'installer dans un cabriolet de cuir près de la fenêtre, son verre de rouge dans une main et l'autre pianotant sur l'ordinateur portable.

– Ma chérie, dans une semaine, je vais être riche. Tu veux un ou deux millions en actions ?

Elle lança une nouvelle fois sa main, comme s'il lui était possible de briser ses chaînes d'un seul geste. Elle ne réussit qu'à se tordre le poignet. La douleur lui arracha un cri déchirant.

– Je n'ai pas trop compris la réponse. Allez, on va dire deux millions. Rends-toi compte que dans dix jours, Gordon's Entreprises va devoir affronter une OPA sauvage… et c'est moi qui l'aurai provoqué ! Et de ce chaos, je vais savoir tirer deux ans de salaire.

– M'en fous de tes conneries. S'il te plaît…

Elle avala d'un trait son verre de vin, pour mieux le provoquer.

– Encore du vin. J'ai soif.

Il s'approcha avec la bouteille, tout en guettant ses mains. Il voulait encore la laisser mijoter. Trop concentré sur ses mains, il vit trop tard la jambe partir en balayage. Il s'écroula lourdement sur le sol, dans un fracas de verre brisé. Les genoux dans le vin et les morceaux de verre, elle n'attendit pas qu'il récupère pour l'enfourcher à l'envers : le pubis à hauteur de sa bouche tandis qu'elle s'assurait avec ses lèvres de susciter une virilité sans faille.

– Détache-moi mon amour. Je brûle de l'intérieur, tu ne vas pas me laisser comme ça.

Sa bouche savait exactement ce qu'il aimait. Lorsqu'enfin il recouvra ses esprits, laissant les vagues d'adrénaline le submerger, qu'elle sentit sa langue au plus profond de ses chairs, elle sut qu'elle l'avait dompté. Pour éviter les éclats de verre, ils s'étaient inconsciemment écartés de l'impact de la bouteille mais le bras attaché, désormais en tension, s'ankylosait. La vue du sang sur ses mollets le fit sortir un instant de sa ferveur érotique. Il se redressa alors pour la détacher, l'air hagard. Prenant conscience de l'odeur du bordeaux qui les imprégnait, il voulut l'emmener dans la salle de bains, comme si un début d'humanité réapparaissait soudainement.

Sa voix était devenue rauque et animale.

– Maintenant que tu m'as frappée et attachée, tu veux être gentil… Salaud !…

D'un geste prompt, elle ramassa un tesson de bouteille, qu'elle plaça contre sa gorge.

– Alors, tu fais moins le malin maintenant. Je ne veux pas de ton sale fric, je veux que tu me respectes… Les Roumaines sont fières. Plus jamais tu ne me frappes ou je te plante…

Il ne sut pas tout de suite si c'était du lard ou du cochon mais une lueur dans ses yeux le rassura. Il se risqua à lui saisir les poignets, pour lui faire lâcher le morceau de verre. Elle lui décocha immédiatement un coup de genou dans les parties intimes. Il se retrouva au sol à nouveau dans le vin, plié de douleur. Du coin de l'œil, il la vit lâcher son arme de circonstance et sentit ses lèvres parcourir chaque parcelle de sa peau. À nouveau, sa bouche sut se montrer très persuasive et lui faire oublier la douleur. Elle comprit qu'il allait jouir. Elle stoppa net pour se relever.

– Tu ne crois pas que tu vas prendre ton plaisir avant de m'avoir donné le mien ?

Il se mit debout également pour la projeter contre la table. D'un mouvement de bassin, elle esquiva l'assaut et, d'une force qui semblait décuplée, passa les bras entre ses cuisses pour aller chercher ses fesses. Il bascula sur la table qui grinça sous la force du choc. Elle lui fit l'amour avec une telle énergie, à califourchon sur la table, que la pièce commença à tourner autour de lui. Plusieurs fois, il chercha à la renverser, pour reprendre le dessus, mais le vertige fut le plus fort et il dut s'incliner.

Dans un ultime péché d'orgueil, il se redressa pour la porter jusqu'au lit mais, les jambes flageolant un peu, elle fut bien obligée de l'aider. Arrivés dans le lit, elle décida qu'elle ne ferait plus rien, que c'était à lui de travailler. Le style était sans aucun doute un peu plus besogneux, ce qui cassait un peu le mythe du golden boy beau, riche et sexuellement au top, mais il eut le mérite de parvenir à ses fins de fort belle manière, en déclenchant une série de petits orgasmes en chaîne. Ils s'abandonnèrent dans une même étreinte.

Les effets des orgasmes successifs se dissipèrent dans un sentiment de bien-être et d'apaisement. La panthère regagna la jungle, rassasiée. L'esprit de la jeune femme vagabondait au milieu d'une forêt accueillante, rythmée de chants d'oiseaux et parcourue par une lumière irréelle. Un arc-en-ciel apparut au travers des feuillages. Les couleurs l'invitèrent à s'élever vers d'autres cieux. La douce Clara dormait.

*

– Alors, comment se débrouille la nouvelle ? s'enquit le chef, toujours vêtu du même costume d'alpaga ?

La femme en face de lui n'avait pas l'air commode. Imposante par la taille, austère dans la tenue, sévère par le regard, elle menait à la baguette les filles du Château. Cette sévérité lui avait valu le surnom de Mme Sourire, personne n'aurait osé s'aventurer sur le terrain de l'humour avec elle. Retraitée de l'armée, elle avait trouvé une nouvelle jeunesse au Château, où elle pouvait déployer des trésors de rigueur et asseoir son autorité dans un contexte d'excellence qui ne supportait pas l'erreur.

– Plutôt une bonne surprise. Je m'attendais à ce qu'elle nous pose un peu plus de problème de conscience, que ce soit un peu plus larmoyant. Mais non, c'est un bon soldat.

– C'est l'avantage avec les Roms, ce sont des personnes sans attache, sans âme et pour qui le travail est une valeur forte. Au XIVe siècle, ils étaient les esclaves des boyards, les seigneurs de l'époque en Roumanie. Aujourd'hui l'histoire se répète, seuls les maîtres ont changé. Clara, comme tous les autres Roms, ne sait pas fonctionner sans maître. Travail et servitude, ils ont ça dans le sang, et c'est ce qu'il nous faut ici. Il faut savoir exploiter les ressorts viscéraux des êtres pour mieux régner. Ce n'est pas à toi que je vais apprendre cela…

– Non, chef… Enfin, je préfère avoir une Roumaine de souche qu'une Rom… Pendant la guerre de Serbie, j'ai eu à en découdre avec des Roms, ce n'est pas la même race.

– Et alors ?… Tous des voleurs, c'est ça ?… Des gens sans racines qui exploitent leurs enfants ?… Qu'est-ce qu'on en a à foutre qu'ils soient plus de souche roumaine que rom ou inversement, du moment qu'ils nous servent… Entre nous, il y a bien longtemps que les Roumains eux-mêmes ne savent plus si leur sang est pur. Et c'est tant mieux, les peuples inférieurs ont toujours constitué une excellente main-d'œuvre.

– Vous êtes dur chef. Les peuples opprimés ne sont pas forcément inférieurs.

– Hé ! Tu te ramollis avec l'âge. Les sang-mêlé restent des sang-mêlé. Tu croises un Viking avec une esclave, tu es sûre que leur enfant reste un Viking ? Les anciens esclaves roms ont été affranchis ou ont racheté leur liberté avec l'argent de la drogue et de la prostitution. Ils ont essaimé sur tout le territoire en hommes libres. Et je peux te dire qu'ils se sont empressés de coucher avec tout ce qui pouvait faire oublier leur origine. Dans chaque Roumain, il y a une goutte de sang rom. Tu savais que Ceausescu avait du sang rom ?

– Non…

Mme Sourire commençait à manquer d'arguments. Elle savait son chef raciste à l'égard d'un certain nombre de minorités, elle ne pouvait pas s'empêcher de réagir quand il l'embarquait dans ses discussions philosophiques sur fond de généralisation, mais le chef avait toujours raison. Elle tenta de le ramener à des considérations plus concrètes.

– Enfin, pour revenir à Clara, chef, c'est une bonne recrue.

– Il est sans doute encore un peu tôt pour le dire mais encore une fois, avec les Roms, enfin les Roumains si tu préfères, on est rarement déçu.

Son visage s'éclaira alors d'un sourire malsain. Il persista.

– En tout cas, on la voit bien la goutte de sang rom chez ta petite protégée.

– Comment ça chef ?

– L'esclave qui monte dans l'ascenseur social ! Regarde ta Clara aujourd'hui, Clara la Roumaine, Clara l'opprimée comme tu dis. On la fait monter au Château, elle se drogue, elle fait la pute et ça ne la dérange pas plus que ça. Du moment que cela l'aide à s'affranchir, à faire oublier son origine… Dans leurs gènes je te dis, dans leurs gènes… Utilisons les gens pour ce qu'ils sont mais restons vigilants !

Mme Sourire se renfrognait. La discussion lui pesait. Elle tenta une nouvelle fois de recentrer le dialogue.

– Je dois dire que, si on parle de drogue, elle réagit plutôt bien à celle qu'on met dans la nourriture.

– On utilise toujours le népenthès ?

– Oui, la concentration de pavot est restée la même, seule la proportion d'euphorisants et de désinhibiteurs a été un peu ajustée. C'est un formidable cocktail pour l'oubli des autres et de soi. J'ai toujours mes sources d'approvisionnement actives, avec mes anciens collègues de l'armée. Ils ont amélioré la formulation chimique, pour atténuer les effets secondaires, mais c'est toujours du népenthès.

– Bien. Et pour les contacts physiques avec d'éventuels clients trop entreprenants ?

– Cela vient d'arriver avec le nouveau du septième étage. Il a flashé sur elle. Il faisait nettoyer sa chambre plusieurs fois par jour, juste pour la voir. Elle est restée courtoise et digne sans céder, elle a accepté d'aller jusqu'au jacuzzi sans trop de problèmes mais, lorsqu'il a voulu aller plus loin, il a fallu qu'on aide le client à assouvir ses fantasmes.

– La drogue du violeur ?

– Chef, vous savez que je n'aime pas ce terme. Nous avons des produits plus évolués aujourd'hui, il s'agit bien de GHB mais coupé avec un puissant aphrodisiaque, grâce auquel les deux partenaires prennent leur pied. L'avantage de notre produit, c'est qu'elle aura tout oublié à son réveil et qu'il y a surtout un contraceptif à l'intérieur.

– Bien, bien… Pas de velléités de redescendre dans le monde réel ?

– Non, pas vraiment. Et si elle y aspirait, nous serions les premiers au courant. Notre système de brouillage est en place. Elle a juste constaté que son téléphone portable ne fonctionnait plus à cause du réseau soi-disant défaillant. Pour lui être agréable, nous lui avons fourni un téléphone qui fonctionne, qui nous permet de suivre toutes ses conversations le cas échéant. *Idem* pour sa ligne mail, que nous contrôlons. Mais pour l'instant c'est inutile, elle ne rentre en contact avec personne.

– Même avec l'autre Roumaine ? Comment s'appelle-t-elle déjà ?

– Selena. Non, aucun contact. Vous avez peut-être raison sur le côté sans attache des Roms. Voulez-vous la rencontrer ?

– Pas tout de suite mais dans une semaine. En étant dans les petits papiers du golden boy, c'est bien le diable si elle ne peut pas nous faire profiter d'un petit délit d'initié.

Mme Sourire accueillit fièrement les félicitations du chef, lorsque, finalement, il reconnut que la situation était sous contrôle.

Elle allait sortir, lorsqu'il l'interpella à nouveau.

– Au fait… Surveillez l'autre Roumaine. Contrairement à Clara, elle n'est pas sous drogue. Il ne faudrait pas que sa copine lui manque. Les Roms vivent en bande… si vous voyez ce que je veux dire…

Elle quitta la pièce en fronçant les sourcils. Elle se dit qu'il fallait absolument proscrire les rythmes tsiganes de la musique d'ambiance diffusée par les haut-parleurs de l'hôtel, ou il croirait à une invasion, et il lui demanderait de prendre les armes... Mais si telle était la mission, elle respecterait l'autorité.

*

Deux jours que l'inspecteur Safran piétinait sur l'affaire Arif. Ses premières investigations confirmaient que la malheureuse qui s'était brisé les os en pleine forêt menait une existence banale. D'origine étrangère mais bien intégrée, un travail fixe dans un hôtel classieux, des finances claires. Il avait été intrigué par la voiture, dont le clinquant contrastait avec le train de vie d'une femme de chambre. Le culte de l'apparence sans doute... On préfère parfois prendre une plus grosse voiture pour montrer qu'on a réussi... et ne jamais faire le plein parce qu'on n'a pas l'argent pour remplir le réservoir... C'était assez courant dans les pays de l'Est.

L'analyse des comptes bancaires de la malheureuse avait soulevé quelques questions. Zaïde avait fait des frais ces derniers temps, alors qu'elle n'était pas coutumière du fait. Mais elle avait aussi reçu de son employeur une somme rondelette, qui semblait trop importante pour être une prime. S'il y avait eu néanmoins un évènement exceptionnel justifiant une telle somme, il devait savoir lequel. Une prime de licenciement peut-être... S'il s'agissait d'un solde de tout compte, il lui fallait connaître pourquoi elle avait décidé de quitter la sécurité financière d'un établissement ayant pignon sur rue. L'hôtel conférait à n'en pas douter une sacrée carte de visite. Il supposait par ailleurs que Zaïde complétait son salaire en pourboires, dans un lieu où le pedigree des clients faisait qu'ils ne rechignaient pas à en donner. Cela le titillait, considérant son statut d'immigrée. Quittait-elle la poule aux œufs d'or pour un poste mieux rémunéré, qui serait à son sens plus exposé ? Il fallait qu'elle soit sûre d'elle-même. Le retour à une vie sociale plus épanouie était peut-être son moteur, il comprenait que la vie au service des autres, avec des horaires trop élastiques, pouvait se traduire à un moment par une usure certaine. Il devait en avoir le cœur net.

L'analyse de la voiture n'avait rien donné. Aucun impact avec un autre véhicule ayant laissé une trace de peinture quelconque à l'extérieur. Rien à exploiter non plus sur l'intérieur. Il ne comprenait toujours pas comment une voiture pouvait être à l'opposé de son conducteur sans intervention extérieure. Mais partout où il regardait, la même impression de normalité, de banalité. Aucun fil à tirer dans ce paysage invraisemblable.

– Inspecteur…

– Oui, Alex…

– J'ai visionné les caméras du pont et j'ai identifié toutes les voitures qui tournaient à gauche pour prendre la route des crêtes. J'ai comparé toutes les immatriculations avec celles qui se sont arrêtées dans la montée au moment de l'accident, dont nous avons la trace dans les procès-verbaux. Je les ai toutes retrouvées… sauf une…

– Sauf une ?… Cela voudrait dire qu'elle est restée en bas de la route des crêtes ?

– Oui… comme si elle attendait quelque chose… Ou quelqu'un…

– C'est une piste qui mérite d'être suivie. Et cela me donne une autre idée. Il y a également des caméras sur le pont. Sais-tu suivre la piste inverse, à savoir les voitures qui seraient descendues de la route des crêtes et auraient emprunté le pont ?

– On peut essayer.

– OK, merci Alex. Remonte les deux pistes. Ton idée des caméras est géniale. De mon côté, je vais rentrer dans la vie de Mlle Zaïde Arif.

Il chercha les coordonnées de l'hôtel et décrocha son téléphone.

Chapitre 6

Chaque soir, lorsqu'elle terminait son service, et même en cours de journée à l'occasion des pauses, Selena s'éclipsait pour regarder dans les buissons, près de l'aile droite de l'hôtel. Rien… Rien depuis des jours qui lui paraissaient une éternité. Inquiète, elle avait laissé un message SMS sur le portable de son amie Clara, le plus lapidaire possible. Elle ignorait que celle-ci avait troqué son téléphone mobile habituel contre un appareil espion surveillé par le Château, aucune réponse ne lui parviendrait.

Elle n'avait jamais prêté attention auparavant aux accès aux étages supérieurs de la tour. L'ascenseur, qui fonctionnait en mode libre aux étages inférieurs ouverts aux clients traditionnels, requérait une carte à puce dès lors qu'il s'agissait d'atteindre les étages supérieurs du Château. Elle en avait pris conscience au travers de la conversation avec Clara la dernière fois qu'elles s'étaient vues. Mentalement, elle cherchait une solution pour contourner le système, mais cette fente au milieu des boutons d'appel des étages lui paraissait hermétique. Cette même carte servait de sésame dans les escaliers pour accéder aux étages à pied et pour ouvrir la porte de la chambre, autant dire que tout était verrouillé ; qui plus est avec une trace informatique, si quelqu'un avait dans l'idée de dupliquer une carte dans le dos de tout le monde. Elle se souvenait du plan qu'elle avait échafaudé avec son amie roumaine, avant que cette dernière ne rejoigne le Château : l'idée du message codé par SMS, avant l'envoi d'un message papier par la fenêtre. Avec le recul, cette idée lui évoquait davantage la parodie d'un film d'aventures que la réalité froide à laquelle elle était aujourd'hui confrontée. Les héros trouvaient toujours des solutions, même rocambolesques, elle se sentait quant à elle plutôt coincée.

Selena était assise à la table, une jambe repliée sous elle-même. Le crayon à la main, elle regardait désespérément cette feuille blanche, qui s'obstinait à plonger son esprit dans un gouffre incommensurable. Elle était comme échouée au milieu de nulle part, sans une once de vent pour pousser sa voile. C'est cela que l'on devait appeler le « spleen ». Elle n'avait pas éprouvé un tel sentiment depuis très longtemps.

Un flash la ramena à l'époque où elle avait annoncé à ses parents qu'elle ne resterait pas dans l'exploitation familiale, comme brave ouvrière agricole au fin fond de la campagne roumaine. Ses parents avaient d'abord cru qu'elle préférait l'Administration, leur déception avait été quelque peu atténuée par la fierté d'avoir une fonctionnaire d'État dans la famille ; leur fille était intelligente, elle ne pouvait que réussir. C'est en découvrant que ses visées étaient autres que tout s'était gâté : elle voulait quitter la Roumanie pour étudier en France…

– Mais tu ne parles pas un mot de français… Et avec quel argent on t'enverrait là-bas ?!

– Avec une bourse.

Son père s'était emporté.

– Foutaises ! Qui es-tu pour penser que tu mérites davantage une bourse que d'autres ? Pourquoi pas tes frères dans ce cas ? Ta place est à l'exploitation, laisse l'ambition aux garçons !

De jour en jour, elle s'était enfermée dans un isolement total. Elle regardait ses frères vivre d'expédients, sans autre projet que de s'amuser et gâcher chaque minute de leur existence. Ils dépensaient beaucoup en ne travaillant qu'à mi-temps pour l'exploitation, mais leur père faisait mine de ne rien voir : il lui plaisait que les voisins pussent croire que la famille ne manquait pas d'argent.

Un amour-propre démesuré était la marque de fabrique de la famille. Jamais son père ne reconnaîtrait qu'il plaçait en ses fils une ambition qu'ils n'avaient pas, jamais sa fille n'accepterait de se plier au joug familial pour mettre son existence en jachère. Elle finit par dépérir, sa peau déjà pâle avait pris la consistance de la cire, ses os saillants témoignaient de quelques kilos en moins. Sa mère avait appris à composer entre ces deux tempéraments forts et, lorsqu'elle vit sa fille se dégrader progressivement, elle chercha une solution qui permette à chacun de faire un pas vers l'autre sans perdre la face.

– Selena, avec ton père nous avons pensé que ce serait bien si tu commençais des cours de français en Roumanie. Cela nous rassurerait de savoir que tu peux te débrouiller en français, si, un jour, tu dois partir en France.

Le visage de la jeune fille s'illumina.

– Quand ?

– Quand tu veux. Nous avons regardé les établissements qui le proposent, il y en a dans les villes aux alentours. Il faudra juste que tu te débrouilles avec le bus.

La mère était finaude. Sa stratégie consistait à gagner du temps. S'il s'agissait d'une simple lubie, sa fille se démotiverait d'elle-même, et l'idée de partir en France tomberait comme un fruit blet. Si elle se découvrait une vraie vocation avec des résultats exemplaires, effectivement, la France serait à sa portée avec l'aide d'une bourse. Si elle était juste moyenne, elle reverrait ses ambitions à la baisse et les cours lui serviraient à construire autre chose. Une fonctionnaire de l'Administration roumaine parlant français, ce n'est pas si courant, son père en tirerait une grande fierté. C'est d'ailleurs ainsi qu'elle avait présenté l'idée à son mari.

Son père prit la parole :

– Tu ne pourras pas continuer à travailler pour l'exploitation au même rythme. Tu devras aller à tes cours, apprendre, faire tes devoirs... Nous avons bien conscience que cela va te prendre du temps. On aimerait bien que tu continues à nous aider, il y a sans doute un équilibre à trouver.

– On le trouvera, dit sa mère. N'est-ce pas qu'on le trouvera Selena ?

La jeune fille baissa les yeux.

– Oui, on le trouvera. Merci de m'ouvrir cette porte. C'est important pour moi.

Le père voulut avoir le dernier mot.

– Du moment que tu ne méprises pas la terre de tes ancêtres, ma fille. Il faut toujours se souvenir de là d'où l'on vient. Un jour, si tu accèdes aux paillettes et aux lumières artificielles des villes occidentales, n'oublie jamais la terre qui t'a nourrie…

Des fourmis dans sa jambe ankylosée vinrent tirer Selena de ses souvenirs. Aujourd'hui, les paillettes et les lumières artificielles, elle les voyait tous les jours dans l'hôtel, mais de l'arrière du décor. Elle avait poursuivi ses études dans la filière linguistique, au sein d'une école qui proposait des cours en temps partagé dans différents pays francophones. Elle avait bien sûr retenu la France, où derrière le plaisir d'apprendre la langue sur le territoire des natifs se cachait une autre réalité, un peu plus dure celle-là : en aucun cas la linguistique n'était un métier. Quand elle chercha une activité rémunérée en parallèle, pour se loger, vivre et continuer ses études en France à la fin du cursus initial, elle constata rapidement que les propositions n'étaient pas légion. Par ailleurs, le commun des personnes confondait en France les Roumains avec les Roms, et personne n'était prêt à voir débarquer les gens du voyage près de son activité, avec le cortège de vols, de drogue, qui pouvait être dans leur sillage. Même si la petite présentait bien, on avait toutes les raisons du monde d'en préférer une autre.

Jusque-là tétanisé, le crayon dans la main de Selena se mit à dessiner fébrilement un visage sur la feuille blanche.

Elle se rappelait une période particulièrement dure où elle aurait pu finir dans la rue, à croquer des portraits pour gagner sa pitance. À cette époque, elle était aussi tombée sur des hommes peu recommandables qui lui auraient davantage appris sur l'art des positions horizontales plutôt que sur celui d'acquérir un vrai métier lui permettant de s'intégrer. Mais l'orgueil était son ressort, jamais elle n'aurait montré son désarroi, ni à son père, ni aux autres… Elle s'était accrochée…

Le visage sur le dessin exprimait la peur et la douleur. Deux grands yeux perdus où l'on devinait une extrême douceur…

… Elle avait rencontré Clara… Celle par qui la lumière était venue, balayant ce qui virait lentement mais sûrement à la galère. Elle se souvenait des circonstances particulières de leur rencontre.

Elle revécut la scène avec la même intensité. Clara prenait de l'argent à un distributeur quand deux jeunes s'étaient placés à ses côtés pour récupérer les billets sortant de la machine… Lorsqu'elle s'était mise à crier en roumain, Selena, à proximité, ne s'était pas posé de question, elle avait ramassé un couvercle métallique de poubelle et telle une forcenée avait défendu Clara contre ses agresseurs. Elle se souvenait de la violence du coup dans le nez d'un des deux jeunes, du sang qui coulait sur son visage ; l'autre s'était pris le couvercle dans le ventre, puis un coup de genou sous le menton. Clara n'avait pas bougé, comme paralysée. Prenant la main de Clara dans la sienne, elles s'étaient mises à courir à perdre haleine dans les rues de la ville, en jetant des regards furtifs derrière elles pour s'assurer que personne ne les avait prises en chasse. Les deux jeunes femmes s'étaient arrêtées, à bout de souffle. Selena se rappelait du petit rire nerveux qui les avait animées. Et elle avait pu se présenter :

– Je m'appelle Selena…

Elle se souvenait des deux grands yeux perdus, qui l'avaient fixée comme une bête apeurée. Son dessin la dévisageait avec la même peur, la même douceur dans le regard.

– Je m'appelle Clara. Je ne sais pas ce que j'aurais fait sans toi…, lui avait-elle dit.

– Entre Roumaines, il faut bien s'entraider, avait répondu Selena, simplement.

Et Clara fit bien plus que lui renvoyer l'ascenseur. Selena gagna une amie dévouée qui lui offrit un toit, se démena pour la faire entrer comme femme de chambre dans un hôtel luxueux et l'aida à s'intégrer. Elle lui devait juste sa renaissance en France. Elle, que son père ne voyait pas, pourrait montrer à tout le monde qu'elle avait su devenir une vraie personne par elle-même. Un jour, son père serait fier d'elle et il serait bien obligé de le reconnaître. Elle savait ce qu'elle devait à Clara.

Selena prit le dessin de son amie et le fixa sur le mur blanc avec une punaise. Il était temps qu'elle évacue le spleen, elle s'était battue pour avoir ce qu'elle avait acquis, ce n'était plus le moment de mollir. Pour elle, comme pour Clara. Elle respira un bon coup, comme pour exorciser un danger qu'elle sentait confusément au-dessus de leur tête. Elle se dit qu'il fallait agir vite.

*

Torn était seul maître à bord dans sa loge. Il entendait des ronflements dans la permanence de réception, la personne d'astreinte ne serait effectivement plus dérangée à cette heure. À 3 heures du matin, toute la ville dormait, et les occupants de l'hôtel n'échappaient pas à la règle. Tous les occupants ?

À l'étage mezzanine qui surplombait la réception, de l'aire qui s'animait le matin lorsque les convives venaient prendre leur petit déjeuner, deux yeux ne perdaient rien des faits et gestes du gardien. Comme à l'accoutumée, Selena avait pointé avec sa carte avant de partir, donnant l'illusion qu'elle ne se trouvait plus dans l'enceinte de l'hôtel. Au deuxième étage, dont elle avait la charge pour le nettoyage, elle avait préalablement bricolé le pêne de la porte-fenêtre d'accès au balcon, dans une chambre dont elle avait vu sur le planning qu'elle n'était pas réservée pour le soir. Sur la balustrade qui l'intéressait, elle avait discrètement positionné un scotch, pour être certaine de ne pas faire de confusion entre deux appartements. La nuit, les perceptions peuvent changer. Vers 2 heures du matin, elle était arrivée. Tel un chat, elle s'était aidée des pierres en saillie de la façade et de la gouttière pour se hisser à la hauteur du deuxième étage, sur l'avancée la plus accessible. Elle enjamba les séparations pour atteindre l'appartement qu'elle avait repéré. Lorsqu'elle aperçut le morceau de ruban adhésif, son cœur se mit à battre ; elle émit un soupir de soulagement lorsqu'elle sentit la porte glisser. Elle était dans la place.

Il fallait une carte pour rentrer dans une chambre mais pas pour en sortir. Passé le seuil, elle serait prisonnière, sans possibilité de retour par la voie qu'elle avait empruntée à l'aller. Mais elle s'en moquait. Elle reprenait son service à 6 heures du matin, elle pointerait normalement comme si elle arrivait de l'extérieur.

À force de retourner le problème dans sa tête, Selena s'était convaincue qu'une seule personne détenait la solution à son problème. Pour des raisons évidentes de sécurité, le gardien de nuit devait pouvoir circuler dans tout l'hôtel, même au niveau des étages supérieurs, si par exemple un feu se déclarait et qu'il fallait faire monter les pompiers. Par ailleurs, ses repérages lui avaient confirmé un autre point essentiel : les communs appartenaient à la partie la plus ancienne de l'établissement, celle où les chambres étaient verrouillées par clé et non à l'aide d'une carte à puce. La direction n'avait pas jugé utile d'investir dans cette aile, dédiée au petit personnel assigné à résidence dans l'hôtel. Le logement du gardien s'y trouvait.

Du haut de sa mezzanine, la jeune femme observait Torn complètement absorbé par ses créations nocturnes. De là où elle était, elle avait l'impression d'un gribouillage incessant. Elle le voyait le regard perdu dans le vague pendant de longues minutes. Puis, il se levait, arpentait le hall de l'hôtel en parlant tout seul. Il revenait s'asseoir pour écrire. Suivait une séance de relecture qui le laissait satisfait ou au contraire désenchanté, au point de déchirer avec parfois beaucoup de rage un texte mort-né.

Il est vraiment space ce mec, il doit avoir les fils qui se touchent, se dit-elle.

Elle se souvenait bien évidemment de lui lorsqu'il l'avait suivie à la bibliothèque. Ce qui l'intriguait davantage était la ferveur avec laquelle il se livrait à son gribouillage incessant. Elle aurait aimé s'approcher davantage, pour lire ce qu'il racontait sur toutes ces pages. Cela collait assez mal à un rôle de grouillot, il fallait un minimum d'instruction pour écrire.

Enfin, le moment qu'elle attendait se présenta. Elle le vit se diriger vers les toilettes, sans doute le café qu'il avait siroté une demi-heure plus tôt. Dès qu'il eut disparu, elle descendit quatre à quatre les marches de l'escalier dont un épais tapis amortissait chacun de ses pas. Elle sentit les battements de son cœur s'accélérer, la peur d'être découverte. Elle savait comment évoluer pour éviter l'œil des caméras, davantage tourné vers l'entrée. Dans le silence de la nuit, il lui semblait que chaque bruit, aussi minime soit-il, était amplifié et s'entendait à des kilomètres. Elle sut tout de suite où chercher le trousseau de clés qu'elle avait repéré un peu plus tôt sous un amas de feuilles griffonnées. Elle ne put empêcher son œil de s'arrêter pour lire quelques lignes. Quelle ne fut pas sa surprise de parcourir de la poésie ! Elle resta un instant interloquée, mais elle ne devait pas traîner, il allait vite réapparaître. Ses mains agiles eurent rapidement fait le tour des poches de son uniforme, dont il avait abandonné la veste sur le dossier de la chaise. Pas de trouvaille, les poches étaient vides. Elle ouvrit quelques tiroirs dans la loge ; ils étaient tous bourrés de papiers noircis, elle décida d'en prendre une liasse à lire plus tard, cela l'intriguait trop. Soudain, son regard fut attiré par un reflet rouge dans la poche poitrine de la veste, qu'elle avait négligée dans sa fouille pourtant méthodique : une carte magnétique. Elle s'en empara sans réfléchir plus avant.

Elle entendit la chasse d'eau. Elle avait atteint son poste d'observation sur la mezzanine lorsqu'il fit mine de rejoindre la table de sa loge. La démarche du gardien lui semblait plus lente que précédemment, son regard ne se détachait pas de la porte derrière laquelle on percevait les ronflements du personnel d'astreinte. Soudain, elle le vit passer derrière le comptoir de la réception, débrancher un téléphone fixe et venir le rebrancher à une prise proche de sa loge. Il était 17 heures à Seattle lorsqu'on décrocha. Selena, toujours aux aguets, l'entendit parler anglais, le dialogue n'était pas d'une grande fluidité mais il se débrouillait. Son visage s'était empourpré, sous le coup de la concentration ou d'un embarras subit. Décidément il n'avait pas l'air à l'aise.

Torn avait demandé si quelqu'un parlait français. Enfin, il entendit à l'autre bout de la ligne des sonorités plus familières.

– Bonjour monsieur, que puis-je faire pour vous ?

– Bonjour madame…

– Dr Ruppert…

– Bonjour docteur. Je suis moi-même médecin et j'ai vu dans une revue médicale que vous recherchiez des candidats à l'expérimentation de votre propre traitement.

– L'un de vos patients en est-il atteint, docteur ?

– Ce n'est pas directement l'un de mes patients… Un confrère a diagnostiqué cette maladie à l'enfant d'une personne à laquelle je suis venue en aide.

Il y eut un blanc.

– Je ne comprends pas tout à fait à quel titre vous intervenez. Suivez-vous cet enfant, docteur ?

– Non…

Torn hésita puis, le silence devenant pesant, décida de jouer cartes sur table.

– Madame, pouvons-nous oublier les « docteur » et le protocole médical pour revenir à l'humain ?

Le ton dut être convaincant, il entendit une voix le prier de lui en dire plus. Il expliqua comment il avait sauvé cet homme d'une mort certaine et comment il avait découvert la maladie de l'enfant. Il partagea l'hypothèse du suicide déguisé et sa volonté de ne pas nuire à une personne déjà en détresse en étalant ses doutes sur la place publique.

– Cela ne guérira pas l'enfant, je pense que vous me comprenez…, conclut-il.

– Qu'attendez-vous de moi ?

– J'aimerais que vous preniez contact avec cet homme tant qu'il est encore en convalescence à l'hôpital, que vous lui présentiez les derniers résultats de vos recherches sur cette maladie et que vous lui proposiez d'intégrer son enfant dans votre programme d'expérimentation.

– Et s'il refuse ?

– C'est un risque à courir... Si vous savez trouver les mots, je suis certain qu'il verra en vous sa dernière chance, et il acceptera.

– Puis-je me recommander de vous, docteur ? Docteur comment s'il vous plaît ?...

– Ce n'est pas moi l'important, c'est l'enfant.

– Voulez-vous dire que vous ne voulez pas qu'il sache qui aura facilité le contact ?

Torn ne répondit pas à la question. Il s'empressa de donner les coordonnées de l'hôpital, qu'il répéta deux fois pour s'assurer de leur bonne compréhension.

– S'il vous plaît, appelez l'hôpital avant qu'il n'en sorte. Sinon vous perdrez la trace de l'enfant.

– Docteur...

Torn venait de raccrocher, sous l'œil médusé de Selena, qui n'avait rien raté de la conversation. Elle observa une nouvelle fois cet homme presque ordinaire dans l'ombre de sa loge. Elle le vit, précautionneux, remettre le téléphone à la réception.

C'est qui ce type qui joue les larbins et se fait appeler docteur... Toi, t'es vraiment pas net..., se dit-elle.

Il était à nouveau perdu dans ses réflexions, les yeux rivés sur une photo d'enfant. La lueur qu'elle perçut dans son regard lui fit froid dans le dos. Une vague de noirceur venait de figer son visage.

Il se détacha de la photo pour se remettre à sa création névrotique, sans se préoccuper de l'environnement autour.

*

Il était 4 heures lorsque Selena entra dans la chambre du gardien, grâce au trousseau de clés qu'elle venait de lui chaparder. N'ayant rien décelé d'intéressant dans ses poches, elle s'était dit qu'elle trouverait peut-être chez lui des clés ou autres moyens d'accès qui pouvaient lui servir. Elle se rendit compte qu'elle avait oublié de prendre une lampe torche, mais la clarté de la lune filtrait un peu au travers des volets. Elle avisa une petite lampe sur un bureau, elle essaya d'en voiler l'intensité au moyen d'un morceau d'étoffe qu'elle trouva dans un placard.

Décidément, cela ne collait pas à l'idée d'un petit bonhomme insignifiant dans un costume de gardien. L'homme qui vivait dans ce trois pièces était cultivé, à en juger par le nombre de livres qui tapissaient les murs, une nourriture spirituelle dont il avait visiblement besoin pour survivre. Baudelaire semblait avoir sa préférence, avec une collection de manuels portant sur l'analyse des *Fleurs du mal* par des essayistes de tout poil, des philosophes et autres érudits... Différentes versions de l'œuvre avaient été annotées par ses soins. Il avait une écriture nerveuse, composée de petites lettres penchées vers la gauche. Elle n'avait jamais vu autant d'anthologies poétiques réunies en un seul endroit, sauf peut-être à la bibliothèque, mais ce n'était pas traditionnellement un rayon où elle s'attardait. Il ne lui donnait pas l'impression d'un simple collectionneur ; il étudiait les ouvrages dont il disposait, en profondeur, et cela devait l'occuper pendant des heures. Le profil d'un solitaire introverti se dessina dans son esprit.

Son regard s'arrêta sur un livre ancien ouvert sur le bureau où il devait travailler. Le texte parlait d'amour et de mort, le recueil avait été écrit au début du XXe siècle par une certaine Anna de Noailles. Sur le bloc-notes, quelques mots rédigés à la hâte : « princesse roumaine arrivée en France », puis « Brancovan »... Elle prit une petite claque dans son amour-propre, elle ne connaissait absolument pas cette auteure issue pourtant de son pays d'origine et il fallait que ce soit un pauvre zigue qui lui révèle son existence à quatre mille kilomètres de son pays natal.

– Incroyable... Nul n'est prophète en son pays..., lança-t-elle pour se rassurer.

Un rapide coup d'œil circulaire acheva de la convaincre que cet homme n'était pas celui qu'il paraissait. Il n'y avait rien ici de l'être primaire aux seules préoccupations alimentaires. Tout y était finalement l'expression d'un homme confiné qui, de sa prison, se projetait au-delà des murs : soit au travers des livres, soit au travers de son cadre de vie, qu'il avait mis en scène. En effet, l'appartement était décoré sobrement mais avec goût autour de la thématique du voyage. Ici un cadre aux couleurs chatoyantes montrant un paysage africain, là une malle de voyage à l'aspect patiné. Sur un mur des trompe-l'œil et des rideaux rappelant le luxe d'un intérieur colonial. Rien d'ostentatoire, il s'agissait d'abord et avant tout d'une ambiance. Une évidente recherche d'harmonie l'avait guidé dans les moindres détails, qu'il s'agisse des meubles, des matières et du choix des couleurs. Elle réalisa que l'espace n'était pas très grand mais, qu'au travers des perspectives données par la décoration, il avait réussi à tirer les lignes.

Selena avait connu nombre de célibataires, pour qui les plus simples tâches de la vie quotidienne étaient une véritable corvée. Le cadre de vie en était le révélateur constant : les assiettes dans l'évier, le linge sale éparpillé dans toutes les pièces, une désagréable impression de désordre permanent. Ici, tout était rangé, contribuant là aussi à donner à l'espace une vision dégagée. Peut-être manquait-il juste un grain de folie. Elle-même aurait été incapable de vivre dans un décor aussi carré, aussi aseptisé. Mais quelque chose en elle aimait cette rigueur spartiate au sein d'un univers dont l'horizon sensible semblait partir à l'infini. Son attention fut bientôt captée par une boîte à clés.

– Bingo !

Elle venait de trouver un double de la clé de l'appartement. Elle décida de l'emprunter pour réaliser une copie. Une autre clé semblait indiquer qu'il possédait un box ou une cave, était-ce dans l'hôtel ou ailleurs ? Elle l'ignorait. Elle décida de la laisser. Pas de clés de voiture, rien d'autre.

Elle regarda sa montre. Il lui restait plus d'une heure avant la reprise de son poste. Poursuivant sa fouille en règle, elle tomba sur un classeur qu'elle ne put s'empêcher d'ouvrir, tant le mystère qui entourait cet homme l'accaparait. Elle n'y dénicha pas des papiers griffonnés comme ceux qu'elle avait pu ramasser dans les tiroirs de la loge, mais des textes aboutis, finement ciselés sur différents thèmes.

L'un des poèmes, qui racontait la fin d'une vieille dame malade, l'émut au plus haut point. Raccordant avec la conversation qu'elle avait surprise un peu plus tôt, le texte étayait l'hypothèse d'un homme du corps médical, aux premières loges des fins tragiquement dégénératives. Il avait en quelques lignes su retranscrire la douleur physique de celle qui part et la douleur morale de ceux qui restent. S'agissait-il d'une proche ? Sa mère peut-être ? Elle prit une feuille blanche dans le bac de l'imprimante et se mit à dessiner, sans cette frénésie qui la caractérisait habituellement lorsqu'elle recopiait des œuvres. Elle se laissait envahir par les signes et les symboles cachés derrière les mots, le message qu'elle percevait était comme un dessin en trois dimensions : comme si le poème lui renvoyait des images en relief, que sa main démystifiait d'un geste encore balbutiant. C'était très différent des croquis en deux dimensions auxquels elle se livrait généralement, elle devait s'habituer à cette nouvelle forme de perspective. Elle n'avait jamais imaginé que de simples mots puissent parler à son crayon avec autant d'images. La puissance métaphorique du verbe lui donnait une impression de vertige… Elle dut se raisonner et laisser la vieille dame inachevée sur le papier. Le temps passait trop vite. Avec son téléphone portable, elle photographia quelques poèmes du classeur, ceux dont l'émotion se lisait à fleur de peau, en se disant qu'ils constitueraient un bon apprentissage de cette nouvelle sensation qui la transportait. Elle rangea le classeur, complètement chamboulée par ce qu'elle ressentait. Elle eut toutes les peines du monde à se recentrer sur son sujet d'origine : Clara.

– Bon sang. Six heures moins le quart. Il faut que je rapporte le trousseau.

Un dernier coup d'œil pour vérifier qu'elle n'avait rien dérangé. Elle prit son dessin, referma derrière elle et fila vers la mezzanine.

Le gardien commençait à ranger ses affaires. Elle le vit s'éloigner vers le fond de la loge. Profitant de l'opportunité, elle se pencha, le bras pendant contre la balustrade de la mezzanine, et laissa tomber le trousseau. Celui-ci atterrit au pied de la table, amorti par le tapis. Mais le cliquetis des clés sur l'anneau au moment du choc attira l'attention de Torn.

– Des clés qui tombent toutes seules. Il se passe de drôles de choses dans cet hôtel.

Il avait cru voir une ombre sur la mezzanine au moment où les clés étaient tombées. Il regarda encore une fois mais Selena était déjà partie pour aller pointer à 6 heures.

Il ramassa son trousseau.

– Il faut vraiment que j'aille dormir, bougonna-t-il.

*

Dès qu'il ouvrit la porte de son logement, Torn eut une drôle d'impression, sur laquelle il ne put pas mettre un nom tout de suite.

Puis, le poème de Baudelaire, les « Correspondances », s'imposa à lui. Il se mit à déclamer :

– « Il est des parfums frais comme des chairs d'enfants,
Doux comme les hautbois, verts comme les prairies
Et d'autres, corrompus, riches et triomphants,

Ayant l'expansion des choses infinies,
Comme l'ambre, le musc, le benjoin et l'encens,
Qui chantent les transports de l'esprit et des sens. »

Allongé dans un demi-sommeil, il se redressa soudain, comprenant son trouble.

Une odeur de musc parfumait l'appartement. Il renifla plusieurs fois. Pas de doute, l'odeur avait imprégné la chambre. Il ouvrit la fenêtre, pour savoir si cette senteur venait de l'extérieur. Il ouvrit la porte d'entrée, rien non plus côté couloir. Non, l'odeur venait bien de l'intérieur, par quel prodige était-elle arrivée ici ?

Il se recoucha. Son esprit vagabondait au pays des cerfs musqués. Brusquement, il vit les pages du livre sur le bureau se tourner, quelqu'un était assis sur son siège, en train de feuilleter son classeur de poèmes. La belle inconnue se retourna pour le regarder. Il reconnut en elle cette princesse roumaine, dont il avait découvert les textes chez l'antiquaire, et dont il avait imprimé la photo *via* Internet.

– Princesse de Brancovan, que voulez-vous me dire ?

Elle se leva, s'approcha du lit. Lorsqu'elle se pencha vers lui, il comprit d'où venait cette odeur enivrante qui lui chatouillait les narines depuis qu'il avait regagné sa chambre.

– Mais ce n'est pas possible, vous vous êtes éteinte en avril 1933. J'adore vos poèmes, mais cela ne peut pas suffire à vous faire renaître…

Elle lui murmura quelque chose qu'il ne comprit pas tout de suite.

– D'aucuns vivront peu, nous éternellement. Laisse-moi t'inspirer. Je suis partie trop vite.

– Oui, vous êtes morte… Vous ne pouvez pas me parler, je ne peux pas sentir votre parfum… Je deviens fou…

– Fais revivre notre art. Il respire des idées, des symboles et des images qui défient le temps et que nous sommes seuls à pouvoir décrypter. Tout n'est qu'intuition et réminiscence, tu trouveras l'Égérie. Et comme pour moi, ta vie sera heureuse !

La Vie heureuse… C'était le nom d'une revue littéraire créée par Anna de Noailles. Il se rappelait l'avoir lu sur Internet. Il ne comprenait rien à cette allusion. Ou n'était-ce qu'une coïncidence ?

La silhouette gracile disparut, ne laissant que son effluve. Il sombra dans les bras de Morphée.

Il n'entendit pas les portes de l'ascenseur s'ouvrir à quelques mètres de son appartement. Selena en sortit dépitée. Le format de la carte magnétique trouvée dans la veste du gardien ne correspondait pas à celui de la carte à utiliser pour accéder aux étages supérieurs du Château. Elle était au point mort. Sans nouvelles de Clara, et sans la moindre idée de comment elle pouvait en avoir, elle enrageait. Elle avait tellement misé sur le gardien que sa déception se transformait en dédain.

– Ce n'est pas de poésie dont j'ai besoin, j'ai besoin de concret, je veux une clé. Il faut toujours que je tombe sur des gars à problèmes ou des illuminés.

Chapitre 7

– Lui connaissiez-vous des ennemis ?

– Non, pas que je sache. Elle était bonne ouvrière, dévouée, parfaitement adaptée à une clientèle exigeante.

– Des problèmes avec certains clients ?

– Non, elle savait désamorcer une situation difficile sans se démonter, je ne lui connais pas de différend qui aurait suscité un ressentiment tant chez les clients que les collaborateurs de l'hôtel. Sur le plan personnel, compte tenu des heures qu'elle passait avec nous, et elle était d'ailleurs toujours partante pour des missions complémentaires, je ne l'imagine pas avec une vie sociale ou sentimentale très développée.

Safran tentait de percer le regard du chef, mais il n'exprimait que la parfaite maîtrise de soi et une certaine indifférence à la situation. Par un rapide regard circulaire autour de la pièce, il fut frappé par la sobriété du bureau et la répétition des motifs d'abeille comme décoration. Le policier se rapprocha de la fenêtre qui surplombait un jardin, aux couleurs chamarrées, et sans doute des senteurs fleuries lorsqu'on se trouvait à proximité. Il aperçut les ruches au fond du parc. Il tenta une diversion pour sortir son interlocuteur du sujet et mieux y revenir, lorsque sa méfiance serait retombée.

– C'est assez inattendu de trouver des ruches dans un grand hôtel. Vos clients ne craignent-ils pas les piqûres ?

– Nous n'avons jamais eu de remarques en ce sens, les ruches se situent davantage à la lisière de la forêt, à l'extrémité du parc où les clients vont rarement se promener. Les abeilles et nous vivons en bonne intelligence, conclut-il avec un gros sourire.

– En quoi cet animal est-il un symbole pour l'hôtel ? J'ai vu le motif sur les grilles en fer forgé, je le retrouve dans ce bureau.

– Nos dirigeants veulent exprimer un symbole naturel fort puisque l'abeille représente la vie, et que nous mettons l'accent sur les denrées naturelles au quotidien. Nous exploitons d'ailleurs les produits de nos ruches et ils sont plutôt appréciés de nos clients.

Safran n'était pas dupe. Il ne savait pas dire pourquoi mais le discours semblait un peu trop formaté. D'autres avaient déjà utilisé ce symbole, dans un contexte moins écologique. Napoléon notamment, comme emblème de son Empire.

Safran remarqua une bouteille d'hydromel sur un meuble de coin, où trônait aussi une cafetière à dosettes. Ce détail acheva de le troubler, il se souvenait que dans l'Antiquité le miel symbolisait l'immortalité. Derrière le beau discours, il lisait la vanité et l'arrogance. Mais il ne releva pas.

– En tout cas, vous avez un très joli parc.

– Effectivement, c'est l'une de nos fiertés. Nous avons trouvé des jardiniers qui savent le réinventer à chaque saison pour que même les habitués se sentent toujours un peu dépaysés.

Dans un coin du jardin, quelques landaus sur lesquels veillaient des filles qui, de par leur âge et leur tenue vestimentaire, ne ressemblaient pas à des épouses raffinées ou de richissimes héritières. Elles présentaient plutôt comme des demoiselles de compagnie au look austère.

– L'hôtel offre des services de nursery ? Je vois des landaus, avec des dames qui semblent être en uniforme autour.

– Vous êtes observateur. Oui, nous pouvons offrir ce type de service à la demande du client. Mais, généralement, nos pensionnaires sont suffisamment aisés pour avoir leur personnel à plein temps.

– Je vois.

Safran, issu d'un milieu modeste, avait du mal à imaginer la vie dans les strates supérieures de la société. Il pensait à ces enfants qui ne voyaient jamais leurs parents, trop occupés à leurs activités professionnelles très rémunératrices. Magnats de la finance, capitaines d'industrie… Peut-être certains enfants n'avaient-ils jamais goûté la quiétude d'une maison, coincés dans une chambre d'hôtel payée à l'année depuis leur naissance.

Des enfants qui iraient dans les meilleures écoles, dans les meilleures filières, sans effort, et seraient les prochains porte-drapeaux d'une société complètement déshumanisée.

Safran, qui avait vécu dans la chaleur d'un foyer, au milieu des cris de ses frères et sœurs, avec l'éducation d'une mère omniprésente, avait du mal à comprendre le monde des puissants. Il se dit que l'hôtel avait su trouver en cette frange de privilégiés une niche de prospérité sans faille pour ses finances. Étaient-ils privilégiés d'ailleurs, il n'en était pas sûr, cela aurait voulu dire qu'il n'était qu'un pauvre gars au rabais. Et ce n'était pas son impression !

Les femmes de chambre prenaient leur pause sur l'arrière du bâtiment, juste à l'aplomb de l'endroit où il se trouvait. Il observa l'une d'entre elles s'écarter des autres, comme si elle faisait le tour du bâtiment. Elle échappa à son champ de vision lorsqu'elle passa l'angle de l'édifice. Perdu dans ses pensées, il n'y prêta pas attention.

Le chef regarda sa montre. Il avait reçu l'appel du policier en début de matinée, celui-ci avait pris rendez-vous pour le début d'après-midi. Sur son ordre, Mme Sourire avait mené la revue de casernement d'une poigne de fer au sein de l'établissement. Toutes ses petites protégées à l'abri des regards. Elles étaient belles comme des nymphes peuvent l'être, en attendant la délivrance mais, un peu trop visibles, elles avaient reçu comme consigne de rester dans leur alvéole. Les accès au Nid avaient été masqués, seules quelques nourrices avaient été autorisées dans le jardin pour qu'il ne paraisse pas trop vide. Il fallait donner l'illusion d'un endroit lisse qui ne suscite aucune question. Personne ne devait percevoir le moindre bourdonnement derrière les portes fermées.

Le chef regarda sa montre à nouveau. Il trouvait que l'entretien traînait en longueur. Il décida de réorienter la discussion sur le sujet de la visite.

– Je vous confirme effectivement que Zaïde Arif est sortie de nos effectifs depuis quelques semaines. Elle a démissionné.

Safran se retourna.

– Vous me présentez Zaïde Arif comme une employée modèle très dévouée à l'hôtel. Comprenez-vous ce qui a pu l'amener à quitter une situation somme toute dorée après une collaboration de plusieurs années ? Car cela a dû être une source de perturbation pour vous d'avoir à remplacer un bon élément, je suppose que vous avez cherché à la retenir. Vous a-t-elle expliqué ses motivations ?

Le chef ne parut absolument pas embarrassé par la question.

– Vous avez raison, nous avons cherché à la retenir, mais sa décision était mûrement réfléchie. Vous savez, la vie dans un établissement comme le nôtre n'est pas simple : c'est une disponibilité de tous les instants, avec des clients qui ne sont pas toujours faciles. Viennent dans notre établissement des gens de pouvoir, des gens qui peuvent se sentir au-dessus des règles, voire des lois, de par le compte en banque qu'ils représentent. Au jour le jour, cela peut user les meilleures volontés. Nous avons également compris que son horloge biologique la titillait et qu'elle était parvenue à un stade où elle avait besoin d'une activité professionnelle qui lui laisse plus de disponibilité pour construire quelque chose pour elle.

– Je vois. Le désir d'un enfant par exemple. Y avait-il quelqu'un dans sa vie ?

– Je ne sais pas répondre à cette question. Il arrive qu'on croise les collaborateurs à l'entrée ou à la sortie de poste, voire dans les rues de la ville de manière fortuite, ils sont parfois accompagnés et dans le cas qui nous concerne, j'aurais pu vous donner un élément de réponse si je l'avais aperçue avec un homme mais non. Ce ne fut jamais le cas.

Derrière un ton plein de sollicitude, le chef construisait son mensonge comme l'araignée tisse sa toile. Comment aurait-il pu la croiser en dehors de l'hôtel, elle la besogneuse qui ne devait pas avoir beaucoup de temps libre pour elle-même ?

– Elle vivait à l'hôtel, n'est-ce pas ?

– Oui, nous offrons cette possibilité au personnel notamment étranger lorsqu'il arrive. Certains choisissent de partir à l'extérieur lorsqu'ils se sentent plus à l'aise ; d'autres choisissent de rester, c'était le cas de Zaïde, jusqu'à ce qu'elle décide d'aller ailleurs.

– Pensez-vous qu'il me soit possible de voir sa chambre et d'avoir un entretien avec les collègues de travail qui la connaissaient le mieux ?

– Pour la chambre, pas de problème mais bien évidemment elle est vide puisqu'elle nous a quittés. Nous en avons profité pour lui redonner un coup de frais. Pour discuter avec sa responsable, pas de problème non plus. Je vous propose de monter à l'étage pour les deux points. Pour les collègues, sur le principe c'est OK, il faut juste qu'on arrive à planifier le rendez-vous en dehors de leur poste de travail. Nous profiterons de l'entrevue avec la responsable pour voir le planning des ouvrières concernées. Cela vous convient-il ?

Cela faisait deux fois que le chef utilisait le mot « ouvrière ». Safran trouvait le terme un peu décalé pour une femme de chambre. Il était davantage adapté à du personnel d'usine mais, après tout, un grand hôtel ne pouvait-il pas être comparé à une usine ? Bizarrement, derrière le mot, il vit une nuée de petites mains affairées s'activant pour le bien-être de tous. Une image dépersonnalisée de l'individu. Comme chez les insectes finalement. Il y lut du mépris, ce qui cadrait assez bien avec cette espèce d'arrogance sourde qui se dégageait du personnage.

– Montons voir votre collaboratrice.

Ils prirent l'ascenseur pour les étages supérieurs. Safran nota qu'à partir du sixième étage, il fallait une carte pour faire fonctionner l'ascenseur. Il le mémorisa comme une image insolite restant dans un coin de sa tête. Dès que les portes s'ouvrirent, il fut ébloui par le luxe des revêtements muraux, la marqueterie et les reflets d'or. Les couloirs diffusaient une lumière douce. L'ancienne chambre de Zaïde venait d'être repeinte, on pouvait encore sentir l'odeur du solvant. Une femme de chambre sortait de la salle de bains avec ses produits d'entretien. Le policier se dit machinalement que pour les empreintes, il pourrait repasser. Le chef tendit la main à la femme de chambre.

– Bonjour Clara.

– Bonjour messieurs, répondit la jeune femme d'un air morne.

Puis, à l'attention de l'inspecteur :

– Clara est la personne qui remplace Arif. Elle était ouvrière pour les chambres simples aux étages inférieurs, elle est passée au niveau des suites dans les étages supérieurs.

Safran ne put s'empêcher de lancer une question.

– Bonjour Clara. Connaissiez-vous la victime ?

– La victime ? répéta Clara…

Le visage du chef s'assombrit. Il prit le policier à part.

– Nous avions convenu que vous parleriez au personnel un peu plus tard. Seule la hiérarchie est au courant. Comme Zaïde nous avait quittés avant l'évènement, nous avons pensé qu'il était inutile d'obscurcir les pensées de nos collaborateurs avec cette terrible histoire. Cela ne fera pas revenir Zaïde.

– Excusez mon manque de tact, finit par reconnaître le policier.

– Que s'est-il passé ? demanda Clara, interloquée.

Lançant un regard noir à Safran, le chef décrivit dans quelles circonstances on avait retrouvé Zaïde, morte en forêt après un accident de voiture. Clara semblait ailleurs, extrêmement mal à l'aise.

– Vous la connaissiez ? répéta Safran...

Elle eut un blanc, comme si des souvenirs enfouis dans sa mémoire venaient confusément de resurgir.

– Non... elle était déjà au Château lorsque je suis arrivée. Nous ne nous côtoyions pas.

– Au Château ? souligna le policier, en se disant en son for intérieur qu'elle paraissait un peu trop troublée pour quelqu'un qu'elle disait ne pas connaître...

Le chef reprit le fil de la conversation. Il expliqua qu'il s'agissait du nom donné aux étages supérieurs, avec les appartements et les suites dédiés aux clients fortunés qui exigeaient le dévouement et la confidentialité. Safran comprit que les femmes de chambre qui travaillaient au Château résidaient en vase clos, sans contact avec celles des étages inférieurs. Et cette découverte le troubla. Cet établissement de bonne notoriété prit soudain des allures de prison dorée. Il se dit que ces filles, issues pour la plupart de la filière étrangère, devaient être des proies faciles au regard de l'exploitation de la détresse humaine. Et ici, il était facile de les oublier...

Safran prit finalement congé de son hôte, sans avoir pu voir Mme Sourire qui était occupée ailleurs. Le chef promit de faire un point avec elle et de revenir vers lui pour caler des rendez-vous avec les ex-collègues de Zaïde.

Sur le chemin du retour, son second sur l'affaire l'appela dans la voiture.

– Oui, Alex...

– J'ai suivi la piste de l'immatriculation mystérieuse sur le pont.

– Et ?

– Elle renvoie sur un militaire en retraite mort depuis deux ans.

– Pas de chance, quelqu'un qui a récupéré la voiture sans faire les démarches administratives. Le mec prend des risques s'il est arrêté. Du coup, la piste a été stoppée assez vite.

– Oui et non… Après avoir touché sa pension de l'armée, ce militaire a travaillé à l'hôtel que tu dois aller voir. C'est une drôle de coïncidence, tu ne trouves pas ?

– Bordel ! J'en sors…

*

Clara venait de finir son service, elle était barbouillée. Elle n'avait pourtant pas mangé grand-chose ce soir. Ce midi non plus d'ailleurs, mais pour une autre raison : Mme Sourire avait été sur leur dos à cause d'une visite impromptue. Tout devait être impeccable. Et cette peau de vache s'y entendait pour vous faire sentir quelle raclure de bidet vous étiez, si vous n'arriviez pas à suivre.

D'où lui était venu ce flash lorsque cet inspecteur lui avait demandé si elle connaissait Zaïde ? Elle avait brusquement revu l'appartement de son amie Selena, les dessins sur les murs blancs. Ensemble, elles avaient parlé de Zaïde qui était partie, elle s'était souvenue de leur promesse de rester en contact. Depuis combien de temps était-elle au Château, elle l'ignorait, mais elle avait l'impression de ne pas avoir vu Selena depuis une éternité. Elle était certaine de n'avoir rien fait, Selena devait se faire un sang d'encre. Comment avait-elle pu oublier ? Le poids du remords acheva de lui vriller l'estomac. Elle sentit une bouffée de chaleur remonter le long de son œsophage, elle n'eut que le temps d'atteindre les toilettes. Les vomissements lui tirèrent des spasmes douloureux. Elle allait se relever lorsqu'elle sentit la deuxième vague arriver, plus douloureuse que la première, mais elle n'avait plus rien à vomir que sa bile.

Son corps reprit le contrôle petit à petit. Et elle avait l'impression que son esprit fonctionnait mieux le ventre vide, la douleur venant par ailleurs le stimuler. Comment expliquer ces absences ? Était-elle malade ? Qu'est-ce qui lui bouffait les neurones ? Ce n'était pas la première fois qu'elle avait ce type de malaise. Toujours au moment de la digestion. Elle se promit de restreindre la nourriture au strict minimum.

– Pardon Selena..., murmura-t-elle. Où es-tu maintenant ?

Elle écrivit une longue lettre pour Selena et alla la balancer par la fenêtre, roulée en boule, maintenue par du ruban adhésif autour d'une fourchette pour la lester. Elle oublia de prévenir Selena par SMS.

*

Selena revint cette nuit-là, en utilisant la même technique d'approche que la fois précédente. Un peu d'escalade, le balcon d'une chambre non louée et la porte-fenêtre neutralisée.

Par acquit de conscience, elle avait rejoint la mezzanine pour vérifier que le veilleur de nuit était à son poste. Elle ne put s'empêcher de le fixer, complètement absorbé par ses écritures. Elle aurait aimé voir en son âme comme en ses poèmes. Elle ne savait même pas comment il s'appelait. Cette fois-ci, il fallait qu'elle arrive néanmoins à s'en détacher, Clara était sa priorité. Elle gagna l'escalier qui lui permettait d'accéder au couloir des communs sans être vue. Elle voulait retourner à l'appartement du gardien pour chercher la clé qu'elle avait laissée dans la boîte, celle qu'elle avait prise au départ pour la clé d'un box où peut-être le gardien entassait des affaires. Quitte à aller au sous-sol, elle ne voulait rien laisser au hasard. Et si cette clé ouvrait autre chose qu'un box...

Elle avait retourné tous les éléments dans sa tête. La carte magnétique qu'elle avait découverte dans la veste du gardien devait actionner quelque chose. Quelque chose auquel il avait accès. Et si ce n'était pas en montant vers les étages interdits, cela ne pouvait être qu'en descendant vers le sous-sol.

Ghost Writer n'avait pas de voiture, il ne s'agissait donc pas du parking et elle avait pu le vérifier.

Elle ouvrit lentement la porte du sous-sol au bas de l'escalier, en priant le ciel que la caméra dirigée vers l'entrée du parking ne soit pas un grand angle. Les néons restaient allumés toute la nuit, elle n'eut donc aucune difficulté à se déplacer. Elle suivit les murs. Une porte pour le local des poubelles. Une autre porte qui menait à un étage inférieur, elle n'aurait jamais imaginé qu'il y eut encore un niveau sous le parking. L'endroit n'était pas éclairé mais cette fois-ci elle avait prévu la lampe torche. Les boxes étaient là, avec leur serrure reconnaissable. Elle essaya la clé de la boîte dans les différentes serrures, jusqu'à ce qu'enfin l'une d'elles réponde. Elle hésita tout d'abord à ouvrir, se disant que cette intimité ne lui appartenait pas. Et puis elle n'était pas là pour ça, Clara était sa priorité. Mais une voix intérieure l'exhortait à pousser la porte.

Le halo de la torche exhuma de l'obscurité un vélo, un casier à vins avec des bouteilles assez anciennes, puis un établi sommaire avec quelques outils. Dans un coin, son regard s'attarda sur des cartons un peu défoncés. Poursuivant sa fouille méthodique, elle tira du carton un vieux classeur qu'elle ouvrit. Des articles de presse soigneusement découpés suivaient une chronologie sur plusieurs mois. Elle ne comprit pas tout de suite de quoi il retournait, jusqu'à ce qu'elle tombe sur une photo qui lui rappela un visage qu'elle connaissait, en un peu plus jeune. Torn… Le gardien s'appelait Torn… Elle se mit à parcourir les articles avec une attention accrue.

– Mon Dieu… Ce n'est pas possible… Une enfant…

Son rythme cardiaque s'accéléra à la lecture des articles. Elle finit par fermer le classeur comme s'il lui brûlait les doigts. Pourquoi était-elle venue ici ? Elle n'avait aucun droit d'entrer dans la vie des gens comme ça.

– Pardonne-moi, Torn. Je n'aurais pas dû déterrer tes secrets…

Elle comprit ce que la poésie avait de thérapeutique compte tenu des épreuves qu'il avait endurées, dont il portait encore le fardeau aujourd'hui. Celui qu'elle n'avait tout d'abord pas vu par sa banalité, dont l'œuvre l'avait propulsé ensuite sous des cieux plus irréels, tirait maintenant de cette souffrance une nouvelle humanité.

Elle ne laissa pas l'angoisse l'envahir. Elle remonta rapidement le petit escalier qui la ramenait au niveau du parking. Elle se laissa le temps de recouvrer une respiration normale.

Selena poursuivit son inspection en essayant de se concentrer sur l'image de Clara. Dans un coin du sous-sol se trouvait une espèce de parallélépipède bétonné, sans fenêtre, avec juste une porte double qui visiblement coulissait sur rail. Il y avait un lecteur de carte magnétique. Elle essaya la carte du gardien en retenant son souffle. Une petite vibration lui indiqua que la carte était lue. La double porte s'ouvrit sans un bruit sur des étagères entièrement recouvertes de linge. Une palette de nourriture était également en attente pour les cuisines. Ce local servait pour la gestion des flux intérieur/extérieur, tant pour l'approvisionnement des denrées alimentaires que pour le nettoyage du linge. Au fond du local, elle vit un monte-charge. Elle se précipita. Victoire ! Il n'était pas sécurisé.

Sans se poser de questions, elle entra à l'intérieur. Il allait jusqu'au huitième étage. Elle pensait que Clara était au septième étage mais elle n'en avait aucune certitude. Résolument, elle appuya sur le bouton. Le monte-charge s'élevait silencieusement. Elle espérait que son fonctionnement n'était pas suivi au niveau d'un service quelconque de télésurveillance, ou son équipée nocturne se révélerait vite un fiasco. Le monte-charge s'arrêta à la lingerie du septième étage, toujours sans aucun bruit.

Prudemment, elle entrouvrit la porte donnant sur le couloir, dont elle constata qu'elle était sécurisée côté couloir. Elle essaya la carte, qui fonctionnait là aussi. Ainsi, *via* les lingeries, le veilleur de nuit avait bien accès à tout l'hôtel en cas d'incident la nuit, les secours passaient par le monte-charge sans encombrer les ascenseurs réservés à la clientèle. C'était tellement évident qu'elle se trouva stupide de ne pas y avoir pensé avant. Cela dit le problème restait entier. Clara ne pouvait pas entrer dans la lingerie de l'étage où elle vivait sans une carte et sans cette carte, pas d'accès au monte-charge. Et si elle filait la carte à Clara, avec un double de la clé de l'appartement de Torn ? C'était la solution, il fallait juste qu'elle parle à Clara.

Soudain elle entendit un bruit dans le couloir. Quelqu'un venait, d'une démarche mal assurée ou avec la volonté d'étouffer ses pas. Selena s'engouffra à nouveau dans la lingerie et repoussa la porte sans la refermer complètement, de sorte qu'elle puisse entendre ce qui se passait derrière. Elle entendit quelqu'un ouvrir la fenêtre au bout du couloir puis repartir sur ses pas. Elle s'éloignait par le couloir de droite.

– Bon sang ! Je suis si proche… Clara, où es-tu ?

Dans la lingerie, son regard fut attiré par un planning de nettoyage des chambres. Elle retrouva le nom de Clara à cet étage, mais cela ne signifiait pas qu'elle ne soit dédiée qu'à un seul étage. Et les questionnaires, où étaient-ils ? Elle faisait le lien avec le formulaire qualité qu'elle-même devait remplir lorsque la chambre était nettoyée : un questionnaire de type check-list à cocher point par point pour valider qu'aucune étape n'avait été omise dans le nettoyage de la chambre. Sur le dessus d'un meuble bas, elle trouva les questionnaires dans une bannette. Elle tria la pile pour ne garder que ceux de Clara. Les commentaires qu'elle lut sur plusieurs d'entre eux au sujet d'un client un peu envahissant l'inquiétèrent au plus haut point.

– Espèce de dégénéré… Qu'est-ce que tu lui veux à ma copine…

Elle prit une blouse, arrangea un peu sa tenue pour paraître la plus stricte possible et s'empara d'une paire de serviettes. Elle relut le questionnaire. Le numéro 723.

*

L'homme du 723 se lavait les dents lorsqu'on frappa à la porte.

– Qui donc pouvait le déranger à cette heure ?

Un homme torse nu avec du dentifrice au coin des lèvres ouvrit la porte. Même si la situation avait quelque chose de ridicule, elle détesta tout de suite cet homme à l'abord suffisant.

– Oui ?

– Bonsoir monsieur. Service d'étage. Il nous a été signalé que vous manquiez de serviettes.

– Ah bon ? Non, c'est une erreur. Votre collègue Clara est venue en mettre des propres tout à l'heure.

– Me permettez-vous de vérifier que tout est en ordre ?

– Certainement…

Selena entra d'une démarche assurée et confirma qu'effectivement il manquait un jeu de serviettes.

– Ah !… Bon… C'est la première fois que je vous vois à cet étage.

– Oui, nous fonctionnons par roulement.

– Voulez-vous dire que je ne tomberai plus sur Clara lorsque j'appellerai ?

– Vous appelez quel numéro ?

– Le 955…

– Si, ne vous inquiétez pas. Cette mesure ne vous concerne pas. Je ne fais que passer en appoint.

– Me permettez-vous d'appeler ma collègue avec le téléphone de votre chambre, pour faire la lumière sur cette histoire de serviettes ?

– Faites…

Au lieu de composer le numéro d'une collègue hypothétique, elle appela le 955.

Elle reconnut la voix de Clara au bout du fil. Elle resta concentrée malgré l'émotion que ce timbre familier provoquait en elle. Le ton pète-sec de Mme Sourire résonna dans les oreilles de Clara.

– J'ai un problème avec des serviettes au 723. Êtes-vous au courant ?

– Euh ! Non… De quoi s'agit-il ?

– Je ne vais pas déranger le monsieur plus longtemps. Venez à ma rencontre, je quitte le 723. Merci.

Et elle raccrocha.

Selena prit congé du 723 en s'excusant une nouvelle fois pour le dérangement. Elle repartit dans le couloir comme elle était venue.

Clara s'était rhabillée en quatrième vitesse. Que se passait-il avec le 723 ? Elle sortit de sa chambre avec précipitation.

Clara s'arrêta net lorsqu'elle vit cette silhouette connue. Selena continua de marcher, le sourire aux lèvres. Les deux jeunes femmes s'enlacèrent au milieu du couloir. Le Château avait disparu autour d'elles. Elles restèrent sans rien dire, dans les bras l'une de l'autre, au risque d'être vues par d'éventuels promeneurs nocturnes.

– Oh ! Selena… Pardon… Je suis restée si longtemps sans te donner de nouvelles. Je perds la mémoire depuis que je suis au Château… sauf quand je ne mange pas…

– C'est ce que je me disais. J'ai l'impression que tu as maigri.

– Je veux garder ma tête. Je me rationne. Ou si j'ai très faim, je mange et je me fais vomir après.

– Tu penses qu'ils te droguent ?

– Je ne sais pas, j'ai peur de manger et j'ai peur qu'ils se rendent compte que je ne mange pas. Je voudrais tant retourner aux étages inférieurs.

Selena la sentait désemparée.

– Et pourquoi tu ne demanderais pas à descendre en disant que le Château ne te convient pas ?

– Ils me saqueront.

Selena avisa qu'elles étaient toujours au milieu du couloir.

– Allez, ma belle !… Rien ne peut nous séparer… Tu croyais peut-être que j'allais te laisser croupir ici toute seule ?… Emmène-moi dans ta chambre, avant que nous ne soyons repérées. Nous avons des tas de choses à nous dire.

Chapitre 8

L'imposant 4×4 avalait la route à grande vitesse, à une heure où il était certain de ne pas rencontrer âme qui vive. Il avait par ailleurs délaissé les grands axes pour des chemins improbables, qu'il négociait de manière parfaitement maîtrisée. Sans doute la force de l'habitude… Les lacets de la frontière franco-allemande n'avaient effectivement plus de secrets pour le chauffeur en uniforme, qui maniait le volant sur les pentes des contreforts alpins depuis plusieurs mois ; chacun des dangers, dont cette route fourmillait, lui était désormais familier après ces nombreux allers et retours avec les filles.

Un carré de lumière se détachait au milieu de la forêt. L'endroit était entouré de palissades, interdisant toute vision extérieure à l'intérieur de l'enceinte. Des barbelés et des miradors de coin achevaient de donner à ce lieu des airs d'un autre temps. Il était gardé par des soldats enchaînés à quelques lourds secrets, dont même l'armée qui les employait avait oublié l'existence. Il y a bien longtemps que ces soldats n'avaient pas suivi d'entraînement militaire officiel, mais ils s'entretenaient pour des missions qui l'étaient un peu moins. Ils gardaient par ailleurs la piste d'un petit aéroport militaire ayant servi de base arrière pendant la guerre du Kosovo et aujourd'hui reconverti. Des soldats hors contrôle de la hiérarchie ordinaire, près d'un aéroport maintenu au juste nécessaire, il ne fallait pas être grand clerc pour imaginer des activités occultes suffisamment lucratives pour acheter tous les silences.

À l'arrivée du 4×4, les portes s'ouvrirent sans un bruit.

Un sergent s'approcha.

– Bonne route Cicérone ?

– J'ai battu mon record de sept minutes.

– Tu devrais faire gaffe. Tu n'es pas censé attirer l'attention.

– Pas faux. Mais tu préférerais que je m'endorme au volant ? Il n'y a que la vitesse qui me tienne éveillé. Allez, on s'occupe des colis ?

– OK. L'avion est prêt.

Le sergent se pencha à l'intérieur du véhicule. Trois jeunes femmes dormaient à l'arrière. Leur sommeil était trop profond pour être d'origine naturelle.

– Je me rappelle leurs visages. Elles sont arrivées il y a un peu moins d'un an. De belles plantes ces Ukrainiennes...

Le trouble était perceptible dans l'attitude du sergent. Il regardait ces corps abandonnés et gorgés de sommeil, avec un air de concupiscence qui en disait long sur les arrière-pensées en train de naître dans sa tête et ailleurs.

– On pourrait peut-être en profiter un peu nous aussi avant de les mettre dans l'avion, dit-il en parcourant machinalement sa cuisse de la main.

Comme hypnotisé par ces chairs offertes auxquelles la pénombre donnait des reflets diaphanes, il commença à remonter le tee-shirt de l'une d'elles...

Cicérone arrêta son bras.

– On se calme. Je ne veux pas de complications. Plus vite j'embarque dans l'avion avec elles, plus vite je peux dormir. Et là je suis crevé.

– T'es triste mon lieutenant... Tu pourrais en croquer aussi... Ça te détendrait...

– Désolé si je suis timide..., lui répondit sèchement le soldat avec une drôle d'étincelle dans les yeux.

Le sergent comprit que Cicérone ne plaisantait pas. Il ne l'aimait pas en tant qu'homme mais il le respectait en tant que soldat. Son respect pouvait même se commuer en crainte, quand la frénésie s'emparait de cet être petit, trapu et inflexible. Ils s'étaient retrouvés sur les mêmes champs de bataille, il l'avait vu reprendre des positions à l'ennemi à la rage, pouvant faire preuve d'un esprit particulièrement retors et d'une redoutable cruauté. Mieux valait ne pas trop se frotter à l'animal lorsque certaines étincelles commençaient à briller. Il fallait passer à autre chose. Il posa une question dont il connaissait déjà la réponse.

– On ne les réveille toujours pas ?

– Pour quoi faire ? Elles vont nous pourrir la vie à vouloir rester en France. C'est bon, j'ai déjà vu comment elles peuvent devenir hystériques au réveil. Allez, apporte le Fenwick.

Le sergent fit contre mauvaise fortune bon cœur. Il apporta le chariot élévateur à proximité de la voiture. Les trois corps furent entassés sur une palette comme des sacs de pommes de terre.

– Dommage. C'est quoi leur pedigree ?

– Deux couveuses qui rentrent au bercail et une expérimentation militaire.

– Une autre saleté à tester ?

– Oui, l'essai précédent a avorté. La fille est morte quinze jours après être rentrée au pays.

– Merde... C'est moche...

– On ne fait pas d'omelette sans casser d'œufs. Dis-toi qu'avec le bon dosage le produit servira à sauver des milliers de vies, ça vaut bien une petite perte. Cette fille ne manquera à personne.

– Vous avez fait quoi du corps ?

– Comme d'habitude, on l'a brûlé. On est obligé, le cadavre parlerait trop au moment de l'autopsie.

– Ouais... C'est l'odeur qui me répugne. Un cadavre qui brûle, qu'est-ce que ça pue...

– Pourtant avec le Kosovo, tu devrais être habitué...

– Ben, tu vois je ne m'y suis jamais fait... Pas de rebut sur les dernières portées ?

– Non, le processus est stable. On a juste eu un cas où les clients n'ont plus voulu du produit après cinq ans. On les a débarrassés du fardeau.

– Vous l'avez replacé ailleurs ?

– Replacé ? Non, il n'y a pas de second choix sur ce marché-là.

– Vous ne l'avez pas brûlé au moins ?

– Non, on l'a expédié au Pakistan. Il y a des marchés de niche là-bas, pour les organes ou le déminage. La guerre a ouvert des débouchés.

Cicérone remonta les lames du chariot élévateur au niveau de la porte de l'avion. Les colis furent rentrés dans l'appareil sans autre forme de ménagement. L'une des filles commença à remuer, comme si elle était en train d'émerger de son coma. Cicérone saisit une boîte métallique dont il tira une seringue et une ampoule. Soigneusement, il prépara l'injection. La fille ne bougea plus.

– Tu en ramènes combien au retour ? demanda le sergent en dégageant le Fenwick.

– J'aurais dû en ramener quatre, mais l'opération a été annulée. L'ordre vient d'en haut. Du coup, je vais voir avec l'organisation locale comment les occuper à faire du miel en attendant de pouvoir les ramener en France. Elles ne vont pas rester inactives alors qu'il y a tant de pognon à prendre.

– D'en haut... Tu veux dire qu'Elle est intervenue en direct ?

– Oui, en personne. Un accident est arrivé avec une fille et la police est dans nos pattes. Il y en a un d'ailleurs qui est mal, un bruit court qu'Elle pourrait lui couper la tête. C'est l'apanage d'une reine que d'avoir droit de vie et de mort sur ses sujets.

– Le chef ? C'est du sérieux alors. Ici aussi nous devons nous méfier ?

– Vous devez toujours rester sur vos gardes, c'est évident, mais tant que vous restez planqués dans votre forêt à gérer l'aéroport tout en vous faisant oublier, vous ne risquez rien. L'organisation est bien compartimentée, il n'y a pas de lien direct entre les différentes cellules.

– L'essaimage...

– Exactement, il n'y a que ça de vrai.

– OK. Nous allons resserrer les rangs.

L'avion s'envola. D'un regard, Cicérone embrassa le périmètre au fur et à mesure que l'avion prenait de l'altitude. Il est communément admis que plus un lieu attire l'attention, moins il suscite de soupçons. À ce titre, la couverture pouvait sembler parfaite, il avait juste un doute sur le danger que pouvait représenter pour la colonie une escouade d'hommes sans foi ni loi livrés à eux-mêmes et prêts à tous les excès. Il n'était pas mécontent que le sergent ait recouvré son sens militaire à l'exposé des derniers évènements. Après un dernier coup d'œil aux trois grâces, il s'allongea pour prendre un peu de repos. Le sommeil d'un soldat qui ne dort que d'un œil.

*

Torn était fier de sa dernière acquisition. Une recherche internet lui avait permis d'entrer en contact avec un antiquaire spécialisé dans les livres anciens, et il avait pu par son intermédiaire acquérir à un prix raisonnable une biographie d'Anna de Noailles. En son temps, cette femme de lettres avait été un précurseur dans la découverte des jeunes talents. La revue littéraire qu'elle avait créée, *La Vie heureuse*, était l'ancêtre du prix Femina. Il aimait le foisonnement autour d'elle, comme le reflet d'une époque. Cette biographie comprenait quelques références à d'autres poètes de son temps, dont notamment Théophile Gautier et sa fille. Théophile Gautier, ce « poète impeccable » auquel Charles Baudelaire avait dédié ses *Fleurs du mal*… Ce lien indirect le troublait. Anna de Noailles, dont il découvrait le vrai visage, était comme une parenté lointaine, dont l'exemple lui paraissait aussi essentiel que celui de Baudelaire. Le yin et le yang de la poésie. Elle était le miroir inspiré d'une poésie qu'il ne connaissait pas et qui suscitait en lui une vive émotion. Derrière des thèmes parfois un peu noirs, elle savait faire passer ses idées en disloquant le carcan de l'alexandrin.

Était-ce la double culture franco-roumaine, était-ce le déracinement qui donnait à ce cœur cette alchimie émotionnelle d'exception, pétrie d'une force inexorable et d'une sensibilité à fleur de peau… Depuis qu'il parcourait ses œuvres, il avait l'impression que sa propre poésie sentait le renfermé, comme s'il avait vécu replié sur Baudelaire pendant toutes ces années en ne percevant pas la beauté qui pouvait exister ailleurs.

Le téléphone sonna.

– Torn ?

– Oui, Lucille. Tu vas bien ?

– Moi oui. Je me faisais la réflexion que tu n'es pas venu depuis quelque temps. Il ne se passe rien de grave ?

Il hésita à répondre…

– Non…, lâcha-t-il sur un ton très peu convaincant…

– Heu… Ce n'est pas ce qu'on appelle un « non » franc et massif !

– Ben, si tu veux que je sois transparent, j'aurais plaisir à te voir si tu ne me parlais pas toujours de cette fille. Je ne dis pas que tu as tort sur Léna mais je ne suis pas prêt à l'entendre.

– Et donc tu préfères te couper des personnes qui t'apprécient…

– Oui, je préfère me mettre au frigo. Au moins, je ne fais de mal à personne.

– Bon, si tu veux que je sois transparente à mon tour, ce n'est pas au frigo que tu as rangé ton cœur, c'est au congélateur. Et comme cela dure depuis des années, la couche de glace a commencé à te givrer le cerveau. Tu ne peux pas toujours vivre tes émotions par plume interposée. Il y a de vraies gens autour de toi. Tu veux quoi ? Qu'on ne se voie plus à vie parce que pendant cinq minutes je pourrais te parler de Léna ?

– Qu'est-ce qui t'arrive Lucille ? Tu ne m'as jamais parlé comme ça !

– Il arrive que Léna est venue me voir en pleurs, que visiblement sa mère est en train de vivre une mauvaise passe, qu'elle engueule des tas de mecs au téléphone et qu'elle se défoule sur sa fille. Cette fille qui pourrait être la tienne et que j'aime comme la mienne. Excuse-moi de t'avoir dérangé, j'avais oublié que les vraies gens n'existent pas pour toi.

Et elle raccrocha.

Torn chercha à rappeler mais la ligne resta muette.

*

Il n'aimait pas ces lieux pleins de bruit, dans cette promiscuité moite où certains ne trouvaient leur plaisir qu'ivres morts. Les télévisions, également réparties sur la périphérie du pub, diffusaient des clips musicaux sur fond de femmes dénudées prenant des poses lascives, pour donner du corps à une logorrhée aux accents pathétiques. Les jeunes assis à la table à côté de la sienne parlaient fort mais il ne les entendait pas. Il était parvenu à se couper du brouhaha ambiant.

Son attention était complètement captivée par un autre groupe d'adolescents assez hétérogène au niveau des âges. Léna était la plus jeune. À grand renfort d'exclamations, un verre à la main pour se donner une contenance, elle cherchait à paraître plus vieille qu'elle n'était. Quelque chose avait changé depuis la dernière fois où il l'avait vue... Était-ce un peu plus de muscle, du fait d'une pratique de la natation sans doute plus assidue... Était-ce l'adolescente qui se transformait ? Il avait l'impression d'un physique en trompe-l'œil : une petite fille dans un corps de grande, c'est l'idée qu'il se faisait de la gamine qu'il avait suivie depuis sa sortie de la piscine. Il avait aperçu Lucille de l'extérieur mais il n'avait pas envie d'évoquer la situation directement avec elle, il voulait se faire une idée par lui-même avant. Elle avait sa mine des mauvais jours, qu'elle cachait derrière un sourire très commercial ; son port de tête la trahissait, comme si une force mystérieuse lui rentrait la tête dans les épaules.

Le lendemain du coup de fil de Lucille, Torn s'était arrangé avec un collègue pour qu'il prenne sa veille de nuit, prétextant une affaire familiale à régler. Le chef avait accepté, tout en se demandant de quelle famille il pouvait s'agir. Torn avait pris le train dans l'après-midi, il n'était pas passé à la plage pour se mouiller les pieds, il était directement venu se placer en embuscade près de la piscine. Il avait suivi Léna dans les transports en commun.

À la droite de Léna, le jeune homme, de trois ou quatre ans son aîné, devenait de plus en plus collant. Elle le repoussait sans grande conviction. Plus elle le repoussait, plus il remplissait son verre à son insu de ce qui devait être de la bière de fille, chargée à la vodka. Torn observait le manège dans le reflet de la glace du bar. Il trouvait Léna trop jeune pour ce genre de bêtises. Il prit alors conscience que le sort de la jeune fille ne lui était pas indifférent. Quelque chose au fond de lui réagissait, sans qu'il pût le contrôler. Il imagina soudain avec tristesse combien la vie de la jeune fille devait être perturbée si sa mère était restée la femme qu'il avait connue.

– Aurais-tu raison Lucille ? murmura-t-il presque inconsciemment.

Ce constat le renvoya des années en arrière. Personne ne se méfiait d'une femme médecin, qui par vocation sauvait ou donnait la vie. Il se remémora sa compagne qui, derrière des allures bon chic, bon genre, cachait une âme noire. Pendant des années, il avait été subjugué, littéralement sous le joug de cette suceuse de sang, juste par amour, d'un pur et tendre amour, comme ceux qui rendent aveugle. Trop tard avait-il compris que seules les personnes capables de servir ses ambitions l'intéressaient, elle n'aimait les hommes que lorsqu'ils acceptaient d'être ses jouets. Il avait fermé les yeux sur ses activités, même lorsqu'il avait compris qu'elles n'étaient pas toutes honnêtes. Il aurait vendu son âme au diable pour ne pas la perdre, pour que la cellule familiale n'explose pas.

Malgré ses efforts, le scandale arriva. Et il découvrit que rien ne liait sa compagne aux malversations qu'il soupçonnait, elle était trop maligne pour ça. En revanche sa signature à lui apparaissait sur un certain nombre de documents compromettants. Tant qu'elle pouvait l'utiliser en écran, elle lui avait fait croire en sa propre étoile ; dès qu'elle avait eu besoin d'un fusible, elle lui avait coupé la tête. Le procès, sa vie déballée au grand jour, la prison. La machine judiciaire le broya. Et le pire restait à venir…

Léna venait de se lever et se dirigeait vers la sortie. Elle était blanche. Pensant au départ qu'elle voulait juste prendre l'air après avoir trop bu, il remarqua qu'elle avait pris ses affaires. Son chevalier presque servant s'en rendit compte également et sortit à son tour. Torn leur emboîta le pas après avoir réglé sa consommation.

Il les retrouva un peu plus loin, alors que Léna rendait ses tripes dans le caniveau, ce qui visiblement exaspérait le garçon. Il tourna autour d'elle encore un peu, dans un état de nervosité extrême, jusqu'à ce qu'elle le repousse de manière définitive. Après quelques invectives, le jeune homme finit par l'abandonner à son sort. Elle réussit à s'asseoir sur un banc à proximité, mais les forces lui manquaient pour se lever et repartir.

Torn s'approcha.

– Puis-je aider, jeune fille ? J'ai malgré moi vu votre dispute, vous ne semblez pas très vaillante sur vos jambes. Quelqu'un à appeler ?

Léna le dévisagea, comme une apparition venue d'une autre planète. D'où sortait-il, celui-là ? Cela dit, il n'avait pas une tête de pervers. Elle continuait de le fixer.

– On se connaît ? s'enquit-elle. J'ai l'impression de vous avoir déjà vu.

Il se retrouvait pris au piège. Pourquoi n'était-il pas resté à l'écart ? Elle avait dû le voir à la piscine lors de ses précédentes visites à Lucille. Si elle le reconnaissait maintenant, il aurait du mal à faire croire à une rencontre totalement fortuite. En dehors du risque d'être démasqué, il commençait à éprouver un malaise croissant. Instinctivement il s'était approché pour lui venir en aide, sans réfléchir aux conséquences. Pour lui c'était une enfant, elle lui rappelait ce passé qu'il voulait oublier… Ce sentiment de remords et d'irréparable qui le consumait depuis des années, il sentit sa respiration se couper tandis que l'enfant le scrutait. Il vit d'autres yeux, le souvenir d'une main juvénile qui prenait la sienne lui revint plus douloureux que jamais. Dans un sursaut de haine, le visage de la mère de Léna apparut également. Il ne voulait pas de nouvelle confrontation avec celle qu'il avait tant aimée et qui avait causé sa perte. Il devait reconnaître son manque de courage. Il décida de rester discret sur ses allées et venues à la piscine.

– Je ne viens pas souvent par ici, mentit-il.

La tête lui tournait à nouveau. En fait, elle avait l'impression que la rue tournait autour d'elle. Elle retourna à son caniveau, sujette à de nouveaux spasmes…

– Auriez-vous un mouchoir ? râla-t-elle.

– Heu, oui… Voici…

Elle retrouva figure humaine.

Torn lui demanda si elle habitait loin ou s'il pouvait la ramener près de quelqu'un de confiance. Elle regarda sa montre. Il était 19 h 30 passées, Lucille quittait la piscine vers 20 heures.

– Pourriez-vous m'aider à me rendre à la piscine ?

– Pas de problème. Elle est à dix minutes.

Elle le regarda une nouvelle fois.

– Vous connaissez la ville alors. Ce n'est pas à la piscine que je vous ai vu ?

Il se mordit la langue. Décidément, il se laissait prendre comme un débutant. Sans être en possession de tous ses moyens, elle percutait vite.

– J'ai aperçu la piscine en me promenant, je sais qu'elle n'est pas loin.

Ils arrivèrent devant l'espace vitré où plus tôt il avait observé Lucille.

– Merci monsieur de m'avoir ramenée. Je m'appelle Léna. Et vous ?

– De rien, c'était un plaisir. Pouvez-vous juste vérifier que votre amie est là ? Je serai plus rassuré.

Elle réapparut avec Lucille dans la lumière du hall, cherchant des yeux une silhouette, une ombre. Intriguée, Léna ressortit, regarda à droite puis à gauche.

– Il s'est volatilisé. Il ne m'a même pas dit comment il s'appelait.

Torn les regarda disparaître, planqué derrière un abribus. Puis il reprit le chemin de la gare, perdu dans ses pensées. Des rencontres étaient en train de chambouler tous ses repères. Anna de Noailles… Léna… Et ce parfum de musc qu'il n'arrivait pas à oublier…

Chapitre 9

Selena était arrivée dans la chambre de Torn, non sans avoir vérifié au préalable qu'il était bien au poste de nuit. Ces derniers jours il était bizarre. Elle s'était habituée à le voir noircir des pages, ce n'était plus le cas. Il lisait et prenait des notes de manière méticuleuse et apaisée. Elle reconnut la photo d'Anna de Noailles sur la couverture. Elle ne put que constater une nouvelle fois sa ferveur.

Elle avait laissé la carte magnétique du gardien à Clara, pour lui permettre de descendre par le monte-charge en passant par la lingerie. Puis Clara rejoignait l'appartement de Torn, que Selena occupait la nuit grâce au double des clés qu'elle s'était procuré. Les deux jeunes femmes avaient convenu de se retrouver chez Torn les jours impairs. La confiscation du téléphone par l'hôtel sur base d'un pseudo-problème de couverture intrigua Selena. Ils auraient très bien pu donner un téléphone à Clara sans prendre l'ancien. Ça et les repas probablement drogués, la mort inexpliquée de Zaïde qui semblait embarrasser le chef, il fallait savoir lire entre les lignes : cette conjonction d'évènements commençait à envelopper le Château d'une ombre inquiétante. Selena, déjà méfiante par nature, y vit une nouvelle raison de redoubler de précautions. Sa carte SIM étant répertoriée dans les fichiers de l'hôtel, elle en avait acheté une autre pour garder un moyen de contact sécurisé avec Clara. Elles avaient décidé de ne pas communiquer, sauf cas de force majeure. Bien que le roumain soit une langue romane, elles avaient toutes deux appris l'alphabet cyrillique, qu'elles utiliseraient le cas échéant pour leurs messages. Et si l'une d'elles ne pouvait pas être au rendez-vous, le chiffre 01 serait utilisé ; 01 comme *no one,* qui en anglais signifiait « personne ». Mais cette situation ne s'était jamais présentée depuis que les deux amies s'étaient retrouvées, elles étaient aujourd'hui fusionnelles dans l'adversité.

Selena n'aimait pas la décision que Clara avait prise, même si elle la comprenait. Pour garder son libre arbitre et ne pas se laisser endormir par la drogue contenue, elle en était convaincue, dans la nourriture. Elle ignorait tout du népenthès et de ses effets, elle savait juste que la nourriture la faisait marcher au radar ; elle annihilait sa volonté, lui faisait tout oublier et lui conférait un sentiment de bonheur artificiel.

Du coup, Selena avait cherché un moyen de laver le corps de son amie de l'intérieur, tout en en lui apportant les minéraux dont elle manquait. Elle s'était souvenue des soupes miracles de sa mère lorsqu'il s'agissait de maintenir une famille robuste avec peu de moyens dans les rigueurs de l'hiver, les Carpates n'étaient pas connues pour leur climat tempéré. Aujourd'hui elle était trop heureuse d'avoir conservé la mémoire de ces soupes à la roumaine et leurs bienfaits. Du petit sac à dos qui l'accompagnait maintenant à chacune de ses virées nocturnes, elle tira une bouteille du breuvage magique et du pain, ainsi que des yaourts qu'elle déposa dans le réfrigérateur. Elle prit deux bols dans un placard de la cuisine, versa le contenu de sa bouteille dans l'un et allait lancer le four micro-ondes lorsqu'une petite voix intérieure lui rappela que son amie n'était pas encore arrivée.

En attendant Clara, elle lisait les poésies de Torn, dont elle était maintenant complètement imprégnée. Les textes qu'elle avait lus à la hâte dans le classeur la première fois qu'elle était venue formaient un puzzle dont tous les morceaux étaient dispersés. Elle trouvait ça dommage au sens d'une œuvre construite, des thèmes se dessinaient avec à l'intérieur de chaque thème des poèmes de maturités différentes.

Parfois, le poème exprimait une noirceur qui lui glaçait les sangs et, sur le même sujet, on en trouvait un autre plus proche de l'apaisement, qui montrait le chemin intérieur parcouru par l'auteur. Les plus émouvants restaient sans aucun doute ceux qui traitaient de l'enfance, avec des références douloureuses à une jeune fille disparue. Elle ne put s'empêcher de rapprocher ces fragments des articles de journaux retrouvés dans sa cave lors de la visite du sous-sol. Dans cette mosaïque éparpillée, elle voyait également des réflexions sur des sujets de société. De ceux qui donnent du corps à l'ouvrage et qui transforment un récit intimiste en œuvre majeure. En fouillant dans les tiroirs de l'appartement, elle avait par ailleurs découvert des textes inachevés qui pouvaient facilement enrichir cette section. Pourquoi ne les avait-il pas terminés ?

Plus elle y réfléchissait et plus elle avait la conviction qu'il y avait là matière à la structuration d'un livre qui ne soit pas juste un recueil de textes. Elle s'assit sur le lit, le regard habité. Elle enleva des feuillets plastifiés tous les poèmes pour les ranger par thème. Les thèmes formèrent des tas qui couvrirent toute la surface du lit. Elle ajouta les fragments non aboutis qui, selon elle, méritaient une place dans l'ensemble. Puis, emportée par sa ferveur, elle entreprit d'ajouter des annotations aux endroits qui lui semblaient à retravailler au regard de l'œuvre globale. La mosaïque prenait forme dans sa tête. Elle regroupa les tas selon l'ordre qui lui paraissait le plus logique. Un manuscrit d'une centaine de pages venait de voir le jour.

Elle regarda l'heure. Clara avait du retard. Selena se fit chauffer un bol de soupe en se disant que ça la ferait arriver.

Machinalement, elle se mit à illustrer l'un des poèmes. Son choix s'était porté sur un texte généraliste, plus simple dans la compréhension. Elle regarda son dessin, dont elle était assez fière. Le texte dans la main gauche, le dessin dans la droite, ses yeux allaient de l'un à l'autre, le petit miracle de la troisième dimension était en train de s'opérer dans son cerveau. Le poème donnait de la profondeur au dessin, le dessin apportait du relief aux mots. Elle ne lisait pas, elle était au cœur de l'Idée. Les nuances de l'écriture et celles du dessin se répondaient comme autant d'images intuitives qui dépassaient la perception raisonnée des choses. Elle avait déjà vécu ce processus, elle le revivait avec la même émotion. Mais une nouvelle vague était en train de l'emporter au-delà des horizons connus : des mots lui apparaissaient, qui ne lui étaient pas totalement étrangers mais dont elle ignorait parfois le sens. Le dessin lui suggérait des mots pour sublimer le poème de Torn, au sens d'une plus grande harmonie. Quel sentiment bizarre que celui de connaître des termes ou des expressions sans les avoir jamais appris ! Était-ce ce que l'on nommait « réminiscence » ? Personne parmi ses proches n'avait une telle connaissance de la langue. Intuitivement, elle savait maintenant quelles corrections apporter au poème de Torn pour le rendre parfait. Le texte et le dessin, comme deux parties d'un même tout... Comme deux miroirs mis l'un en face de l'autre pour se renvoyer un même spectre à l'infini.

Hallucinant..., se dit-elle, soudain prise de vertige. *Alors Torn... Est-ce que tu crois que ta princesse de Brancovan aurait été capable de ce petit miracle... En même temps, elle était roumaine... C'est pas con une Roumaine...*

Des œuvres d'Anna de Noailles traînaient en vrac sur le bureau de Torn. Elle commença à les parcourir. La même impression de déjà-vu la prit à la gorge.

Il faut que j'arrête, je deviens tarée.

Elle réalisa alors que dans son enthousiasme elle s'était approprié le manuscrit de Torn, sans la moindre possibilité de retour en arrière. Elle avait chamboulé l'ordre dans son classeur, sans garder une trace de ce qu'était l'ordre initial. Elle avait griffonné certaines pages à l'encre, de manière indélébile.

Rectification... Il y a des Roumaines qui sont vraiment débiles..., finit-elle par reconnaître.

Elle se demanda comment faire pour ne pas signaler la présence d'une intruse dans la chambre mais à part y mettre le feu, elle ne voyait pas comment réparer. La photo d'Anne de Noailles la fixait. Et pourquoi finalement devait-elle se cacher ? L'idée de parler à Torn commençait à émerger. Pour arriver à cette osmose entre un texte et un dessin, il fallait qu'elle soit proche de l'auteur. Serait-ce réellement un drame si elle ne restait pas dans l'ombre ?

– M'ouais... Et si c'était plus simple que ça ? Je ne suis qu'une femme de chambre mettant de l'ordre dans une chambre qui en a besoin. Finalement je ne fais que mon travail. Bon sang, Clara, qu'est-ce que tu fous ? Si tu étais là, tu pourrais me donner des idées...

Elle regarda sa messagerie SMS, aucun message de Clara. Puis, elle s'allongea sur le lit de Torn pour siroter sa soupe. Une douce chaleur l'envahit et elle s'assoupit.

*

Le téléphone sonna dans la loge de Torn. Les appels étaient plutôt rares à 2 heures du matin. Lorsqu'il vit qu'il s'agissait du Château, il lâcha tout, comprenant que quelque chose d'inhabituel était arrivé.

– Torn, à votre service.

– Torn, appelle le médecin d'astreinte. Il y a une fille qui vient de nous faire un malaise chez un client.

Il avait reconnu la voix de l'infirmière de garde.

– Je fais le nécessaire. Peut-être pourriez-vous juste me donner quelques précisions sur l'âge de la personne et les symptômes si le docteur me demande.

– C'est Clara. Et il s'agit de plusieurs syncopes coup sur coup. Dépêche-toi.

Torn parla au médecin. En raccrochant, il s'étonna du sentiment de vive inquiétude qu'il avait perçu dans la conversation téléphonique, ceci pour quelques malaises. Mais il n'exerçait plus...

Le docteur n'aimait pas ces contrariétés. Il savait qu'il naviguait en eaux troubles, dans un secteur où la médecine ne brillait pas que par ses certitudes. L'hôtel disposait en ses murs d'une antenne médicale en journée, notamment pour le suivi des nymphes, qu'il fallait accompagner avec une rigueur d'horloger suisse. La gelée royale et la propolis, qui donnent à la ruche toute sa force et sa résilience, avaient été améliorées pour que les nymphes donnent à leur progéniture le meilleur terrain génétique possible. Mais les injections de nutriments à forte dose se faisaient sous haute surveillance, pour veiller à ce que le métabolisme de la future parturiente, inégal selon les individus, encaisse bien. Le cas de Clara était forcément différent puisqu'elle n'était qu'une femme de chambre, rien à voir avec les nymphes. L'infirmière n'était-elle pas en train de surréagir en face d'un cas simple, trop habituée à être très vigilante sur des cas plus complexes ? Elle était compétente mais parfois un peu godiche. Les malaises ne l'inquiétaient pas outre mesure, la perte de conscience le préoccupait davantage.

Il s'agissait d'un incident de sécurité. Comme à son habitude, Torn essaya de se projeter pour être préparé à toutes les éventualités. Le docteur allait arriver. Si l'incident s'avérait plus grave, d'autres secours, ne serait-ce qu'une ambulance, viendraient et Torn devrait faire monter les brancardiers. Les consignes en pareil cas étaient de ne pas utiliser les installations empruntées par les clients, qui risquaient de s'affoler ou d'émettre des doutes sur la qualité de l'hôtel. Aux ascenseurs il fallait préférer le monte-charge, plus discret. Son badge lui permettait d'accéder à tous les étages par l'ascenseur mais pour le monte-charge, il fallait une carte spéciale. Machinalement, Torn vérifia la poche-poitrine de sa veste, pour sentir la présence de la carte magnétique qui lui servirait à faire monter d'éventuels secours… Il constata que sa poche était vide.

– Merde… Où est la carte ?

Il se remémora quand il l'avait utilisée la dernière fois, mais cela remontait à loin, lors d'un exercice de prévention qu'il avait d'ailleurs organisé aux côtés du responsable sécurité de l'hôtel. Il regarda la doublure de sa poche : elle n'était pas trouée. Il était dans la mouise si l'incident prenait de l'importance, il lui serait impossible de faire monter les secours alors qu'il était le dépositaire de la sécurité la nuit. Il ne voulait pas être pris en faute. Son cerveau fonctionnait pour trouver une solution. Il voulait aller jusqu'à son appartement pour vérifier qu'elle n'était pas tombée dans un recoin, mais il n'en eut pas le temps. Les projecteurs de la voiture du médecin venaient d'entrer dans le champ de la caméra du garage. Il eut un déclic.

Il y a peut-être quelque chose à tenter..., se dit-il. *Lui aussi a une carte multipass.*

Il abandonna sa loge pour le rejoindre au parking. Le docteur était en train de descendre du véhicule, sa trousse à la main. Il s'était visiblement habillé à la hâte, enfilant juste sa blouse au-dessus d'une tenue approximative. Lui d'habitude tiré à quatre épingles, une situation sanitaire valait bien une petite entorse aux convenances.

– Bonjour docteur... C'est plus court par ici..., s'empressa de dire Torn en le guidant vers le monte-charge.

Alors que le médecin était devant lui, il laissa tomber ses clés, faisant mine de ne pas s'en apercevoir tout de suite.

– Oh ! Mes clés... Mettez votre carte docteur, pendant que je ramasse mes clés !

Le médecin obtempéra, avec une petite moue assassine. Torn avait gagné. S'il parvenait maintenant à lui chaparder...

– Dépêchez-vous ! Une vie est peut-être en jeu, dit l'externe d'un ton mélodramatique.

Les deux hommes montèrent au Château ensemble. Torn se plaça le dos au lecteur de cartes et commença à faire la conversation au docteur, pour qu'il oublie l'existence du petit rectangle de plastique. Il fallait qu'il récupère la carte. Le plan fonctionna, le docteur s'empressa de quitter l'ascenseur, déjà préoccupé par son intervention.

Clara reprenait ses esprits dans sa chambre. Mme Sourire était là avec l'infirmière. Lorsqu'elle vit Torn, elle ne put s'empêcher de japper.

– Que faites-vous là ? Ce n'est pas votre place...

– J'ai pensé que nous serions plus efficaces si le docteur pouvait me dicter ses instructions directement sur le terrain plutôt qu'au téléphone...

– Ah !... Admettons... Ne pensez pas trop... Vous n'êtes pas payé pour ça...

Torn se renfrogna. Il étudiait Clara du coin de l'œil, il s'en souvenait comme d'une jeune femme plutôt bien proportionnée ; elle semblait avoir maigri, elle était blanche, mais ce qu'il retint de plus alarmant était le manque de lueur dans les yeux. Des rumeurs avaient déjà couru dans l'établissement sur l'âpreté du service au Château, mais il n'y avait jamais prêté attention. Jusqu'à maintenant, il s'était toujours moqué des autres, tant qu'il pouvait oublier et écrire, et cela l'avait plutôt préservé. Pendant qu'il l'observait, des vers d'Anna de Noailles lui vinrent comme un signal. Il sentit une douce agitation l'envahir, qu'il chercha à tout prix à dissimuler. Il y avait dans la chambre de Clara quelque chose qui le dérangeait, il ne comprenait pas cette réaction.

Le docteur interrompit sa réflexion.

– Clara, peux-tu marcher jusqu'au cabinet médical ? Nous serons plus à notre aise pour les examens.

– Oui, je crois.

Cette voix. C'était comme un murmure d'outre-tombe. Torn fut remué au plus profond de lui-même.

– Torn, bougez-vous… Prenez ce châle sur la commode derrière vous et mettez-le-lui sur les épaules, vous allez nous aider à la soutenir. Nous n'avons pas loin à marcher.

C'est en prenant le châle que Torn comprit soudain son trouble. L'odeur de musc… Elle était là, dans cette chambre, comment avait-elle pu lui échapper ! Et l'effluve venait du châle, qu'il reconnaissait maintenant. Il l'avait vu lorsqu'il avait suivi l'autre Roumaine à la bibliothèque, elle le portait alors, il s'en souvenait distinctement. Comment les deux Roumaines pouvaient-elles se voir alors que l'une d'elles était coincée au Château ?

Son regard se figea alors sur un objet qui apparut sur la commode sous le châle : une carte magnétique de couleur rouge, la sienne. Spontanément, il leva les yeux vers Clara qui, malgré sa faiblesse, suivait ses moindres faits et gestes. Elle sut dans le regard de Torn qu'elle était démasquée. Il détourna immédiatement les yeux pour ne pas éveiller l'attention de Mme Sourire, dont il sentait la désapprobation lui brûler la nuque s'il ne passait pas la deuxième rapidement ; il s'empara de la carte avec le châle et vint aider l'infirmière, pour soutenir Clara dans sa démarche mal assurée. Il glissa la carte dans sa poche. La main de Clara serra son avant-bras, comme pour capter son attention. Alors qu'il ne s'intéressait pas aux misères des autres, Torn lui répondit en pressant légèrement sa taille. Il voulait la rassurer. Ils arrivaient au bout du couloir, elle feignit un faux pas pour que sa bouche se retrouve au niveau de l'oreille de Torn. Bien qu'il s'agisse d'un murmure à peine perceptible, celui-ci entendit distinctement :

– Aidez-moi… Selena…

Ils étaient parvenus devant la porte du cabinet médical, Torn fut invité à rester dehors, pendant que l'infirmière et le docteur allaient se livrer aux examens d'usage. Mme Sourire resta dans la chambre. Il l'entendit ouvrir des placards. Sans doute cherchait-elle dans les affaires de Clara de quoi expliquer cette situation qui lui échappait…

Puis, elle réapparut dans le couloir. La présence de Torn à cet étage la dérangeait.

– Retournez à votre poste Torn. Vous n'avez plus rien à faire ici. On vous appellera si on a besoin de vous.

Elle avait cet air suspicieux, qui semblait exprimer qu'il en savait plus qu'il ne voulait en dire, et que sa présence au Château n'était peut-être pas fortuite. Avait-elle capté quelque chose dans son comportement alors qu'il était dans la chambre de Clara, impossible à dire. Il prit le ton de la soumission et du professionnalisme :

– Pourriez-vous rendre au docteur sa carte magnétique, s'il vous plaît ? Il l'a oubliée dans l'ascenseur et j'attendais pour la lui redonner.

*

Selena se réveilla en sursaut. Le réveil indiquait 3 heures du matin.

– Ouh là ! T'es dingo, ma vieille, de t'endormir ici… Il n'y a pas de prince charmant qui va te réveiller.

Puis elle se projeta très vite dans la réalité. Clara n'était pas là. Elle regarda une nouvelle fois son portable, toujours pas de SMS. Des nœuds dans le ventre lui vinrent rapidement, elle ressentait confusément que quelque chose de grave se tramait, sans pouvoir imaginer de quoi il retournait. Clara ne viendrait plus à cette heure. Elle ne savait pas quoi faire, mais ce n'est pas en restant dans la chambre qu'elle en apprendrait plus.

Elle avisa les plis laissés par son petit somme sur le lit de Torn, elle le rafraîchit pour ne pas trahir sa présence. Elle rangea les bols dans l'armoire et la soupe dans son sac à dos. Elle remit le classeur de poèmes à sa place, même si beaucoup de choses avaient changé à l'intérieur. Puis, empoignant son sac à dos, elle marcha à pas feutrés en direction de la mezzanine. Quelle ne fut pas sa surprise de constater que le hall de l'hôtel était désert, Torn n'était pas à son poste !

Elle allait partir, lorsqu'elle vit les portes de l'ascenseur s'ouvrir. Torn en sortit, perdu dans ses pensées.

Mon Dieu, comme j'aimerais que tu me parles de Clara, se dit-elle. *En sais-tu plus que moi ?*

Elle avait tellement envie de sortir de l'ombre pour lui parler. Mais de quel côté était-il ? La beauté de ses poèmes ne le plaçait pas forcément du côté des justes. Il fallait toujours se méfier d'un animal blessé, et Dieu sait si lui l'avait été. Elle décida de retourner chez Torn pour prendre quelques heures de sommeil. Elle régla l'alarme de son téléphone, puis se coucha sous le lit.

Comme d'habitude, elle irait prendre son poste avant le retour de Torn, mais cette nuit-là sans avoir beaucoup dormi. Elle ferma la porte après avoir effacé au maximum toutes les traces de son passage, celles qu'elle pouvait gommer bien sûr. Toutes ou presque... Elle ne pensa plus aux quatre yaourts qu'elle avait laissés dans le réfrigérateur.

*

Mme Sourire s'occupait l'esprit en réglant quelques paperasses, dans l'attente du retour du docteur. Dès qu'il pénétra dans le bureau pour faire son rapport, elle vit à son air contrarié qu'il avait trouvé quelque chose.

– Quel est votre diagnostic, docteur ? lança-t-elle sans fioritures.

– Pas très joyeux. Elle est très affaiblie. Je n'aurai les résultats de l'analyse de sang que demain mais je sais déjà qu'ils ne seront pas bons. Figure-t-il dans son dossier personnel qu'elle est anorexique ?

– Clara anorexique ? Pas le moins du monde. Et du temps où elle travaillait aux étages inférieurs, elle avait des formes. Je dois reconnaître pour l'avoir noté ce soir qu'elle est amaigrie mais pourquoi allez-vous sur le terrain de cette maladie ?

– Parce qu'elle m'a avoué se faire vomir assez régulièrement et, après discussion avec elle, la raison invoquée serait une « tendance anorexique ». Je n'ai rien trouvé de mon côté dans son dossier médical.

– Foutaises… Pensez-vous que c'est un stratagème pour quitter le Château ?

– C'est un peu radical mais c'est possible. En tout cas, cela explique son teint laiteux. Elle est anémiée, elle doit souffrir d'une carence en protéines et oligoéléments. Il va falloir la retaper.

– Cela veut-il dire également qu'elle échappe à l'emprise du népenthès ?

– Par la force des choses, oui. Au moins partiellement. Cette prise en pointillé vient forcément modifier les effets d'une prise en continu. Du népenthès… et des additifs qu'il contient…

Mme Sourire comprit qu'il y avait un message dans les détails mentionnés par le médecin. Elle fronça les sourcils, comme touchée par une révélation.

– … « et des additifs qu'il contient », avez-vous dit ? Vous ne voulez pas signifier que…

– Si… L'un des additifs de notre produit est un contraceptif, qui n'a donc pas été assimilé par le corps de manière régulière. Clara est enceinte.

Chapitre 10

Safran avait lâché la bride au personnel de l'hôtel après son entretien avec le chef. Pas de convocation, bien qu'il eût laissé planer la menace lors de son passage, notamment pour écouter les proches collègues et la hiérarchie de feu Zaïde Arif.

Il n'était pas difficile d'entretenir l'inconscient collectif sur la légendaire inefficacité de la police ; endormir l'ennemi pouvait se révéler plus efficace qu'une approche en frontal. Était-ce l'instinct du flic mais il était ressorti de l'hôtel avec la désagréable impression de se faire balader… Une première partie de discussion plutôt nette et lisse, mais une atmosphère qui l'avait laissé mal à l'aise : ces représentations d'abeilles qui l'intriguaient, il avait même pensé à une société secrète ; ce Château qui paraissait vivre en marge par rapport aux étages inférieurs de l'établissement et le couac qu'il avait vécu avec la femme de chambre. Lorsque son collègue l'avait informé que le véhicule sur le pont pouvait avoir un rapport avec l'hôtel, il l'avait d'abord maudit de l'avoir appelé trop tard. Mais en y réfléchissant, c'était plutôt une bonne chose. S'il avait abattu sa carte trop vite, il aurait été simple de faire disparaître les preuves, en déclarant le véhicule volé par exemple. On l'aurait retrouvé à l'autre bout de la ville, brûlé par de prétendus jeunes en mal de sensations. Alors qu'en retrouvant le véhicule, il pouvait récupérer des empreintes et identifier les occupants.

Depuis une semaine, après avoir obtenu les autorisations nécessaires, il avait mis en place une surveillance discrète sur les entrées et sorties de l'hôtel. La méthode avait déjà porté quelques fruits. Il avait découvert qu'une fois tous les deux jours une employée de l'hôtel jouait les chats de gouttière pour revenir incognito, de nuit, dans l'enceinte du palace. Ce premier constat n'était déjà pas banal et lui fournissait une nouvelle preuve que la très honnête devanture d'un hôtel de luxe pouvait cacher des mouvements pour le moins insolites.

Là encore, il n'était pas favorable à une confrontation trop rapide. Il préférait observer de loin, laisser les protagonistes tirer leurs fils à l'intérieur de sa toile et garder la main sur le moment le plus adapté pour faire crouler l'ensemble. Sa patience ne tarda pas à être récompensée. Le fourgon était apparu un beau matin, entrant dans les entrailles de l'hôtel.

L'après-midi même, son collègue Alex avait réservé une chambre à l'hôtel, pour une nuit. Alex avait déployé beaucoup d'efforts dans sa tenue pour asseoir sa crédibilité de responsable commercial de passage. L'ordinateur portable en bandoulière et un sac de voyage plutôt mode lui donnaient un air de VIP. Le costume le serrait un peu mais cela ne lui déplaisait pas de sortir de sa routine pour infiltrer un ennemi invisible. Il fut accueilli à la réception par un sourire un peu guindé.

– Bonjour monsieur. Déjà venu dans notre établissement ?

– Non, c'est la première fois.

– Puis-je vous demander de remplir une fiche, s'il vous plaît ?

Il déclina son identité sans chercher à la dissimuler. Il mentit juste sur sa profession, en précisant également qu'il avait réservé une chambre dans le cadre du travail et non en tant que touriste.

– Auriez-vous une pièce d'identité, s'il vous plaît ?

Toutes les pièces d'identité étaient scannées pour enrichir le fichier de la sécurité. Ce que le client ignorait, c'est que derrière une glace sans tain avait été placée une caméra qui filmait en permanence les visiteurs à leur arrivée à l'hôtel. En temps réel, la sécurité renvoyait à la réception un code dans l'informatique pour signaler, ou non, que le client devait être particulièrement chouchouté ; si le code apparaissait sur l'écran du réceptionniste, cela signifiait que le client avait été identifié comme haut potentiel, autrement dit virtuelle vache à lait de l'hôtel pouvant séjourner au Château ultérieurement. Bien entendu ce signal n'apparut pas avec Alex.

Le scan de la carte d'identité se détacha à l'écran dans l'un des bureaux du premier étage. L'opérateur de la sécurité lança la vérification d'usage, mais ce que le fichier central lui renvoya le dérangea. Cela ne collait pas avec ce que le client venait d'inscrire sur sa fiche. En cas de doute la consigne était de faire suivre à une adresse de messagerie dont il ignorait tout et il appliqua la consigne. L'homme habitait la ville, pourquoi se présentait-il comme un commercial en transit ayant besoin d'un hôtel ?

Alex alla déposer ses affaires dans la chambre. Il s'admira dans la glace de l'entrée. La quarantaine juvénile, les cheveux en arrière, le visage rieur, il se dit que finalement il n'avait pas le physique de l'emploi. Mais il demandait juste à faire illusion le temps d'une soirée.

Il était 18 h 30, il se donnait une demi-heure pour finaliser sa mission. Il descendit au sous-sol pour l'inspecter de fond en comble. Faisant mine d'avoir oublié un bagage dans sa voiture, il tira du coffre une musette qui contrastait un peu avec le costume. Il cherchait le mystérieux van du pont. Aucune trace sur le parking. Il y avait bien des garages privatifs mais sauf à les crocheter, il ne pouvait voir les véhicules qui y étaient dissimulés. Il était descendu pour trouver des réponses, dans la légalité ou pas ; il était suffisamment adroit avec une tige pour venir à bout des serrures les plus réfractaires. Il allait s'y mettre lorsqu'un détail éveilla son attention : sur le parking, il n'apercevait que des voitures de location ou des voitures dont l'immatriculation n'était pas locale. Rien d'étonnant puisque la raison d'être d'un hôtel était bien de loger des personnes en transit. Mais cela signifiait que les locaux, notamment le personnel de l'hôtel, se garaient ailleurs. Un autre parking devait forcément exister. Il s'intéressa aux portes qui donnaient sur l'intérieur du bâtiment, se disant que l'une d'elles devait servir de communication entre les parkings, si effectivement il y en avait plusieurs.

La première porte donnait sur un local technique. Il crocheta la deuxième avec la même dextérité. La lueur blafarde de quelques néons éclairait le parking qu'il cherchait. Il ne le vit pas tout de suite, dans le coin obscur derrière le pilastre, mais le fourgon était là. Il confirma que l'immatriculation correspondait à celle qu'il cherchait. Petit coup de pouce du sort, il était ouvert. Il enfila des gants en latex. De sa musette il tira quelques produits et du matériel de laboratoire qui lui permirent de prendre un maximum d'empreintes. Il en profita pour photographier les papiers dans la boîte à gants. Il partit non sans avoir analysé le contenu du coffre, qui ne révélait rien de compromettant et, après avoir dissimulé une balise GPS aimantée sous le châssis, il décida de regagner sa chambre. Ils pourraient ainsi suivre tous les déplacements du fourgon à distance.

Cicérone découvrit le mail de la sécurité de l'hôtel sur son smartphone. Le fichier de l'armée, que la sécurité de l'hôtel avait interrogé, confirmait qu'un client enregistré comme responsable commercial était en réalité un policier en civil. Pour en avoir le cœur net, il demanda à ce qu'une des femmes de chambre aille voler la brosse à dents de ce drôle de client, avec les précautions d'usage. La sécurité récupéra la brosse dans un sac plastique. Ils pourraient recouper les empreintes.

Alex se montra au restaurant comme un client normal. Il ne prit qu'un plat et un décaféiné, le service étant un peu long ; il ne voulait pas rater le match à la télévision. Au moment de se coucher, il se rendit compte qu'il avait oublié sa brosse à dents.

*

Léna se barricada dans sa chambre. Sa mère recevait un homme ce soir, elle avait compris qu'elle était de trop. Elle en avait l'habitude, elle n'était qu'une gamine sans intérêt : le travail, les hommes, la gestion du quotidien accaparaient suffisamment celle qui un jour l'avait mise au monde, sans doute par un malheureux concours de circonstances. Elle entendit une voiture se garer. Cachée derrière le rideau, elle l'observait. Tout dans sa démarche exprimait l'assurance et l'autorité. Une certaine arrogance. Elle se souvenait de lui, de ce corps trapu et poilu avec ses costumes en laine, il travaillait pour sa mère. À un moment, l'homme leva les yeux vers sa fenêtre sans la voir. Il était déjà venu à la maison mais jamais à une heure aussi indue. Elle s'allongea sur le lit, alluma la télé et se mit à zapper. Aucun film ne l'attirait, elle s'arrêta sur un documentaire animalier.

Réjane parachevait son œuvre. Une dernière petite touche de ce parfum capiteux auquel aucun homme ne résiste et elle serait parfaite. Un léger maquillage mettait en valeur son visage sur lequel le temps semblait ne pas avoir de prise. Les crèmes à base de propolis conféraient à sa peau une éternelle jeunesse, tandis que la gelée royale lui apportait la robustesse du corps et la vitalité de l'esprit. Elle avait choisi une robe moulante qui ne masquait rien de ses formes généreuses. Elle regarda la bague à son doigt avec un sourire narquois.

La petite n'avait pas sommeil. Les images défilaient devant ses yeux de manière un peu irréelle.

... dans l'organisation de la ruche, parmi les ouvrières, toutes ont leur fonction : certaines « maçonnent » la cire qui constitue les alvéoles destinées aux futures larves et aux nymphes, d'autres nettoient ces alvéoles ; les butineuses récoltent le nectar des fleurs pour la production de miel, stocké ensuite par les abeilles magasinières ; enfin, il y a les gardiennes dont la mission consiste à défendre la ruche. L'image des nourrices alimentant la reine, deux fois plus grosse que les autres abeilles, est impressionnante. Les abeilles les plus velues sont les faux-bourdons, utilisés pour inciter les ouvrières à travailler plus...

L'homme avait du mal à garder l'esprit clair. Ce parfum l'entêtait comme une puissante phéromone. Réjane avait décidé de jouer un peu avec lui.

– Alors mon chéri, tu t'en sors avec la police ?

– Je pense que nous n'avons rien à craindre de la police locale. Après que l'inspecteur est passé, nous aurions dû recevoir une nouvelle convocation pour certaines des ouvrières proches d'Arif, cela fait plus de deux semaines et nous n'avons toujours rien reçu. L'enquête piétine. L'inspecteur qui est venu à l'hôtel est incompétent.

Elle s'approcha de lui et se mit à l'embrasser tendrement sur le menton, sur la joue. Elle lui mordilla l'oreille.

– Tu maîtrises parfaitement la situation alors.

À son tour, il l'embrassa dans le cou puis descendit tout doucement jusqu'à lui découvrir un sein.

– Je pense qu'on forme une bonne équipe tous les deux.

Léna se tournait et se retournait dans son lit.

… la reine s'accouple en vol avec de multiples faux-bourdons dont elle recueille la substance. C'est la reine qui décide plus tard du sperme qu'elle utilise pour la reproduction…

Réjane se mit à genoux tout en lui dégrafant le pantalon.

– Ma reine ! Tu es si chaude aujourd'hui.

– Oui, j'ai envie de m'envoyer en l'air. Et comme tu sais y faire, il est normal que tu aies ta récompense. J'ai envie de trucs spéciaux. Pas toi ?

Ce parfum le rendait fou. Il lui avait tout d'abord tenu la tête puis il l'avait allongée sur la banquette dans le salon.

– Que veux-tu donc, ma douce ?

– Accompagne-moi dans le bureau.

Elle ne voulait pas déranger sa fille à l'étage. Elle préférait rester au rez-de-chaussée, à défaut de lit ils pourraient se contenter d'une méridienne Juliette Récamier ; la forme de ce canapé permettait les postures sexuelles les plus indécentes.

Elle laissa glisser sa robe sur le sol. Lui-même se débarrassa de ses vêtements. Il ne s'embarrassa pas de préliminaires, lui écrasant la tête dans les coussins. Il manquait décidément de subtilité.

– Hey ! Doucement ! J'ai dit que je voulais des trucs spéciaux.

– Mets-moi sur la voie.

– Je veux que tu sois à moi et pouvoir te faire ce que je veux, sans que tu puisses te défendre.

– T'es dingue. Tu n'as pas besoin de ça pour me dominer, tu es ma patronne…

– Crois-tu… Je suis aussi une femme… Je vais te montrer comment une femme peut retarder la jouissance d'un homme jusqu'à l'extase, et après je te relâcherai pour que tu puisses me punir.

La méridienne était équipée de lanières de cuir attachées aux pieds. Elle plaça le corps de l'homme dans la méridienne, s'empala sur lui, plaquant sa poitrine contre sa bouche. Incapable du moindre mouvement, il sentit la morsure du cuir sur ses poignets lorsqu'elle serra les sangles.

Elle jouait de son corps à la perfection. Dès qu'elle sentait qu'il allait s'abandonner, elle le mordait, elle le pinçait pour que la douleur fasse retomber le désir. Et elle reprenait de plus belle. Elle prit son plaisir jusqu'au bout, cédant à l'orgasme quand elle lui interdisait le sien.

– Alors, tu es heureux mon beau mâle ?

– Finis-moi, ma reine. Je n'en peux plus.

La jeune fille se redressa, persuadée d'entendre un bourdonnement près d'elle.

… les faux-bourdons ne survivent pas à l'accouplement avec la reine. Leur endophallus est arraché pendant l'acte alors qu'ils sont en vol. La reine et le mâle s'écrasent au sol. La reine se dégage et reprend son vol, laissant le corps du faux-bourdon sans vie au sol. Elle est alors prête à se donner à un autre mâle…

Réjane se remit à califourchon sur lui.

– Oui, je vais te finir, dit-elle en lui mordillant une nouvelle fois l'oreille.

– Et après tu me détacheras ?

– Sais-tu que le misérable petit flic incompétent dont tu m'as parlé tout à l'heure a envoyé un fouille-merde à l'hôtel ? lui murmura-t-elle.

– Que dis-tu ?

– À quoi tu me sers si tu ne sais pas me protéger, si tu ne sais pas protéger la colonie… Tu te rends compte que c'est moi qui t'apprends ce qui se passe chez toi…

La voix de Réjane se fit plus dure. L'homme sentait brusquement l'univers basculer autour de lui. Il voulut crier mais, dès qu'il ouvrit la bouche, elle lui assena un coup du tranchant de la main au niveau de la glotte. Son cri s'étouffa dans sa gorge. Puis elle lui enfonça un foulard dans la bouche. Il forçait sur les sangles pour pouvoir libérer ses poignets, mais rien n'y faisait.

Elle reprit d'une voix monocorde :

– Je ne sais pas ce que ce poulet est venu faire à l'hôtel mais, s'il est venu, c'est qu'il imagine pouvoir trouver des choses. Qu'as-tu laissé traîner, espèce de minable ? Tu n'as pas la carrure. Il me faut quelqu'un capable de nettoyer tes conneries et d'anticiper les coups de l'adversaire.

Il voulait implorer sa pitié, mais l'étoffe dans sa bouche empêchait tout son de sortir de sa gorge. Alors il la vit tourner la bague à son doigt. Une pointe d'un diamètre minuscule en sortit et elle le piqua à la base du cou.

Son regard fut sans pitié.

– Tu ne vas pas mourir tout de suite. Que penses-tu de mon nouveau venin ? Un joli concentré de pneumocoques, associés à d'autres saletés tout aussi sympathiques. La mort par suffocation n'est pas la plus douce mais elle laisse moins de traces. L'armée voulait un cobaye et, ma foi, je pense que cette mission-là est dans tes cordes. Combien de temps crois-tu que ton corps va résister ?

Léna avait entendu du bruit. Elle baissa le son de sa télévision puis entrouvrit la porte de sa chambre pour écouter les bruits à l'intérieur de la maison.

Elle entendit la porte d'entrée s'ouvrir. Puis une discussion à mots feutrés. Du haut de l'escalier, elle vit un homme pousser une chaise roulante. Elle ne distinguait pas si l'homme qu'elle avait vu rentrer une heure plus tôt poussait ou était poussé. Elle voulut regarder par la fenêtre mais trop tard, l'étrange cortège était passé.

Elle revint à la porte de sa chambre. Elle entendit sa mère traîner un peu en bas.

– Maman ?

– Oui, ma chérie.

– Tu es seule ?

– Oui, je vais monter me coucher.

– J'ai entendu du bruit. J'étais inquiète.

– Non, tout va bien. Va te recoucher et bonne nuit.

– Bonne nuit maman.

*

De plus en plus souvent, Léna se réfugiait chez Lucille. Lucille vivait seule mais son cœur était resté très à l'écoute des autres ; elle savait créer une ambiance détachée et reposante au sein de laquelle Léna trouvait l'apaisement, et surtout un peu de l'amour que sa mère ne lui octroyait pas.

Elle n'y connaissait rien en cuisine, ce n'est pas Réjane qui aurait passé ne serait-ce que cinq minutes à l'initier aux joies de la création culinaire. Cette après-midi, Lucille lui avait appris une recette de gâteau. Pendant la cuisson, les deux complices s'accordèrent une petite pause en feuilletant un album de photos.

Elle reconnut sa mère, plus jeune, avec Lucille sur la plage.

– Qui prenait les photos ? interrogea-t-elle.

– Un ami de ta mère, un ami de l'époque.

– Elle en a eu beaucoup alors…

– Ça…

Elle continua de feuilleter l'album. Elle s'arrêta sur une photo de Torn, plus jeune, sans le reconnaître.

– Qui est-ce ?

– C'est l'ami de l'époque, dont je te parlais avant.

L'adolescente fit une drôle de moue.

– C'est bizarre, j'ai l'impression de le connaître.

La sonnerie du four indiquant que le gâteau était cuit détourna l'adolescente des photos.

Chapitre 11

Clara avait été maintenue dans cette partie du Château que l'on appelait « le Nid », dans une cellule qui permettait un suivi médical plus poussé. Les analyses sanguines avaient effectivement révélé la carence d'un certain nombre de nutriments, vitamines et autres sels minéraux indispensables. Au-delà de la robustesse structurelle pétrie de chair et d'os, le corps consistait en un équilibre chimique, qu'il était important de ne pas contrarier pour continuer à avancer avec lui tout en gardant l'esprit clair. Et Clara, dans son souci de ne pas être totalement à la merci de ses geôliers au cœur de cette prison dorée, s'était mise dans le rouge. Elle était désormais allongée dans un état de faiblesse avéré, si bien que le docteur décida de l'arrêter et de la placer sous perfusion. Les analyses achevèrent de confirmer, s'il en était besoin, que la jeune femme était enceinte.

La nouvelle tomba sur la communauté comme un coup de grisou.

Pour Clara ce fut bien sûr l'effondrement : elle ignorait tout du père de l'enfant, elle cherchait à se rappeler dans quelles circonstances il avait été conçu mais rien à faire, elle émergeait d'un trou noir. Il est vrai que plusieurs fois certains clients s'étaient montrés entreprenants, voire familiers, mais elle n'avait jamais répondu à leurs avances. Enfin, depuis qu'elle se faisait vomir… Avant, elle n'était pas sûre.

Pour Mme Sourire, ce fut également le choc. Elle, qui s'enorgueillissait de tenir ses filles d'une poigne militaire, avait laissé filer l'une de ses petites protégées, sans même s'apercevoir qu'elle allait dans le mur et qu'elle pouvait entraîner la colonie dans une situation délicate. Elle se demandait même si elle ne pouvait pas être virée pour ça. Mais elle profitait d'une situation favorable qui tombait à point nommé : le chef était absent pour raisons de santé. À toute chose malheur est bon : tant que le chef n'était pas rentré, le Château ne saurait se passer d'elle et, si elle se débrouillait bien en son absence, elle bénéficierait probablement de l'indulgence du jury. Un représentant de la haute direction s'était déplacé pour discuter avec elle des différentes options, suite aux dernières révélations du docteur. Quand elle arriva dans le bureau du chef, quelle ne fut pas sa surprise de retrouver son ancien instructeur à l'armée, avant son départ pour le Kosovo !

– Mon lieutenant !

– J'ai quitté l'armée, soldat. Vous pouvez m'appeler Cicérone.

– À vos ordres, mon lieutenant... Cicérone..., corrigea-t-elle, tout en sachant qu'il lui serait impossible d'oublier le titre hiérarchique après autant de temps passé dans l'armée.

– Bon... Le docteur m'a expliqué la situation. Je ne vous félicite pas. Vous avez appartenu à l'armée, vous avez combattu et vous savez comme moi que la force d'un bataillon tient à la résistance des maillons les plus faibles. On ne laisse pas un individu mettre en péril le groupe, une ouvrière ne doit pas être en mesure de menacer la ruche.

– Je ne l'ai pas vu venir lieutenant Cicérone.

– C'est bien ce que je vous reproche. C'est avant qu'on détecte si le chemin est miné, sinon on saute. Vous devez vous servir de vos antennes pour sentir les choses. Vous le faisiez très bien au Kosovo face à un ennemi invisible, là on est dans le grand n'importe quoi.

– Quand vous dites « on saute », chef, dois-je comprendre que je suis virée ?

– C'était une image. Pour l'instant, la priorité est de nettoyer ce chantier.

– Une fois retapée un peu, on pourrait renvoyer Clara chez elle et ainsi faire disparaître le problème.

– Non, on ne peut pas... on ne peut plus... La police nous a dans le collimateur après la mort de Zaïde Arif, et nous ne parlons pas de n'importe quelle fille anonyme. Nous parlons de Clara, qui a été vue par l'inspecteur en charge de l'enquête, et qui à tout moment peut demander à la revoir.

– Je ne comprends pas mon lieutenant. Nous avons intérêt à ce qu'il ne puisse plus la voir et l'éloigner ne me semble pas une mauvaise option… À moins que… vous ne préfériez une solution plus définitive ?

– Certainement pas. Trois personnes de l'hôtel qui disparaissent tragiquement dans un délai court, ce n'est pas envisageable sans éveiller les soupçons.

– Trois ?

– Oui, le chef a de gros ennuis de santé et je pense que vous ne le reverrez pas. Une pneumonie qui tourne mal.

– Comment a-t-il chopé ça ?… Où est-il ?

– Dans cet hôpital militaire que vous connaissez bien, vous y avez été prise en main à votre retour du front. C'est un endroit à l'écart du grand public, où nos secrets sont bien gardés… Nous maîtrisons ce qui rentre et ce qui sort. Vous comprenez ce que je veux dire…

Les yeux de Cicérone brillaient d'un étrange éclat. Mme Sourire se sentit soudain mal à l'aise. Elle connaissait l'établissement, qui ne servait pas juste à réparer les corps mutilés et les esprits malades. Alors qu'elle était en convalescence, elle avait entendu les cris, elle avait surpris des conversations parlant d'expériences foirées, elle savait que derrière ces murs le destin n'appartenait plus au patient. Elle espérait ne jamais avoir à y retourner. Elle comprit que la pneumonie du chef n'était probablement pas naturelle, qu'ils laissaient le mal s'installer avant de le soigner vraiment et ne put retenir un frisson à l'idée qu'elle pourrait subir le même sort un jour.

– Alors soldat, votre proposition par rapport à la situation ?

Elle se concentra.

– Lui faire miroiter sa liberté…

– Poursuivez…

– Pour moi l'anorexie n'est qu'un leurre. Je ne sais pas comment mais je pense qu'elle a compris qu'on la droguait. Elle a cherché à garder son libre arbitre, quitte à se rendre malade. On la confronte à un choix : avorter et retourner à sa condition actuelle, blindée de népenthès et avec l'assurance qu'on ne la laissera plus se faire vomir ; ou alors gagner sa liberté en menant la grossesse à terme. Le chef disait qu'en chaque Roumain il y a un Rom qui sommeille, la Rom qui l'habite va choisir la liberté.

– Faire de Clara une nymphe, donc. Financièrement la solution est intéressante... La production de miel est notre raison de vivre ! lâcha-t-il ironiquement.

– Oui. Nous avons trois couples stériles en liste d'attente. Comme pour les autres filles pondeuses, nous la renvoyons dans son pays, avec une part du pactole après la délivrance. Et on la fait disparaître quand elle est hors de France pour être sûr qu'elle ne parle pas ou qu'elle ne revienne pas.

– Oui, ça on sait faire... Et si les flics débarquent et la voient enceinte, ou même interrogent les collègues qui leur disent qu'elle est enceinte ?

– Elle ne va pas être vue enceinte puisqu'elle va rester au Nid tout le temps. Je propose d'ailleurs de supprimer les promenades dans le jardin dans son cas. Et si l'inspecteur demande à la voir, on met une autre fille avec l'identité de Clara dans un avion officiel et elle, on la cache. On lui dira qu'elle est repartie dans son pays pour quelques semaines, et qu'il pourra la voir au retour. Le fait que les filles cumulent des congés pour repartir dans leur pays voir leur famille et revenir est crédible.

– M'ouais. Je préférerais une solution plus expéditive, il est dommage que nous soyons contraints de jouer profil bas.

– Il faut juste penser à remplacer Clara au Château. L'autre Roumaine ?

– Certainement pas. Elle va chercher à la revoir et cela va nous créer des problèmes. Je pense qu'il ne faut faire monter personne sinon les autres vont se demander pourquoi Clara, qui vient d'arriver, est remplacée. Défaillance ? Problème particulier ? Ils vont poser des questions.

– Vous avez raison.

– Réorganisez les périmètres pour le personnel existant du Château, comme si on faisait de la productivité et qu'on estimait qu'il y avait une personne de trop par rapport à l'activité du moment. Cela a du sens, le Château n'est pas complet en ce moment. Comme cela a du sens que la dernière arrivée soit la première concernée par une baisse de charge. On peut l'expliquer.

– Oui, mon lieutenant. Les ouvrières d'en haut diront qu'elle est repartie en bas. Et les ouvrières d'en bas ne sauront pas dire qu'elle n'est plus tout à fait en haut.

– Exactement. Il faut que Clara soit plongée dans l'oubli le plus total.

Cicérone se demandait comment il devait procéder. Même si Mme Sourire pouvait faire preuve de subtilité, elle venait de le démontrer, il ne lui faisait pas totalement confiance pour la mise en œuvre du plan.

– Soldat, nous voyons Clara dans trente minutes pour lui demander son choix entre l'avortement et la gestation. Organisez-moi ça. C'est moi qui parlerai, et vous serez là pour qu'elle sache que vous représentez mon autorité. Sachez que j'ai l'intention de lui dire que le chef est mort à cause d'elle, parce qu'il a été négligent, et que vous n'aimeriez pas qu'il vous arrive la même chose. Et qu'à ce titre vous allez faire particulièrement attention aux moindres de ses faits et gestes. Nous sommes d'accord soldat ?

Mme Sourire ravala sa salive. Elle lut un éclair mauvais dans les yeux de Cicérone. Elle savait qu'il ne plaisantait pas.

– Oui, mon lieutenant.

– Parfait ! Et après avoir pris connaissance de ses réactions, je parlerai au docteur.

*

Torn n'arrivait pas à dormir. L'appel au secours de Clara résonnait en écho dans sa tête. Et cette odeur de musc qui l'obsédait, il ne savait plus dire s'il l'avait dans les narines depuis l'histoire du châle, ou si sa chambre en était encore tout embaumée. Il se tournait et se retournait dans son lit. Il écarta le drap d'un geste rageur et ouvrit le réfrigérateur pour se faire un sandwich. Il lui restait de la rosette et des cornichons, il allait refermer la porte lorsqu'il s'arrêta interloqué : il ne comprenait pas ce qu'il voyait. Que faisaient ces quatre yaourts dans son frigo ? Il était allergique à certains ferments utilisés dans les produits lactés, des plaques rouges lui recouvraient le corps... Selon le principe de précaution, il n'en consommait plus, il ne pouvait donc pas les avoir achetés.

Il dévora son sandwich la porte du frigo ouverte, comme pour s'habituer à la présence de ces intrus dans la chambre. Que se passait-il dans sa vie si bien rangée ? Tout devenait bancal. Mais on réfléchissait mieux le ventre plein. Anna de Noailles le regardait, il retourna le portrait.

– Chère Anna, l'expression de ta poésie me touche beaucoup mais tu parles un peu trop de mort. Et aujourd'hui c'est la vie qui me court après. Et il faut que je comprenne.

S'il partait du principe que ces yaourts n'étaient pas arrivés là tout seuls, cela signifiait qu'une personne était venue les déposer à son insu. Il se leva pour faire le tour de son appartement à la recherche d'autres indices pouvant témoigner d'une intrusion. Tout semblait à sa place. Il inspecta les placards, pas de trace. Il eut un doute sur l'organisation du bureau, il avait l'impression que le désordre était plus rangé qu'à l'ordinaire. C'est en regardant sous le lit qu'il découvrit quelque chose d'inattendu : un petit oreiller et une couverture pliée en quatre. Il comprenait maintenant pourquoi l'odeur de musc persistait, l'oreiller et la couverture, qui étaient imprégnés de l'effluve, étaient planqués juste en dessous de l'endroit où il posait sa tête pour dormir. Quelqu'un dormait dans sa chambre lorsqu'il n'y était pas. Il renifla une nouvelle fois l'oreiller. Aucun homme ne pouvait porter ce type de parfum. L'idée de la femme le ramena à la carte du monte-charge trouvée chez Clara, se pouvait-il qu'une personne se soit laissé enfermer pour la lui dérober pendant son sommeil ?

La lumière se fit dans son esprit. Ce monte-charge était le seul lien entre les étages inférieurs et supérieurs. Il était convaincu que les deux Roumaines avaient gardé le contact, expliquant du même coup comment le châle de l'une pouvait se retrouver dans la chambre de l'autre. Son appartement servait-il de point de rencontre ou l'une d'elles attendait-elle là pour une rencontre qui avait lieu ailleurs ?

Il ignorait également comment son ou ses invité(s) disposai(en)t de ses clés. Mais s'il concevait que les femmes de chambre avaient accès aux passes de l'hôtel, l'une d'elles pouvait sans doute ouvrir la porte de sa chambre. En tout cas cela lui paraissait plausible.

Il décida d'en avoir le cœur net. Il démarra l'ordinateur pour surfer sur différents sites internet. Il se fit ainsi une idée précise de ce qu'il lui fallait et de l'endroit où il pouvait se le procurer en ville. Il se coucha avec un plan de bataille pour le lendemain.

*

Clara ne comprenait pas où elle se trouvait. Une fois examinée par le médecin, elle était restée à se reposer dans le lit de l'infirmerie. Elle ne se souvenait pas avoir été transférée dans un hôpital. Pourtant ce qu'elle observait désormais de son lit n'avait plus rien à voir avec l'infirmerie. Elle reposait dans une espèce de cellule sans porte, de taille plutôt réduite – pas plus de six mètres carrés –, agencée dans un style froid et épuré. Un appareillage médical de marque allemande, plutôt fourni, venait compléter la vision. Les perfusions gênaient sa mobilité mais, en se contorsionnant un peu, elle distinguait des cellules du même type à l'extérieur, comme un espace découpé en alvéoles, dont elle ignorait s'ils étaient occupés. Elle se sentait dans un état second, sans doute lié à ce que les perfusions distillaient dans son corps ; elle gardait néanmoins une certaine lucidité qui lui laissa penser que les concentrations devaient être faibles.

Elle retournait dans sa tête les propos de cet homme arrogant au regard si féroce qu'il ne laissait place à aucune forme d'empathie. Avait-elle un autre choix que de poursuivre cette grossesse non désirée ? Cet enfant était une monnaie d'échange qui lui permettait de rester en vie. En demandant l'avortement, elle se plaçait contre leur volonté et d'une manière ou d'une autre ils le lui feraient payer. Comme Zaïde peut-être. Elle devait gagner du temps. Lorsqu'elle avait accepté de porter l'enfant à terme, elle s'était surprise à ne pas pleurer. Dans un coin de sa tête, une voix lui parlait, dure, sans concession, qui lui intimait de ne pas perdre confiance. L'ombre de Selena l'enveloppait, comme un rempart immatériel derrière lequel rien ne pouvait l'atteindre. Cette graine qui germait dans son ventre aurait tout aussi bien pu être une pierre déposée en ses chairs à son insu, elle s'en désintéressait totalement. Juste une saleté de parasite dont elle finirait par se débarrasser. Les vagues d'une haine sourde commençaient à lécher les rivages d'un cœur hier plutôt teinté d'équanimité. Elle puiserait dans cette haine de quoi survivre au milieu de ces vampires. Elle se dit que les êtres humains n'étaient pas égaux devant la naissance et que l'enfant qu'elle portait, nourri de si peu d'amour, démarrait bien mal dans la vie. Mais personne n'avait le droit de le lui reprocher : ce n'était pas son enfant, puisqu'elle ne l'avait pas voulu. Une certaine somnolence commença à l'envahir.

Combien de temps resta-t-elle ainsi dans une demi-torpeur ? Elle l'ignorait. Elle aurait aimé s'endormir d'un sommeil profond, loin de cette agitation. Même si elle gardait les yeux fermés, son esprit ne trouvait malheureusement pas le repos, tant elle ressassait. La liberté et l'épanouissement qu'elle était venue chercher en France avaient désormais un goût amer. Toutes ses frustrations remontaient par la blessure de ses chairs souillées, le sentiment d'avoir été exploitée et, pire, la certitude de servir malgré elle un projet nauséabond porté par des gens peu scrupuleux. L'hôtel lui apparaissait comme une maladie honteuse qui s'insinuait au plus profond de son âme pour la dévorer de l'intérieur. Des flashes arrivèrent à ses yeux : ses parents, Selena... Son inconscient perçut soudain un froissement, comme une présence. Ses paupières étaient lourdes mais elle ouvrit les yeux. Ce fut d'abord une ombre qu'elle distingua dans cette clarté artificielle diffuse renvoyée par l'appareillage médical, désormais en fonction ; puis deux, puis quatre, qui la regardaient, immobiles et silencieuses... Le corps de Clara se contracta, elle chercha immédiatement à se relever mais une main ferme ramena doucement son épaule à l'horizontale. Elle s'apprêtait à crier lorsque ses yeux croisèrent ceux d'une autre fille qui se tenait derrière elle. La main qui effleurait maintenant sa joue se voulait rassurante. Clara ne distinguait aucune agressivité dans leur comportement, ces filles paraissaient juste venues d'ailleurs avec un je-ne-sais-quoi dans le regard qui semblait dire : « Tu es des nôtres, nous sommes avec toi... » La brunette immédiatement à droite se pencha pour embrasser ses lèvres. Elle murmura quelque chose que Clara ne comprit pas. Jamais elle n'avait vu ces poupées dans les couloirs de l'hôtel, ni dans les étages inférieurs, ni au Château. Elle remarqua alors que la fille qui l'avait embrassée était enceinte. Un regard circulaire eut tôt fait de lui confirmer qu'elles l'étaient toutes. Une autre beauté blonde l'embrassa sur la joue, il sembla à Clara distinguer des sonorités russes dans les quelques mots qu'elle lâcha avant de sortir de l'alvéole. Chacune sortit de la pièce en silence, non sans lui avoir touché la main comme pour montrer de la sympathie. Mais où l'avaient-ils emmenée ? Elle ne reconnaissait pas les draps de l'hôtel, avec la broderie en forme d'abeille. S'agissait-il d'une clinique privée pour des grossesses difficiles, qui nécessitaient un suivi plus approfondi ? En tout cas, ce n'était pas un centre d'avortements, les grossesses se révélaient trop avancées... Elle aurait aimé poser des questions au personnel encadrant mais il brillait par sa discrétion. Allait-elle devenir le jouet d'une expérience médicale ? Cette appréhension, conjuguée à un irrépressible sentiment d'impuissance, la terrorisa. Soudain, elle reconnut l'infirmière de l'hôtel, qui passait devant l'entrée de la cellule. Elle l'appela mais l'autre ne répondit pas.

Rien ne lui indiquait bien sûr que la concentration de népenthès était en train d'augmenter dans la perfusion, dans un dosage maîtrisé qui respecterait le fœtus. Petit à petit, Clara oublia ces filles au ventre rond qui hantaient son souvenir. Quel souvenir ? Elle s'oublia elle-même. Un sourire artificiel vint éclairer son visage quand elle ne dormait pas. Et elle dormait beaucoup. Jusqu'au jour où ils décidèrent qu'elle ne devait pas être réveillée.

*

Toujours pas de code ou de message de la part de Clara. C'était comme si elle avait complètement disparu de la circulation. Selena n'avait toujours pas osé parler à Torn, elle avait choisi de revenir dans son appartement avec une ferme résolution : si Clara ne se pointait pas ce soir, elle devrait lui parler, quoi qu'il lui en coûte. Si son amie était en difficulté, elle devait prendre un risque. Elle avait rejoint l'appartement de Torn vers 23 h 30 et s'était fixé une limite à 1 heure du matin pour que Clara n'arrive. C'était à peu près l'heure où Torn se faisait une tasse de café, sa vessie le titillait généralement une demi-heure après. Après l'avoir observé toutes ces nuits, elle connaissait ses habitudes. Il était réglé comme une pendule.

Dès qu'elle entra dans l'appartement, elle se dirigea vers le réfrigérateur pour retirer les yaourts qu'elle avait omis de récupérer la dernière fois. Ils n'avaient pas bougé de place.

– Ouf ! Torn, tu es un vrai mec. Tu ne sais pas ce que tu as dans ton frigo. C'est aux femmes de savoir ces choses-là…, murmura-t-elle pour elle-même.

Le réveille-matin égrenait les minutes avec appréhension. Selena décida de se calmer, essayant de rejeter l'hypothèse qu'une nouvelle fois Clara puisse lui faire faux bond. Elle prit le classeur de poèmes, qui visiblement n'avait pas été touché depuis sa dernière visite. Elle choisit un texte, qu'elle relut plusieurs fois puis, lorsqu'elle se sentit prête, se laissa envahir par les images que la poésie lui suggérait. Ses mains se mirent en action pour ce miracle qu'elle renouvelait de dessin en dessin.

Le matin même, Torn avait acheté une mini-tablette tactile ainsi que deux webcams qu'il avait habilement dissimulées dans sa chambre. Le vendeur avait dû lui expliquer les choses plusieurs fois, tant il était déconnecté des dernières évolutions de la technologie, mais il avait bouclé l'installation avec succès sans aide. En bousculant ses petites habitudes, l'homme du passé parvenait finalement à se projeter dans un présent un peu plus moderne s'il le fallait, il en fut le premier étonné ! Le réseau wifi de l'hôtel avait permis la connexion à distance.

Trop occupée à son ouvrage, Selena ne remarqua pas l'œil qui ne manquait aucun de ses mouvements depuis qu'elle était entrée dans la pièce.

De son poste de veille, il pouvait changer l'angle de la caméra, zoomer, extraire des photos… Décidément, cette Roumaine ne manquait aucune occasion de le surprendre. Mis à part qu'elle avait franchi la ligne rouge : de quel droit s'était-elle approprié son espace sans y avoir été invitée ? Pourtant, son irritation fut rapidement balayée par un mélange d'admiration et d'émotion. Selena… Il connaissait son prénom, sa photo étant restée quelques semaines sur le tableau d'affichage ; la jeune femme avait été distinguée comme employée du mois mais il ne se souvenait plus de la raison… Selena ne se bornait pas à lire son texte, ses vers la touchaient suffisamment pour lui inspirer des images qu'elle était capable de reproduire avec intensité. Lorsqu'il la vit tenir le poème à bout de bras de la main gauche et le dessin de la main droite, il ressentit comme un arc électrique lui parcourant l'échine. Comment était-elle capable d'une telle prouesse ? Comment une Roumaine pouvait par ailleurs avoir une telle maîtrise de la langue française pour lire de la poésie, elle qui avait dû l'apprendre quelques années auparavant ? Ils n'avaient jamais échangé un mot, mais tout ce qu'il voyait le touchait à un point qu'il n'aurait jamais imaginé. Il zooma sur ses mains, qu'il analysa sous toutes les coutures, comme s'il s'agissait d'un trésor antique. Ses doigts étaient fins et lumineux, ses mains un délicieux mariage de force et de légèreté. L'emplacement de la caméra ne lui permettait pas une vision aussi détaillée de son visage, d'autant que Selena ne relevait pas la tête, aussi s'attarda-t-il sur les épaules. L'œil de la caméra s'arrêta sur trois grains de beauté en triangle à la base du cou. Son regard se troubla. La vision d'une figure géométrique similaire était encore très présente devant ses yeux et dans son cœur, il se souvenait avec effroi de la morsure d'une corde de nylon sur un cou tout aussi gracile par un soir d'été. Le coup de poing dans la vitre, le geste désespéré pour récupérer un fragment de verre afin de couper la corde... Son bras portait encore les traces des entailles lorsqu'il était passé au travers de la fenêtre. Il était arrivé trop tard. Puis la vie s'était arrêtée... D'instinct, il chercha à chasser l'image devant ses yeux, jusqu'à ce que l'intolérable le rattrape ; il sentit les larmes lui monter aux yeux mais, empoignant le rebord de la table, il se força à regarder la tablette et le souvenir de cette peau blanche avec ses grains de beauté si caractéristiques s'estompa. À l'écran, Selena rangeait le classeur.

Torn entendit à nouveau l'appel de Clara dans la tête. Il comprit qu'à travers lui, c'est son amie roumaine qu'elle appelait à l'aide, celle qui prenait tant de risques pour la voir et qui jamais ne l'avait abandonnée. Il comprit qu'il était au cœur d'une intrigue à laquelle ces filles étaient mêlées et, curieusement, il se sentait concerné par ce qui leur arrivait. Ce que la caméra lui avait révélé aujourd'hui lui suffisait. Selena ne pouvait pas lire sa poésie, avoir la volonté de la transcender graphiquement et être foncièrement mauvaise. Il fallait qu'il parle à ce petit bout de femme. Abandonnant son poste, il se leva pour gagner son appartement par le rez-de-chaussée.

Il était 1 heure du matin lorsque Selena sortit de la chambre. Elle monta directement au premier étage pour rejoindre la mezzanine d'où elle pouvait observer le poste de nuit.

Torn ouvrit la porte doucement. L'appartement était vide. Avait-il rêvé ? Il ouvrit le classeur et découvrit avec stupeur la ferveur d'une artiste accomplie.

De la mezzanine, Selena vit que Torn n'était pas à son poste. Sans doute était-il parti aux toilettes. Elle descendit les marches sans se précipiter, essayant de dompter son appréhension. Elle savait qu'elle allait prendre un gros risque en dévoilant sa présence à un étranger mais pouvait-il en être autrement ? Pour Clara, elle n'avait d'autre choix que de trouver un allié. Elle avait décidé de lui parler. Elle sourit à la vision de la table entièrement recouverte de papiers, la tablette tactile n'attira pas spécifiquement son attention. Son regard se posa machinalement sur sa veste, qui comme à l'ordinaire avait été abandonnée sur le dossier de sa chaise. Son œil distingua une carte magnétique dans la poche-poitrine.

– Bon sang ! Il a dû se rendre compte qu'il avait perdu sa carte. Il l'a fait dupliquer. Je peux monter sans avoir à lui parler.

Torn devenait nerveux. Où était-elle ? Il ressortit immédiatement pour humer l'air. Le musc l'appelait au premier étage. Il suivit le parfum tant qu'il n'était pas retombé. Torn réalisa qu'ils s'étaient croisés, chacun empruntant un étage différent. Il parvint à la mezzanine. Il scruta le hall, tendit l'oreille à l'affût du moindre bruit. Il entendit la porte du sous-sol claquer.

Il se pencha au-dessus de la balustrade. Voyant sa veste à terre au pied de la chaise, il descendit les marches quatre à quatre pour constater une nouvelle fois que la carte n'était plus dans la poche.

– Et merde… La petite veut monter là-haut. Bon sang, la gamine !… Quand tu as quelque chose dans la tête, tu ne l'as pas ailleurs…

Il se précipita au sous-sol vers l'accès au monte-charge.

Il entendit les portes se refermer dans le local technique. Trop tard… Selena montait, rien n'aurait pu l'arrêter…

Chapitre 12

Léna se redressa brutalement au milieu de la nuit. Le réveil indiquait la demie de quatre heures. Elle n'avait pas dormi deux heures depuis le départ du fauteuil roulant ; les cris étouffés, la vision du fauteuil et surtout le détachement de sa mère, qu'elle avait trouvé surfait, l'avaient perturbée. Elle était en âge de ressentir la gravité d'une situation. Était-ce le documentaire sur les insectes, elle avait l'impression d'être observée par des milliers d'yeux à facettes qu'elle voyait briller au travers des murs, dans un bourdonnement incessant dont l'effet lancinant rappelait celui des acouphènes. Elle hésitait à bouger, de peur que ces milliers d'ailes ne fassent plus qu'une et ne forment un gigantesque essaim qui l'envelopperait, la digérerait, avant qu'elle n'ait pu pousser un seul cri. La vieille demeure elle-même, ce toit qui l'avait toujours abritée en toute sécurité, se laissait parfois aller à quelques craquements qui la faisaient tressaillir. Les bestioles avaient-elles déjà entamé la charpente ?

Le bureau l'obsédait, lui seul finalement pouvait la rassurer sur ce qu'elle avait surpris, qui peut-être n'était qu'un rêve dans son esprit fatigué. Elle sonda une dernière fois le silence et décida d'ignorer la menace. S'emparant de son téléphone portable qu'elle utilisa en veilleuse, elle sortit de sa chambre. Dans l'escalier qui menait au bureau, elle préféra le côté extérieur qui flambait moins que le centre des marches, pour que son déplacement reste le plus silencieux possible. Elle tourna doucement la poignée de la porte. Dès qu'elle poussa cette dernière, son nez et sa gorge furent pris immédiatement par l'odeur caractéristique de l'éther. Elle activa l'application torche de son portable, dont la lumière blanche révélait chaque détail. Elle, qui connaissait le côté maniaque de sa mère, ne put que s'émouvoir de l'état de la banquette, maculée sans qu'elle puisse dire l'origine des taches. S'agissait-il de sang ? Cette seule pensée l'horrifiait. En l'analysant de plus près, elle remarqua, sur l'arrière du meuble, des anneaux dont elle ne comprenait pas l'utilité, l'un d'eux était complètement déformé sous l'action d'une force mystérieuse. Elle n'imaginait pas que, quelques heures auparavant, un homme était immobilisé par des sangles passant par ces anneaux.

Elle prit alors conscience que cette pièce lui était complètement étrangère. Elle n'y venait jamais. Sa mère le lui avait-elle interdit très tôt, au point qu'il était ancré dans son inconscient de ne jamais y pénétrer. Habituellement, il ne lui déplaisait pas de braver les interdits, mais celui-ci touchait trop à son intimité. Elle essaya les tiroirs du bureau, qui lui opposèrent tous une résistance farouche. Elle allait s'attaquer à l'armoire à CD de musique classique près de la chaîne murale, lorsqu'un bruit attira son attention au sous-sol : l'ouverture de la porte du garage venait d'être actionnée. Elle aurait pu se précipiter dans l'escalier et regagner sa chambre, mais l'adolescente était paralysée par la peur. Sa peur redoubla lorsqu'elle entendit la porte de la chambre de sa mère s'ouvrir, elle était désormais prise au piège. Sa mère venait de rentrer. Les milliers d'yeux d'insectes la regardaient à nouveau au travers des murs. Venaient-ils pour elle ?

Aucune cachette dans le bureau. La fenêtre entrouverte derrière le rideau lui donna une idée. Elle l'ouvrit complètement, sans bruit, puis déplaça la barre du volet avec la même minutie. Elle enjamba le rebord, tout en replaçant la fenêtre dans sa position initiale. La semi-obscurité l'avala, elle eut juste le temps de repousser le volet sans remettre la barre. Elle le maintint plaqué contre la maçonnerie tout en prêtant l'oreille à ce qui se passait à l'intérieur.

– Le colis est-il arrivé à l'hôpital ?

– Sans aucun problème madame. Nous ne sommes qu'à une petite heure. Le Dr Hartberg s'en occupe.

La fraîcheur du matin fit tout à coup réaliser à Léna qu'elle était en pyjama.

– Ne faites pas de bruit, ma fille dort là-haut.

Léna comprit qu'ils emmenaient la banquette et les preuves qu'elle recelait. Dès que le silence fut revenu, elle fit le chemin à l'envers en replaçant la barre. Sa mère était-elle remontée ? Elle ne savait pas.

Elle marcha sur quelque chose de dur, qu'elle ne reconnut pas avec la faible luminosité de l'écran de veille du portable. Elle se refusait à allumer la torche, pour éviter de signaler sa présence. Instinctivement elle glissa l'objet dans sa poche de pyjama, se disant que celui-ci avait peut-être glissé de la banquette au moment où ils l'avaient emmenée. Un rai de lumière sous la porte lui indiqua que sa mère n'était pas encore recouchée. Sans un bruit, elle regagna sa chambre. Elle sut que quelque chose d'irréparable avait été commis dans cette maison, et le visage de sa mère prit dans son esprit une expression lugubre.

*

La banquette Récamier était revenue à sa place, propre et remise en état. Nul n'aurait été capable d'imaginer la scène de violence dont elle avait été le théâtre. Léna avait terminé les cours plus tôt ; lorsqu'elle rentra, elle constata qu'elle était seule à la maison.

Tout l'intriguait désormais. Elle jeta ses affaires sur son lit et descendit directement dans le bureau. Les tiroirs du meuble étaient toujours fermés à clé. L'une des armoires recelait des fournitures sans importance, ainsi que des livres de comptes auxquels elle ne comprenait rien. Plusieurs noms de société apparaissaient dans les livres, certaines se spécialisant dans la vente des produits de la ferme, d'autres dans les crèmes cosmétiques ; il y avait également une clinique dentaire, des hôtels et elle crut voir aussi un site de production d'alcool. Le nombre de zéros de certains nombres l'impressionnait. Léna n'avait jamais manqué de rien, sans jamais se demander d'où venait l'argent. Sa mère ne parlait pas d'argent en sa présence, mais il lui semblait maintenant qu'elle en brassait beaucoup. Ces livres de comptes à l'air libre, qu'ils lui paraissaient soudain suspects lorsqu'elle regardait le gros coffre dans un coin de la pièce ou pensait aux tiroirs fermés ! Même l'ordinateur était sous clé. Tout respirait ici le secret sauf ces livres. Après ce qu'elle avait vécu la nuit précédente, tout devenait douteux derrière les façades honnêtes.

Une nouvelle fois elle fut attirée par l'armoire à CD de musique classique. Il y en avait facilement une centaine, presque exclusivement des doubles CD qui révélaient chez Réjane une véritable mélomane. Elle ne comprit pas tout de suite pourquoi ce meuble créait chez elle un sentiment de malaise puis l'évidence lui apparut : quand écoutait-elle cette musique ? Jamais elle n'avait entendu la moindre note s'échapper du bureau et dans les rares moments qu'elles partageaient en famille, jamais sa mère n'avait témoigné le moindre engouement artistique.

Elle fit glisser la porte en verre dépoli pour accéder aux boîtiers. Elle prit l'un des coffrets, qu'elle ouvrit pour constater qu'Albinoni avait ses faveurs. Elle en prit un autre, rien de spécial. Toujours le premier CD visible et le second en dessous en retournant la platine plastique. Elle ouvrit un troisième boîtier mais cette fois-ci s'intéressa au deuxième CD, celui qui restait invisible masqué par le premier CD. Son entêtement fut récompensé, tout au moins le croyait-elle : le deuxième CD musical avait été systématiquement remplacé par un disque repéré par une codification absconse, visible sur une étiquette autocollante. Elle ne pouvait pas en jurer avant de l'écouter mais Léna était convaincue que ce deuxième disque ne contenait pas de musique. La codification commençait par deux chiffres, qui pouvaient représenter l'année, elle chercha un disque dont les chiffres lui rappelaient son année de naissance. La jeune fille le mit dans sa poche, puis referma la porte vitrée et ouvrit la porte du bureau pour sortir. Elle ne put empêcher un cri de sortir de sa gorge. Réjane se dressait sur le seuil, alertée par son smartphone que quelqu'un avait ouvert les portes vitrées de sa CDthèque.

– Que fais-tu là ma chérie ? dit-elle d'un ton très sec et le regard incendiaire.

Elle se saisit du poignet de l'adolescente avec force pour l'obliger à reculer. Ensuite, elle avança dans la pièce, lentement, jetant rapidement un regard circulaire, comme si des infrarouges pouvaient distinguer chaque endroit où sa fille avait laissé des empreintes. La petite tremblait mais elle se reprit rapidement.

– Tu m'as fait peur maman, bredouilla Léna en passant par différentes couleurs.

– Je répète ma question : que fais-tu dans ce bureau ?...

L'agacement commençait à céder le pas à la colère.

Les adolescents n'ont pas leur pareil pour inventer le bon mensonge au bon moment lorsqu'il s'agit d'éviter une punition, rares sont les adultes capables de faire preuve d'autant de créativité.

– Je sais maman... J'ai voulu voir comment c'était ton bureau, tu ne me racontes jamais rien de ton travail. Et puis j'ai été intriguée par l'armoire de musique classique, je ne savais pas que tu aimais cette musique-là, je ne t'ai jamais entendue en écouter.

– Dans le bureau j'ai un casque, mentit-elle, je pars du principe que je ne dois embêter personne avec mes passions personnelles.

– Ça ne m'ennuierait pas que tu me fasses partager cette passion. Je n'y connais rien.

– Si tu me l'avais demandé, j'aurais probablement accepté. Mais comme je ne peux pas te faire confiance et que tu fouilles dans mes affaires pendant que j'ai le dos tourné, n'y compte pas un seul instant. As-tu pris un disque ?

Les larmes commençaient à venir.

– Non, fit Léna sur le ton de l'innocence... Maman, pardonne-moi... Je n'ai rien dérangé. Ce ne sont que des CD.

– Sors d'ici. Tu resteras dans ta chambre ce soir. Je ne veux pas t'avoir dans mes jambes.

La petite serra les dents et monta dans sa chambre. En aucun cas elle ne pleurerait devant cette inconnue qui se présentait comme sa mère.

Réjane sortit un trousseau de clés de sa poche et ferma le bureau. Elle se mordit les lèvres d'avoir fait confiance à cette écervelée, réalisant qu'elle allait devoir la surveiller de plus près. L'âge bête créait des enfants rebelles dans toutes les familles du monde, mais elle avait autre chose à faire qu'à s'occuper d'une morveuse.

Ce n'est pas une gamine qui va m'apprendre la vie. J'en ai maté de tous les âges. Tu crois peut-être que c'est toi qui vas me mettre la corde au cou... Ha ! Ha !... D'autres ont déjà essayé et ont mal terminé..., se dit-elle avec cynisme en la regardant s'éloigner dans l'escalier.

L'enfant était un mal nécessaire pour subjuguer les hommes et perpétuer la race. Il était juste une étape physiologique avant la maturité. Elle avait toujours déploré que cette étape soit si longue chez l'humain.

*

Lucille ne savait pas si elle devait être effrayée du récit que sa protégée venait de lui faire. Elle avait appris à connaître la personnalité bipolaire de Réjane ; si elle prenait Léna en grippe, l'adolescente serait à ramasser à la petite cuiller.

– Je me disais bien que quelque chose ne tournait pas rond. Pas de nouvelles depuis trois jours, cela ne te ressemble pas.

Léna sortit le disque qu'elle avait subtilisé dans la CDthèque de sa mère. Elle n'avait pas su le lire avec son ordinateur, elle demanda à sa marraine d'essayer.

– Je ne peux pas ouvrir les fichiers non plus. Il y a un mot de passe que je ne connais pas. Mais tu avais raison, il n'y a pas de musique sur ce support.

– Marraine, j'aimerais bien retrouver le type qu'ils ont mis dans une chaise roulante. Je suis certaine qu'il s'agit de l'homme que j'ai vu arriver, à qui ma mère a tendu un piège. J'ai besoin de savoir à quel point elle est horrible. Tu sais que j'ai marché sur un truc dur après qu'ils ont enlevé la banquette. Regarde ce que c'était.

Une expression de crainte vint voiler le visage de Lucille.

– Une dent ? Léna, ce n'est pas une bonne idée de te mêler des affaires de ta mère, tu as vu sa réaction pour le bureau.

Avec tristesse, Lucille se remémora la période où Torn s'était retrouvé face à la justice. Elle avait toujours été persuadée au fond d'elle-même, sans jamais chercher à savoir, que Réjane avait été pour beaucoup dans la déchéance de cet homme, et indirectement dans la mort de sa fille. Déjà anéantie de voir son père traîné dans la boue, l'enfant n'avait pas supporté de devoir vivre avec la marâtre qui à ses yeux avait causé sa perte. Si Réjane était effectivement capable de violence morale ou physique, elle ne voulait pas revivre le même cycle avec Léna.

– Tu ne veux pas m'aider alors ? dit l'adolescente sur un ton provocateur.

Lucille se sentait prise au piège. La petite voulait la vérité et elle irait la chercher avec ou sans elle. Elle tenta une deuxième approche.

– Je veux bien t'aider mais c'est comme chercher une aiguille dans une botte de foin. Par où veux-tu commencer ?

– En fait j'ai déjà effectué des recherches avec les éléments que j'avais. Tu te rappelles du nom Hartberg, que j'ai entendu lorsque je suis sortie du bureau par la fenêtre ? Sur Internet, j'ai cherché un médecin avec ce nom-là, en essayant plusieurs orthographes. J'en ai trouvé plusieurs, mais il n'y en a qu'un qui travaille dans un hôpital à moins d'une heure de voiture.

– Et tu veux faire quoi ? Aller là-bas pour demander à qui veut l'entendre s'il n'y a pas un homme, dont tu ne connais pas le nom, en train de mourir dans d'atroces souffrances ? C'est un peu léger, tu ne trouves pas ?

– Je ne sais pas. Je le reconnaîtrai, même si je dois faire toutes les chambres.

Lucille put s'arranger pour se rendre disponible, et l'adolescente n'avait pas cours le mercredi. Le jour était idéal pour leur virée. Elles arrivèrent à l'hôpital un peu avant midi. Elles commencèrent par éviter l'hôtesse d'accueil, découvrirent sur un panneau mural que Hartberg exerçait, au troisième étage. Elles prirent une boisson chaude à la cafétéria, près de l'ascenseur, pour observer les allées et venues, avant de décider d'une tactique. Elles avaient convenu que Léna monterait seule avec des journaux et des magazines, une enfant susciterait moins de soupçons qu'une adulte.

Dès que Léna voyait une famille s'approcher de l'ascenseur, elle se tenait prête à bondir. Elle se mêlait au petit groupe dans l'ascenseur. Si la smala n'allait pas au troisième étage, elle redescendait en attendant une autre occasion. Elle fit l'opération plusieurs fois jusqu'à ce qu'enfin l'ascenseur s'arrête au bon palier. Elle passa devant le bureau des infirmières d'où s'échappaient des rires, suivit la famille jusqu'à la chambre 320, située au milieu du couloir. Elle jeta un œil par la porte ouverte, la mamie semblait mal en point. Mamie Yvonne crut-elle entendre…

Il n'y avait pas grand monde dans les couloirs. Les patients avaient pris leur repas. Les visites commençaient, tandis que les infirmières déjeunaient. Les chambres étaient généralement occupées par deux lits. Parfois, la porte était ouverte, il lui suffisait de marcher avec nonchalance et d'observer les malades du coin de l'œil. Lorsque la porte était fermée, elle entrait franco. Soit les occupants dormaient, soit elle s'excusait. Au fond du couloir, elle tomba sur une chambre où un seul lit était utilisé par un homme très perfusé. Mais ce n'était pas l'homme qu'elle cherchait. Quand soudain elle s'arrêta… Elle fit quelques pas en arrière pour observer à nouveau l'homme sur le lit… Elle regarda dans le couloir si l'horizon était dégagé, puis entra dans la chambre. Elle s'approcha au plus près et ne put s'empêcher d'éprouver un haut-le-cœur. Il s'agissait bien de l'homme qu'elle cherchait mais il n'était que l'ombre de lui-même, le visage émacié, blanc comme un linceul. Il devait avoir perdu plus de quinze kilos. Elle chercha à comprendre les papiers accrochés au bout de son lit, en vain. Elle ouvrit le placard avec ses affaires personnelles. Pas grand-chose. Juste une chemise avec un écusson qu'elle avait déjà aperçu dans un des livres comptables. Une abeille stylisée.

Brusquement, elle entendit des voix et des pas s'approcher. Sans se poser de questions, elle grimpa dans le placard, en équilibre relativement stable sur un sac, et tira la porte sur elle. Deux hommes s'arrêtèrent près du lit.

– Vous voyez, c'est la fin. Il ne passera pas la semaine, déclara la voix la plus grave.

– Le produit est efficace alors.

– Vous en doutiez ? Redoutable, Cicérone. J'ai préparé un rapport sur l'évolution métabolique pour l'armée. Je vous le donne en main propre, c'est mieux qu'il n'y ait pas de trace.

– Qu'y aura-t-il dans l'acte de décès officiel ?

– La vérité. L'homme sera mort d'une pneumonie.

– Parfait. Donnez-moi votre rapport.

Tous les enfants de 14 ans n'auraient sans doute pas réagi avec un tel calme mais Léna avait acquis une grande maturité à vivre sans ses parents. Elle était habituée à ne compter que sur elle-même. Elle attendit que le silence soit complètement revenu. Elle n'était pas bien. Elle s'arrêta aux toilettes pour se passer de l'eau sur le visage.

Au moment de rejoindre Lucille, elle eut un coup de stress. Elle connaissait l'homme qui attendait l'ascenseur, elle était persuadée de l'avoir déjà vu avec sa mère. Ce devait être l'une des deux personnes dans la chambre, l'homme tenait une chemise cartonnée qui pouvait très bien être un rapport. Elle prit les escaliers, qu'elle descendit quatre à quatre. Lucille la vit débouler. Elle s'était déjà levée avec un regard affolé.

– Reste assise !

– Euh !... Oui...

– Fais semblant de boire ton café et de me parler.

La tasse était vide mais la marraine obtempéra sans saisir la situation.

La porte de l'ascenseur s'ouvrit. L'homme marchait d'un pas rapide.

– Allez, viens, on le suit. Je l'ai déjà vu chez ma mère.

– Mais tu es folle ! Il est peut-être dangereux…

– M'en fous. Je veux comprendre. J'ai trouvé le mec là-haut, il est en train de crever et il n'est pas mort tout seul. C'est horrible Lucille. Je suis l'enfant d'un monstre. Tu te rends compte, elle tue des gens…

Elle était en larmes.

– Léna… ma chérie…

Elle voulut la serrer dans ses bras.

– Non, Lucille… On n'a pas le temps. Il faut suivre ce salaud, dit-elle en essuyant ses larmes.

Chapitre 13

Selena surgit dans la lingerie du septième étage avec un regard inquiet, non qu'elle eût peur de quelqu'un ou de quelque chose pour elle-même, mais tenaillée par la crainte de trouver son amie dans une situation inextricable dont elle ne pourrait pas la sortir. Clara était-elle immobilisée ? Blessée ? Pire ? Un frisson lui parcourut la moelle épinière, mais elle refusait de se laisser envahir par la moindre onde négative, Clara aurait sans aucun doute besoin de toute son attention, de toute son énergie, pour sortir de son mauvais pas.

Comme la première fois où elle était venue à ce niveau, les couloirs étaient déserts. Elle était encore frappée par une odeur que les huiles essentielles diffusées à cet étage ne parvenaient pas à masquer, une odeur rappelant l'hôpital. Elle ignorait d'où pouvait lui venir cette impression désagréable, qui devait par ailleurs desservir l'image de l'hôtel pour ceux qui vivaient perpétuellement ici. À moins qu'ils n'y fussent complètement accoutumés au point de ne plus rien sentir…

Selena se rendit tout de suite à la chambre de Clara. Elle essaya de doser les coups sur la porte pour éviter de réveiller les autres locataires. Un silence de mort lui répondit. Machinalement elle tourna la poignée et… contre toute attente la porte s'ouvrit sur une pièce vide. Aucune chambre n'était normalement en accès libre, ce qui l'étonna. Devait-elle se méfier ? Elle ferma à clé derrière elle, pour éviter toute mauvaise surprise.

– Clara, où es-tu ? dit-elle à haute voix.

Que ces placards vides et nettoyés de frais délivraient un message angoissant : toutes les affaires de Clara avaient disparu, son amie était devenue un fantôme. Elle se sentit soudain d'une impuissance crasse.

– Je dois forcément manquer quelque chose qui est sous mes yeux…, chercha-t-elle à se rassurer.

Elle s'allongea par terre pour regarder le plafond. Sa mère se livrait parfois à cet exercice, pour se projeter dans une journée qu'elle appréhendait. Se détacher de l'environnement extérieur pour se concentrer sur une surface vide de toute accroche aidait à se recentrer sur soi-même ; des scénarios auxquels on ne pensait pas au départ se dessinaient alors, et les situations les plus compliquées trouvaient comme par enchantement des voies de simplification. Selena ferma les yeux pour bien faire le vide, puis fixa le plafond. Lui revinrent en mémoire des vers de Torn, où celui-ci décrivait avec douleur la disparition de l'être aimé, probablement sa fille dont elle avait découvert les photos dans les caves de l'hôtel. Comme lui, aujourd'hui, elle avait perdu un être cher, une amie, une sœur, et ces vers prirent une résonance particulière. Il lui sembla brusquement qu'un fil invisible les liait autour de la même tristesse. Elle, qui déjà estimait l'homme au travers de ses écrits, se prit à le considérer avec une compassion accrue.

Elle ouvrit les yeux, comme frappée d'une révélation : alors que tout autour d'elle ne donnait pas grande place à la personne humaine, il était finalement le seul à exprimer son humanité. D'une manière confidentielle certes mais, ayant eu accès à sa poésie, elle ne pouvait pas faire comme si cela ne comptait pas. Cet homme était juste… Elle se leva d'un bond. D'un pas vif, elle se dirigea vers l'ascenseur qu'empruntaient les clients pour monter ou descendre. Elle hésita tout d'abord à entrer dans la cabine, persuadée que le sol allait se dérober sous ses pieds lorsque les portes se refermeraient. Elle finit par entrer et appuya sur le bouton marqué « Réception ». Elle aurait voulu que la descente dure une éternité pour se préparer à l'atterrissage.

Torn était troublé par ce qu'il ressentait. Après avoir manqué Selena au monte-charge, il s'était dit qu'il n'y avait rien d'autre à faire qu'à attendre que la petite redescende. Avant de reprendre son poste, il était retourné dans sa chambre pour prendre le classeur de poèmes, comme pour garder le contact, au moins par l'esprit, avec celle qui voyait en lui. Il devait se l'avouer : il était inquiet. Il ne parvenait même pas à se concentrer sur ses textes, soucieux de ce qui pouvait attendre la jeune femme aux étages supérieurs. Il avait pu constater que Mme Sourire n'était pas un enfant de chœur.

Combien de nuits avait passé cette fille à lire ses manuscrits pour être capable d'entrer dans son monde avec autant de sincérité, autant de profondeur ! Elle qui paraissait si jeune démontrait une maturité singulière. Ses poèmes n'étaient plus orphelins. Ils parlaient les uns aux autres pour constituer une œuvre structurée, parfois mise en relief par un dessin qui en révélait tous les arcanes, parfois mise au pilori par des annotations sans complaisance de la part de sa lectrice fidèle. C'était brillant. Il se promit de parler à cette belle personne dès qu'il le pourrait. Enfin, dès qu'elle aurait cessé d'être insaisissable !

Torn restait attentif aux évènements de la nuit. Il capta tout de suite les mouvements de l'ascenseur. Le voyant lumineux passait d'étage en étage ; à cette heure, il ne pouvait pas s'agir d'un client. Il s'approcha doucement, gardant une distance d'un mètre par rapport à l'ouverture des portes. Ses yeux fatigués identifièrent l'oiseau de nuit dans le halo de la cabine. Le visage de la jeune femme exprimait un mélange de crainte et de détermination. Ils se regardèrent, sans que l'un ou l'autre ose rompre le silence. L'instant dura, à tel point que les portes de l'ascenseur se refermèrent. Torn tendit le bras par réflexe, afin de stopper leur mouvement. Il sut soudain comment faire fondre la glace, il suffisait de lui parler du sujet qui devait la préoccuper au premier chef.

– Clara a été admise en soins suite à des malaises à répétition. Des vomissements, des évanouissements. Le docteur est venu. Elle est entre de bonnes mains, résuma-t-il sans parler de l'appel à l'aide qu'il avait reçu.

Sa bouche se tordit.

– Oh ! Clara... Je savais qu'il se passait quelque chose de moche...

Elle sortit de l'ascenseur, tiraillée entre sa méfiance et son désir d'en savoir plus. Elle dévisagea longtemps son interlocuteur, à la recherche d'un signe dans sa manière d'être, une lueur dans son regard qui lui confirmerait qu'elle pouvait parler à cet homme en toute confiance. Ils étaient si proches qu'en tendant le bras ils auraient pu se toucher. Comme le temps restait suspendu, elle reprit :

– Je ne suis pas une personne à problème. Je sais que je n'ai pas le droit de traîner dans les couloirs la nuit. Je suis juste à la recherche de mon amie. J'ai peur parce que jamais elle ne me laisse sans nouvelles aussi longtemps. Clara et moi, on pense qu'ils ont tué une des nôtres.

Selena fut la première surprise de s'entendre partager une intime conviction avec celui qui restait finalement un parfait inconnu.

– Qui donc ? s'étonna Torn, qui ne s'attendait pas à pareille déclaration, d'autant qu'il n'avait pas entendu parler de l'affaire.

– Zaïde. Un policier est passé et a dit que Zaïde était morte. Il paraît que le chef était très ennuyé que le policier fasse cette révélation devant Clara. Si c'est vrai, Clara est peut-être en danger.

– Je ne suis pas au courant. Malheureusement je n'ai pas d'autres nouvelles sur ton amie. Je suis comme toi, les derniers étages me sont interdits, je ne peux y monter qu'accompagné. Et personne ne met dans la confidence un simple veilleur de nuit de ce qui se passe dans cette grande maison, tu t'en doutes.

Selena le questionnait toujours du regard. Il n'avait pas répondu à ses craintes. Elle insista :

– Allez-vous faire un rapport sur le fait que vous m'ayez trouvée dans l'hôtel cette nuit ?

Au fond d'elle-même, elle l'avait déjà jugé mais elle avait besoin d'une confirmation. Il lui répondit avec un petit sourire :

– Ai-je déjà fait un rapport sur le fait que tu passais tes nuits à lire de la poésie, bien que cela paraisse difficilement compatible avec ton métier de femme de chambre ? Penses-tu que j'ai intérêt à dénoncer à la hiérarchie l'unique lectrice de mes délires littéraires ?

Elle ne s'attendait pas à cette répartie. Elle rougit en comprenant l'allusion. Il avait tout découvert alors. Elle ne savait pas depuis quand mais, s'il avait eu envie de la dénoncer, il l'aurait déjà fait.

– Excusez-moi. Je sais que je n'avais pas le droit d'entrer dans votre intimité comme je l'ai fait. Au départ votre appartement était juste une nécessité... Et puis vos textes m'ont touchée... Et puis Anna de Noailles était roumaine... Enfin, j'essaie de trouver des explications, des circonstances atténuantes mais ce ne sont pas des excuses.

Elle le vit esquisser un nouveau sourire et comprit qu'elle avait eu raison de lui faire confiance. Elle lui tendit la main. Elle s'attendait à ce qu'il la prenne simplement, comme deux personnes qui se disent bonjour. Il commença par hésiter. Puis, un peu embarrassé, il serra cette main frêle, avec un élan qui trahissait une vraie force de cœur.

– Tu n'as rien à craindre de moi...

Il hésita à nouveau, tout en la dévisageant...

– Puis-je te demander quelque chose ?

– Oui... enfin je crois... demander, vous pouvez toujours..., dit-elle perplexe.

– Je peux te demander d'enlever ton foulard et de te retourner ?

Elle fit un geste de recul, se demandant soudain si elle n'était pas tombée sur un pervers. Mais la lueur qu'elle lut dans ses yeux évoquait davantage une douleur. Elle ne perçut rien de malsain. Elle ne se fit donc pas prier. Torn regardait son cou et les grains de beauté caractéristiques qu'il avait aperçus à la caméra, il constata que la réalité était conforme à ce que l'écran lui avait renvoyé. Il tendit la main, touchant presque la peau nue mais il se retint. Cette implantation en triangle le troublait vraiment. Quel dieu malveillant avait décidé de jouer avec ses nerfs, en mettant devant son nez une parfaite inconnue lui rappelant sa fille disparue ? Ou était-ce au contraire une invitation divine à considérer cette petite comme sa fille, et à s'en sentir responsable pour l'aider à passer à autre chose ?

Selena regarda par-dessus son épaule.

– Euh !... Vous êtes bizarre là... Vous n'avez pas l'air dans votre assiette depuis deux minutes. J'ai fait quelque chose ?

– Excuse-moi. Non, ce n'est pas grave. Tu me rappelles quelqu'un, voilà tout.

Elle remit son foulard en haussant les épaules.

– Puis-je moi aussi demander quelque chose ?

– Uniquement si tu me tutoies... enfin, si nous ne sommes que tous les deux bien sûr...

– D'accord... Allez-vous... Vas-tu m'aider pour Clara ?... Je dois l'avouer, j'ai peur de ce que je vais trouver.

– Oui, je vais t'aider. J'ai envie de savoir moi aussi. Je sais où je l'ai laissée la dernière fois que je l'ai vue. J'espère qu'ils ne l'ont pas bougée. Viens.

Torn prit le pari qu'il ne serait pas dérangé le reste de la nuit. Il rangea le classeur dans un tiroir qu'il ferma à clé. Puis, ils partirent tous les deux en direction du monte-charge. Il ne se reconnaissait pas : oser abandonner son poste, au risque de remettre en cause son sacro-saint mouvement qui ne déplace pas la ligne. Il risquait juste de perdre son travail si son absence était signalée. Mais pour la première fois depuis des années, il sut que sa place était ailleurs, il avait envie de se rendre utile pour d'autres et cela lui importait plus désormais que sa petite personne.

*

L'infirmière de nuit ne dormait que d'un œil à la manière des chats, toujours en vigilance par rapport aux messages des moniteurs. Quelques heures auparavant, sœur Brune avait fait le tour des alvéoles pour vérifier que les nymphes ne manquaient de rien. Les porteuses s'étaient abandonnées à Morphée. Le silence demeurait seulement troublé par un léger gargouillis qui émergeait d'une pièce annexe.

Les cellules n'avaient pas de porte, pour qu'en journée leurs occupantes soient toujours visibles. La nuit était activée une barrière laser qui déclenchait une alarme dès lors qu'une nymphe traversait le rayon pour sortir…

Torn et Selena arrivèrent devant la porte du cabinet médical par laquelle était entrée Clara avant de disparaître. Close bien évidemment. Sur une autre porte, une étiquette indiquait le bureau des infirmières. Torn se souvenait avoir rencontré l'infirmière en même temps que le docteur ; comme la dernière fois, elle devait donc être présente et dormir quelque part. Il pesa sur la poignée. Un petit bureau donnait sur une pièce plus grande, uniquement visible au travers d'une large baie vitrée. La porte de communication était fermée.

– Il faut qu'on arrive à rentrer, murmura Selena avec agacement, ou je pète la vitre…

Torn comprit rapidement que la jeune femme n'était pas personne à s'embarrasser des détails. Il allait falloir la canaliser.

– On va peut-être essayer de trouver un autre moyen avant, tu ne crois pas ?

Elle grommela quelque chose en roumain.

Par la vitre, il voyait une succession d'alvéoles qui ressemblait étrangement à une ruche. Il se demanda si chacune d'elles était occupée. Jamais il n'aurait imaginé de son poste de nuit que l'hôtel pût abriter un tel lieu. Il avait déjà entendu parler d'un endroit surnommé « le Nid », il se demandait s'il ne venait pas d'en trouver l'accès. Sa curiosité monta d'un cran. Torn s'intéressa aux tiroirs du bureau pour voir s'il trouvait quelque chose susceptible de l'aider : des dossiers, une torche, un cahier de consignes. En parcourant ce dernier, il apprit qu'une barrière immatérielle était en panne à la cellule 12. S'il y avait ce type de dispositif, il était probable qu'il soit lié à une alarme. Ils devaient donc se méfier.

Utilisant son téléphone portable en mode torche, Selena avait déniché une boîte à clés derrière le bureau. L'une d'elles l'intrigua : il s'agissait visiblement d'une armoire à pharmacie. Mais il n'y avait pas d'armoire de ce type dans la pièce. C'est qu'elle était ailleurs. Au même moment, Torn leva les yeux, convaincu lui-même que leurs yeux ne voyaient pas tout :

– Elles pissent où les infirmières ?

Mais Selena n'était plus là. Il regarda tout autour de lui, la pièce était vide.

– Selena ? interrogea-t-il à voix basse.

Où était-elle encore passée cette diablesse ?

Il devenait chèvre, aucune autre issue n'était visible. La pièce était uniquement éclairée par un lampion de sécurité, la pénombre n'aidait pas à se faire une idée précise des lieux, mais il était hors de question d'allumer la lampe. Il marcha sur quelque chose de mou : une manche. Celle d'un blouson. À côté, des chaussures, qu'il reconnut être celles de Selena, et un jean roulé en boule.

– Ma parole, elle s'est désapée.

Dans le mur en face de l'endroit où elle avait abandonné ses affaires, il voyait juste une goulotte en colimaçon par laquelle arrivaient les médicaments. Lui-même, ayant exercé quelque temps comme pharmacien, connaissait bien ces systèmes de stockage automatisés qui permettent un gain de place non négligeable.

Il ramassa le jean, qu'il allait déposer sur la chaise la plus proche, lorsqu'il sentit une pression sur son épaule.

– Je peux récupérer mon pantalon, s'il te plaît ?

Il sursauta. Selena était revenue.

– Mais, où étais-tu ?

– Là-haut. Il y a une mezzanine. Je suis montée par la goulotte.

– Par la goulotte ? Mais l'espace est ridicule. Tu n'as pas pu rentrer là-dedans ?

– Ben si. Les vêtements me gênaient, C'est pour ça que je les ai enlevés. Je suis souple. Mais rassure-toi il y a un autre passage pour les personnes... comment dire... un peu plus corpulentes...

– Où donc ?

– Ce panneau derrière toi, que dans la pénombre j'ai pris pour une décoration murale, en réalité coulisse. Tu vois les glissières ?

– Et l'interrupteur à côté ce n'est donc pas pour allumer la lumière ?

– Non, c'est pour faire coulisser le panneau et derrière... surprise ! Tu trouves un escalier qui te mène à la mezzanine, et par lequel je suis descendue pour mieux te surprendre.

– Respect ! Et qu'y a-t-il d'intéressant là-haut ?

Elle finissait de se rhabiller.

– Viens, nous allons faire un peu de sport.

La mezzanine rassemblait un stock de médicaments, une armoire vitrée abritant des produits à usage surveillé, des étagères avec du linge de lit. L'un des coins avait été aménagé en vestiaire avec une douche et des toilettes. Surplombant la ruche, un balcon constituait l'extrémité de la mezzanine. La porte de communication entre l'intérieur et le balcon n'était pas fermée. Torn comprit ce que Selena avait en tête.

Avec des draps entortillés, ils élaborèrent une corde de fortune qu'ils accrochèrent à la balustrade. Puis, ils descendirent dans la ruche. Selena allait se précipiter dans la première alvéole pour voir si Clara y dormait mais Torn lui agrippa l'épaule.

– Attention ! Il y a des mouchards !

Il lui montra les barrières électroniques à l'entrée de chaque cellule.

– Elles sont prisonnières ? Ce n'est pas possible, mais nous sommes où ici ? Elles sont parquées comme des bêtes.

– Calme-toi Selena. On doit d'abord dégoter l'endroit d'où on désactive les mouchards. Je pense qu'il faut trouver l'infirmière et ce ne devrait pas être trop loin.

– OK, attends-moi. On a oublié le petit cadeau pour l'infirmière.

– Que veux-tu dire ?

Elle ne prit pas le temps de répondre. Deux minutes plus tard, elle avait regagné le balcon. Il commençait à s'impatienter, lorsqu'il la vit réapparaître avec une bouteille et une serviette de toilette.

– C'est de l'éther. Je l'ai récupéré dans l'armoire à pharmacie. On va l'endormir.

Ils n'eurent aucun mal à trouver la salle des moniteurs. Comment l'infirmière pouvait-elle dormir au milieu de tous ces voyants ? Ils virent une masse informe sur une paillasse rudimentaire, sœur Brune ronflait. Se débarrassant une nouvelle fois de ses chaussures et de son blouson, Selena se mit à ramper. Parvenue derrière le lit de camp, elle vida la moitié de la bouteille d'éther sur la serviette, qu'elle appliqua immédiatement sur la tête de sœur Brune. Cette dernière ne sentit que quelques secondes une pression sur son visage, une odeur forte qu'elle connaissait bien la fit rapidement basculer dans un univers de coton. Pendant ce temps, Torn avait découvert le tableau électrique correspondant aux barrières immatérielles. Il les désactiva toutes.

Les deux complices se tapèrent dans la main pour se congratuler.

– Allez, on va chercher Clara.

Ils inspectèrent toutes les cellules, en utilisant la torche que Torn avait récupérée dans le tiroir du bureau.

– Torn, qui sont ces femmes ? Elles sont toutes enceintes ou avec un bébé en très bas âge. Des nourrices ? Des…

– … mères porteuses, plutôt… J'ai parfois entendu parler d'un endroit qui s'appelle « le Nid ». Je pense que nous y sommes. C'est comme une couveuse. J'ai l'impression qu'ils enrôlent des filles pour donner naissance à des enfants, avant de les renvoyer dans leur pays.

– C'est horrible comme trafic. Enrôlées de force tu crois ?

– Bah, tu sais, dans ces histoires-là, les uns exploitent la misère des autres dans le même consentement ; les donneurs d'ordre s'enrichissent davantage, les victimes améliorent leur quotidien. Tout le monde y trouve son compte.

– Ça me dégoûte... Et que deviennent ces enfants ?...

La réponse lui apparut évidente alors qu'elle posait la question. Elle regarda Torn d'un air effrayé.

– Oui, Selena... Je ne vois pas d'autre explication qui puisse justifier le nombre. Ils les vendent.

– À qui ?

– Du moment qu'il y a des gens pour payer... C'est un commerce. Et dans certains milieux, les familles qui ne peuvent pas assurer leur descendance ont quelque chose de honteux, elles sont prêtes à payer beaucoup. Tu réalises à qui peut profiter le crime, si tu vois ce que je veux dire...

– Les gens du Château ? Tu veux dire que des couples commandent un enfant, comme d'autres remplissent une grille pour la blanchisserie ?

– J'en ai bien peur.

– Et Clara dans tout ça ? Elle n'a pas d'enfant à vendre... Ils l'auraient isolée ici, mais à quelles fins ?

– Selena, que t'ai-je dit tout à l'heure ? Ne t'ai-je pas parlé d'évanouissements et de vomissements à répétition ?

– Des nausées... Ils ont mis Clara enceinte et ils veulent récupérer l'enfant. Mon Dieu... Mais c'est horrible... Elle avait donc raison lorsqu'elle pensait avoir été droguée... Ils l'ont violée...

Lorsqu'ils eurent visité la dernière alvéole, ils durent se rendre à l'évidence. Clara n'était pas là.

Un carré de lumière bleue attira leur regard au fond de la ruche. Plus ils approchaient, plus une sorte de glouglou se faisait distinct. Ils s'attendaient à découvrir une deuxième salle similaire à la première, comme un second cadre de ruche. Mais leur surprise fut totale.

Une quinzaine de caissons remplissaient la salle, tous sous monitoring. Le gargouillis venait de la circulation d'un liquide en continu. Ces caissons, dont la forme rappelait celle de cercueils dans un funérarium, donnaient à la pièce une dimension sinistre amplifiée par la lumière bleue, ce qui les mit très mal à l'aise.

– Reste là Selena. Je vais voir.

– Non, je dois savoir si Clara est dans l'un de ces caissons...

Ses yeux brillaient d'une détermination sans faille.

Le visage de Clara apparut dans le hublot du septième caisson. Son visage était doux, comme libéré de toute contrainte. Elle dormait dans un monde meilleur. Les yeux de Selena exprimèrent un profond désarroi.

– Torn... Elle est...

Torn restait silencieux, analysant méthodiquement ce que ses yeux discernaient.

– Ne t'emballe pas...

Elle se mit à lui décocher des coups de poing sur les bras, sur le torse...

– Comment peux-tu me demander de rester calme ? Regarde l'état dans lequel ils l'ont mise... Et je n'ai pas su la protéger...

Par réflexe, il la pressa contre lui, pour parer les coups. Il en fut le premier gêné mais la jeune femme parut déstabilisée, la fureur s'estompa. Il la garda serrée contre lui encore un moment, lui caressant les épaules et les cheveux. Il entendait sa respiration, encore haletante. Il la laissa reprendre ses esprits, avant d'ajouter :

– Selena, il n'y a aucune raison de dépenser de l'énergie avec un cadavre, ni de suivre au monitoring l'évolution d'une morte. Nos yeux voient des choses qu'ils ne comprennent pas encore, mais il n'est pas possible que Clara soit morte. Laisse-moi y regarder de plus près, tu veux bien ?

Elle le fixa d'un air mauvais, attendant un miracle.

– Es-tu médecin ?

– J'ai fait des études de médecine.

– Qui es-tu ? Je t'ai entendu parler comme un médecin lorsque je t'observais un soir. Que fais-tu comme simple veilleur de nuit au milieu de ces pourris ?

Il eut un temps d'arrêt, se rappelant soudain de la conversation avec les États-Unis.

– La vie est parfois compliquée, Selena. Ce n'est pas le moment de parler de tout ça, Clara est notre priorité.

– Dis-moi que Clara va se réveiller en bonne santé… Dis-moi que tu n'as rien à voir avec ces pourris et qu'on va sortir de ce cauchemar… Je sais que tu n'es pas qui tu prétends être. Pourquoi te caches-tu ? Pourquoi ?

Il la sentait pleine de hargne.

– Je n'ai rien à prétendre, Selena. Oui, j'ai côtoyé des salauds mais j'ai payé. Et le prix fort. Ne me jette pas mon passé à la tête. J'ai autant envie que toi de sauver Clara et tu n'as pas d'autre choix que de me faire confiance.

Le caisson était entièrement rempli de liquide, qui submergeait également le visage de Clara. Torn se demanda s'ils avaient trouvé le moyen de faire respirer l'être humain dans un environnement liquide. Certains composés tels les perfluorocarbures permettaient cette ventilation liquidienne et étaient utilisés en médecine, lorsqu'il s'agissait de préserver le prématuré de la pression que représentait l'acte respiratoire sur un corps encore trop fragile. Torn était troublé. Cette sophistication technique le renvoyait à une époque qu'il préférait oublier. Son ex-femme… Le temps des expérimentations hasardeuses pour des mobiles obscurs habillés de progrès scientifique et de cause humanitaire. C'est en voyant le tube directement raccordé sur le nombril de Clara que Torn imagina ce qu'il avait devant lui.

– Mon Dieu, est-ce possible…

– Quoi Torn ? Dis-moi…

– Ce lieu est un couvain. On y pratique une grossesse assistée mais pas pour aider des prématurés à survivre, il s'agit d'enrichir des embryons sains. Je suppose à des fins mercantiles.

– Tu veux dire qu'ils « cultivent » des enfants comme d'autres cultivent des tomates ?

– Oui… Mais ce qui est sûr c'est que l'enfant ne doit pas être le fruit du hasard. Ils ont l'air d'attacher beaucoup d'importance à la qualité du « produit final », pour substituer une telle machinerie à dame Nature.

– Tu es horrible. Tu parles des enfants comme s'il s'agissait d'une marchandise…

– Je sais… mais il faut regarder les choses en face. Ils ne font pas que surveiller la grossesse, ils influencent l'environnement du fœtus pendant la gestation.

– Tu me fais peur… Ce ne sont pas les nazis qui pendant la guerre faisaient des expériences sur les enfants ou les femmes enceintes ?

– Les nazis n'ont fait que croiser les races… Des bons Allemands avec de belles Norvégiennes, par exemple, pour la pureté de l'espèce. Je n'ai pas connaissance qu'ils aient eu de tels moyens pour créer leurs enfants soi-disant parfaits…

– Rassure-moi ! Clara ne souffre pas au moins ? Ils ne l'ont pas torturée ? Explique-moi s'il te plaît, je ne comprends rien.

– Si j'essaie de trouver une logique à ce que je vois… Quand tu comptes le nombre de caissons dans cette pièce, cela ne ressemble pas à une expérience isolée, mais davantage à un processus maîtrisé. Lorsqu'une femme est enceinte, le fœtus est entouré de liquide amniotique, riche en nutriments et en protéines, qui participe à la respiration. La maîtrise du bon volume de liquide amniotique autour du fœtus est primordiale au bon développement de l'embryon. Ni trop, ni trop peu. Pour résoudre cette donnée aléatoire, ils ont placé la mère porteuse dans un environnement fœtal dont ils contrôlent parfaitement l'évolution, et qui par osmose transmet sa perfection à l'enfant qui grossit en elle. Le liquide que tu vois autour de Clara est sans doute du liquide amniotique de synthèse, probablement enrichi de nombreux produits dopants : les uns pour renforcer les défenses immunitaires et mieux résister aux maladies, les autres pour développer des dons particuliers, d'autres encore pour l'intelligence, que sais-je… Tu vois toutes ces poches sur le côté ? Je suis persuadé qu'on peut les assimiler à des poches de perfusion avec les produits miracles. Ils ont arrêté les fonctions respiratoires classiques, pour éviter la variabilité liée à l'air ; l'apport d'oxygène se fait par le liquide amniotique enrichi et le tube connecté à son nombril que tu vois là…

– Tu veux dire que ce tube est la réplique d'un cordon ombilical, ce caisson reproduirait un ventre de femme, comme si Clara était elle-même un fœtus nourri de l'extérieur… Et cette Clara purifiée par la machine va accoucher réellement d'un bébé idéal ayant absorbé tous les produits qui ont rendu sa mère parfaite ?

– Je pense effectivement que c'est quelque chose comme ça. Ta Clara est bien vivante. Elle couve son œuf.

– C'est effrayant. Ils créent des monstres !

– Je ne le pense pas. On peut juste parler d'un élevage contre nature. On ne peut pas faire de lien trop rapide avec les méthodes nazies, mais c'est vrai que s'ils voulaient créer une race supérieure, ils ne s'y prendraient pas autrement.

– Pendant la guerre, beaucoup d'hommes, de femmes et d'enfants ont été sacrifiés dans les camps de la mort et les laboratoires de la thèse… je ne sais plus le nom… quand on crée une race supérieure…

– … la thèse eugéniste… Je suis d'accord avec toi : il n'est de pire progrès scientifique que celui qui se réalise au détriment de l'humain. Je ne sais d'ailleurs pas ce qui est pire : se battre pour une idéologie, comme les nazis, ou juste pour le fric, comme ces éleveurs d'anges. Il faudrait prévenir les flics, pour qu'ils viennent mettre leur nez dans leurs affaires.

La panique se lisait dans les yeux de Selena.

– Non, Torn… Pas les flics…

Le regard se mura dans une expression figée qui ne souffrait aucune contradiction. La lumière bleue donnait à ce rictus un côté inquiétant, voire menaçant.

– Qu'est-ce que tu as dit tout à l'heure ? La vie est parfois compliquée, Torn. Ce n'est pas le moment de parler de tout ça, Clara est notre priorité. Pas les flics…

– Bien… Tu me raconteras, un jour…

– De toute façon ce serait une connerie d'appeler les flics tant que Clara n'a pas accouché. C'est toi-même qui me l'as dit. Elle représente une valeur marchande, elle est sous leur protection tant que « le produit » n'est pas arrivé à terme. Ce n'est pas la peine d'amener des éléphants dans ce magasin de porcelaine. Si ces pervers sont arrêtés, il n'y aura plus personne pour s'occuper des caissons, et comme nous ne connaissons ni les machines ni le processus, les belles au bois dormant porteront tous les risques sur leurs épaules. Donc pas de flics. Tu es d'accord ?

Torn devait reconnaître qu'elle avait raison, même s'il était intimement persuadé qu'un évènement caché motivait également sa décision.

– OK, Selena. Essayons de réunir des preuves. Nous sortirons de l'ombre dès lors que notre dossier sera étoffé…

– … et que Clara sera en sécurité… Je vais revenir fouiner, faire des photos… et surtout m'assurer que Clara est stable dans son caisson…

– Doucement… Oui, on va essayer de monter un dossier, mais nous n'avons pas le droit de nous faire prendre. Clara compte sur nous. Nous ne devons pas courir de risque inconsidéré.

– Tu dois avoir raison… Et les femmes dans les alvéoles, pourquoi ne sont-elles pas dans un caisson ?

– Je pense que le caisson correspond au premier stade de maturité et que la fin de la grossesse se déroule à l'air libre, avec un autre protocole. Comme les métamorphoses successives chez certains insectes.

– Tu crois que Clara va être réveillée bientôt ?

– Je l'ignore, Selena. Nous n'avons pas d'autre choix que d'attendre.

Ils repartirent par où ils étaient venus, silencieux tant ils étaient abasourdis par ce qu'ils avaient vu. Torn portait la rage en lui. Il avait l'impression de voir resurgir son passé. Lui qui avait déjà payé au prix fort les expériences de personnes corrompues sur le déterminisme génétique. Il avait perdu le droit d'exercer la médecine, il avait perdu son enfant, il avait perdu sa vie. Il ne laisserait pas d'autres scélérats s'en prendre à d'autres enfants. Il ne pouvait pas continuer à vivre caché derrière sa repentance ; même de là-haut, sa fille pouvait être fière de son père s'il se rachetait.

Ils étaient arrivés au poste de garde. Selena lui mit la main sur l'épaule.

– Pardonne-moi pour tout à l'heure. J'étais perturbée. Je sais que tu es quelqu'un d'honnête.

– Laisse tomber. Ce n'est pas grave. Il faut qu'on trouve le moyen de faire exploser tout ça.

– Je suis d'accord ; pour Clara, pour toutes ces filles et ces enfants.

– Allez, va finir ta nuit dans ma chambre. Il est 5 heures. Mets le réveil.

– Merci Torn. Je suis désolée de ne pas t'avoir parlé avant.

– Le destin a décidé que ça devait se passer comme ça... Anna de Noailles avait quelque chose à me dire à travers toi...

– À moins que ce ne soit à moi... Ça, on ne sait pas, dit-elle avec un drôle de sourire...

Chapitre 14

Lucille suivit la voiture pendant un temps qui lui sembla une éternité. Léna alternait les moments d'excitation, rythmés de questions sans réponses et d'invectives à l'égard de celui qu'elles pourchassaient, avec de profonds silences où elle restait prostrée, les yeux perdus dans le vague. Lucille avait l'impression de connaître cette route pour y être passée il y a bien longtemps, mais ses souvenirs restaient confus.

– C'est quoi tous ces vélos ? dit-elle brusquement, observant le ballet des cyclistes sur une voie parallèle, au point de laisser la voiture se déporter...

– Hey ! Lucille... Regarde la route... Ce que tu vois, c'est l'Avenue Verte London-Paris. Dépêche-toi, j'irai plus vite à vélo...

– Tu veux dire qu'on peut faire Londres-Paris à bicyclette ? Tu me charries… Comment veux-tu traverser la Manche à vélo ?

Léna éclata de rire devant tant d'incrédulité.

– Lucille, tu arrives à me faire rire, même lorsque je n'en ai pas envie. Tu es trop forte…

– Moque-toi… C'était pour te détendre… Tu apprendras que je suis déjà allée à Londres à vélo quand j'étais un peu plus jeune. J'en connais une qui aurait eu du mal à me suivre !

L'adolescente se renfrogna.

– Bah ! Ça va… Je n'y peux rien si je n'ai jamais eu de père pour m'apprendre à pédaler… C'est facile pour toi !

– Pardonne-moi, Léna…

Elles essayaient de rester à bonne distance pour ne pas se faire repérer, la circulation un peu dense à cette heure leur procurait un écran opportun. Elles traversèrent une forêt où les virages s'enchaînaient dans des courbes un peu plus dures à négocier, auxquelles Lucille n'était pas habituée dans son plat pays. Elle dut ralentir.

– Plus vite Lucille, on va le perdre.

– Vivement que tu grandisses, tu pourras passer le permis et je ne serai plus obligée de faire un gymkhana sur les routes, derrière je ne sais quel tueur… Dans quelle aventure m'as-tu embarquée Léna ?

Lorsqu'elles sortirent de la dernière courbe, la voiture noire avait disparu.

– Comment est-ce possible ? s'indigna Léna. Comment peut-on perdre une voiture alors qu'il n'y a qu'une route ?… On est nulles Lucille…

– Il ne peut pas avoir accéléré aussi rapidement, il est forcément derrière nous. On fait demi-tour ?

Cicérone avait profité d'un virage sans visibilité pour se ranger derrière un rideau de verdure. Il avait l'impression d'être suivi depuis qu'il avait quitté l'hôpital. La voiture suspecte, aperçue dans ses rétroviseurs, s'était maintenant arrêtée, comme perdue de ne plus l'avoir en ligne de mire.

Ajustant ses jumelles, il lut la plaque d'immatriculation et passa un coup de fil.

Léna s'impatientait.

– Ben oui, il faut qu'on en ait le cœur net. Là, on n'a plus personne à suivre.

Lucille prit le temps de la réflexion.

– Non, Léna, pas une bonne idée. S'il s'est arrêté, c'est peut-être qu'il nous a remarquées, et je ne tiens pas à me retrouver nez à nez avec un sale type au milieu de nulle part. Je propose qu'on lui rende la monnaie de sa pièce : on avance et on s'arrête un peu plus loin pour voir s'il nous double.

Le téléphone vibra dans sa poche. Lorsque Cicérone apprit que la voiture appartenait à une dame respectable travaillant dans une piscine, il tiqua. Que viendrait-elle faire dans le paysage ? Était-il devenu paranoïaque ? Lorsqu'il vit la voiture redémarrer, il se dit qu'il voyait le mal partout.

Il s'installait au volant pour reprendre la route lui aussi, lorsque le téléphone vibra à nouveau. Il reconnut la voix nasillarde de Mme Sourire.

– Mon lieutenant, la police est dans le hall. Le même fouille-merde que la première fois.

– Je suis à dix minutes. Fais-le patienter. Changez les plaques.

– Vraiment ?

– On ne sait jamais. Je me méfie de ceux qui ne m'attaquent pas de face, nous savons ce que son inspecteur est venu faire, lorsqu'il l'a envoyé en cheval de Troie.

– En haut, tout est en ordre ?

– Oui, pas un poil qui dépasse.

– Parfait ! À tout de suite.

Il repartit à tombeau ouvert sans plus se préoccuper de la route. Que voulait donc ce petit flic de province ? Il ne remarqua pas la voiture garée dans la contre-allée.

– C'est lui, s'écria Léna. Vite Lucille, on ne le perd plus cette fois…

Lucille suivait comme elle pouvait sur la départementale longeant la nationale, hors du champ des rétroviseurs de la voiture du tueur, qui lui roulait sur l'axe principal.

Les voitures circulaient maintenant en ville. Lorsqu'elle vit la haute tour se profiler devant elle, Lucille poussa un cri de surprise.

– Je sais où nous sommes Léna. Je suis venue ici, une fois, il y a très longtemps.

Cicérone rentra directement dans le parking de l'hôtel.

– Moi aussi je sais où nous sommes Lucille. Regarde les grilles en fer forgé.

– Oui. Qu'ont-elles de particulier ?

– Des motifs d'abeilles. Cet hôtel appartient à ma mère, j'ai vu un hôtel avec un motif similaire dans les papiers de ma mère, lorsque je fouinais dans son bureau.

– Tu es sûre ? Comment est-ce possible après tant d'années ?

– Quoi ?

– Je suis venue ici, il y a des années, pour voir Torn, tu sais l'homme des photos.

– Mais, tu ne m'as pas dit qu'il avait épousé ma mère, et qu'il s'était retrouvé en taule pour une histoire qui la concernait au premier chef ?

– Je ne connais pas le fin mot mais oui, c'est à peu près ça. Je pense que les motifs d'abeilles que tu as vus chez ta mère doivent appartenir à un autre hôtel, c'est une coïncidence. Sinon ça voudrait dire que, depuis des années, Torn vit chez celle qui fut sa femme et a contribué à sa perte. Ce serait incroyable. Ils ne se parlent plus et tout ce qui la touche lui répugne…

Lucille ne put s'empêcher de marquer un temps d'arrêt en fixant Léna d'une moue triste. La jeune fille n'y porta pas attention.

– Que faisons-nous ? On prend une chambre à l'hôtel ? Après tout, il nous tend les bras. Et comme ça tu pourras me présenter l'homme des photos.

– Oui, pour rester sur place, mais pas dans cet hôtel. Il n'est pas dans nos moyens, et puis je n'aimerais pas tomber sur notre copain dans les couloirs. On se trouve un petit hôtel pas loin, et j'appelle Torn.

*

Installés dans le bureau du chef, Mme Sourire et Safran sirotaient un café pour dégeler l'atmosphère, avant des discussions qui pouvaient s'avérer plus âpres. Safran prenait connaissance des graves ennuis de santé de celui qu'il avait rencontré quelques semaines auparavant.

– Son état s'est dégradé rapidement, s'étonna-t-il. Je m'en souviens comme d'un homme plutôt robuste et en bonne santé.

– Oui, mais nous avons découvert qu'il avait le sida. Il nous l'avait caché. La pneumonie a rencontré une proie facile.

– Et il va s'en sortir ?

Mme Sourire prit un ton sépulcral pour lâcher à demi-mot que les dernières nouvelles étaient plutôt alarmantes.

Cicérone entra dans la pièce à ce moment précis et les rejoignit autour du café. Après les quelques présentations d'usage, Safran expliqua qu'il donnait suite à la première visite rendue, pour compléter son dossier. Il s'excusa d'avoir tardé à revenir, d'autres enquêtes l'ayant retenu ailleurs. Cicérone n'était pas dupe, il savait qu'il s'était juste donné le temps de réunir des preuves non officielles pour les exploiter par la suite.

Safran entra dans le vif du sujet.

– Vous savez que les cheveux sont utilisés pour le dépistage d'un certain nombre de drogues. Les cheveux gardent la trace de l'usage de stupéfiants pendant environ quatre-vingt-dix jours. L'autopsie de Zaïde Arif a révélé des traces de consommation d'un dérivé d'opium en concentration importante.

Cicérone le voyait venir. Cette affaire était l'une des raisons qui avait motivé l'élimination du chef. Lorsque la plus haute autorité avait fait appel à ses services pour organiser le « nettoyage », il savait qu'elle resurgirait. On ne laisse pas dans la nature un corps pouvant parler, ses hommes auraient dû le retrouver coûte que coûte avant la police et brûler le cadavre. Il décida de prendre le contre-pied.

– Décidément, on ne connaît jamais les gens avec qui on travaille. Nous avons découvert que le chef était immuno-déficient, sans doute des relations non protégées avec des femmes de petite vertu elles-mêmes infectées. Vous nous dites maintenant que Zaïde Arif était droguée. Sur ce deuxième cas, je sais que ce que je vais dire est choquant, puisque la personne est morte, mais quelque part votre constat me rassure : elle avait en dehors de son environnement professionnel des pratiques malsaines qui l'ont conduite à cette fin tragique. Tant que vous n'aviez pas cette information, vous auriez pu regarder l'hôtel d'un œil soupçonneux.

Safran ne se démonta pas.

– Je ne suis pas certain que cette information dédouane vraiment l'hôtel. Arif étant de service au Château, elle vivait sur place avec peu de sorties. Les concentrations retrouvées dans les cheveux tendraient à montrer que la consommation a été quotidienne pendant une assez longue période… alors qu'elle travaillait encore dans vos locaux. Je suis étonné qu'un encadrement, comment dire, aussi « militaire » que le vôtre n'ait rien détecté…

Mme Sourire baissa les yeux, lorsque Safran pointa un regard insistant dans sa direction.

– Vous savez, continua Cicérone sur le même ton, un hôtel est par définition un endroit de passage et aucune de nos collaboratrices n'est prisonnière. Zaïde retournait régulièrement en Albanie voir sa famille, vous retrouverez la trace de chacun de ses congés dans nos dossiers Ressources Humaines. Pour avoir vu une émission télévisée sur le trafic de drogues dans le monde, il me semble me souvenir que le principal pourvoyeur des dérivés d'opium est l'Afghanistan, qui arrose l'Europe au travers de plusieurs filières dont celle des Balkans… Les mafias albanaises ne sont pas loin ! Je sais que votre rôle consiste à balayer toutes les pistes plausibles mais, s'il vous plaît, ne faites pas de cette respectable maison une plaque tournante de la drogue en Europe. À moins bien sûr que des preuves ne viennent étayer vos allégations…

– Ne nous emballons pas. Comme vous le soulignez, mon rôle est de n'écarter aucune éventualité. Lorsque vous avez rangé les affaires d'Arif, avez-vous trouvé un stock de stupéfiants dans ses affaires ?

Cicérone interrogea Mme Sourire du regard.

– Non, mais elle peut l'avoir caché quelque part.

– Exactement. On pourrait même envisager que l'un de vos occupants à l'année du Château soit le pourvoyeur à votre insu. M'autoriseriez-vous à venir avec des chiens renifleurs pour tenter de le démasquer, ou *a minima* retrouver la trace du stock de Zaïde ?

– Des chiens dans l'hôtel…, s'emporta brusquement Cicérone avec une drôle de lueur dans les yeux, vous imaginez l'impact sur nos clients ?

Safran nota que la tension montait chez son interlocuteur, dont les signes extérieurs de nervosité se multipliaient. Il se grattait souvent le coude depuis plusieurs minutes.

– Nous savons mener l'opération en toute discrétion avec votre concours, selon la méthode du quadrillage. Les communs peuvent être passés au crible la nuit, puis les chambres au gré de l'absence des occupants, si vos femmes de chambre nous tiennent au courant des allées et venues. Il s'agit juste de loger quelque temps un maître-chien et son animal dans une partie de l'hôtel, à l'abri des regards. Qu'en pensez-vous ?

Cicérone se ressaisit.

– L'hôtel a effectivement intérêt à faire la lumière sur cette affaire, pour écarter définitivement vos hypothèses de travail, dit-il avec un sourire froid. Nous allons réfléchir à la manière d'organiser cette opération de manière propre, pour qu'il n'y ait pas de répercussions sur les clients.

Safran venait de placer ses pièces maîtresses chez l'adversaire, sur l'échiquier de la vérité. Grâce au chien, il irait fureter dans tous les recoins de l'hôtel, avec plus d'efficacité qu'une commission rogatoire.

– Je vous en remercie. Par ailleurs, vous m'avez parlé de dossiers Ressources Humaines existant pour l'ensemble de votre personnel. J'aimerais voir ces dossiers pour toutes les personnes étrangères embauchées ici, en mission longue ou courte, et que vous puissiez m'apporter vos commentaires.

– Vous les commenter ? répéta Cicérone. Ce sera impossible pour moi, j'assure juste un intérim. Pour la plupart, je ne les connais pas.

– Mon lieutenant, je...

Elle se mordit les lèvres immédiatement mais, trop tard, le mot était lâché.

– Mon lieutenant ? Vous appartenez aussi à l'armée ?

Après un regard noir à Mme Sourire, il reprit le contrôle de lui-même.

– J'appartenais. À l'heure de la retraite, qui arrive assez tôt pour les militaires actifs sur les champs de bataille, l'hôtellerie est une bonne reconversion pour les cadres de l'armée, notamment dans la sécurité, dit-il d'un sourire entendu. Nous avons eu la chance, madame et moi, de pouvoir intégrer un vaste complexe où les missions sont variées.

– Je ne connais pas bien le milieu de l'hôtellerie. Je me faisais la réflexion en vous écoutant que cet hôtel semblait offrir des débouchés à l'armée, ça commençait à m'intriguer, je ne savais pas que c'était monnaie courante.

Cicérone perçut dans le ton faussement neutre du policier qu'il en savait plus qu'il n'en disait. Effectivement, l'inspecteur Alex avait relevé dans le fourgon retrouvé dans les sous-sols de l'hôtel bon nombre d'empreintes appartenant à des militaires, dont certains toujours en activité. Safran ne pouvait pas dévoiler cette information, qu'il n'avait pas eue de manière officielle. Parmi ces empreintes, il avait également retrouvé celles d'une Roumaine en transit en France, dont la trace s'était perdue dans l'Oise. Dans son pays, elle avait été aperçue traînant avec un groupuscule d'extrême droite dont le blog internet saluait la mémoire du maréchal Antonescu, tristement célèbre pour sa collaboration avec les nazis pendant les massacres d'Odessa en 1941. Cent mille juifs et près de quinze mille tsiganes avaient payé de leur vie cette alliance de circonstance. Des victimes exécutées dont les corps finissaient arrosés d'essence et brûlés. Les « chemises vertes » de la Garde de fer appliquaient par mimétisme les méthodes des Chemises brunes, formation paramilitaire nazie.

Mme Sourire promit de préparer une copie de l'ensemble des dossiers et de les lui apporter en mains propres.

– C'est très aimable, mais je souhaite récupérer les dossiers ce soir, les parcourir et prendre rendez-vous avec vous sur des cas éventuellement suspects. Pouvons-nous fonctionner ainsi ?

– Les dossiers ne quitteront pas l'hôtel, à moins que vous n'ayez une injonction émanant d'un juge.

– Pourquoi réagissez-vous ainsi ? Je pensais que vous prôniez la collaboration ?

– Si vous voulez consulter, pas de problème. Si vous voulez emmener des dossiers, il y a des procédures à respecter.

– Vous avez raison.

Safran sortit un document officiel de sa poche et le tendit à Cicérone. Le visage de ce dernier se durcit.

– Cette conversation prend un tour qui ne me plaît pas, Safran. On démarre par une discussion mondaine où nous montrons notre volonté à aider la police… et on se retrouve finalement avec un document officiel autorisant une perquisition, comme si nous étions soupçonnés de quelque chose.

– Encore une fois, il est dans mon rôle de mener l'enquête et de suivre toutes les pistes. Vous avez la faculté de m'aider sans heurt, ce que vous avez décidé de faire avec le chien, ou de me bloquer dans des investigations qui me paraissent essentielles. Je dois des comptes à la machine judiciaire, je ne peux pas juste éliminer des pistes sur la bonne tête des gens. Il me faut des preuves. Je préfère travailler en bonne intelligence, c'est évident, mais si j'ai l'impression qu'on me cache des éléments, ou qu'on fait traîner les choses, je suis obligé de vous rappeler mes prérogatives de manière plus officielle. Je n'ai aucun problème à ce que vous fassiez une copie pour vous, je souhaite emporter les originaux.

– Je suppose que ce n'est pas la peine d'appeler notre avocat ?

– Vous supposez bien. Il ne ferait que vous confirmer que mon approche est licite.

Mme Sourire donna ses ordres pour les photocopies.

– Auriez-vous d'autres exigences ? railla Cicérone, visiblement contrarié…

– Oui, j'aimerais voir le fourgon présentant cette immatriculation. Il a été vu entrant dans votre sous-sol, il doit toujours y être. Vous pouvez vérifier sur le document officiel, il fait partie de la perquisition.

– Comment savez-vous qu'il est dans notre sous-sol ? Vous surveillez l'hôtel ?

Il n'attendit pas la réponse et invita le policier à l'accompagner. Le van était à l'endroit où l'inspecteur Alex l'avait déniché la première fois. C'était trop simple cette fois-ci, Safran sentit tout de suite que Cicérone était trop sûr de lui. Il comprit le problème en regardant l'immatriculation.

– Ce n'est pas la bonne immatriculation, fit-il remarquer…

– Vous avez raison. C'est notre nouveau fourgon, en remplacement du précédent qui nous a été volé dans un autre département. Nous aimions bien la marque et la couleur, nous avons repris exactement le même. Vous aviez l'air tellement sûr que l'ancien fourgon était chez nous qu'il fallait que je vous montre. D'où venait votre certitude, je ne sais pas. Ces équipements ne sont pas géolocalisés de série à ma connaissance…

Safran saisit l'allusion. Ils avaient découvert la balise GPS aimantée qu'Alex avait posée sur l'ancien fourgon et l'avaient placée sur le nouveau pour donner le change. Comme ses équipes de surveillance n'avaient pas vu la supercherie, le policier en déduisit qu'ils avaient monté les plaques de l'ancien véhicule sur les derniers déplacements pour ne pas éveiller les soupçons, et qu'ils avaient remis les plaques de série juste avant l'arrivée de la police.

Les deux hommes se fixèrent avec un rictus mauvais.

– Qu'est devenu l'ancien van ? demanda Safran.

– Nous avons été appelés par vos collègues. Il a été retrouvé complètement calciné dans un terrain vague. Vos collègues ne vous ont pas mis au courant ? Il est vrai que dans l'administration la communication d'un département à l'autre peut prendre un peu de temps…

Cicérone jubilait. Lorsqu'il avait eu la confirmation par l'identification ADN que le cheveu prélevé sur le peigne appartenait bien à un officier de police en civil et non à un directeur commercial en transit, il avait fait placer un micro dans la chambre. Il avait ainsi entendu Alex faire son rapport à Safran après son escapade dans les sous-sols de l'hôtel. Ce fut très instructif. Le reste était un jeu d'enfants, il fallait faire disparaître les preuves sans en avoir l'air. Un soir, alors que la nuit était déjà tombée sur la ville, l'ancien fourgon était sorti puis le nouveau, identique en tous points, était rentré à sa place.

Safran dut reconnaître que Cicérone à son tour venait de marquer des points importants en faisant disparaître les preuves. Les éléments recueillis par Alex de manière détournée ne pouvaient pas être produits devant un tribunal.

Le policier emporta les dossiers Ressources Humaines et prit congé. La partie d'échecs promettait d'être rude.

*

Torn ne sut pas tout de suite ce qu'il devait penser de la visite de Lucille. Il était heureux de la voir après ces quelques temps passés en retrait, mais il n'avait rien compris de ce qu'elle lui avait raconté au téléphone. L'imaginer embringuée dans une histoire mafieuse ne collait pas du tout au personnage, elle qui était la douceur incarnée. En même temps, pour qu'elle ait trouvé une vraie motivation à faire ces deux heures de route qui les séparaient alors qu'elle n'aimait pas conduire, il devait se passer un évènement inhabituel. Elle était venue une fois, quelques mois après son installation, mais n'avait jamais renouvelé l'expérience. Finalement il prenait cet acte de « bravoure » comme l'aveu d'un lien plus fort qu'il n'y paraissait.

Cela le soulageait presque qu'elle lui ait donné rendez-vous en dehors de l'hôtel. Lucille l'avait connu dans une vie où il ne manquait de rien ; les vers de Charles Baudelaire lui revenaient, ceux de « L'Invitation au voyage » :

« Là, tout n'est qu'ordre et beauté
Luxe, calme et volupté. »

Il n'aimait pas qu'elle le voie maintenant dans sa petite chambre ridicule, transi d'insignifiance et perdu dans ses livres. Si l'arrivée de Selena résonnait comme une autre naissance dans son univers poétique, il avait également l'impression d'un frémissement dans le monde réel. Comme un caillou jeté au milieu d'une eau croupie, il voyait la surface de sa vie s'iriser au fil des cercles concentriques créés par l'onde de choc. Un caillou tombé du ciel, tel un morceau de météorite témoin d'un espace à explorer. À nouveau, il respirait pour lui-même et pour les autres, mais il n'était pas encore assez avancé sur le chemin de sa reconquête pour le partager avec quiconque. Et surtout pas avec celle qui avait connu sa flamboyance.

Il marcha les cinq cents mètres qui le séparaient de l'hôtel où Lucille était descendue. Elle l'attendait dans le hall. Ils prirent un café en discutant des évènements des dernières semaines. Il dut reconnaître que la vie de Léna avec sa mère semblait avoir atteint un tournant dans l'incompréhension.

– Penses-tu qu'elle soit en danger avec cette folle ?

– Je ne sais plus… Mais la petite est perdue… Elle est toujours avec moi, comme si j'étais la seule à pouvoir lui apporter un peu de réconfort. Ma vie est toute chamboulée.

– Et pourquoi tu ne parles pas à sa mère ?

L'attention de Lucille fut soudain attirée par une silhouette dans les escaliers.

– … Excuse-moi Torn mais je dois t'interrompre… Je dois t'avouer quelque chose…

– Quoi ?

– C'est à cause de Léna que j'ai suivi ce sale type jusqu'ici. Léna est en quête de la vérité sur sa mère et sur son père.

– Ne recommence pas s'il te plaît… Je ne suis pas son père…

– Torn, je pense effectivement le contraire, j'assume, mais là n'est plus le problème. La petite a juste besoin d'aide. Toutes ces années, je n'ai rien demandé pour moi, j'étais là lorsque vous aviez besoin de moi et ça me suffisait. Aujourd'hui, je ne demande toujours rien pour moi, la petite se sent en confiance avec moi et je ne veux pas la décevoir. J'ai tellement peur de ne pas être à la hauteur au milieu de cette confusion. Si je pouvais compter sur un ami dans ce que je vis comme une épreuve, je me sentirais plus forte.

Léna s'approchait doucement. Torn lui tournait le dos.

– Lucille, j'aimerais t'aider mais tu n'as aucune idée de ce qui se passe ici. Je pense avoir découvert un trafic au sein de l'hôtel. Non seulement je dois faire attention à ma tête mais en plus ma dernière intention serait de vous y mêler malgré moi.

– Un trafic ? Mon Dieu… Un trafic de quoi ? Ce sale type que nous suivons jusqu'ici, Léna qui trouve un lien entre l'hôtel où tu travailles et Réjane. Serions-nous en train de démêler deux fils d'une même histoire ?

– Quel lien Léna a-t-elle trouvé ?

Léna sortit de son mutisme.

– Les abeilles.

Torn sursauta en entendant cette voix au-dessus de son épaule. Mais la plus surprise fut la jeune fille, lorsqu'il tourna le visage dans sa direction.

– Vous ?… Lucille, c'est l'homme qui m'a ramenée à la piscine le fameux soir…

– Lucille, c'est quoi ce traquenard… Pourquoi ne m'as-tu pas dit qu'elle était là ?

– Je savais que tu n'allais pas me croire. Je peux te jurer que je n'ai rien manigancé. Les évènements se sont enchaînés et nous nous sommes retrouvées à deux ici… Mais visiblement, toi aussi tu me fais des cachotteries. Je propose que nous allions manger un bout tous les trois, nous avons des choses à nous dire, tu ne crois pas ? Si tu acceptes toujours de nous aider…

Léna le regarda avec des yeux insistants.

– Aujourd'hui, j'ai presque aussi peur de ma mère que vous détestez votre ex-femme. Si Lucille vous fait confiance, moi aussi.

Torn prit une main à chacune et les serra dans les siennes.

– OK, je ne sais pas où on va mais on y va… Allez, racontez-moi votre histoire dans tous les détails.

Chapitre 15

– Regarde ce que j'ai récupéré, un coup de bol énorme !

Selena interrogea Torn du regard. Elle avait gardé l'habitude de venir dans son appartement un soir sur deux.

Torn arborait triomphalement la carte d'accès à une chambre.

– J'étais en train de discuter avec le réceptionniste lorsque le gars du Château s'est pointé en disant qu'il partait pour affaire en Afrique du Sud, pendant deux mois. Il voulait qu'on mette des choses au coffre en son absence et qu'on lui garde son appartement. Ses valises étaient déjà dans le hall.

– Et il a rendu sa carte ?

– Non, il l'a oubliée sur le comptoir et moi seul l'ai vue. Le réceptionniste et lui sont allés au coffre, j'ai récupéré la carte et lorsqu'ils sont revenus, les deux avaient oublié son existence. Le type a pris son taxi, on le revoit dans deux mois et on a sa carte.

– Cela veut dire que je peux monter par l'ascenseur central sans prendre le monte-charge ?

– Écoute, on essaiera. C'est cool non ?

– Tu es génial…

Les liens entre Selena et Torn s'étaient renforcés. Au départ, elle avait voulu étoffer la relation en pensant à Clara, en suivant également l'instinct qui l'avait poussée à s'intéresser à sa poésie. Mais elle ne connaissait pas vraiment l'individu. Lui avait compris combien il était important pour elle de se rassurer sur l'état de santé de son amie à l'intérieur du caisson de ventilation liquidienne ; il lui avait proposé de continuer à utiliser son appartement. De fait, une relation de pleine confiance et d'estime s'était naturellement installée.

Elle avait commencé par vouloir emprunter la carte de Torn pour monter au Château voir Clara toute seule, mais celui-ci lui avait fait remarquer que s'ils voulaient faire des photos, ils avaient besoin d'être deux : l'un tenant la lumière, l'autre enchaînant les prises de vue. Torn avait trouvé une torche led à la lumière non aveuglante qui permettait des photos sans surexposition, et surtout sans éveil de l'infirmière qui dormait à proximité. Ils se déplaçaient maintenant au milieu du Nid avec la maîtrise de chats connaissant parfaitement leur terrain de chasse.

D'autres raisons non avouées se cachaient derrière les réticences de Torn à la laisser monter au Château seule : d'une part, les mauvaises rencontres qu'elle pouvait y faire, il ne se serait jamais pardonné qu'il lui arrive quelque chose ; d'autre part une certaine appréhension à l'égard d'un processus qu'il ne contrôlait pas : et si Clara s'éveillait alors que Selena était là-haut, quelle serait sa réaction ? L'éventualité s'avérait effectivement peu probable mais il suffisait parfois d'écarter l'improbable pour que celui-ci survienne.

Il avait récupéré la caméra précédemment placée dans sa chambre, celle-là même utilisée pour démasquer la mystérieuse personne qui laissait des yaourts dans son frigo. Il l'avait maintenant installée au niveau du poste de garde avec une alerte smartphone, dès lors qu'un mouvement intervenait sur l'image. Cela permettait à Torn d'accompagner Selena dans les étages, tout en gardant un œil sur le poste de garde. Jusqu'au jour où le réceptionniste, habitué à dormir normalement dans la pièce de repos à l'arrière de la réception, se leva, victime d'insomnie, pour parler un peu. Tout de suite son smartphone avait vibré. Torn était descendu promptement par l'ascenseur. À l'autre s'étonnant de son absence, il avait simplement répliqué qu'il effectuait des rondes dans le souci d'une sécurité plus efficace. Le réceptionniste finit par aller se recoucher mais lui n'osa remonter, de peur qu'il ne se manifestât à nouveau. Ce fut la première fois que Selena s'était retrouvée livrée à elle-même. Il fut soulagé lorsqu'il la vit réapparaître avec une expression rassurée.

– C'est impressionnant, soupira-t-elle. On dirait que le temps est arrêté là-haut. Clara semble flotter dans l'air.

– Et l'infirmière ?

– On s'est bien embêtés la première fois. Elle pionce bien au milieu de son sapin de Noël, même sans éther.

Elle faisait référence aux multiples voyants du monitoring, qui ressemblait à une guirlande électrique à l'étrange bourdonnement. Ni la couleur ni la lumière parfois clignotante ne troublaient le sommeil de l'infirmière, sans doute habituée à faire confiance à la machine.

Suite à cette expérience, Torn avait consenti à ce qu'elle retourne là-haut toute seule, tout en lui demandant de redescendre immédiatement si elle décelait quelque chose d'anormal. Alors ils remonteraient ensemble. Ils avaient réalisé des doubles des principales clés pour éviter d'avoir à enjamber le balcon sur la mezzanine et faciliter leurs allées et venues au niveau de la ruche.

Leur routine était établie. Après avoir terminé son travail, la femme de chambre faisait mine de quitter l'hôtel dans le champ de la caméra, faisait le tour du pâté de maisons, puis rentrait à nouveau hors champ pour rejoindre la chambre de Torn à l'abri des regards. Ils passaient près de quatre heures ensemble avant sa prise de poste.

Pendant deux heures ils travaillaient d'arrache-pied sur le recueil de poèmes pour lui donner sa consistance définitive, tant sur le fond que sur la forme. Progressivement, l'ouvrage gagnait en maturité et en épaisseur dans l'organisation des thèmes. Chacun rebondissait sur le talent de l'autre, pour enrichir les textes et les dessins de mille nuances. Le poète n'était plus cet observateur un peu esthète des dérèglements de sa vie, il s'improvisait philosophe dont le regard éclairé décryptait les mystères du monde, pour les rendre intelligibles au plus grand nombre.

– Bon sang, Torn, tu étais en train de t'endormir, ou de croupir ivre mort sur ta paillasse, lorsque tu as écrit ce texte. L'idée est superbe mais ton poème est sans relief. Il faut recommencer.

– Ce n'est pas possible, tu... tu es impitoyable...

– Allez, arrête de geindre... Les modifications que je t'ai suggérées jusque-là, tu les regrettes ?

– Euh ! Non... Je le concède...

– Alors... Tais-toi et bosse...

Parfois, s'apercevant à sa moue dépitée qu'elle était allée trop loin, elle lui prenait la main ou venait se blottir dans ses bras. Ils restaient une minute ou deux sans bouger, médusés de l'immensité qui s'offrait à eux dans l'espace si intime de leurs bras. Aucun d'eux n'avait eu l'occasion d'expérimenter ces gestes de tendresse depuis très longtemps, ils faisaient écho à une époque révolue dont chacun se souvenait avec un certain éloignement. Torn s'était au départ senti mal à l'aise mais il avait réalisé combien ces petits gestes tissaient leur complicité. Rien de malsain, rien d'obscène, juste un petit moment de bonheur volé... Il savait que cette comparaison pouvait paraître hasardeuse mais il avait parfois l'impression des marques d'affection d'une fille à son père. Ils ne parlaient pas beaucoup de leur passé, pourtant avait-il compris de la jeune femme que la relation avec son vrai père était douloureuse et que cela ne datait pas d'hier. Qu'elle puisse faire une sorte de transfert à son égard ne le dérangeait pas et quelque part l'aidait à reconstruire sa propre estime de lui-même. Ce que chacun pensait de l'autre importait peu finalement, ils redécouvraient ensemble des plaisirs simples et chacun y trouvait son compte. Selena, habituellement taciturne, parvenait à sortir la tête de sa carapace avec lui ; sans faire preuve d'une faiblesse particulière, il exprimait une sensibilité, une fragilité qui la touchaient. Selena avait pris la mesure de ce qu'elle pouvait lui apporter par sa présence ; ce qu'elle ne pouvait accorder à Clara, elle lui donnait à lui. Elle se sentait importante et utile, comme si elle réussissait à le nettoyer de l'intérieur.

Torn restait perplexe quant à la rapidité avec laquelle ils avaient appris à se comprendre sans trop se parler. En tout cas, elle n'avait pas pris ses jambes à son cou et personne ne la forçait à lui témoigner autant d'attachement. Lui, qui ne pouvait s'empêcher de faire un parallèle entre Selena et sa fille disparue, ne se souvenait pas de tels gestes de tendresse avec cette dernière. Ce que vous ne connaissez pas sur le coup ne vous manque pas, d'autant que les parents voient toujours leur enfant avec les yeux de l'amour, en magnifiant ce qui leur semble exceptionnel et en oubliant ce qui l'est moins ; mais maintenant qu'il prenait conscience d'une telle connivence rendue possible entre deux inconnus, il se demandait aujourd'hui pourquoi cette proximité dans l'émotion n'avait pas été possible avec l'émanation de sa proche chair... Était-il plus froid à l'époque ? Moins à l'écoute ? Il se rappelait le visage de sa fille au moment des faits et chercha à imaginer l'évolution de ses traits après quelques années si elle avait vécu. Les visages des deux mômes dansaient dans sa tête, tantôt se superposant, tantôt se dédoublant ; il réalisa qu'en aucun cas ils ne se confondaient.

– Pardon d'être aussi dure, je trouve ta poésie superbe, tu le sais, j'ai tellement envie qu'elle puisse rayonner de toute son intensité. Je n'ai pas ton talent pour écrire mais sans savoir d'où me vient ce don, je garde l'intuition de ce qui est rond et beau...

Torn croisa le regard d'Anna de Noailles sur son bureau. De manière un peu puérile, il imagina un instant celle qui fut une brillante critique littéraire revenir en la personne d'une fée se pencher sur le berceau de Selena.

Et Selena repartait de plus belle, surlignant au marqueur ce qui ne lui plaisait pas, biffant une phrase trop superficielle, un style trop ampoulé... Elle ne ménageait ni sa peine ni l'auteur.

Lorsqu'elle s'arrêtait sur un passage, elle roulait les mots en bouche, comme on le fait d'un bon vin, pour mieux en saisir les nuances et les subtilités. Il aimait particulièrement ce regard qu'elle tournait alors vers lui, plein d'enthousiasme.

– On va faire quelque chose de toi... Un jour..., répétait-elle avec ironie.

– Je te hais...

– C'est ce que ma mère répétait lorsque j'étais enfant...

Lorsqu'elle jugeait le texte parfait, Selena faisait ensuite virevolter ses crayons avec une dextérité accrue laissant Torn pantois et donnant à son dessin une force que personne n'aurait imaginé voir sortir de mains aussi menues.

Au bout de deux heures de travail acharné, ils étaient vidés. Ils mangeaient un morceau pour se revigorer. Il était habitué à une cuisine assez rudimentaire, qu'elle ne détestait pas. Elle améliorait son ordinaire en apportant parfois des plats préparés la veille qu'il leur suffisait de réchauffer. Il n'aimait pas particulièrement la cuisine roumaine, qu'il jugeait un peu grasse et trop à base de porc. Lorsque Selena s'en aperçut, elle sut varier les plaisirs pour réhabiliter la Roumanie dans son assiette.

Après manger, ils s'accordaient du temps libre. Elle s'avérait aussi une adversaire redoutable aux échecs. Si la partie n'était pas terminée lorsqu'il allait prendre son poste, ce qui arrivait souvent, ils la laissaient pour le lendemain. La musique les rapprochait également. Ils aimaient s'allonger sur le lit et partageaient les écouteurs sur des mélodies qu'elle lui faisait découvrir d'horizons très variés. Il comprenait mieux comment elle arrivait à avoir cette oreille dès lors qu'il s'agissait d'apprécier les rythmes d'une poésie. La musique était une seconde nature, sans doute les réminiscences d'une communauté rom très implantée en Roumanie, où elle avait dû grandir bercée d'accords tsiganes. Le violon revenait souvent dans ses morceaux de prédilection. Parfois, Selena s'endormait. Torn la laissait dans les bras de

Morphée, il observait les tensions presque imperceptibles de ce visage qui donnait l'impression de ne jamais être complètement au repos. Il aurait aimé être à l'intérieur de sa tête pour connaître ses pensées lorsqu'elle s'abandonnait ainsi. Un jour, il osa lui effleurer la joue du revers de la main mais il s'en voulut presque aussitôt de profiter de son sommeil. Sans la réveiller, il se rendit à son poste de nuit.

Elle réapparaissait généralement dans le hall vers 2 heures du matin pour aller voir Clara. Ils discutaient autour d'un café. Puis elle montait au Château, le plus souvent seule maintenant. Leur collection de photos était désormais très fournie, mais elle poursuivait avec acharnement son travail de fourmi : des preuves qu'elle archivait chronologiquement, comme pour suivre l'évolution de la ruche. Elle mitraillait Clara avec une volonté presque scientifique de l'observer comme un cas clinique.

*

Mme Sourire ne disait mot. Elle n'osait soutenir le regard de Cicérone dont les éclairs n'évoquaient rien de bon. Il continuait de scruter les écrans de surveillance avec une attention extrême.

– Le chef ne t'avait pas demandé de mettre l'autre Roumaine sous surveillance lorsque Clara est montée au Château ?

– On l'a fait mon lieutenant. Mais comme il ne se passait rien, le chef a dit qu'on pouvait arrêter. Vous pouvez lui demander.

– Non, je ne peux plus lui demander. Il est mort hier.

– Ah !...

Mme Sourire éprouva un malaise, convaincue que sa mort n'avait rien de naturel.

– A-t-il souffert ? demanda-t-elle machinalement.

– Oui... Non... On s'en fout... On va l'incinérer demain. Revenons à notre affaire. Nous avons deux Roumaines plutôt cul et chemise, au vu des photos que tu as trouvées dans les placards de Clara. Lorsque l'une d'elles prend de nouvelles responsabilités au Château, aucune réaction de l'autre. En soi, c'est déjà bizarre. On pourrait éventuellement l'entendre sur une petite durée mais, plusieurs mois après, toujours rien. Comme si elle se foutait royalement de sa copine. Alors que c'est Clara qui l'a recommandée pour le job de l'hôtel, c'est écrit dans son dossier. Je ne le sens pas. C'est pour ça que je cherche. Tu as déjà vu, toi, une personne avec une conscience professionnelle ne pas être loyale avec celle qui l'a tirée de la rue ?

– Peut-être qu'elles se sont fâchées juste avant que Clara ne prenne le poste.

– C'est une éventualité mais je n'y crois pas. De toute façon, notre rôle est d'avoir des certitudes, pas de nous retrancher derrière des « peut-être ». Ce Safran, derrière ses faux airs de campagnard un peu demeuré, est plutôt retors. Il faut donc creuser tout ce qui nous paraît bizarre, avant qu'il ne le fasse.

– Et c'est une idée ou vous avez trouvé quelque chose ?

– Peut-être. En tout cas, ça ne fait que confirmer qu'il y a quelque chose qui cloche. J'ai fait ressortir les enregistrements des caméras de surveillance sur les trois derniers mois. Ce que tu aurais dû faire également, parce qu'ils sont instructifs. Je te le garantis, la donzelle n'est pas nette.

– Pourquoi donc, mon lieutenant ?

– On voit toujours cette fille sortir après son poste, mais il y a des matins où on ne la voit pas rentrer dans l'hôtel. Je ne la retrouve pas non plus du côté de l'entrée du parking à voitures, si elle venait en covoiturage avec quelqu'un. J'ai lu dans son dossier qu'elle n'avait pas le permis.

– Peut-être rentre-t-elle en dehors du champ de la caméra ?

– Je veux bien l'envisager de temps en temps. Statistiquement ça peut arriver. Mais ce que je vois n'a rien à voir avec la statistique, on est dans le systématique : un matin sur deux, elle n'apparaît pas devant les caméras de l'hôtel. C'est trop régulier pour être une simple coïncidence.

– Mais si on la voit systématiquement sortir... Vous voulez dire que certains jours elle fait semblant mais qu'elle trouverait le moyen de revenir hors champ jusqu'au matin avant de reprendre son poste ?

– Je ne sais pas. À ta connaissance, est-elle proche d'un homme dans l'hôtel ? Si c'est une histoire de cul, ça ne me dérange pas mais il faut savoir avec qui. Et si c'est autre chose...

– Honnêtement, Selena est une ouvrière sans histoire. Remarquez, si elle était amoureuse, on pourrait comprendre qu'elle délaisse sa copine. Mais vous n'y croyez pas... Ce que vous avez en tête est que les deux Roumaines arrivaient à se voir en cachette et que Selena pourrait savoir quelque chose.

– Tu imagines si elle est maquée avec un client du Château qui la fait monter à notre insu... Lorsque Clara était encore à l'étage, il était facile pour les deux filles de se retrouver dans ces conditions.

– Une mascarade avec un client du Château pour pouvoir approcher son amie ? C'est tordu, ça...

– Je suis payé pour ça. Je n'aime pas ce que je ne comprends pas. Un matin sur deux, si j'en crois les caméras, elle ne passe pas le seuil de l'hôtel.

– C'est dommage..., risqua Mme Sourire.

– Quoi ?

– Si elle travaillait à l'étage, elle aurait le téléphone fourni par l'hôtel, nous pourrions activer la géolocalisation et la suivre à distance.

Cicérone la regarda avec un sourire carnassier.

– Pas bête l'histoire du traceur. On peut la jouer même sans téléphone. Elle dispose d'un vestiaire dans la maison je suppose ?

– Oui... Et ce n'est pas très compliqué à ouvrir, une armoire vestiaire... Je devrais y retrouver l'uniforme de l'hôtel, avec les fringues et les chaussures. Je planque un mouchard dans les chaussures, si vous pensez que c'est une bonne idée. On en aurait le cœur net.

– Vous ne savez pas planquer un micro plutôt qu'un mouchard ? Ce peut être utile pour confondre le client du Château.

– Vraiment, je ne vois personne dans ce rôle. Ah ! mais si… L'autre taré qui n'avait d'yeux que pour Clara pour ses jeux sexuels et qui nous l'a probablement mise enceinte. Il aurait fait ami-ami avec l'autre Roumaine, pour retrouver sa chérie mystérieusement disparue, ce qui aurait donné une opportunité à Selena de monter… En plus, il fait partie des rares célibataires du Château. Une collaboration de circonstance… Les deux pourraient y trouver leur compte… Je ne vois que ça…

– Ma foi, ça tient la route. Commencez par placer un mouchard dans les chaussures de Selena, c'est le plus simple, mais réfléchissez à la manière de lui mettre un micro. En revanche, vous m'installez tout de suite un micro dans la chambre du taré.

– Très bien, mon lieutenant.

Mme Sourire éprouva une certaine fierté en sortant de la pièce. Elle avait l'impression d'avoir marqué des points avec son histoire de mouchard. Si elle réussissait à résoudre l'énigme Selena, elle retrouverait les faveurs du lieutenant.

*

Selena connaissait le chemin par cœur. La carte subtilisée par Torn au comptoir lui donnait un accès plus direct. Torn lui fit un petit signe de la main, lorsqu'elle entra dans l'ascenseur. Depuis qu'il lui avait bricolé une lampe frontale avec les leds de la torche qu'ils utilisaient auparavant, ils n'avaient plus besoin d'être deux pour prendre les photos. Il la laissait aller seule. Ils avaient convenu que son incursion au Château ne devait pas durer plus d'une heure et si, pour une raison ou une autre, le délai d'une heure devait être dépassé, elle laissait son foulard dans l'ascenseur avec un mot dedans et elle le renvoyait.

Comme les jours précédents, l'infirmière dormait au milieu de ses voyants multicolores. Selena prit des photos des différents caissons. Elle ne comprenait rien aux graphes affichés sur chacun d'eux mais elle constatait que la courbe prenait une inflexion particulière sur certains, dont celui de Clara. Cela signifiait-il que le réveil approchait ?

Elle réalisa que des alvéoles de la ruche étaient vides. Sans doute le bébé avait-il trouvé acquéreur et la mère porteuse avait dû être raccompagnée dans son pays. Elle voulait fouiner à l'intérieur, au cas où les occupants aient laissé des pièces compromettantes pour le dossier. Il était probable que les barrières laser soient désactivées mais elle devait aller le vérifier pour en être sûre. Arrivée sur le seuil de la salle du monitoring, elle constata que l'infirmière poursuivait sa nuit. Il lui fallait traverser la pièce sans bruit. Pour être plus à l'aise dans ses mouvements, elle retira son blouson et ses chaussures, ouvrit lentement l'armoire ; les alarmes des cellules vides étaient effectivement enlevées.

Dans la première logette, elle trouva des photos déchirées du bébé, un bracelet numéroté découpé, de la gelée royale… Le blouson et les mocassins l'encombraient, elle les laissa là pour inspecter les autres alvéoles inoccupées, elle les récupérerait en partant. Soudain, elle entendit du bruit. Immédiatement, elle éteignit sa lampe frontale. Des murmures lui parvinrent, il lui semblait reconnaître la voix de Mme Sourire.

– À gauche, dépêchez-vous, elle est là…

Elle vit trois ombres se précipiter vers la première cellule où elle avait laissé ses affaires.

– Bon sang ! Elle n'est pas là, il n'y a que ses fringues. Où est-elle la garce ? Fouillez tout en silence. On n'allume pas les lumières pour éviter de réveiller les nymphes et les mouflets. Vous continuez à la torche.

Selena avait démarré son mouvement circulaire pour se rapprocher de la porte de communication avec le bureau des infirmières. Elle allait s'y engouffrer, lorsqu'elle sentit une main sur son épaule. Par réflexe, elle lança sa tête en arrière avec force, elle entendit un craquement puis un cri lorsque sa tête atteignit le nez de l'adversaire. Sans demander son reste, elle ouvrit la porte du bureau avec bruit pour attirer ses poursuivants mais, au lieu d'y pénétrer, plongea dans une zone d'ombre. Elle retourna dans la salle des caissons, pour chercher une éventuelle issue.

Tirée brutalement de son sommeil par le ramdam, l'infirmière sortit de son antre le visage bouffi, les cheveux en bataille. Il régnait une sorte de confusion, son attention fut soudain captée par une ombre dans le rayonnement violet qui venait de la chambre des caissons. Que cherchaient Mme Sourire et ses troupes dans le bureau ? Elle l'ignorait mais elle se dit qu'il pouvait bien s'agir de ce mystérieux fantôme. Appeler, c'était perdre l'effet de surprise en signalant sa présence. S'il y avait un intrus dans le Nid, il fallait le coincer. Elle marcha dans ses pas... Trois mètres les séparaient... Deux... Un... Elle leva la main pour viser la nuque. Selena avait senti une présence, elle s'accroupit brusquement, esquivant du même coup la charge de l'adversaire. Puis elle se détendit à la manière d'un chat pour percuter sa poursuivante. Le choc déstabilisa les deux femmes qui s'empoignèrent avec fureur. D'un coup d'épaule, Selena projeta son assaillante sur l'un des caissons. Celui-ci glissa du support et s'écrasa avec fracas contre le sol, dans un amas de débris de verre. Le corps inerte de la jeune femme en couvaison roula sur le parquet, alors que le liquide amniotique s'écoulait par terre. Selena vit son corps convulser et se disloquer, ce n'était pas Clara, mais la vision de cet être humain atone et des yeux fixes tournés vers le plafond la bouleversa. L'infirmière n'eut pas le temps de se relever, le pied de Selena l'atteignit en pleine face.

Ayant constaté leur erreur, Mme Sourire revint sur le théâtre du drame, avec ses deux acolytes valides. Selena resta cachée derrière la porte de la salle des caissons, tandis qu'ils se précipitaient sur les deux corps à terre. Lorsqu'ils furent entrés dans la pièce, elle reprit le chemin du bureau. Le temps qu'ils comprennent que celle qu'ils poursuivaient n'était pas l'un des deux corps à terre, Selena était déjà dans le couloir. Elle allait reprendre l'ascenseur pour rejoindre Torn, lorsqu'elle réalisa qu'elle ne pourrait pas reprendre le travail comme si de rien n'était. Ils avaient ses affaires ; dès qu'elle pointerait le bout du nez, ils la choperaient. L'instinct de survie lui dicta sa conduite. Trouvant dans la poche arrière de son jean la carte que Torn avait récupérée, elle lut le numéro. Elle renvoya l'ascenseur avec son foulard à l'intérieur, mais sans message, et courut se réfugier dans l'appartement du client parti pour l'Afrique du Sud.

Elle entendit une cavalcade dans le couloir en direction de l'ascenseur.

Tout de suite, elle prit le téléphone de la chambre et appela Torn sur son smartphone.

– Torn, j'ai été pistée. Je suis planquée dans la chambre de l'Africain. Ils vont descendre en pensant que j'ai pris l'ascenseur. Fais le bête et laisse le foulard à l'intérieur, comme si je l'avais perdu pendant ma fuite. Dis-leur que tu as été pris de court et que j'ai filé au sous-sol.

– OK. Je laisse passer la tempête et je m'occupe de toi.

– C'est horrible Torn, il y a une fille qui doit être morte dans la bagarre, et je crois que Clara va bientôt se réveiller.

– Ce n'est pas de ta faute tout ça… Je dois raccrocher.

Lorsque Mme Sourire déboula dans le hall, Torn faisait mine de revenir des toilettes.

– Où est cette garce ? hurla-t-elle avec véhémence…

– De qui parlez-vous ? fit-il en jouant l'étonnement…

– Selena… Elle traînait au Château… Vous êtes censé tout surveiller. Vous foutez quoi ? Où est-elle ?

– J'ai cru voir quelqu'un courir vers le sous-sol, cria-t-il en s'élançant à son tour. Mais je n'ai même pas vu si c'était un gars ou une fille. C'était trop rapide.

Après vingt minutes de recherche acharnée, le petit groupe dut reconnaître qu'elle leur avait échappé.

– Elle a dû passer par la porte sécurité incendie.

– Y a-t-il une caméra ?

– Non, pas sur cette porte-là.

Mme Sourire soupira, très énervée.

– Lorsque le lieutenant saura ça, je pense que nous allons entendre parler du pays. Et vous, vous ne pouviez pas aller pisser à un autre moment ?

Chapitre 16

Léna regardait le petit disque de polycarbonate en face d'elle. Elle imaginait de lourds secrets familiaux, gardés pour d'obscures raisons dans leur écrin de plastique. Malheureusement, le code d'accès restait inviolé après de nombreuses tentatives.

Rien n'avait changé dans le comportement de la jeune fille vis-à-vis de sa mère. Le mélange de déférence et de rébellion qui sied à cet âge… Elle ne voulait pas révéler ce malaise qui grossissait de jour en jour au plus profond de son être. En découvrant le nouveau visage de sa mère, dans sa dimension mystérieuse, voire effrayante, les frustrations d'une enfance passée à côté d'elle sans grande manifestation d'amour et les questions laissées sans réponse ces dernières semaines prenaient brusquement un nouvel écho : qui était cette étrangère qui lui avait servi de mère toutes ces années ? Elle prenait soudain la mesure du vide laissé par un père dont elle ignorait tout.

Derrière un détachement de façade, le feu consumait Léna. Elle devait absolument trouver des réponses. Pour ces personnes qu'on emmenait de vie à trépas sous ses yeux. Pour elle-même, dont les origines restaient, au moins partiellement, effacées. Elle avait peur de se découvrir un côté sombre, alors qu'elle aspirait juste à être une belle personne. Depuis quelque temps, elle ne pouvait s'empêcher de tout observer, de tout fouiller dès lors qu'une occasion se présentait. Elle avait eu l'occasion de retourner dans le bureau de sa mère à la recherche du code, mais sans succès.

Elle délaissa le disque pour surfer sur le Web. Machinalement, elle chercha des textes sur les abeilles et leur symbolique puisque l'hôtel semblait y être lié, à en juger par les motifs sur les grilles et sur les documents comptables. Cela lui semblait tellement bizarre de choisir un insecte comme signe distinctif. Sa curiosité redoubla lorsqu'elle découvrit que depuis des temps immémoriaux l'abeille avait été choisie comme symbole dans des contextes divers et variés. Pour les uns, symbole d'obéissance à l'autorité, pour les autres d'un modèle social où la communauté avance d'une seule voix... Cet emblème repris par les rois, ainsi que par Napoléon, était déjà bien connu de l'Égypte ancienne. Un égyptologue avait même trouvé sur un stuc une abeille près d'un fœtus entouré d'épis de blé. Et l'article de conclure : « Était-elle une allégorie de la fertilité ou symbolisait-elle la mère nourricière donnant vie au fœtus ? »... À force de lectures, l'adolescente se rendit compte de son erreur. Elle, qui ne voyait en cet insecte piqueur qu'une nuisance, découvrit qu'aucune vie sur terre n'aurait pu se perpétuer sans l'abeille : en aidant à la pollinisation des fleurs, elle permettait à la nature de prodiguer ses bienfaits, donc à l'homme de se nourrir. Léna se perdit devant autant de symboles : la reproduction ? La vie ? L'immortalité aussi, si on considérait l'hydromel, connu comme la boisson des dieux ? Qu'avait voulu exprimer l'hôtel en utilisant ce signe ?

Le côté sombre du symbole l'inquiétait. Dans un monde plus récent et plus troublé, des fanatiques encore pétris d'idéologie nazie avaient trouvé en l'abeille l'allégorie de théories prônant la division hiérarchique de l'espèce humaine en classes, les éléments supérieurs ayant tout pouvoir d'éliminer les plus faibles de la ruche. Dans le labeur des ouvrières, ils discernaient l'embrigadement dès le plus jeune âge dans un modèle basé sur le travail, pour combattre l'oisiveté, « mère de tous les vices » suivant la sagesse populaire. Dans le vol des butineuses, ils voyaient le dévouement de l'individu créant la richesse pour le groupe. Quant à la nature même de cette richesse, le nectar des dieux de l'Olympe, à base de miel, servait plus que tout autre leurs délires d'omnipotence et leur quête d'immortalité… Autant de métaphores qui psalmodiaient dans ces esprits excités les vertus de l'homme parfait, qui devait absolument éliminer toute forme de médiocrité. Ces groupuscules radicaux ne cessaient de louer les valeurs de l'essaimage. Celui des idées. Celui de la pureté. Il y avait ceux qui pouvaient être acceptés par la colonie, et ceux qui n'en étaient pas dignes. Les uns prêchaient l'extermination de telle ou telle minorité, les autres revisitaient des préceptes pseudo-scientifiques pour le développement du corps humain… Léna lut encore quelques articles sur les expériences pratiquées sur les juifs pendant la Seconde Guerre mondiale… Écœurée par ce qu'elle lisait, elle allait tout envoyer paître lorsqu'une photo attira son regard. Il s'agissait d'une vaste demeure, au milieu d'une forêt : elle aurait pu paraître complètement inaperçue si l'œil de la jeune fille n'avait pas distingué les ruches à la périphérie, et le symbole de l'abeille au-dessus de la grille à l'entrée du domaine. Elle zooma pour être certaine de ne pas se tromper mais le doute n'était pas permis.

Lebensborn… C'est ainsi que s'intitulait le texte associé à la photo. Il y était question de maternités spéciales installées par l'Office central de la race et du peuplement du Reich pendant la dernière guerre mondiale, pour obtenir des enfants purs au sens de l'élite aryenne. Des femmes dans la détresse, issues des pays de l'Est ou nordiques, mais présentant tous les critères de pureté voulus par le Reich, y étaient déportées pour accoucher, sous surveillance, d'enfants parfaits ; les garçons deviendraient des SS-Kinder modèles pour finir soldats endoctrinés à la gloire de la race allemande, les filles disparaissaient mystérieusement. Himmler, chargé de l'épuration ethnique pour le Reich, avait aussi décidé du rapt organisé d'enfants étrangers présentant eux-mêmes les critères de pureté. Ces enfants finissaient également leur éducation dans les Lebensborn… En vieil allemand, le terme signifiait littéralement « fontaine de vie ». Ce type d'établissement avait été implanté par les nazis en Norvège, en Pologne, en Poméranie, ainsi que dans la « Douce Bucovine », province partagée entre l'Ukraine et l'actuelle Roumanie par le pacte Hitler-Staline, et beaucoup moins « douce » après le passage des partisans du maréchal Antonescu chargés d'exterminer les Juifs et les Roms. La photo représentait le seul Lebensborn de France, situé dans l'Oise, en bordure de la forêt de Chantilly. L'élevage de chevaux, très développé dans la région, avait fait de cet endroit le lieu privilégié pour l'implantation du quartier général de la cavalerie allemande. De nombreux cadres de l'armée nazie y transitaient. Léna fut frappée par la similitude : l'hôtel était également situé dans l'Oise, en bordure de la forêt de Chantilly... *Westwald* comme disaient les Allemands... la forêt de l'Ouest... Elle se souvenait également de la conversation avec Torn et Lucille dans la chambre, sur les grossesses surveillées à l'hôtel... La coïncidence était troublante...

Léna axa ses recherches sur l'histoire des deux bâtiments. Tous deux d'avant guerre, rénovés depuis. L'un avait appartenu à un riche groupe industriel qui n'avait eu d'autre choix que d'accepter la réquisition par le Reich, il avait été administré par un certain Bormann ayant échappé au procès de Nuremberg en disparaissant avant la fin de la guerre. Laissé à l'abandon entre 1945 et 1954, il avait été ensuite racheté par différentes fondations. L'origine de l'hôtel était quant à elle plus difficile d'accès mais Léna s'accrocha aux maigres pistes que la toile offrait. On retrouvait la trace d'une négociante en art ayant fait fortune dans les galeries parisiennes, quelques photos montrant une femme distinguée à l'air sévère parfois accompagnée d'un homme en fauteuil roulant qui semblait être son époux. Ils étaient morts tous les deux, l'hôtel ayant été édifié de leur vivant sur leurs fonds propres. Puis, l'immeuble avait été rattaché à une chaîne d'hôtels de luxe, dont le siège était à Tchernivtsi, en Bucovine ukrainienne. Léna resta interdite devant l'écran. Celui-ci lui renvoyait l'image de très jolis œufs peints réputés pour être une tradition locale. Les mêmes couleurs que ceux dans la corbeille dans le bureau de sa mère.

– Maman, qui es-tu ? s'interrogea la jeune fille. Aurais-tu des racines en Bucovine ?

Aucun des articles qu'elle avait parcourus ne mentionnait la présence d'un enfant en rapport avec la marchande d'art. Son cerveau échafaudait des scénarios en pure invention. Elle regarda à nouveau les photos sur la toile et finit par trouver une ressemblance avec sa mère, mais était-elle encore objective dans son jugement ?

Il était impossible de retrouver la trace des propriétaires de la chaîne d'hôtels en Ukraine. Pourtant, le moteur de recherche fit un lien inattendu avec des cliniques dentaires implantées en Hongrie et en Ukraine. Son obstination paya : les cliniques étaient situées dans l'enceinte des hôtels, le lien trouvé par le moteur de recherche n'était autre que l'adresse. On était ici dans le concept du tourisme dentaire en vogue dans la dernière décennie... Le coût élevé de la pose d'implants en France avait poussé les patients à regarder au-delà des frontières pour chercher des heures de main-d'œuvre moins onéreuses. Et certains spécialistes locaux avaient su tirer leur épingle du jeu dans ce nouvel espace commercial, il s'agissait d'offrir une prestation globale de tourisme et de soins dentaires sur le même lieu. Elle trouva une photo du docteur propriétaire des cliniques – et elle imaginait des hôtels également – au milieu d'autres magnats locaux, dans un article sur l'explosion du tourisme dentaire à l'Est. L'homme, blond aux yeux bleus, portait des lunettes hexagonales, de la forme de l'emblème de la chaîne d'hôtels. Il avait poussé le vice à se faire tatouer un hexagone à la base du cou. Elle ne sut quelle portée donner à ce détail ; inconsciemment, suite à ses lectures sur les abeilles, elle pensa à la forme des alvéoles dans une ruche mais où cela la menait-elle ?

Ne comprenant pas pourquoi l'hexagone n'apparaissait pas sur l'hôtel en France, elle poursuivit ses investigations pour découvrir que l'hôtel était aujourd'hui sous contrôle français, la société de sa mère, et d'autres actionnaires... dont un fonds d'investissement ukrainien… L'article devenait ensuite plus financier, elle ne comprenait plus grand-chose.

Léna s'étira en se calant sur le dossier de sa chaise. C'était comme si elle avait tiré le fil d'une pelote et qu'elle ne savait pas quoi faire avec. Les choses se bousculaient dans son crâne. La forêt de Chantilly comme théâtre d'opérations pour des procréations outre nature à deux périodes différentes, les nazis et le symbole de l'immortalité, la Bucovine et ses œufs peints, l'hôtel lié à une chaîne de cliniques dentaires implantées dans d'autres hôtels. Et au milieu de tout ça, un couple vivant du commerce de l'art, un médecin ukrainien arborant des symboles hexagonaux… Sa mère… Et elle…

Les pièces du puzzle ne se mettaient pas en place dans sa tête. Il fallait qu'elle parle à Lucille du résultat de ses recherches. Elle dissimula le disque qu'elle n'avait toujours pas réussi à lire et allait partir en laissant son ordinateur ouvert. Juste une dernière précaution avant de quitter les lieux… Se rendant dans l'historique de ses recherches internet, elle en effaça les traces. Elle se méfiait de sa mère qui connaissait son mot de passe. Elle aurait pu le changer, mais cela aurait indiqué qu'elle avait quelque chose à cacher. Et donc incité sa mère à envisager d'autres modes de contrôle… Elle préférait endormir l'adversaire. Dans la même optique, elle avait acheté une clé USB pour ne rien laisser de compromettant sur le disque dur. Elle regarda une dernière fois l'écran passé en mode veille et sortit de la maison. Réjane la regarda s'éloigner par la fenêtre avant de monter les escaliers…

*

Lucille ouvrit l'enveloppe avec une certaine nervosité et son pouls s'accéléra encore à la vue du papier à en-tête. Elle avait un peu honte de ce qu'elle avait manigancé mais cela lui paraissait tellement important que la finalité valait bien une petite entorse à la moralité. Un sourire illumina son visage à la lecture des quelques lignes. Elle serra le papier sur sa poitrine, une larme roula sur sa joue.

– J'avais raison, murmura-t-elle. J'avais raison.

Elle se demanda comment elle allait en parler à Torn. Elle se dit qu'il était encore un peu tôt, les mots n'étaient pas encore convenablement organisés dans sa tête pour être clairs dans leur expression et Torn n'était pas encore en état de les recevoir.

Elle eut néanmoins envie de l'appeler pour entendre sa voix et lui communiquer un peu de ce petit bonheur que la lumière venait de révéler.

– Bonjour Lucille, quoi de neuf depuis l'autre fois ?

– Rien de bien nouveau à afficher. Je venais moi-même aux nouvelles par rapport à ce que tu nous as raconté sur l'hôtel, l'autre jour.

– La situation reste stable. Selena et moi restons vigilants. Nous prenons beaucoup de photos, pour le moment où il nous faudra mettre l'affaire en place publique.

– C'est dangereux ?

– Nous prenons nos précautions.

– Ça se passe bien avec Selena ?

– Oui, nous savons que nous pouvons nous faire confiance mutuellement. Nous partageons pas mal au niveau littéraire et surtout, tu la verrais, elle a un véritable don pour le dessin. Elle illustre mes poésies, elle voudrait que je les fasse éditer.

Lucille ne put s'empêcher d'éprouver un petit pincement au cœur. Cette gamine était en train de réussir là où elle avait échoué ces dernières années. Grâce à Selena, sa poésie n'avait plus uniquement une valeur thérapeutique ; elle sentait qu'il avait retrouvé le goût de la création.

– Tu as recommencé à écrire ?

– Je n'arrête pas. La petite révise tous mes textes et elle me donne des baffes lorsque ça ne lui convient pas.

– Comment une Roumaine peut-elle donner des leçons de français à un natif ? ironisa Lucille.

– Ne te moque pas. Cela a été effectivement un grand mystère pour moi au début, mais en fait c'est compréhensible :

ce n'est pas le français qu'elle entend, c'est la musique des mots. Elle est musicienne…

– Le dessin, la musique… elle a vraiment tous les dons cette petite. Te voilà complètement envoûté, dit-elle sèchement.

– Mais, ma parole, tu es jalouse…

– Ma foi, oui… Jalouse de voir qu'une autre arrive à te rendre un peu de joie de vivre, alors que je n'ai pas réussi… Je me sens sur la touche.

– C'est tout oui ?… Ne le prends pas comme ça… Lorsque je me suis retrouvé tout seul, tu as toujours été là et ça je ne l'oublierai jamais. Tu participes à ma stabilité.

– Oui, Torn. Mais la stabilité n'est pas un moteur…

– Arrête Lucille, tu deviens lourde. Mieux que personne, tu sais combien j'ai souffert de la mort de ma fille. Cette gamine me touche, j'ai l'impression qu'elle a besoin de moi, je me sens à nouveau utile, comme si je pouvais lui donner ce que je n'ai pas su donner à ma propre fille…

Lucille se mit à regarder l'enveloppe d'une moue triste.

– Peut-être qu'il y a autour de toi des personnes qui seraient ravies que tu te sentes utile pour elles…

Elle se rendit compte trop tard du caractère petit et déplacé de sa remarque au regard du drame qu'il avait vécu mais trop tard, c'était sorti de sa bouche.

– Excuse-moi Torn, je ne voulais pas le dire comme ça. Je suis très contente que cette personne t'apporte autant et je suis sûre qu'elle en est digne…

Le silence n'eut pas le temps de s'installer à l'autre bout du fil.

– Lucille, tu as toujours été très proche de moi dans les coups durs. Je sais aussi que ton caractère est de nature à respecter l'espace de l'autre. Même si je ne sais pas le montrer, tu tiens une place importante dans mon cœur.

– Mais…

– Oui, il y a un « mais »… Tu as le lourd handicap de connaître un passé que je veux oublier. L'image est sans doute mal choisie mais c'est un peu comme deux personnes qui divorcent : la personne qui garde la maison a plus de mal à rebondir parce qu'elle continue à se buter dans les souvenirs d'une vie à deux emprisonnés dans les murs. C'est plus simple pour celui qui redémarre en terrain vierge.

– Et tu ne veux pas te buter dans ton passé à chaque fois que tu me regardes ?

– Je ne le maîtrise pas Lucille, pas encore en tout cas.

– Bon, je dois reconnaître que ça ne fait pas du bien à entendre… Mais c'est vrai qu'elle te fait du bien la petite, te rends-tu compte que c'est la première fois que tu me parles comme ça ?

– Oui, sois son amie, plutôt que de voir en elle une personne pouvant m'éloigner de toi. Pourquoi le fait qu'elle m'aide à me laver de l'intérieur devrait-il te faire du mal ?

Sentant la conversation basculer, Lucille choisit le contrepied.

– Elle est déjà mon amie, puisqu'elle est importante pour toi. Tu me la présentes quand ?

– Selena est assez sauvage, il faut une occasion. Mais la vie étant ce qu'elle est, il n'y a aucune raison qu'elle ne se présente pas.

Il ne savait pas en raccrochant que l'occasion viendrait très vite, et de la pire manière qui soit.

Lucille restait pensive. Elle se demandait s'il lui disait tout. Elle imaginait une relation incestueuse avec cette toute jeune femme qui emplissait sa vie d'un nouveau souffle. L'appel de la chair fraîche. Lui qui ne devait pas avoir touché une femme depuis bien longtemps. S'était-elle offerte à lui ? Elle ferma les yeux. Elle eut soudain honte de ses pensées. L'arrivée de Léna la ramena à la réalité.

*

Safran avait analysé l'ensemble des fiches du personnel de l'hôtel. Il devait reconnaître que le suivi était assez sérieux et complet. Peut-être trop d'ailleurs. Il était très étonné de trouver autant de données médicales dans un dossier Ressources

Humaines. Électrocardiogramme, profil dentaire, glycémie, séropositivité… tout était passé au crible pendant la période d'essai pour s'assurer que les personnes recrutées étaient en bonne santé. Avec une révision annuelle pour le personnel fixe. Dans ces conditions de suivi, il avait du mal à comprendre la mort du chef. Autant une pneumonie pouvait être contractée de manière brutale, autant le déficit immunitaire présentait normalement des signes avant-coureurs non révélés par la dernière visite médicale, survenue quelques mois avant son décès.

Mais ce qui le surprenait davantage était un relevé radiographique assez poussé mettant en exergue dans la dernière page du rapport les mensurations des os, et ce de manière précise et systématique. Rien n'indiquait que cet inventaire participât au recrutement, auquel cas il aurait été considéré par la loi française comme source de discrimination, et donc illégal… pouvait-il imaginer qu'en fin de période d'essai les recruteurs éliminaient les candidats qui ne convenaient pas, officiellement pour des insuffisances constatées dans leur travail, mais en réalité pour des critères plus physiques ? À quoi servait donc ce relevé ? Il se promit de questionner le top management de l'hôtel à ce sujet. En attendant, il ne pouvait empêcher son esprit de vagabonder. Cela ressemblait à la construction des pyramides d'Égypte, où l'architecte donnait à l'ouvrage des proportions idéales en intégrant le nombre d'or dans ses calculs. On parlait d'eurythmie architecturale, qui participait à l'harmonie de l'édifice construit. Les personnes embauchées dans cet hôtel étaient analysées sous toutes les coutures, comme si elles devaient répondre à des critères très précis, tant sur le plan moral que physique. Il n'avait jamais entendu parler d'eurythmie anatomique pouvant exprimer l'harmonie d'un être. Les études anthropométriques avaient laissé quelques blessures dans la grande Histoire du monde, sur fond d'antisémitisme. De là à imaginer qu'elles pussent être intégrées à un processus de recrutement dans un hôtel de province, il allait trop loin.

Décidément, cette affaire était en train de lui prendre le cerveau, il commençait à voir le mal partout.

Safran avait épluché les fiches l'une après l'autre pour juger de chaque personne en individuel mais au-delà, en recoupant les dates d'entrée et sortie de l'hôtel, il avait essayé de reconstituer d'une part un effectif moyen de fonctionnement, d'autre part les liens des uns avec les autres pour juger d'un collectif. Un dossier attira son attention. Une Ukrainienne ayant fait partie du personnel pendant un peu moins d'un an, d'après la photographie une très belle jeune femme, dont il décida de suivre la trace au-delà des frontières, car son départ lui rappelait celui de Zaïde. Sa curiosité l'amena à une triste déduction. Après avoir retrouvé l'adresse de la fille en Ukraine, il tomba sur un fait divers survenu dix jours après son départ de l'hôtel : un cadavre calciné retrouvé dans une voiture accidentée. Grâce à une relation, il put accéder aux résultats de l'analyse dentaire pratiquée au moment de l'autopsie par les autorités ukrainiennes. Le profil dentaire correspondait en tous points à celui qui figurait dans le dossier de l'hôtel.

S'il était convaincu d'une mort peu naturelle dans ce cas particulier, il constata néanmoins que cela restait un évènement isolé. D'une année sur l'autre, les mêmes noms à consonance étrangère disparaissaient… pour réapparaître quelques mois plus tard dans les listes, ce qui était rassurant pour l'état de santé des intéressées ! Que l'effectif moyen variât de manière importante suivant les périodes, le policier voulait bien l'entendre au regard de la saisonnalité de l'activité hôtelière. Pourtant, là encore, il y avait matière à questionnement. L'hôtel n'avait jamais recours à l'intérim local pour les surcroîts d'activité. La filière étrangère passait en priorité. Aucun poste subalterne n'était confié à un employé de nationalité française, que ce soit en contrat à durée indéterminée, déterminée ou même en apprentissage. Il rechercha également les cas de double nationalité parmi les personnels les plus humbles : aucun ! Ces employés étaient complètement dépendants du bon vouloir de l'hôtel à leur maintenir une activité régulière en France, ce qui devait les rendre corvéables à merci. Par ailleurs, si l'hôtel disposait d'un vivier de ressources à l'étranger pour absorber les pics de charge, comment ces personnes gagnaient-elles leur vie lorsqu'elles retournaient au pays ? Si on enlevait cette main-d'œuvre étrangère et les cadres ayant un lien de près ou de loin avec l'armée, il ne restait pas grand monde d'extérieur dans les effectifs.

Le limier n'arrivait pas encore à comprendre ce lien de l'hôtel avec l'armée, mais il était persuadé que celui-ci dépassait le simple cadre de la reconversion militaire. Les empreintes trouvées dans le van par Alex appartenaient, en nombre, à des individus relevant d'un passé ou d'une activité militaire. Cicérone, lui-même issu du cursus, devait les utiliser pour des missions spéciales. Safran ignorait si ces soldats servaient l'hôtel sur leur temps libre, ou si des fonctionnaires trouvaient en l'hôtel un intérêt particulier et suffisant pour détacher des membres d'active en mission. Cette connexion qu'il ne pouvait pas prouver officiellement, mais qu'il ressentait comme forte, le gênait considérablement. Jusqu'où ces gens-là pouvaient-ils aller, forts d'une certaine impunité ?

Safran s'intéressa de plus près à la femme de chambre dont ses services avaient repéré le manège nocturne. Il trouva le dossier de Selena, qu'il analysa soigneusement. Il passa quelques minutes sur la photo, il avait l'impression de la connaître. Il vit une relation forte avec celle qui s'appelait Clara ; en parcourant les dossiers, il vit qu'il n'y avait pas d'autre Clara, ce devait donc être celle qu'il avait croisée dans les couloirs du Château. Ces deux-là l'intriguaient. Suite à sa dernière visite et à la passe d'armes avec Cicérone, il avait décidé d'opter pour un mode plus directif. Il fit préparer une convocation officielle à adresser à l'hôtel dans les plus brefs délais. Il avait décidé de recevoir les deux jeunes femmes, d'abord séparément, puis ensemble. Mais une voix intérieure le ramena à la fin tragique de Zaïde et de l'Ukrainienne rentrée au pays. Si pour d'anciens militaires la présence d'un cadavre ne semblait pas être un obstacle lorsqu'il s'agissait de faire taire quelqu'un, n'était-il pas en train de décider de la mort de deux personnes en envoyant ces convocations ?

Il empoigna son téléphone nerveusement.

– N'envoyez pas les convocations à l'hôtel. Commencez par me choper la fille lorsqu'elle arrive sur son balcon. On va l'asticoter sous le prétexte de l'effraction.

– Bien, chef. Mais c'est bizarre, cela fait deux jours qu'elle est entrée dans l'hôtel, sans en sortir. Cela ne lui ressemble pas.

– Et c'est maintenant que vous me le dites ? s'emporta-t-il. Je veux être au courant en temps réel des évènements inhabituels. Ouvrez l'œil et tenez-moi au jus.

*

Safran était rentré chez lui. Un verre de bière à la main, il observait ce petit croissant de lune perdu dans son grand écran noir.

Son regard tomba sur une abeille morte près de la fenêtre. Elle avait dû s'épuiser en cherchant une sortie dans le halo de lumière que pouvait représenter la vitre en journée. Safran ressentit soudain un profond sentiment d'impuissance. Cet hôtel vivait en parfaite autarcie sur le sol français. Des employés en cercle très fermé, une capacité à s'organiser sans apport autre que celui de filières exotiques sous contrôle, une discipline militaire, la loi du silence… Tout semblait réglé pour que les regards indiscrets ne puissent exercer leur emprise. Il piétinait. Seul un cheval de Troie à l'intérieur des murs pouvait l'aider à y voir plus clair, mais pas question pour lui de risquer une autre vie, celle de Selena ou d'une autre.

L'abeille morte lui rappela le motif sur les grilles d'enceinte et ce malaise éprouvé lors de sa première visite, dans le bureau du chef. Il était resté sur le symbole, sans suivre l'insecte butineur sur une piste plus concrète. La vision des ruches à la lisière de la forêt, dans le parc de l'hôtel, lui revint. Cet hôtel avait finalement reproduit le modèle autarcique de la ruche, avec une division du travail et une surveillance bien marquées. Quoique non… Il se trompait une nouvelle fois sur un point… Ces personnes qui venaient en appoint de l'étranger… Il y avait bien apport de l'extérieur, sauf que… L'évidence venait de lui apparaître.

– Bon sang !… Un réseau ?

Il avait toujours considéré l'hôtel comme une entreprise isolée. Et s'il s'agissait d'une cellule élémentaire à l'intérieur d'un réseau plus vaste ? Pouvait-il imaginer que différents établissements d'un même réseau puissent se prêter du personnel pour rester en vase clos ? Si tel était le cas, une autre porte d'entrée s'ouvrirait sur le Château. Une porte dérobée, certes.

Si c'est une colonie, où est la ruche mère ? murmura-t-il en lui-même.

Il ne parlait pas beaucoup à son frère, qui le considérait comme un petit flic de province, un fonctionnaire sans ambition. Cette affaire surpassait de loin toutes celles qu'il avait eues à traiter jusque-là, avec des ramifications qu'il avait encore du mal à mesurer. Son frère pouvait être de bon conseil, malgré son arrogance. Safran décida de l'appeler.

En raccrochant, il eut un déclic. Le visage de cette femme de chambre lui revint à l'esprit. Il sut soudain pourquoi elle ne lui était pas inconnue. Pourquoi n'avait-il pas réagi plus tôt ? Il devait la retrouver rapidement.

Chapitre 17

– Comment avez-vous pu la rater ?… Une môme, avec un traceur dans la chaussure, contre trois soldats revenus de l'enfer du Kosovo… et c'est cette pute qui nous baise…

Cicérone était furieux. Ses yeux n'étaient plus que deux fentes n'exprimant que haine et mépris. Mme Sourire et ses deux acolytes restaient sans mot dire au milieu de la pièce, sans oser bouger. Ils savaient l'homme instable et capable des pires débordements, dès lors que la maîtrise d'une situation lui échappait. Cicérone tournait autour d'eux, tel un félin guettant le moindre faux pas d'une potentielle proie à déchiqueter.

– Vous avez nettoyé le Nid ?

– C'est en cours. On est en train de voir ce qui est récupérable sur la fille dont le processus a été interrompu. Les yeux, un rein et le cœur *a priori*... Pas beaucoup plus... On l'a plongée en coma artificiel en attendant votre décision.

– Et le fœtus ? Perdu ?

– Oui, à ce stade on ne peut rien faire. On ne peut pas fourguer un produit endommagé alors que notre fonds de commerce est basé sur la perfection. J'ai pensé qu'on pourrait honorer le contrat avec celui de Clara, qu'on n'attendait pas et qui est donc du plus.

– OK, on n'a pas beaucoup le choix.

– Que dois-je faire avec la fille ?

– Avec l'affaire Medicus dénoncée sur la scène internationale, on va éviter le Kosovo. C'est dommage qu'ils se soient fait prendre avec les prisonniers serbes... On a un autre « Docteur Frankenstein » disponible du côté d'Istanbul ? demanda-t-il avec un sourire narquois...

– Oui, tout le réseau n'a pas été démantelé.

– Bien, vous la retapez juste ce qu'il faut pour un voyage en bateau. On l'opère à son arrivée, on récupère les pièces détachées et on la fait disparaître dans le Bosphore.

– Je m'occupe du transfert mon lieutenant.

Mme Sourire restait plantée, avec une mimique embarrassée.

– Autre chose ?

– Mon lieutenant, j'ai peur que nous n'ayons un autre problème.

Cicérone la regarda d'un air soupçonneux, cherchant à deviner la gravité de ce qu'elle allait lui annoncer.

– On a retrouvé un appareil photo numérique dans le blouson de la fille. Elle a pris des photos de la ruche et des caissons.

– Quoi ?

– Pour les photos qu'elle a prises ce soir, pas de problème mais, en analysant la carte mémoire, nous en avons trouvé d'autres. En grand nombre. Sur certaines photos, on distingue une ombre qui nous laisse penser qu'elle n'est pas seule. Ce qui confirme votre théorie d'une relation, sans doute en interne. Nous avons visionné toutes les caméras de l'hôtel. Elle n'apparaît sur aucune d'entre elles. Exactement la même chose que ce que vous aviez déjà repéré sur les bandes.

– Vous aviez mis un micro chez l'obsédé du septième qui a engrossé sa copine ?

– Oui, fausse piste.

– Tu imagines, si à un moment elle est en relation avec le flic ? On saute… Il faut la retrouver, c'est une question de vie ou de mort. Si ça se trouve, elle est toujours sur place et elle se fiche de nous. Et le traceur, avant que cette garce n'arrive au Nid, il vous a bien montré d'où elle venait, non ?

– Je ne sais pas si c'est notre système de brouillage mais on n'a capté le signal qu'à la sortie de l'ascenseur. On l'a laissée progresser comme elle voulait et, lorsqu'elle a été dans la place, on pensait qu'elle ne pourrait plus en sortir. On ne pouvait pas prévoir qu'elle enlèverait ses chaussures, c'est ce qui nous a trompés. Elle connaissait également très bien les lieux, sans doute est-elle venue très souvent.

– Pour voir sa copine… Attends, tu es en train de me dire qu'elle est arrivée tranquillement par l'ascenseur, ce qui suppose qu'elle avait une carte pour accéder au Château… Ce qui suppose aussi que le gardien aurait dû la voir, ou *a minima* entendre la porte de l'ascenseur… Il foutait quoi le vigile ?

L'œil de Cicérone brillait d'un éclat mauvais. Il fixait le visage de Mme Sourire avec son regard carnassier. Elle se borna à rappeler les faits.

– Torn l'a bien vue lorsqu'elle s'enfuyait vers le sous-sol, il revenait des toilettes.

– Et à l'aller ? Il dit quoi ? Il était où pour ne pas la voir rentrer dans l'ascenseur ? Amenez-le en cuisine. On descend.

Torn avait laissé sa poésie. Son esprit était accaparé par ce qui se passait là-haut. Il avait vu Cicérone débarquer, comme fou. Il l'imaginait, fouillant chaque recoin de l'hôtel en quête d'indices avec sa horde de chacals, il voyait Selena prise au piège, sans grande possibilité de l'aider au milieu de l'effervescence que l'affaire avait dû soulever au Château. Peut-être même était-elle déjà tombée entre leurs griffes...

Lorsqu'il vit les deux soldats venir le chercher, sans trop de ménagement, il comprit que quelque chose clochait. Avaient-ils fait le lien entre Selena et lui ? Non, ce n'était pas possible. Ils étaient tellement dans la panade que chaque témoignage devenait important ; et comme il l'avait vue s'enfuir, ils devaient vouloir l'interroger. Finalement cette réquisition, inquiétante au premier abord, s'avérait presque rassurante : d'une part cela signifiait qu'ils n'avaient pas trouvé Selena, d'autre part cela lui permettait d'aller à l'étage pour se confronter à la réalité au lieu de se perdre en conjectures. Mais il déchanta rapidement lorsqu'ils passèrent devant l'ascenseur et poussèrent la porte des cuisines.

– Que fait-on ici ? risqua Torn.

– Le lieutenant a demandé qu'on t'amène ici.

– C'est exact. Torn, n'est-ce pas ? lança ironiquement une voix derrière lui.

Cicérone venait d'entrer, suivi comme son ombre par Mme Sourire.

– Torn, cela fait quelques années que tu travailles chez nous. Jamais un mot plus haut que l'autre et une bonne perception de la hiérarchie. Nous avons mis en place un vigile, pour couvrir la sécurité la nuit... Un bon vigile, paraît-il... et brusquement on découvre qu'une nénette est capable de se balader à l'insu de tout le monde pendant ses heures de service. Comme cette fille est censée être repartie chez elle après son service, tu peux nous expliquer comment elle arrive à rentrer à l'hôtel, à se balader dans les couloirs, y compris au Château, avec une carte de la maison et ceci dans ton dos ?

Torn sentait l'étau se resserrer. Le militaire avait du mal à garder son calme. Il touchait les poêles pendues à leur crochet pour qu'elles s'entrechoquent, il retourna un faitout pour s'en servir de bongo… Il avait manifestement le besoin de s'occuper les mains pour canaliser son énervement.

– On t'écoute Torn… Si tu as des choses à nous dire, c'est maintenant, continua-t-il d'un ton faussement détaché.

Cicérone prit alors une planche à découper, qu'il cala sur le mur. Torn réfléchissait, aussi vite qu'il le pouvait, tout en observant son manège.

– Je n'aime pas être pris en faute dans mon travail et je retourne ça dans ma tête depuis tout à l'heure. Je ne vois qu'une explication : elle passe par les étages. Je ne l'ai pas vu entrer dans l'ascenseur au niveau du hall parce qu'elle l'a pris à l'étage.

– Et comment procède-t-elle ? Elle vient avec sa petite échelle planquée dans son sac à main, elle la dépose contre le mur, ouvre une fenêtre alors qu'elles sont toutes fermées de l'int…

– Elle ouvre la fenêtre pendant son service durant la journée, et elle revient la nuit en sachant celle qu'elle a laissée ouverte…, interrompit Torn.

Cicérone s'arrêta net et le dévisagea, comme s'il s'agissait d'une révélation. Il se saisit d'un couteau pointu, marchant lentement dans la cuisine, perdu dans ses pensées. Le malaise était palpable. Même le regard des soldats exprimait la crainte. Et soudain, il se retourna. D'un geste vif et précis, il lança le couteau qui alla se ficher avec force dans la planche à découper.

– Je n'ai pas perdu la main, on dirait, adressa-t-il à Mme Sourire, qui blêmit en l'entendant partir d'un gros rire.

Puis, le rire se figea à nouveau dans un rictus mauvais, le lieutenant marcha directement sur Torn et lui saisit le poignet avec force.

– Continue Torn, j'ai besoin d'entendre la suite. Où a-t-elle dégoté la carte qui lui permet de monter au Château ? Comment fait-elle pour ne jamais croiser l'œil des caméras ? Nous savons qu'elle est aidée par quelqu'un en interne, soit tu sais nous mettre sur une piste et tu as fait ton travail ; soit tu ne sais pas et tu ne nous sers à rien, voire pire tu la couvres… La prochaine fois je demanderai à mes hommes de tenir ta main sur la planche à découper, pour voir si une nouvelle fois j'atteins la cible. Tu sais, cette main qui te sert à écrire. Tu aimes bien écrire n'est-ce pas ?

– Vous… vous avez le droit d'être en colère parce que je n'ai pas vu les choses… De là à me soupçonner… Je ne comprends pas comment vous pouvez me mêler à ça. Vous n'avez pas le droit…

Torn commença à prendre peur, il chercha à récupérer sa main mais l'autre lui claqua violemment sur le plan de travail. Le dément poursuivait…

– J'ai tous les droits. Et peut-être que cette main ne te sert pas qu'à écrire… Comme elle voulait voir sa copine, cette Roumaine t'a ensorcelé. Elle doit savoir te remercier pour tout ce que tu fais pour elle. C'est doux la peau d'une Roumaine ? C'est vrai que tu aimes bien les toutes jeunes filles, le passé te rattrape. Ta fille en est morte, tu te souviens ? Ne t'en fais pas, ta Roumaine finira pareil. Tu vas juste nous dire où elle est.

Et il lui claqua une nouvelle fois la main sur la table. Torn ne sentait plus la douleur. La référence à son passé sonna comme un électrochoc. Comment en savait-il autant sur son compte ? Il ne pouvait pas parler de sa fille de la sorte. Il s'élança la tête la première dans le visage de Cicérone, qui reçut le haut de son crâne dans l'arête du nez. Le visage en sang, Cicérone ne réfléchit pas plus d'une demi-seconde. S'emparant d'une poêle sur le plan de travail, il en assena de violents coups sur la tête de Torn jusqu'à ce qu'il morde le carrelage. En s'écroulant, le corps du malheureux emporta dans un grand fracas ce qui se trouvait sur le plan de travail, de la vaisselle, des couverts, et même des œufs.

– Déshabillez-le et mettez-le dans la chambre froide. Et nettoyez-moi ça.

– On lui laisse ses sous-vêtements ? demanda Mme Sourire pour le détail pratique.

– À poil.

Il s'essuya le visage avec le maillot de sa victime.

– Allez, on va fouiller son appartement.

*

Selena avait essayé de rappeler Torn à deux reprises, sans succès. Elle n'avait aucune idée de ce qui se passait à l'extérieur. Partagée entre le désir de rester proche de Clara, et le sentiment de ne pouvoir rien faire pour elle si elle restait cloîtrée dans cet appartement, elle voulait parler avec lui de la suite des opérations. Elle était de toute évidence grillée au travail, elle ne pouvait pas rester là indéfiniment sans nourriture ; elle gageait par ailleurs que son appartement en ville était déjà surveillé. À part s'incruster à temps plein chez Torn, elle ne concevait pas d'autre option dans un premier temps. Elle ne se voyait pas sortir de sa cachette en journée, alors que les allées et venues dans les couloirs seraient plus nombreuses. Si elle décidait de bouger, c'était avant l'arrivée du jour. Elle ouvrit doucement la porte pour prendre la température à l'extérieur. Elle entendait du remue-ménage du côté du Nid, mais le couloir semblait, lui, dégagé. Elle se faufila jusqu'à la lingerie, pour reprendre le monte-charge. Dans le sens de la descente, elle n'avait pas besoin de carte. Le monte-charge arrivait alors qu'elle ne l'avait pas appelé, quelqu'un montait.

– Pas de bol, il faut que je fasse vite…

Elle monta subrepticement sur la partie la plus haute de l'étagère de linge, agença les piles de draps et de serviettes un peu différemment de manière à se cacher derrière. Deux ambulanciers sortirent de la cabine avec un brancard.

Ils doivent évacuer la malheureuse fille du caisson, se dit-elle.

À nouveau seule dans la lingerie, elle entra dans le monte-charge et se fit descendre, en espérant qu'un collègue n'attendait pas en bas. Comme elle l'avait espéré, l'espace était dégagé. Elle renvoya l'élévateur d'où il venait et sortit du local. Un rapide coup d'œil à l'ambulance qui stationnait lui apprit qu'elle était liée à un hôpital des environs, dont elle nota le numéro dans sa tête. L'ambulancier avait laissé son portable sur le siège, elle se dit que cela pouvait lui servir, elle le barbota.

Elle remonta alors par l'escalier mais décida de ne pas sortir au niveau du hall, elle visa la mezzanine pour retrouver le poste d'observation qu'elle avait si souvent utilisé dans le passé. Torn n'était pas là. Elle trouva cela bizarre et allait se rendre à sa chambre lorsqu'elle entendit des pas dans le hall. Elle reconnut Mme Sourire accompagnée de deux de ses agresseurs dans le Nid, ainsi que celui qui avait remplacé le chef. Visiblement ce dernier s'était pris un coup au visage. Ils venaient des cuisines. Les hommes en treillis parlaient fort d'une chambre froide en rigolant, elle eut un drôle de pressentiment.

J'ai failli me jeter dans la gueule du loup, se dit-elle en voyant qu'ils prenaient la direction de la chambre de Torn.

Elle aurait probablement dû se préoccuper d'elle-même et trouver le moyen de s'éloigner de l'hôtel, mais l'absence de Torn la contrariait. D'autant si le groupe se rendait chez lui sans qu'il soit présent. Une petite voix intérieure lui disait d'aller faire un tour aux cuisines. Elle se glissa comme une ombre, poussa doucement la porte battante. Elle vit tout de suite un maillot plein de sang, près d'un tas de vêtements qu'elle reconnut aussitôt.

– Mon Dieu, Torn, que t'ont-ils fait ?

Emportée par l'émotion suscitée par la vision du sang, elle se dévoila trop rapidement, sans prêter attention à une masse accroupie par terre en train de ramasser les restes du désordre créé quelques instants plus tôt. Elle remarqua que les vêtements étaient entassés près de la chambre froide, elle raccorda avec les moqueries des soldats dans le hall.

Elle déverrouilla la porte de la chambre, sans voir l'ombre s'approcher dans son dos. Le soldat bondit pour la ceinturer.

– Alors saleté, tu nous fais courir. Mais là t'es à ma botte. Tu vas dérouiller.

Selena, d'abord surprise, eut le réflexe de s'adosser contre son agresseur pour lancer ses pieds en avant. Prenant appui contre la porte qu'elle n'avait pas encore ouverte, elle détendit ses jambes avec force pour entraîner l'homme vers l'arrière. Le dos de celui-ci vint s'écraser contre le bord du plan de travail, ce qui lui fit relâcher la pression dans un râle. Il trouva néanmoins la force de lui asséner une gifle, qui n'eut pas toute l'énergie désirée, mais suffit à la déstabiliser. Elle se retrouva par terre. Le soldat plongea sur elle sans lui laisser le temps de reprendre son souffle. La main puissante de l'homme sur sa gorge, un genou lui bloquant la respiration au niveau du ventre, elle sentit l'air commencer à lui manquer. Sous son bras droit, des débris de vaisselle lui tuméfiaient les chairs. Elle bougea la main pour saisir un morceau d'assiette.

– Tu vas crever sale conne, mais pas tout de suite, on a besoin de t'entendre avant.

Maintenant qu'elle était affaiblie par le manque d'air, il leva le poing pour l'assommer. Le morceau d'assiette, tranchant comme une lame, alla se loger dans sa carotide. Nerveusement, Selena porta plusieurs coups pour déchiqueter son adversaire avec une rage décuplée.

– Crève toi-même, sale con.

Le sang jaillit du cou du soldat, avant qu'il n'ait eu le temps d'asséner son coup de poing. D'un mouvement de bassin, elle le fit basculer sur le côté. Le visage de l'homme s'écrasa sur le sol.

Du sang avait giclé sur ses vêtements mais là n'était pas la priorité. Sans perdre de temps, elle ouvrit la porte de la chambre froide.

Torn était prostré, blanc comme un linge, sa peau commençait à bleuir. Il portait la trace d'un coup violent sur le front. Elle le tira par les pieds en dehors du frigo. Puis, elle prit une marmite qu'elle emplit d'eau chaude. Pendant que l'eau coulait, elle retira son polo maculé de sang. Elle ramassa tous les torchons à vaisselle qu'elle put trouver, les trempa dans l'eau chaude avant de les poser sur son corps. Elle fit l'opération plusieurs fois, se démenant pour remettre de l'eau chaude au fur et à mesure. Le bleuissement disparut.

Elle se mit à le frictionner vigoureusement puis se mit sur lui tout en lui murmurant à l'oreille.

– Émerge Torn. Il faut qu'on se barre, ils vont revenir. Ils sont chez toi. Tu reprends des couleurs, c'est cool. Tu m'entends ?

Elle se frottait à lui doucement, pour lui transmettre sa chaleur tout en essuyant l'eau et éviter ainsi qu'il ne soit trop dégoulinant. Lorsqu'elle sentit une certaine vigueur lui revenir, elle arrêta et recommença à lui parler en lui pinçant les joues.

Il se mit à la fixer, d'un regard un peu perdu où se mêlaient gratitude et incompréhension. Lorsqu'il comprit que la personne qu'il voyait était Selena, et qu'ils étaient tous deux sains et saufs, il esquissa un sourire.

– Mal au crâne. C'est un malade ce type, un psychopathe. Il m'a à moitié défoncé la tête à coup de poêle. Suis content de te voir, j'aurais pu attraper un rhume.

– Tu as un bleu sur le front et quelques bosses sur le crâne mais tu as l'air d'avoir la tête dure. Que peuvent-ils trouver chez toi ?

– Ce que tu as mis dans l'ordinateur.

– Ils n'auront rien, j'ai toujours travaillé sur clé USB et ne te fais pas de souci pour ta poésie et les dessins, j'ai tout sur la même clé et cette clé ne me quitte jamais. Ils peuvent mettre le feu, on s'en fout.

Selena regarda piteusement le corps inerte à côté d'eux.

– Tu vois où ça mène de m'énerver ? dit-elle avec un gros sourire. Ça ne sert à rien d'avoir fait le Kosovo pour finir planté. Que des lopettes ces soldats…

Voyant Selena en soutien-gorge, Torn prit alors conscience de sa nudité.

– Bordel, c'est quoi ce délire. Tu ne pouvais pas me dire que j'étais à poil ?

– Pff ! Tu ne crois pas que j'ai eu d'autres priorités depuis tout à l'heure que de me rincer l'œil ? Monsieur était en train de changer de couleur. Allez, rhabille-toi. Moi je pique les chaussures du mort. Elles sont un peu grandes mais tant pis.

Elle passa les semelles à l'eau pour enlever le sang. Elle ouvrit un vestiaire métallique où elle trouva un pull à sa taille. Il sentait un peu la sueur mais, bon, elle n'allait pas faire la fine bouche. Ils se dirigèrent vers le sous-sol, prêts à arrêter n'importe quel client dans le parking pour sortir avec lui. Ils trouvèrent une option plus simple. L'ambulance n'était pas repartie, avec les clés sur le contact. Les ambulanciers avaient fait un premier voyage puisqu'une housse avait été déposée à l'arrière, sans doute le cadavre de la mère porteuse.

– Cela fait une éternité que je n'ai pas conduit…, reconnut Torn.

– C'est le moment de te souvenir, tu ne peux pas compter sur moi pour t'aider !

Ils fermèrent les portes de l'ambulance. Les réflexes acquis n'avaient pas disparu mais il faudrait certainement quelques kilomètres avant de se sentir à l'aise à nouveau au volant. Ils se dirigèrent vers la sortie au rythme d'un corbillard. Ils ne virent pas dans le rétroviseur la porte du local monte-charge s'ouvrir sur les ambulanciers, médusés de voir leur véhicule partir sans eux.

*

Safran dormait depuis quelques heures lorsque le téléphone bourdonna sur sa table de nuit.

– Oui…, dit-il d'une voix pâteuse.

– Inspecteur, une ambulance vient de sortir de l'hôtel avec deux personnes à l'intérieur, la fille a été vue en position passager.

– Selena ?

– Oui.

– Stoppez la voiture et ramenez-moi les occupants.

L'alerte fut donnée au même moment par les ambulanciers à Mme Sourire. Cicérone assigna les tâches à chacun : il coursait l'ambulance avec quelques hommes de main tandis que Mme Sourire restait à l'hôtel pour nettoyer ce qui devait l'être, avant que l'hôtel ne s'éveille. L'aube pointait déjà sa lumière blafarde.

Moins de cinq minutes plus tard, le puissant 4×4 sortait du parking à vive allure, à la poursuite des fuyards. Lorsque Mme Sourire eut informé Cicérone par téléphone de ce qu'elle avait trouvé en cuisine, il prit un nouveau coup sur le casque. Ce n'était pas possible que des amateurs puissent mettre un tel bazar dans son organisation, il fallait que ça cesse. Il appela un numéro, donna quelques explications puis demanda une localisation GPS du téléphone de l'ambulancier. Il demanda également du renfort, si possible à moto.

Torn palpa la poche de son pantalon. Ils ne lui avaient pas enlevé son smartphone, il lui restait trois barrettes au niveau de la batterie.

– Selena, nous allons nous séparer. Tu as de l'argent sur toi ?

– Un peu de liquide, une carte bleue aussi…

– Et un téléphone ?

– Je n'ai que le téléphone de l'ambulance, que j'ai piqué tout à l'heure. Attends, je t'appelle, comme ça tu auras le numéro en mémoire… Voilà, c'est fait… Qu'as-tu dans la tête ?

– La voiture est très voyante. J'aimerais bien aller me mettre au vert chez Lucille mais la route est longue, je ne sais pas conduire assez vite si nous devions être pourchassés. Et je ne peux pas imaginer qu'ils vont rester les bras croisés sans rien faire. Au feu, tu vas descendre, la gare n'est pas loin. Tu prends deux billets pour la côte, essaie de payer en liquide, on ne sait jamais. Je connais la ligne, il y a un train qui part dans vingt minutes. Le train s'arrête dans une petite ville à moins de dix kilomètres. Je vais essayer d'aller jusque-là en allant plus vite que d'éventuels poursuivants, ça donnera le change, je laisse la voiture là-bas et te rejoins dans le train.

– Mais c'est dangereux.

– C'est déjà dangereux, je pense que tu as remarqué… Raison de plus pour essayer de multiplier nos chances. Comme destination tu prends le terminus de la ligne, ça nous laissera toute latitude de descendre où on veut et de ne pas indiquer notre point de chute.

Elle dut admettre qu'il avait raison. Au feu, elle lui prit la main pour la serrer.

– Tu n'as pas le droit de ne pas être dans le train dans dix kilomètres. Dis, ils ne vont pas faire de mal à Clara ?

– Ne t'en fais pas. Essayons déjà de nous mettre à l'abri. Après, on s'occupe de Clara. Allez, dépêche-toi.

Elle allait refermer la portière lorsqu'un détail lui revint. Elle repassa la tête.

– Au fait Torn, quand ces salauds cherchaient à m'alpaguer à l'étage, j'ai entendu Mme Sourire employer le mot « nymphes » en parlant des filles dans les caissons. Dans le contexte, ça m'a surpris. Pour moi, une nymphe, c'est juste une belle fille mais c'est un terme un peu poétique qu'on trouve dans les récits mythologiques. Déjà à l'ordinaire, nos amis sont loin d'être des poètes mais en plus ils étaient en train de me courser, la poésie était loin de leur préoccupation. J'ai trouvé ça bizarre.

Torn la fixa, interloqué.

– Ma foi, c'est aussi un terme qu'on retrouve dans le monde des abeilles. La larve pondue par la reine devient une nymphe qui, dans sa chrysalide, finit par se métamorphoser en abeille.

– Ah ! Les chrysalides, ce n'est pas juste pour les papillons ?

– Non, d'autres insectes sont concernés. Et l'abeille en fait partie.

Selena jeta un regard intrigué. Mais ils n'avaient pas de temps à perdre en conjectures. Torn la rappela à l'ordre.

– Allez, Selena ! File !

Elle partit en courant dans le petit matin, tandis que lui reprenait la route. Son esprit ne put s'empêcher de traiter cette dernière information donnée par Selena. Elle paraissait anodine mais elle avait déclenché une petite sonnette dans son subconscient. Et soudain, le déclic… Les abeilles de Léna… Cet endroit qu'on appelait le Nid et qui ressemblait à une ruche avec ses alvéoles… Cela lui paraissait si incroyable. Et pourtant ! Il était maintenant convaincu que le caisson avait été imaginé comme une chrysalide électronique. Et que ce qu'ils avaient découvert n'était rien d'autre que le cycle des abeilles appliqué à l'humain…

Il délaissa la nationale pour prendre l'ancienne route départementale qui lui était parallèle, en se disant qu'il y croiserait moins de monde. Il appuya sur le champignon. Les hommes de Safran, qui roulaient encore plus vite mais sur la nationale, ne se rendirent pas compte qu'ils dépassaient l'ambulance évoluant sur l'ancienne route.

Son smartphone bourdonna.

– Torn…, commença Selena d'une voix affolée, les soldats sont à la gare… Je ne sais pas comment ils m'ont repérée.

– Ce n'est pas possible… À moins que… Si, je comprends, ils ont localisé le téléphone de l'ambulance. Débrouille-toi pour laisser le téléphone dans le train, pour qu'ils te croient dedans, et prends le train suivant. Si nous devons rester séparés, puisque tu n'auras plus de téléphone, rends-toi à la piscine de la station. C'est là que Lucille travaille. Je te donne son numéro également, mémorise-le, tu trouveras toujours le moyen d'appeler avec le portable d'un autre si nécessaire. Ça va aller ?

– Je vais essayer. Du coup, tu ne peux plus monter dans le train non plus. Tu fais quoi ?

– On garde le même plan mais comme toi je vais prendre le train qui suit. Je roule sur l'ancienne route ; à moins de deux kilomètres du centre, je planque la voiture et je fais le reste à pied. À tout à l'heure.

Torn prit un chemin de traverse qui devint rapidement non carrossable. Il laissa le véhicule sous les arbres, non visible de la route. Il se mit à courir le long de la départementale, exercice auquel il n'était plus guère habitué ; le souffle lui manqua rapidement. Les premières maisons apparaissaient derrière un rideau d'arbres à moins de cinq cents mètres. Il pensait à Selena, espérant qu'elle ait pu fausser compagnie à Cicérone et à ses sbires, il n'osait imaginer ce qu'ils lui feraient subir s'ils lui mettaient le grappin dessus. Dans le feu de l'action, le côté émotionnel des choses avait été relégué au second plan mais, maintenant qu'il marchait, des pensées l'envahissaient qui lui donnaient le vertige. Il se dit qu'il aurait pu finir congelé dans une chambre froide, ou mort quelque part ailleurs ; l'air qu'il respirait prenait soudain une nouvelle saveur. Mais ses pensées revinrent rapidement à Selena, qui lui semblait plus proche de l'ennemi qu'il ne l'était lui. Il aurait donné n'importe quoi pour la savoir en sécurité.

Il fut interrompu dans ses pensées par un vrombissement rageur derrière lui. Une moto arrivait à fond sur l'ancienne route. L'autre circulait sur la nationale. Les deux motards requis par Cicérone s'étaient réparti les chemins possibles pour ne pas laisser de place au hasard.

À quelques kilomètres de là, Selena vit le 4×4 partir. Elle avait déposé le téléphone dans le sac d'un enfant attendant sur le quai, puis elle s'était mêlée aux clients d'une brasserie, en observant le mouvement des militaires au travers des vitres fumées de l'établissement. Deux d'entre eux étaient montés dans le train, sans doute à sa recherche. Le train quittait la gare lorsqu'elle vit deux motos arriver. Aucune perte de temps, les instructions furent données rapidement, Cicérone menait ses troupes à la baguette. Il regagna le véhicule, non sans jeter un dernier regard circulaire autour de lui.

Torn s'était remis à courir, avec l'intuition que ce motard pouvait ne pas être en balade. Surtout à cette heure. Lorsqu'il vit une seconde moto sur la nationale quitter la route pour grimper le bas-côté et fondre sur l'ancienne route à son tour, il eut la confirmation non seulement qu'ils venaient pour lui mais qu'il avait en outre été repéré. Il avait désormais dépassé les premières maisons, les motos seraient sur lui dans moins de deux minutes. Sa seule chance était sans doute de connaître mieux les lieux que ses poursuivants. Il se précipita dans l'escalier qui menait vers les hauteurs de la ville, sachant que les motos ne suivraient pas dans les marches. L'un des motards mit pied à terre pour le poursuivre dans les escaliers, tandis que l'autre moto s'engagea sur le chemin des crêtes pour aller lui couper la route en haut des marches. L'escalier traversait de nombreuses ruelles donnant sur des jardins, Torn s'engouffra dans l'une d'elles sur la gauche, puis immédiatement poussa sur la droite une porte dont il savait qu'elle s'ouvrait sur le jardin d'une petite chapelle. Il pénétra dans la chapelle et gagna la porte de façade mais ne l'ouvrit pas. Il entendit son poursuivant grimper l'escalier. Dès qu'il fut passé, il sortit de la chapelle par la porte d'entrée et redescendit les escaliers qu'il venait de monter. Le soldat perdit du temps à essayer de retrouver sa trace derrière la chapelle ; lorsqu'il comprit la situation, Torn quittait les escaliers pour reprendre le chemin de la gare.

– Là, s'écria le policier… C'est le type de l'ambulance, je le reconnais…

Torn entendit les pneus crisser sur l'asphalte. Il s'attendait à voir surgir le 4×4 noir de Cicérone, mais il s'agissait d'un autre véhicule. S'arrêtant un instant et ne sachant pas à qui il avait à faire, il se mit à courir dans une autre direction. Le bruit d'un autre engin attira son attention, la seconde moto était redescendue des hauteurs pour le reprendre en chasse. Percevant des bruits étouffés près de lui, il prit conscience qu'on lui tirait dessus, sans doute avec un pistolet muni d'un silencieux.

– Bon sang, mais la moto le canarde, mets le gyrophare. Appelle Safran.

Torn tourna une nouvelle fois dans ce qu'il savait être un sens interdit, regardant toujours en arrière pour voir ce que faisaient ses assaillants. À la vision du gyrophare, la moto avait rebroussé chemin. Les policiers avaient choisi d'ignorer le sens interdit pour mieux le stopper. Trop concentré à lorgner derrière, Torn n'entendit pas le klaxon et le hurlement des freins. La voiture avait conservé de la vitesse lorsqu'elle le percuta, sa tête heurta violemment le pare-brise et il s'écrasa lourdement sur le sol. L'étudiante était tétanisée au volant de son véhicule, incapable de faire le moindre mouvement.

Les policiers appelèrent des secours immédiatement.

– Il vit mais le choc a été violent. Ne le touchez pas. Mademoiselle, ça va ?

Ils la sortirent de la voiture pour qu'elle puisse prendre l'air. Les badauds commençaient à s'agglutiner autour du corps. Un homme au regard noir se fraya un chemin. Après avoir vu l'ambulance l'emmener, il sortit son smartphone.

– Vous avez trouvé la fille dans le train ?

– Non, on a retrouvé le téléphone dans un sac de gosse. Elle n'a pas pris le train.

– OK, vous descendez du train et je vous récupère. On retourne à la gare où on l'a perdue. On va poser quelques questions. Le mec est hors course, on le finira plus tard.

Le 4×4 noir démarra, non sans nervosité.

Chapitre 18

Selena monta dans le train non sans avoir au préalable passé au crible les visages qui se présentaient à la gare. Elle gardait l'œil aux aguets comme si un de ces hommes, ayant échappé à sa vigilance, pouvait surgir à tout moment. Elle espérait que Torn avait pu leur échapper mais ce déploiement de forces pour les capturer la troublait. Comment pouvait-on imaginer derrière la façade d'un hôtel de luxe une telle machine de guerre ?

Elle s'enfonça dans son siège et se mit à penser aux évènements des derniers mois. Confusément un sentiment montait en elle, qui bousculait ses fondamentaux. Dès l'enfance, elle avait perçu sa différence, avec cette sécheresse à exprimer la moindre émotivité. Pour elle, il n'y avait que des faits plus ou moins complexes qui devaient trouver une réponse logique ; aucune situation n'était mauvaise en soi, une situation était ou n'était pas. L'émotion relevait d'un éphémère changeant dont il ne fallait pas s'embarrasser. La relation conflictuelle qu'elle entretenait avec son père et ses frères avait amplifié cette capacité à se prendre en main et s'isoler dans une carapace, sans se laisser envahir par le sensible. Ce n'était pas pour rien qu'à l'école des comportements quasi autistiques lui avaient parfois valu le surnom de « Monstru ». Notamment, l'adolescente s'était trouvée rejetée par toute une classe, lorsqu'elle n'avait su exprimer aucune peine à la mort d'une de ses camarades, fauchée par un chauffard. Au point de devoir changer d'établissement pour échapper aux mauvais traitements des autres élèves.

Avec le temps, elle avait appris à se gérer. L'art graphique lui avait apporté un équilibre sensible dans un univers qu'elle était seule à maîtriser, dont elle avait elle-même édicté les règles, sans que les autres puissent influer d'une quelconque manière. La recherche du beau au travers du dessin et de la peinture, de par l'engagement qu'elle y mettait, était sa réponse à l'éphémère.

Avec Clara, elle s'était aperçue que certaines personnes pouvaient exister autour d'elle sans avoir la volonté de lui prendre son espace. Clara lui avait toujours donné sans en avoir l'air, sans rien attendre en retour. De ce détachement, apparent, était né un lien d'estime fort que toutes les deux entretenaient comme un délicieux mélange de superflu et de nécessaire, dont chacune pourrait facilement se passer s'il le fallait. La disparition de Clara au Château avait fait comprendre à Selena que certains sentiments éphémères s'enracinent plus profondément dans les chairs qu'il n'y paraît, et peuvent apporter une douleur dès lors qu'ils ne peuvent plus être partagés. L'émotion vibrait comme une espèce de mensonge à elle-même, qui s'était insinué au-delà des lignes délimitant son espace. Pendant des mois, la plante volubile s'était nourrie des forces et des fragilités de chacune, au point de percer l'écorce de nouvelles inflorescences. Et les bourgeons, nés de la fusion des deux êtres, s'étaient nourris d'une même sève pour que naissent à leur tour d'autres branches, rendant l'espace d'hier trop étriqué. Elle devait reconnaître qu'elle aimait Clara comme une partie d'elle-même. Elle savait qu'elle ne retrouverait pas la paix tant que Clara ne serait pas revenue dans sa vie.

Une autre personne avait changé ses repères. La sensibilité de Torn résonnait comme un écho à sa propre sensibilité : un caractère fort, forgé par une vie semée d'embûches, ce qui n'excluait pas une certaine fragilité ; la même approche bon soldat dans sa relation avec l'autre et, pour couronner le tout, une âme d'artiste restée dans l'ombre. Comme deux êtres renvoyant la même image dans un miroir. Torn s'imposait tel un autre soi-même avec lequel elle pouvait tout partager, comme si elle parlait à son propre cœur, à sa propre conscience. Elle avait l'impression de toujours l'avoir connu mais elle était incapable de savoir si l'impression résultait du reflet d'elle-même qu'elle observait en lui, ou s'ils étaient à des années de distance de la résurgence d'une réminiscence commune. Son cœur se laissait porter par ce qu'il ressentait comme des harmoniques et l'absence de Torn, ou plutôt le sentiment de ne pas savoir quand elle le reverrait, lui pesait douloureusement. Un manque dont la nature était nouvelle pour elle.

– Contrôle des billets, madame…

Selena sortit de sa torpeur lorsque la jeune femme en uniforme tendit la main pour vérifier le sésame. Elle s'acquitta de la formalité, observant l'agent du rail scanner le code barre.

– Votre billet était sur le train précédent je crois…

– C'est exact, je l'ai loupé. Faut-il payer un supplément ?

– Non, tout est en ordre. Merci.

À quelques kilomètres de là, le guichetier consultait son écran, à la demande du policier qui semblait pressé d'obtenir des réponses.

– Vous savez, à cette heure-ci nous avons beaucoup de passagers. Me souvenir d'un passager en particulier est impossible.

– Faites un effort, s'il vous plaît. Une jeune femme taciturne avec un regard un peu noir. 25 ans.

– J'en ai au moins une demi-douzaine en tête monsieur. Vous me demandez de chercher une aiguille dans une botte de foin. Tous les usagers se ressemblent.

Le policier lança un « merci » énervé puis tourna les talons. Il se dirigeait vers la sortie lorsqu'il entendit la voix criarde de l'opérateur.

– Monsieur le policier… Êtes-vous intéressé par les alertes informatiques ?

Le policier revint au comptoir.

– Que voulez-vous dire ?

– L'informatique nous signale les écarts par rapport à la commande initiale du billet. Ces alertes résultent d'une connexion entre le lecteur utilisé par le contrôleur et notre serveur. Tenez, là je viens d'avoir l'info sur le moniteur. Une personne qui a pris un billet pour le premier train a été contrôlée sur le train suivant. C'est une femme en l'occurrence…

– Pouvez-vous me dire s'il y a eu beaucoup d'évènements comme celui-ci ce matin ? Des changements de destination ? Des changements de train comme celui que vous me décrivez ?

– La journée n'est pas encore très avancée. Non, à part cette personne, tous les numéros sont à leur place.

– Quelle est la destination de cette femme, s'il vous plaît ?

– Elle a pris un billet jusqu'au terminus sur la côte.

– Montrez-moi les différents arrêts avec les horaires correspondants.

Le policier prit son téléphone.

– Vous êtes où ?

Une voix grésilla dans le smartphone. Le policier avait appris que toute piste est bonne à suivre, ne serait-ce que pour éliminer des hypothèses.

– Le train de 7 h 45 va entrer en gare dans dix minutes. Montez dans le train et cherchez la fille. Elle est peut-être dedans. Si c'est le cas, ne l'appréhendez pas tout de suite, voyez où elle descend et si elle doit retrouver quelqu'un. Vous m'appelez dès que vous avez du nouveau.

Le policier remercia le guichetier et regagna son véhicule. Il rangea sa fausse carte de police dans la boîte à gants. Cicérone démarra le puissant 4×4 noir.

Lorsque Selena sortit du wagon, elle dévisagea les personnes qui quittaient le train en même temps qu'elle. Mémoriser les visages la rassurait. Elle ne se précipita pas en dehors de la gare. Elle avait l'impression qu'à l'extérieur un monde inquiétant l'attendait. Celui des soldats bien entendu… Mais également celui d'une femme qu'elle ne connaissait pas, à qui elle devait se présenter à la piscine municipale. En tant qu'amie de Torn, Lucille ne pouvait qu'être aimable à son encontre mais l'appréhension était présente, il n'était pas dans ses habitudes de créer des liens. Même lorsqu'il s'agissait d'une amie de Torn… Elle aurait aimé qu'il soit avec elle.

*

Léna s'était amusée à nettoyer soigneusement les touches de son ordinateur. Puis, elle était montée sur une chaise, pour récupérer sur un chiffon la poussière située au-dessus de son armoire. Elle avait alors secoué le chiffon au-dessus des touches, pour que la poussière les recouvre d'une pellicule homogène. À son retour de classe, elle avait constaté des traces de doigts dans la poussière. Elle savait que sa mère fouillait son ordinateur.

Elle avait aussi décidé de piéger sa mère en cachant dans le bureau de cette dernière un dictaphone qui se déclenchait à la voix. Dès qu'elle le pouvait, elle le reprenait et écoutait les bruits. C'était une manière d'écouter aux portes et de glaner des informations qui pouvaient s'avérer importantes, sans prendre de risque. Pour l'instant, la pêche n'avait pas beaucoup rapporté, mais elle ne désespérait pas de tomber sur un truc important un jour. Ce matin, elle avait vu sa mère quitter la maison plus tôt qu'à l'ordinaire. Elle alla récupérer le dictaphone comme elle l'avait fait depuis quelques jours. Elle entendit des bruits de tiroirs qu'on ouvre et qu'on referme, des froissements de papier, puis un appel téléphonique. Elle ne comprit pas tout de suite de quoi il retournait, mais elle réécouta la bande après avoir entendu le mot « Torn ».

Son visage se décomposa lorsqu'elle comprit que Torn avait été renversé par une voiture et qu'il était dans le coma. Elle enregistra le nom de l'hôpital. Un peu secouée par la nouvelle, elle écouta le reste de la bande à la recherche d'une information plus optimiste qui viendrait adoucir la première. De drôles de bruits parvinrent à son oreille. Elle avait l'impression d'entendre quelqu'un pleurer. Cela ne dura pas très longtemps, mais elle était convaincue qu'elle ne se trompait pas. Comment était-ce possible d'entendre pleurer une femme capable de commanditer la mort d'un homme sans sourciller ? Elle ne pouvait même pas l'accuser de jouer un rôle devant un parterre de spectateurs, elle était seule dans le bureau. C'était totalement incompréhensible.

Léna remit le dictaphone dans le bureau. Elle prit le bus pour arriver plus vite chez Lucille, tant la nouvelle de l'accident de Torn lui accaparait l'esprit. Elle ne le connaissait pas depuis très longtemps, mais il faisait aujourd'hui partie de sa sphère où les personnes gentilles n'étaient pas légion.

Elle arriva sur le pont, d'où elle voyait la piscine en contrebas. Son regard fut attiré par une jeune femme qui regardait au travers de la vitre sans oser rentrer. Elle resta sur le pont à l'observer pendant quelques minutes, puis elle la vit descendre l'avenue piétonnière et entrer dans un café. De son perchoir, elle vit un homme lui emboîter le pas d'une démarche qui semblait révéler qu'il ne voulait pas être repéré. Suivait-il la fille ? Exactement le même manège : un coup d'œil insistant sur l'intérieur de la piscine, puis la même démarche hésitante dans la rue piétonnière. En revanche, il n'entra pas dans le café, il se contenta de rester en faction à un endroit d'où il pouvait voir les gens entrer et sortir.

Léna descendit l'escalier du pont et poussa les portes de la piscine. Elle retrouva sa marraine à l'étage, en pleine discussion avec une collègue. Lucille trouva le visage de Léna un peu pâlot, comme à l'habitude, mais lorsqu'elle croisa son regard, elle comprit tout de suite qu'il fallait qu'elle abrège parce que la gamine avait quelque chose sur le cœur.

– Que se passe-t-il Léna ? Tu es toute pâle.

– Torn a eu un accident. Il est dans le coma à l'hôpital.

La nouvelle atteignit Lucille comme un uppercut en pleine face. Elle fut obligée de s'asseoir pour reprendre sa respiration. Elle laissa Léna lui raconter ce qu'elle avait découvert. Les yeux de Lucille étaient brillants mais elle essayait de ne pas pleurer. Elle murmura quelque chose puis serra Léna dans ses bras.

– Ne t'en fais pas, dit-elle comme pour se convaincre elle-même, Torn a la peau dure. Il en a vu d'autres.

Lucille ferma les yeux en se disant que Torn ne pouvait pas disparaître maintenant. Pour elle, pour sa fille, il devait vivre…

– Je suis triste, insista Léna, mais je ne le connais pas depuis longtemps. C'est pour toi que ça doit être le plus dur.

– Torn m'a appelée tout à l'heure. Il était en fuite de l'hôtel avec une jeune femme. Souviens-toi, il nous a dit l'autre jour qu'il prenait des photos de l'hôtel pour pouvoir dénoncer toutes les horreurs et que cette fille l'accompagnait. Elle s'appelle Selena, je crois. Ils se sont fait prendre. Ils ont réussi à quitter l'hôtel mais ils sont poursuivis à cause de ce qu'ils savent. Il a préféré qu'ils se séparent pour diviser les risques.

– Il a joué la chèvre pour sauver la fille ?

– Le connaissant, c'est tout à fait son style. C'est dans ses gènes. Il a donné mon numéro à Selena pour qu'elle vienne se réfugier ici.

Léna fit soudain le lien avec la scène qu'elle avait captée du haut du pont.

– Selena est ici. J'ai vu une fille regarder avec insistance par les vitres de la piscine. Puis, elle est entrée dans le café au coin de la rue.

– Comment peux-tu être sûre que ce soit elle ?

– Je le sens. Mais il y a un problème. Elle est suivie par un type qui attend qu'elle sorte du café. J'ignore ses intentions.

– Il faut qu'on la tire de là. Toi qui n'es jamais à court d'idée !

Léna la repéra tout de suite dans le fond du café. Elle sirotait une bière, l'air perdu dans le vague. Son visage se durcit lorsqu'elle vit Léna approcher, elle avait quelque chose de la bête sauvage, prête à bondir.

Sans même attendre une confirmation, Léna entra directement dans le vif du sujet.

– Selena, je suis l'amie de Torn et de Lucille. Nous avons un problème : un homme t'a suivie jusqu'ici et il attend que tu mettes le nez dehors pour savoir où tu vas, avec qui tu entres en contact. Il faut qu'on te fasse sortir et qu'il n'y voie que du feu.

Selena était dubitative. Comment une adolescente pouvait-elle se tenir devant elle avec un tel aplomb ?

– Comment puis-je être sûre que vous êtes celle que vous prétendez être ?

– Pareil pour moi, voici ce que je propose. Je vais marquer le numéro de téléphone de Lucille sur un papier et vous allez l'écrire sur la serviette, nous savons que Torn te l'a donné.

Lorsqu'elles eurent constaté que les deux numéros étaient identiques, les filles se serrèrent la main.

– Il va falloir faire vite, poursuivit Léna. Lucille va arriver avec le fourgon qu'on utilise pour transporter les équipements. Il n'est pas siglé et on a mis du scotch noir sur les plaques, donc pas d'identification possible. Lucille va l'amener en face du café pour masquer la porte. Immédiatement on sort et on rentre par la porte latérale du camion. Il ne faut pas que l'homme ait le temps de se replacer ou de réagir ? OK ?

– OK.

Lucille pila juste en face de la porte. La fenêtre conducteur était obstruée par un voile coincé avec la vitre, pour que les visages ne soient pas visibles. Immédiatement les deux filles jaillirent du café et montèrent dans le camion par la porte coulissante latérale. Lucille redémarra en trombe. Avant que l'homme n'eût compris ce qui s'était passé, le camion avait filé. Ils firent le tour du pâté de maisons et laissèrent le véhicule dans le parking souterrain d'une supérette, à l'abri des regards indiscrets. Elles revinrent à la piscine par une issue située sur l'arrière du bâtiment.

Selena sentit un vide l'envahir lorsqu'elle apprit que Torn avait été touché, personne n'étant capable de la rassurer sur son état réel. Était-il tiré d'affaire ? Immédiatement elle se coupa du monde, oubliant jusqu'à la présence des jeunes femmes dans la pièce. Lucille et Léna se regardèrent hébétées. Selena se mit en tailleur sur la mezzanine et regarda les gens nager en contrebas. Elle regarda Lucille d'un air dévasté.

– J'aimerais bien me mettre au fond de l'eau et ne plus bouger, ne plus penser, finit-elle par dire.

Lucille entoura ses épaules.

– Tu sais, nous sommes toutes effondrées par la nouvelle. Moi, qui le connais depuis plus longtemps, je trouve que la vie s'acharne avec une certaine ironie. Je l'ai vu s'enfermer, comme s'il s'était plongé dans le coma, pour oublier les moments difficiles de sa vie. Même moi je n'ai pas pu le sortir de son isolement. Ces derniers temps, il allait mieux, je pense beaucoup grâce à toi… Il était en train de sortir de son coma psychologique, et voilà que la vie l'y replonge physiquement ! Demain nous irons le voir. Ne t'en fais pas…

– C'est dur… D'abord Clara et ensuite Torn. Les deux seules personnes qui voient quelqu'un en moi. Torn m'a appris plus sur moi-même en quelques semaines que n'importe qui en plusieurs années.

– Ce n'est pas ta faute, Selena.

Lucille passait son temps à réconforter les autres. Elle sentait les larmes monter mais elle ne voulait rien laisser transparaître. Elle aurait aimé que quelqu'un daigne lui demander comment elle vivait tout ça, mais personne n'était là pour elle.

– Pleure Selena, si ça peut te faire du bien, ne t'embête pas pour nous.

– Je ne sais pas pleurer, rétorqua la jeune femme.

Lucille la dévisagea d'un air perplexe.

– Qu'est-ce que tu me chantes ? Pleurer ne…

– Non. C'est physique, c'est une histoire de glandes atrophiées. Le médecin a expliqué ça à ma mère lorsque j'étais petite.

Lucille ne put s'empêcher de faire le rapprochement avec la fille que Torn avait perdue. Elle ne pleurait jamais non plus, à tel point qu'à sa mort le médecin avait vu dans cette difficulté à évacuer la douleur morale une cause de sa fragilité psychique. Personne n'avait parlé à l'époque d'une cause potentiellement physique. Elle espérait que le manque de larmes chez Selena n'entraînerait ni la même fragilité, ni la même fin.

– Tu veux piquer une tête dans la piscine pour te délasser ? Léna, peux-tu l'emmener ?

Selena se renfrogna.

– Je ne sais pas nager.

Le ton de Selena devenait de plus en plus nerveux. Même si les filles étaient accueillantes, leur proximité commençait à lui peser au regard des évènements. Elle voulait être seule, sans forcément les blesser.

– Puis-je prendre une douche, finit-elle par demander ?

Lucille la regarda s'éloigner en se disant que la petite était bizarre. À nouveau ses démons la reprirent : quel sentiment pouvait exister entre Torn et ce petit bout de femme ? Pensée déplacée, dès lors que son imagerie interne lui renvoya la vision d'un corps inerte sur un lit d'hôpital.

*

Selena n'avait pas réussi à fermer l'œil en se demandant dans quel état elle trouverait Torn le lendemain. Et s'il mourait pendant la nuit ? Elle s'était levée aux aurores, empruntant le vélo de Lucille aperçu dans le garage de celle-ci la veille au soir. Elle avait laissé un mot sur la table de la cuisine, pour que Lucille ne s'inquiète pas. Elle parcourut d'un bon rythme les cinq kilomètres qui la séparaient de l'hôpital où Torn était en soins. Elle entra par les urgences, au milieu des alcooliques et des femmes battues que la nuit ne suffirait pas à traiter. Méthodiquement, elle parcourut l'ensemble des couloirs jusqu'à ce qu'elle trouve un homme près de la porte d'une chambre. La vigilance n'était pas au rendez-vous puisque l'homme dormait.

Elle entra dans la chambre sans un bruit. Torn était bien là. Elle ne percevait de lui qu'une faible respiration. Elle prit sa main, comme pour se rassurer que le corps qu'elle voyait devant elle n'était pas fictif. Elle se souvenait du moment où elle l'avait ranimé après l'avoir sorti de la chambre froide. Ce qu'elle avait fait en se collant à lui hier, elle pouvait le refaire aujourd'hui, coma ou pas. Cela avait marché une fois, pourquoi pas deux ? Faisant attention à ne pas débrancher une perfusion, elle s'allongea à côté de lui dans le lit. Elle posa la main sur son torse, observant son mouvement au rythme des inspirations et des expirations. Elle se mit à déclamer les strophes de certains de ses poèmes qu'elle connaissait par cœur, en se disant que les vers parleraient à son inconscient. Puis, petit à petit, le rythme s'alanguit. Les vers devinrent murmures. Elle s'endormit.

Elle ouvrit doucement les yeux. Un homme la regardait, tranquillement assis dans le fauteuil de la chambre. Elle commença par esquisser un sourire, pensant que Torn s'était réveillé, mais elle dut se rendre à l'évidence qu'il était toujours dans le coma à côté d'elle.

– Bonjour demoiselle… Vous nous avez fait courir…

Elle comprit que les hommes de Cicérone l'avaient retrouvée. Ils allaient l'interroger, la torturer pour récupérer les photos. Tous ses muscles étaient tendus pour pouvoir s'enfuir. L'homme perçut qu'elle mijotait quelque chose. Il poursuivit :

– J'ai rencontré votre amie Clara. Nous avons suivi vos équipées nocturnes jusqu'à ces derniers jours où vous vous êtes faite plus discrète. Pour finir par une sortie en fanfare en ambulance. Dites-moi ce qui se passe dans cet hôtel ! Qu'avez-vous vu pour qu'on cherche à vous stopper par tous les moyens ? Il faut nous aider, votre ami s'est fait tirer dessus au pistolet automatique avant d'être percuté par une voiture.

Selena se redressa et constata qu'une paire de menottes immobilisait son pied gauche au cadre métallique du lit. Elle l'interrogea du regard.

– Oui, je sais, ce n'est pas très agréable mais je ne savais pas comment vous réagiriez au réveil. Je m'appelle Safran, de la police locale. Je surveille l'hôtel depuis qu'on a retrouvé le cadavre de Mlle Arif. Vous la connaissiez ?

Le visage de Selena n'exprima rien. Même si l'hypothèse de ne pas être tombée dans les griffes de l'ennemi la rassurait, finir entre les mains de la police lui rappelait trop de mauvais souvenirs.

– Comment puis-je savoir que vous êtes réellement ce que vous dites ? Vous pourriez être un policier à la solde de ces gens-là, ils ont déjà l'armée dans leur poche...

– Je vous regarde dormir depuis plus d'une heure. Ne pensez-vous pas que j'aurais eu le temps de vous « nettoyer » Torn et vous, si j'en avais eu l'intention ?

– Probablement, mais parfois les approches de la police sont plus vicieuses.

Safran la dévisagea, essayant de deviner ce qu'elle pouvait avoir en tête. Il soutint son regard, pendant une minute qui sembla une éternité.

– Il s'est suicidé, risqua-t-il.

Selena fronça les sourcils.

– De qui parlez-vous ?

– Le sale con qui voulait abuser de vous contre des papiers en règle...

– Comment êtes-vous au courant ? Cela remonte à quelques années maintenant... J'étais une proie facile : je parlais mal le français, j'étais seule, la parole d'une Roumaine ne vaut pas grand-chose devant celle d'un fonctionnaire assermenté de la grande Administration. J'ai déposé plainte mais j'ai plutôt eu l'impression que mon dossier était enterré.

– Officiellement, il l'a été. La maison lave son linge sale en famille. Mais une enquête interne a été diligentée. D'autres filles, qui jusque-là s'étaient tues, ont fini par parler. Il a été dégradé, puis suivi par les services psychologiques de la police. Rejeté par sa famille, par ses amis, par ses anciens collègues, il n'a pas supporté. Il a été retrouvé mort en forêt, pendu à un arbre.

– Ah ! Ne comptez pas sur moi pour verser une larme. Vous ne m'avez pas répondu : comment êtes-vous au courant ?

– Je faisais partie de la commission d'enquête pour démasquer ce type. Oui, j'ai fait partie de cette minorité un peu illuminée qui n'a eu aucun problème à faire confiance à une Roumaine, ponctua-t-il d'un gros sourire.

Lorsqu'il vit la jeune femme tomber le masque, Safran sut qu'il avait fait mouche. Il se leva pour lui enlever les menottes. Elle se massa la cheville tout en revenant au sujet initial.

– Je ne connaissais pas réellement Zaïde Arif, mais elle faisait partie de ces femmes qu'ils ont exploitées au Château. Ils ramènent des filles de l'Est pour les offrir en pâture à de riches vicelards, ou pour les mettre dans des caissons étanches afin de générer des enfants parfaits qu'ils revendent très chers à des couples stériles. Le service aux clients est poussé dans sa dimension la plus glauque. Avec Torn nous avons fait des photos. C'est pour les récupérer qu'ils nous poursuivent.

– Où sont ces photos ?

– À la piscine.

– À la piscine de l'hôtel ?

– Non, une autre.

Lucille entra dans la pièce, précédée par un collègue de Safran. Comme celui-ci tournait le dos à la porte, il ne les entendit pas venir.

– Qu'appelez-vous « des enfants parfaits » ? demanda Safran.

– Chef...

Lucille interrompit le subalterne.

– Comme ceux que fabriquaient les nazis pendant la dernière guerre mondiale avec des filles d'Europe du Nord ou de l'Est, pour la grandeur de la race aryenne. Mais au lieu de reprendre le concept dans un but idéologique, ils l'ont juste amélioré à des fins commerciales.

Safran se retourna.
– Qui êtes-vous ?
– Une amie de Torn. J'administre une piscine municipale. Selena s'est réfugiée chez moi à sa demande. Pour revenir à l'hôtel, il cache une clinique pour le suivi des femmes et les enfants.
– Des expériences génétiques ?
– Des expériences, oui… génétiques, on ne sait pas. Nous pensons que le propriétaire de l'hôtel a eu de près ou de loin un lien avec un médecin nazi dont un descendant est parti à la frontière ukrainienne.

Lucille raconta les détails trouvés par Léna, tout en précisant qu'il restait des zones d'ombre. Selena sentit la colère monter dès qu'elle entendit les horreurs décrites par Lucille sur les Lebensborn, telles que Léna lui avait raconté. Les « fontaines de vie » d'hier qui trouvaient leur écho dans une époque moderne, elle se demanda combien il pouvait exister d'établissements clandestins comme cet hôtel dans le monde…

Interrompant la conversation entre Lucille et Safran, Selena fulminait :
– Il faut qu'on arrête de parler. Sauver Clara et toutes ces filles, c'est tout ce qui compte aujourd'hui. Des enfants ne peuvent pas continuer à naître dans ces conditions, sans que nous soyons nous-mêmes complices d'un honteux trafic. Je me sens sale.
– Où est Clara ? s'enquit Safran.
– Comme elle était enceinte, ils l'ont mise dans un caisson pour récupérer son enfant. J'ai peur pour elle. Allez-vous nous aider à dénoncer ces horreurs ?
– Je fais établir une commission rogatoire sur la base de vos témoignages et de vos photos et nous faisons une descente à l'hôtel pour vérifier vos dires.

La discussion continua autour de ce qu'ils allaient trouver en déroulant le fil, l'éternel sujet du bien et du mal. Mais, pour Selena, ces discussions restaient stériles. Cela ne menait à rien. Une situation existait ou n'existait pas… Elle se déconnecta, pour se concentrer sur le corps de Torn. Plus tout à fait vivant et pas encore tout à fait mort. Ce corps inerte l'interpellait. Elle réalisa que la véritable naissance d'un être ne se bornait pas à la sortie du ventre de sa mère. À ce stade, ce n'était encore qu'une petite larve dans le cocon de l'enfance, devant travailler à son épanouissement. Elle voyait dans le coma de Torn le miroir de sa propre vie, symbolisant cet état transitoire où l'être n'est plus tout à fait mort mais pas encore tout à fait vivant. Elle prit conscience de cette triste condition humaine, touchant ceux qui jamais ne trouvent leur épanouissement et ne prennent jamais leur envol, prisonniers pour toujours de leur chrysalide. De ces enfants parfaits conçus sans amour, combien sauraient déployer leurs ailes ?

À nouveau, elle regarda Torn d'un air bienveillant. Sans lui, elle serait l'un des leurs, dans un coma beaucoup plus grave que celui où il était maintenant plongé. Personne mieux que lui n'avait su lui montrer qu'elle était une personne à part entière. Elle existait. Du plus profond de son silence, enfermé dans son enveloppe corporelle, il lui disait : « Vis, maintenant que tu es éveillée. »

Chapitre 19

Le 4×4 noir s'approcha doucement de la piscine à la recherche d'une place et stoppa son moteur. Cicérone consulta une nouvelle fois le message sur son smartphone. Lorsque son homme de main lui avait parlé d'une piscine, il avait tout de suite réagi. Il se souvenait de ce jour où après être allé rendre visite au chef sur son lit de mort, il avait eu l'impression d'être suivi sur la route de l'hôtel. Lorsqu'il avait demandé l'identification de l'immatriculation de la mystérieuse voiture, ses amitiés militaires lui avaient confirmé le nom d'une femme travaillant dans une piscine, exactement dans la ville où la Roumaine était descendue. La coïncidence était trop troublante pour que la piste soit écartée. Par ailleurs, le café où ils avaient perdu la trace de Selena était à deux pas.

Selena et Safran s'étaient donné rendez-vous à la piscine pour regarder les photos et faire l'état des lieux de la situation. Il fallait œuvrer rapidement pour demander la commission rogatoire et organiser la perquisition du Château, ou l'ennemi aurait le temps de s'organiser. Safran voulait absolument finaliser la présentation du dossier dans la matinée. Il était accompagné d'Alex, son adjoint depuis le début de cette affaire complexe. Ils virent arriver Léna qui voulait parler à Lucille.

Léna sentait sa mère fébrile. Elle la voyait constamment dérangée par des appels extérieurs ou des SMS. Elle-même passait de nombreux coups de fil. Léna continuait de traquer la moindre information émanant du bureau, au travers du dictaphone. C'est ainsi qu'elle avait distinctement entendu sa mère donner l'ordre de faire disparaître les preuves, elle savait qu'elle parlait à quelqu'un de l'hôtel, mais elle ne voyait aucune raison que les mesures de précaution s'arrêtent là ; si le bureau recelait des secrets, il fallait qu'il les livre avant qu'il ne soit trop tard. Surtout, ne pas ouvrir les portes de l'armoire à CD, sous peine de déclencher l'alarme sur le smartphone de sa mère. Safran écouta avec attention et décida qu'Alex accompagnerait la petite chez Réjane pour récupérer les preuves à disposition.

– Et si Réjane se pointe pendant que vous êtes à l'intérieur ? Ça peut être très dangereux, s'inquiéta Lucille.

– Je suis là, rassura Alex, et je suis armé.

– Vous ne voulez pas que je fasse le guet à l'extérieur dans la voiture ? Je vous préviens avec le portable, si je vois quelqu'un arriver.

Alex regarda Safran pour obtenir son assentiment, il n'aimait pas trop s'encombrer de civils dans une zone de danger. Ils retinrent néanmoins l'idée.

– Je prends ma voiture et vous rejoins là-bas. Je serai plus rassurée.

– Pourquoi prendre deux véhicules ? s'étonna Alex.

– Je m'imagine toujours le pire. Si vous êtes repérés et qu'ils bloquent votre voiture, au moins la cavalerie sera là.

Alex haussa les épaules en maugréant qu'elle avait lu trop de livres policiers. Mais il n'avait pas trop envie de passer son temps en vaines discussions.

– OK, à tout de suite.

Elle entra le numéro d'Alex dans son portable, qui fit de même avec le sien.

Cicérone vit la voiture bleue sortir du parking, il la reconnut tout de suite comme celle qui le suivait en forêt de Chantilly. Il s'agissait bien de la même immatriculation. Lucille était trop absorbée par sa mission pour remarquer l'imposant véhicule se placer juste derrière elle au feu rouge. Cicérone jaillit côté passager, pour venir prendre place à côté d'elle. Il tenait une arme à la main.

Lucille était tétanisée. Elle voulut crier, mais les sons restèrent coincés dans sa gorge. Puis, prise de panique, elle chercha à actionner la portière par des mouvements destructurés. Oubliant l'arme, elle criait, hystérique, se débattait contre un ennemi invisible pourtant à ses côtés. Ce ne fut qu'après plusieurs gifles très sèches qu'elle recouvra le sens des réalités. Cicérone lui saisit la main sans ménagement.

– Allez, donne ta main au lieu de jouer la fille de l'air.

Il sortit une paire de menottes de sa poche et l'enchaîna au volant.

– Tu sors à la prochaine en direction de la campagne. On doit parler.

– Mon Dieu, qu'allez-vous me faire ?

– Ça dépend de toi. On veut les photos de ta copine Selena.

– Je… je ne connais personne de ce nom-là… Il doit y avoir erreur…

– S'il y a erreur, cela veut dire que tu ne nous sers à rien. Alors, tu vas crever. Mais avant on va quand même te torturer un peu pour qu'on soit sûr que tu ne nous caches rien. Tu vas résister un peu, c'est certain. Et nous savons déjà tous les deux comment ça finira. C'est ce que tu veux ? On a vu Selena rentrer dans ta piscine, mentit-il.

– Il y a plein de gens qui rentrent dans ma piscine…, risqua-t-elle crânement.

Elle sentit deux doigts gantés de cuir lui prendre la nuque telle une pince, il lui projeta la tête dans le volant. Son nez se mit à saigner abondamment.

– Arghhh ! Mais arrêtez, espèce de pourriture. Tueur de femmes. Vous n'êtes que des lâches…

– La ferme.

D'une main rageuse, il étala le sang sur son visage. Plus elle bougeait la tête, plus le gant froid lui raclait la peau.

Il regarda dans le rétroviseur, le 4×4 suivait à cinquante mètres de distance. Il empoigna alors le volant et braqua pour ranger la voiture sur une aire de stationnement. Toutefois, au lieu de ralentir, Lucille, qui avait aperçu une voiture en sens inverse, appuya à fond sur l'accélérateur en s'arc-boutant de tout son poids sur le volant. Surpris, Cicérone fut projeté contre la portière. Les pneus crissèrent sur l'asphalte, la voiture fit un demi-tour complet, ressortant de l'aire de repos, puis traversant les deux voies avant de s'encastrer dans la portière conducteur du 4×4. Elle bloquait ainsi la circulation des deux côtés. La tentative de Lucille avait quelque chose de désespéré, elle voulait créer un accident avec des tiers en témoin, pour ne pas rester seule avec ces truands. Cicérone, une fois remis de sa surprise, lui décocha une droite sur la tempe qui projeta la tête de Lucille contre la vitre, elle perdit aussitôt connaissance. La voiture arrivant dans l'autre sens s'arrêta, un sexagénaire en sortit visiblement impressionné par la scène. Pourquoi avait-il proposé son aide ? Cicérone décida qu'il ne méritait même pas une balle, qui de toute façon laisserait des traces pour l'analyse balistique. Il préféra lui broyer le crâne à coups de crosse jusqu'à ce qu'il rende l'âme. Froidement, il déplaça la voiture du malheureux témoin pour la loger en diagonale dans le fossé. Pendant ce temps, les soldats portaient le corps de Lucille dans le coffre du 4×4 et déplaçaient les véhicules pour libérer la route. Le 4×4, Cicérone à son bord, et la voiture bleue, pilotée par l'un des soldats, partirent dans deux directions opposées.

*

Alex et Léna attendirent un peu Lucille avant d'entrer dans la maison. Ne la voyant pas arriver, Alex chercha à la joindre sur son portable, mais en vain.

– Allez ! On y va. Ça la fera venir.

Posant sa trousse à outils, il inspecta le bureau puis s'intéressa à l'armoire à CD.

– Ne peut-on pas rentrer par l'arrière ? dit Léna.

– Ce n'est pas bête.

L'armoire n'était pas très lourde, il n'eut aucune peine à la tourner d'un quart de tour pour accéder au fond en isorel. Il sortit son Dremel, au bout duquel il plaça une petite scie pour découper le fond sur toute la largeur sous la partie vitrée et éviter que la découpe soit visible. Il fit bomber la partie basse pour sortir les bords de la glissière. Une fois celle-ci retirée, il fit glisser la partie haute dans le vide ainsi créé. Ils pouvaient maintenant accéder aux disques, alors que les portes vitrées étaient toujours fermées. L'un après l'autre, les disques de données furent retirés de leur enveloppe plastique. Puis, Alex remit le fond et l'armoire reprit sa place dans ses traces.

Il aurait aimé ouvrir les tiroirs du bureau mais il voyait mal comment s'y prendre. Pendant qu'il cherchait une solution, il avait confié un appareil numérique à Léna qui, page par page, prenait des photos des livres comptables. Il essaya de crocheter la serrure sans l'endommager, mais elle résistait. Léna en avait assez des photos, elle décida de faire une pause. Elle regardait les livres dans l'armoire, elle n'avait jamais vraiment fait attention à ce que sa mère lisait, quand son regard fut attiré par des ouvrages en langue allemande. Elle en feuilleta un au hasard, certains mots lui parlèrent, sans qu'elle puisse néanmoins saisir le sens des phrases par manque de vocabulaire. Les croquis évoquaient par ailleurs quelque chose de connu, sans qu'elle puisse dire de quoi il s'agissait. Elle décida de l'embarquer pour le regarder plus tard. Elle retourna à ses photos.

Pendant ce temps, Alex avait réussi à ouvrir le tiroir du haut qui dissimulait un ordinateur portable. Il le démarra mais un mot de passe empêchait toute transaction. En retirant complètement le tiroir du dessus, il eut accès au contenu de celui du dessous. Pas grand-chose d'intéressant, si ce n'est un cahier avec des tas d'inscriptions et de symboles dont il photographia toutes les pages. Le tiroir du bas restait inaccessible.

Avant de sortir, Alex chercha une nouvelle fois à appeler Lucille, sans succès. Léna l'interrogea du regard.

– C'est bizarre, Léna, elle ne répond pas. Je vais voir si elle est dehors.

– Je viens avec vous.

Lorsqu'Alex eut inspecté les alentours, sans la moindre trace de Lucille, il se dit que quelque chose était arrivé, tout en cachant son inquiétude à Léna. Ils repartirent à la piscine avec les disques et les photos ; Léna avait un mauvais pressentiment. Dans la voiture, elle commença à parcourir le livre en allemand mais il lui était difficile de se concentrer en pensant à Lucille.

*

Safran n'obtint les autorisations que quarante-huit heures plus tard, alors qu'il recherchait la trace de Lucille. Même la géolocalisation du téléphone portable n'avait pas fonctionné. Elle semblait s'être complètement volatilisée. L'actualité locale était focalisée sur un fait divers : un papy retrouvé au volant de son véhicule dans le fossé, le crâne défoncé avec un objet contondant. Mais rien sur Lucille.

Lorsque Safran présenta à Cicérone le mandat lui donnant autorité pour fouiller l'hôtel, le regard du lieutenant ne manifesta aucune surprise, aucun embarras.

– C'est dans la logique des choses, se contenta-t-il de dire. Je vous présente la propriétaire de l'hôtel, qui a tenu à se joindre à nous pour l'entretien.

Réjane s'était habillée de manière sobre, sans couleur vive. Elle était vêtue d'un tailleur bleu qui mettait en valeur sa silhouette. Un maquillage discret adoucissait l'expression de dureté qui émanait de son visage. Elle savait user de ses charmes naturels pour paraître aimable, mais pour celui qui s'attardait un peu à observer ses traits, il pouvait y lire un mélange d'animalité et d'autorité. Elle prit la parole :

– Bonjour messieurs. Je vous demanderai simplement de respecter la vie de l'hôtel et de ne pas nuire à son image.

– Enchanté madame. Sachez que je vous suis très reconnaissant d'avoir pris sur votre temps pour nous accompagner. Comme vous le voyez, nous ne sommes que trois pour éviter de trop nous disperser. Alex, mon inspecteur, qui est autorisé à prendre des photos, et M. Wu, expert médical. Il n'y aura pas de débordement.

Réjane ne fut pas sensible au discours mondain.

– Vous ferez bien. Imaginons que vous ne trouviez rien de répréhensible dans les pratiques de l'hôtel, il serait désastreux pour vos services d'être à l'origine d'une plainte adressée à votre administration afin d'obtenir réparation pour le préjudice subi.

Safran observait Cicérone du coin de l'œil. Il ne savait pas ce qu'il y avait derrière le sourire du lieutenant mais il ne présageait rien de bon. L'autre semblait trop sûr de lui. Pourtant, Safran pouvait affirmer au travers de la surveillance de l'hôtel, qui ne s'était pas relâchée d'une minute, qu'aucun mouvement suspect n'avait été enregistré laissant penser à un quelconque déménagement de « colis » compromettants.

– Nous souhaitons nous rendre directement au Château. Cela préservera d'autant l'image de l'hôtel pour le plus grand nombre de vos clients.

– Puis-je vous demander pourquoi vous êtes accompagnés d'un expert médical ? demanda Réjane.

– Nous avons des raisons de croire que nous pourrions en avoir besoin, répondit Safran d'un air énigmatique.

Dans les couloirs, ils croisèrent Mme Sourire, dont les traits tirés indiquaient que la nuit avait dû être longue. Safran avait parfaitement en tête le plan du septième étage tel que Selena lui avait décrit. Il se fit ouvrir les portes, l'une après l'autre.

Le bureau de l'infirmière ressemblait à n'importe quel bureau, mais les affiches publicitaires utilisées en guise de décoration laissaient davantage penser à une activité de soins esthétiques. Les trois hommes inspectèrent la mezzanine, où les étagères à médicaments étaient plutôt vides, comme l'armoire à produits dangereux d'ailleurs. M. Wu réagit.

– C'est étonnant de voir un stockage automatisé pour aussi peu de médicaments. L'investissement est important pour une société.

– C'est illégal ? demanda Cicérone d'un ton faussement inquiet…

– Non, dut reconnaître Wu.

Réjane toisa Cicérone, reprenant un ton plus constructif.

– Nous ne sommes pas un hôpital, nos produits en stock nous permettent juste de répondre aux besoins de nos clients sur des prestations particulières.

Ils virent principalement des crèmes à base de propolis, de la gelée royale, des produits à base de miel. La propriétaire des lieux poursuivit :

– Nous proposons à nos clients des programmes de détente/bien-être. Nous nous devons d'avoir une infirmerie, mais nous ne saurions pas rentabiliser la personne si nous n'avions pas d'autres activités pour elle. C'est pourquoi notre infirmière a passé son brevet d'esthéticienne.

Le balcon de la mezzanine donnait sur un espace vide aménagé en cellules. Safran nota par rapport aux photos de Selena que les barrières immatérielles avaient été retirées.

– De quoi s'agit-il ? s'enquit Safran. On dirait des alvéoles. Qui vient ici ?

– C'est le principe des hôtels du groupe de toujours offrir un service qui dépasse le simple concept de proposer des chambres ou des appartements, sur une plus ou moins longue durée. Il faut offrir une image qui permette de se démarquer de la concurrence. Dans les pays de l'Est, où le groupe est fortement implanté, l'accent a été mis sur les soins dentaires. Certains Français profitent d'ailleurs de tarifs avantageux s'ils sont clients de l'hôtel, on organise d'ici leur séjour dentaire dans un établissement du groupe.

Safran venait d'avoir la confirmation que l'hôtel fonctionnait en réseau. Il ne releva pas.

– Mais vous ne faites pas de soins dentaires ici ?

– Non, notre fonds de commerce tourne plutôt autour de l'abeille…

– D'où le motif sur les grilles…

– Exactement. En France, nous avons mis l'accent sur les soins corporels et ce qui fait notre différence est la qualité de nos produits. Ce n'est pas pour rien si dans l'Antiquité les vertus du miel étaient déjà connues des Égyptiens. Les dérivés produits par les abeilles ont tous des vertus prouvées scientifiquement, nos apiculteurs ont eux-mêmes leur propre savoir-faire au niveau des pollens pour la culture d'espèces florales hautes en énergie, en arôme… Ces espaces privatifs que vous voyez en bas sont des espaces de soin. Vous voulez voir de près ?

– Allons-y. Je suis juste étonné qu'il n'y ait personne.

– Aujourd'hui est le jour de repos de notre collaboratrice.

– Et s'il y a un incident d'origine médicale ?

– Nous avons des médecins de proximité qui peuvent arriver très vite. Nous sommes bien organisés, comme vous le voyez.

Ils descendirent dans le Nid. Cinq alvéoles avaient effectivement été transformées en cabines de soins. Dans chacune d'elles, on pouvait voir des décorations exotiques, une minichaîne pour l'ambiance musicale, une table de massage, des crèmes et des flacons avec des huiles essentielles portant la marque de l'abeille. Cinq alvéoles avaient été conservées dans un état plus spartiate, avec juste un lit et un peu de mobilier. Ces dernières étaient destinées à l'accueil médical, lorsque cela était nécessaire.

Safran dut reconnaître que ces gens étaient les rois du camouflage. Comment avaient-ils évacué les filles en échappant à la vigilance des policiers de faction ?

– Qu'y a-t-il derrière cette porte ? demanda Safran, où il devait normalement trouver les caissons avec les nymphes…

– C'est un débarras, avec des lits d'appoint, du petit matériel.

Lorsqu'ils ouvrirent la porte, Safran ne put que constater leur efficacité. Les preuves avaient disparu.

Cicérone prit un air goguenard.

– Voulez-vous voir autre chose ?

Safran demanda à visiter l'ensemble des appartements, que les clients soient à l'intérieur ou non. Il cherchait en priorité les caissons, dont il savait qu'ils étaient les plus difficiles à évacuer discrètement. Pas de trace de Lucille non plus.

Après être rentrés bredouilles de la visite du Château, ils s'attaquèrent aux étages inférieurs pour les chambres non occupées. Ils visitèrent les autres au fil de la sortie des occupants. Puis le sous-sol fut également sondé. Rien.

Safran enrageait en son for intérieur. La commission rogatoire était intervenue trop tard. Machinalement, Alex consulta son téléphone. Il avait reçu un SMS de Lucille, ou plutôt du téléphone de Lucille. Il s'agissait en réalité d'un message avec une photo. On pouvait voir Lucille, le visage tuméfié, perfusée et sanglée sur un lit qui ressemblait étrangement à ceux de l'hôtel. À côté du lit, une pancarte avec un message écrit en lettres majuscules : « SANS ANTIDOTE, ELLE MOURRA SOUS 5 JOURS. PRÊTS À UN ÉCHANGE CONTRE CARTES VIDÉO SOURCES. ATTENTE RETOUR SMS POUR OK ÉCHANGE ».

Le visage de Safran changea de couleur à la lecture du message.

– Bon sang ! Ils pensent que nous détenons des photos sur une carte vidéo source autre que celle de l'appareil de Selena qu'ils ont récupéré. Il faut surtout qu'ils continuent à le croire, sinon Lucille cessera d'être une monnaie d'échange, ils s'en débarrasseront immédiatement.

Malheureusement, nous n'avons rien à offrir. Selena n'a toujours eu qu'une seule carte vidéo ; elle enregistrait les images sur sa clé et supprimait les photos de l'appareil au fur et à mesure.

– On peut essayer d'analyser la photo.

– Il faut faire feu de tout bois, ou nous aurons un cadavre sur la conscience. Nous n'avons que très peu de temps pour trouver où elle est enfermée.

*

La jeune fille faisait claquer ses petites bottines dans les rues d'une ville du monde, sombres et tortueuses. Sa robe aux couleurs vives virevoltait à chaque pas comme des corolles par grand vent. Tout en elle exprimait la spontanéité et la douceur de vivre. Sa mère mettait un point d'honneur à ce qu'elle soit toujours d'une parfaite correction, que ce soit dans sa tenue vestimentaire ou dans ses attitudes. En toutes circonstances, garder le sourire pour que les autres vous sourient. Pour que les évènements vous sourient.

Elle croisait des chiens errants presque aussi grands qu'elle. Ce n'était pas ce qui l'effrayait le plus. Sur le bord du chemin, ils la regardaient avec leurs yeux soupçonneux. En voulaient-ils à sa jolie robe, eux dont les vêtements étaient en guenilles ? Ils étaient pour la plupart décharnés, sans doute sautaient-ils régulièrement leur repas. Ils sortaient des poubelles, des soupiraux… Partout des enfants abandonnés… Ils pullulaient comme des rats. Lorsqu'elle passait sur une bouche d'égout, elle sentait leurs yeux au travers de la plaque métallique. Aucun endroit n'était sordide dès lors qu'il s'agissait d'abriter sa misère. Ils incarnaient l'étendue du « génie des Carpates »… Celui-là même qui avait imposé de doubler la population de la Roumanie, quelles qu'en soient les conséquences. L'État de Ceausescu avait jeté sa griffe sur la politique familiale : être capable de choisir parmi une offre importante les enfants les plus résistants, les mieux dotés pour donner à la Roumanie un avenir éclatant et… laisser les plus faibles, les plus démunis au bord du chemin ou pire.

Elle voyait des bras se tendre, comme s'ils voulaient l'effleurer. Ils l'appelaient, d'une voix d'outre-tombe.

– Clara…

Elle laissa échapper un cri strident lorsqu'une main agrippa sa robe. Elle se débattit.

– Clara…

Derrière les grilles des maisons de maître, elle distinguait des ombres. Ce n'étaient pas des maisons de maître mais des orphelinats. Des orphelinats à perte de vue.

– Clara… Protège-nous…

Elle savait que ce n'étaient pas des orphelinats mais des endroits où les enfants mouraient jeunes… Elle savait que tous ces enfants n'étaient pas orphelins. Pour la plupart, leur famille travaillait dans les champs à quelques kilomètres de là. Le Conducator avait exhorté leurs parents à procréer, en leur donnant le droit d'abandonner les enfants s'ils n'arrivaient pas à s'en occuper. Combien de frères et sœurs avaient-ils ? Ils l'ignoraient. Autant de chrysalides sèches de cet amour qui prévaut à tout épanouissement, vides d'avenir. Dans ce pays qui était le sien. Tel était l'héritage de la dictature. Elle les croisait tous les jours en allant à l'école. Elle ne voulait pas les voir. Personne ne voulait les voir.

– Clara…

Elle commença à accélérer le pas, pour chercher à les distancer. La vie l'avait épargnée, elle ne serait jamais des leurs. Mais s'ils la touchaient, elle pouvait être contaminée. À son tour, elle traînerait son désespoir jusqu'à la folie. Elle voulait continuer à vivre, surtout pas survivre.

Elle sentait leur respiration maladive, elle se mit à courir, d'abord lentement puis de plus en plus vite.

– Clara…

Soudain, un doute lui vint… Ses parents lui avaient-ils tout dit ? Et si parmi tous ces malheureux l'un d'eux était son propre frère, un frère de sang sans visage ? Elle savait qu'à une certaine époque les femmes avaient été exhortées, pour le bien de la nation, à mettre au monde au moins cinq enfants, sous peine de représailles si elles n'obtempéraient pas… Les enfants de la fortune… Sa mère avait dû être menacée comme les autres ; avait-elle succombé ?

– *Mama…*

Le fait qu'il n'y ait que deux enfants à la maison devint soudain suspect dans son esprit perturbé. Elle se demanda comment elle avait pu être épargnée au milieu de toute cette mouise. Il fallait qu'elle sache. Afin de conserver un bon salaire et un confort de vie pour ses aînés, sa mère avait-elle engendré des enfants qu'elle avait par la suite abandonnés aux « bons » soins de l'État ? Elle sentit dans ses veines le sang se transformer en boue, dont sa belle robe fut bientôt complètement maculée. Les images se précipitaient devant ses yeux sans qu'elle puisse sortir de leur spirale malsaine. La fange s'échappait de tous ses pores, au point qu'elle n'y voyait plus rien. Elle la sentit couler entre ses jambes, comme si son corps rejetait d'un bloc l'enfant qu'elle portait. Elle aurait voulu appeler au secours mais, ainsi enveloppée de ce liquide visqueux, personne ne l'entendait.

Cette graine qui poussait dans son ventre n'était jamais que la répétition, peut-être, de ce que sa mère avait vécu. Comme elle, l'intérêt personnel n'avait-il pas été l'unique motivation de poursuivre cette grossesse à terme ? Jamais elle n'avait pensé à l'être de chair que deviendrait le nourrisson. Un enfant de fortune, dans tous les sens du terme. Pour le confort et la fortune des autres. Un nouvel enfant sans visage dont elle portait la triste responsabilité de l'amener à la vie sans amour.

– *Mama…*

Ouvrir les yeux… Parler à sa mère… Mais que ses paupières étaient lourdes !… Tandis qu'une tempête balayait son crâne, le corps de Clara restait immobile dans son caisson.

Chapitre 20

Selena avait convaincu Safran du réel intérêt qu'elle puisse prendre ses quartiers dans la chambre de Torn à l'hôpital. Safran avait d'abord voulu l'assigner à résidence avec une protection mais, quitte à se sentir en prison, elle avait demandé à choisir sa geôle : si elle ne pouvait pas aider à retrouver Lucille, la seule manière pour elle de se sentir utile était de veiller sur Torn, et de ne pas monopoliser une équipe de surveillance quand cette dernière pouvait être plus efficace à rechercher Lucille. Elle était allée jusqu'à lui proposer de porter un bracelet électronique à la cheville, s'il ne lui faisait pas confiance. L'approche était pragmatique, elle avait finalement séduit Safran qui s'était empressé de la vendre au directeur de l'hôpital. Ce dernier avait accepté contre l'assurance qu'un policier resterait à demeure dans l'hôpital. Selena resta en fait libre de toute entrave.

La jeune femme avait récupéré quelques vêtements et l'équipement informatique adéquat dans son appartement, avant de s'installer dans la chambre. Elle peaufinait le livre de Torn, tous les textes quasiment étant illustrés. Elle avait également préparé un synopsis avec quelques poèmes choisis, à destination de maisons d'édition ayant déjà manifesté un intérêt pour la poésie. Régulièrement, elle arrêtait son ouvrage pour parler à Torn, dont l'état était stabilisé. Elle répétait l'un des textes qu'il préférait, intitulé « L'Encre sympathique », en espérant que cela puisse provoquer un déclic inconscient.

« Les mots se sont noyés dans une page blanche
Épaves éparses sous Narcisse englouti
Froide est la demeure qui instille l'oubli
Au chevet de ce cœur qui jamais ne s'épanche.

Ma vie est cette page où l'ennui seul se penche
Un sang d'encre a coulé d'accents graves meurtris

Qui donc vous exila, caractères aigris,
De cette feuille exsangue aux désirs de revanche.

Mais la Muse paraît, lumière et chaleur,
Elle a ton sourire, ton esprit, ta douceur
Sa flamme réveille d'un fol espoir les signes.

Surgissent du néant les mots ressuscités
Et l'émotion s'exprime à l'aube de ces lignes
Pour qui guide mes pas loin, loin des vanités. »

Malheureusement, cette initiative ne donnait rien. Torn était une page blanche qu'aucune chaleur ne réchauffait. Elle aurait aimé incarner ce sourire capable de réanimer un corps inerte, mais elle n'était rien d'autre que cette fille qu'il avait prise sous son aile, elle n'était personne dans son histoire. C'est alors qu'une idée lui vint, qui lui sembla tout d'abord saugrenue, puis déplacée, mais qu'y avait-il de plus fort en terme d'électrochoc pour le ramener à la vie ? Safran lui ramena un carton qu'il avait récupéré à sa demande dans le sous-sol de l'hôtel. Elle analysa toutes les coupures de journaux et put mesurer la misère qui l'avait frappé. Il avait été ce médecin plongé au cœur du scandale quand d'autres avaient su tirer leur épingle du jeu. Elle avait acquis la certitude que sa femme et le médecin allemand qui apparaissait régulièrement à ses côtés sur les photos avaient orchestré sa chute pour mieux se protéger. La clinique qu'ils tenaient à trois s'était fait tristement connaître pour ses pratiques eugénistes : si un patient se présentait, même pour une intervention bénigne, qu'une anomalie héréditaire était détectée dans l'analyse du terreau familial, il fallait l'empêcher de se reproduire et le patient sortait castré chimiquement à son insu. Certains étaient ainsi rentrés pour faire enlever de simples kystes disgracieux, et étaient ressortis stériles. Pure idéologie d'un autre temps, qui consistait à ne pas laisser des sous-hommes pervertir la noblesse de la race ; la ligne de l'hérédité devait être coupée dès lors qu'elle n'était pas saine selon ceux qui se posaient en juges de la race humaine. Le médecin allemand avait mystérieusement disparu à l'Est, tandis que Réjane s'était arrangée pour que sa signature n'apparaisse jamais sur les documents officiels. Torn avait été un bouc émissaire idéal... et consentant ! Selena n'avait pas tout de suite compris pourquoi il s'était laissé manipuler sans se défendre... La raison était pourtant évidente : ils tenaient sa fille... Et sa fille n'avait pas supporté de voir son père plonger à cause d'elle...

Comme chaque soir, Selena délaissa son lit pour se coucher aux côtés de Torn. Elle ne trouvait pas le sommeil, encore préoccupée par ce qu'elle avait lu et pas tout à fait sûre de ce qu'elle devait en faire. Elle finit par se décider. Elle se pencha à son oreille.

– Papa, ils veulent me faire du mal. Viens me chercher. S'il te plaît, papa, viens me chercher.

Elle mit sa petite main dans la sienne, comme une écolière que son père emmène à la classe. Reprenant les détails sordides qu'elle avait pu collecter dans les différents articles de presse.

– Papa, je ne peux pas supporter qu'ils te fassent du mal à cause de moi. Viens vite. Regarde, la trappe du grenier est ouverte, elle me demande de venir la rejoindre. C'est comme un trou noir mais derrière il y a un chemin de lumière. Je vais mettre le bout de bois en travers de l'ouverture pour pouvoir me hisser. Aide-moi, je suis trop petite... Sauve-toi avec moi...

Torn marchait dans un couloir très éclairé sur lequel donnaient de multiples portes. Il essaya d'en ouvrir plusieurs, sans succès.

– Oui, papa, j'ai acheté une corde. Ne sois pas triste. Je ne veux plus vivre si tu n'es pas là. C'est trop dur. Maman ne m'aime pas. Depuis que tu es parti, elle refuse de m'appeler Séverine, elle m'appelle Svetlana, comme si mon prénom français était sale.

Cette histoire de prénom avait intrigué Selena. Suivant les articles, et surtout la période où ils avaient été écrits, l'enfant de Réjane ne portait pas le même prénom. Elle crut d'abord que l'on parlait de deux enfants différents mais il n'en était rien. Elle avait décidé d'utiliser l'information dans sa reconstitution mais elle ignorait quelle interprétation elle devait en faire.

Enfin, l'une des portes s'ouvrit. Torn entra dans une pièce envahie par la pénombre. Ses yeux durent s'habituer à la semi-obscurité.

– J'ai peur que la corde me fasse mal. J'ai peur… J'en ai assez de souffrir… Papa, tiens-moi la main pendant que je monte sur la chaise.

Et brusquement Torn la vit, blanche comme un linge. Elle se balançait, les deux bras tendus vers lui. Il se vit casser la vitre pour récupérer des fragments de verre qu'il pourrait utiliser pour couper la corde. Un bras en sang, il courut pour enserrer les frêles mollets et la porter pour libérer son cou de la morsure de la corde. Selena sentit soudain une poigne de fer agripper sa cuisse. Elle voulut se dégager quand elle sentit la main s'imprimer dans ses chairs ; plus elle se cambrait, plus l'étau se resserrait. Torn enfin ouvrit les yeux, complètement perdu. Un cri déchirant s'éleva dans la chambre.

– Non… Ne pars pas… Je suis là… Ne me laisse pas tout seul…

Torn pleurait tout en se débattant face à un ennemi invisible.

Il continuait de serrer le corps de Selena, sans avoir pris conscience que ce n'était pas sa fille. Elle étouffait.

– Torn, c'est moi… Tu es réveillé !

– Tu parles, Dieu soit loué, tu n'es pas morte alors…

– Torn, c'est Selena… Il y a longtemps que ta fille est partie, personne ne pourra la ramener mais moi je suis là…

La jeune femme se redressa pour qu'il puisse voir son visage. Elle lisait dans ses yeux la douleur et l'incrédulité. Comment lui expliquer avec des mots simples…

– Tu étais dans le coma, nous avons tous cru que nous allions te perdre... Tu es en train de te réveiller.

Elle le serra à son tour dans ses bras mais il restait absent. Elle sentit sa main chercher son cou. Les yeux de Torn prirent une lueur plus menaçante.

– Qui es-tu ? Pourquoi as-tu les mêmes grains de beauté que ma fille ?

– Hein ?

– Les mêmes... Qui es-tu ?

– Torn, s'il te plaît, émerge... Je ne sais pas pourquoi j'ai les mêmes grains de beauté... Je veux bien être un peu ta fille mais je ne pourrai jamais remplacer la vraie, j'aurais bien aimé avoir un père qui me voit avec tes yeux alors oui, montre-moi ce que c'est d'être aimée par son père, tu as fait plus pour moi en quelques mois que le vrai en toute une vie... Mais pour ça il faut que tu te réveilles complètement et que tu me voies.

Elle l'embrassa sur la joue, sur le front. Ses yeux restaient perdus dans le vide.

Elle fit claquer ses doigts, juste devant ses yeux, qui se mirent à cligner.

L'infirmière l'interrompit en entrant dans la chambre, prévenue par le cri et le monitoring que quelque chose était en train de se passer.

– Le réveil a été violent, se contenta de dire Selena.

– Le plus dur est fait mademoiselle, il y a des gens qui n'émergent jamais de leur coma et restent prisonniers de leur corps.

– Oui, comme ces pauvres hères qui restent prisonniers de leur vie sans savoir trop quoi en faire..., murmura-t-elle.

– Pardon ? demanda l'infirmière intriguée.

– Non, je pensais tout haut. Excusez-moi.

– Eh bien ! Monsieur, on peut dire que vous nous avez fait peur. C'est un vrai petit miracle. Le médecin va arriver.

Selena s'accroupit pour reprendre ses esprits. Elle était épuisée. La tension nerveuse née de ce jeu de rôle nauséabond était en train de retomber progressivement, pour laisser place à une déferlante de bonheur, celui d'avoir ramené à la vie un être cher.

Torn, qui l'observait allongé sur son lit, lui tendit la main. Elle la prit tout en levant vers lui des yeux qui brillaient un peu.

– Si je savais pleurer, je t'offrirais bien une larme, lui dit-elle avec un large sourire.

– C'est fait, répondit-il.

Instinctivement, elle porta son doigt à son œil. C'était la première fois qu'elle pouvait observer une goutte d'eau salée. Elle se demandait quel goût cela pouvait avoir, elle approcha son doigt de ses lèvres.

– Non, dit-il en se redressant.

– Quoi ?

– Tu as dit que tu allais me l'offrir...

– C'est vrai. Visiblement tu as retrouvé tes esprits... Allez, profites-en bien, c'est un phénomène intergalactique qui n'arrive qu'une fois tous les vingt-quatre ans ! Blague à part, j'ai les glandes lacrymales atrophiées, je ne peux pas pleurer normalement...

*

Mme Sourire revenait à l'hôtel par la route principale. Soudain, elle aperçut les lumières d'un gyrophare dans le rétroviseur. Une voiture banalisée vint se placer à côté d'elle. Le conducteur lui montrait une carte de police à travers la vitre, il lui fit signe de se ranger. Vraiment, la flicaille avait décidé de jouer les empêcheurs de tourner en rond. Compte tenu du contexte, elle ne pouvait pas se permettre néanmoins de jouer les fortes têtes. « Profil bas », avait dit Cicérone. Elle se gara respectueusement et ouvrit sa vitre. L'homme avait l'air arrogant, elle nota par ailleurs sa musculature puissante qui contrastait avec l'idée qu'elle se faisait du fonctionnaire de police.

– Ai-je commis une infraction sans m'en rendre compte ?

– Non.

– Ah ! C'est un contrôle de routine alors.

– Non.

Mme Sourire trouvait l'agent bizarre. Il avait l'air de s'amuser de la situation.

– Pourquoi m'arrêtez-vous alors ?

Elle eut comme seule réponse la vibration d'un Taser sur son cou. Elle s'affala immédiatement au volant de son véhicule, terrassée par le choc électrique.

Lorsqu'elle se réveilla, elle était attachée sur un plan incliné, un bandeau sur les yeux.

– Alors la Belle au bois dormant… Prête à vivre une lune de miel avec moi ?

– Qui êtes-vous ? Pourquoi m'avez-vous ligotée ? Et pourquoi m'avoir bandé les yeux, j'ai vu votre visage tout à l'heure…

– Oui, mais c'est mieux si tu ne réalises pas tout de suite où tu es arrivée… Tu ne trouves pas que les perceptions changent quand on n'y voit rien ?

– Écoute mon grand, fais ce que t'as à faire. Tu ne m'impressionnes pas. J'ai vécu pire au Kosovo.

En tirant sur ses liens, elle réalisa que la corde entrait dans ses chairs.

– Bon sang, fils de pute, tu m'as déshabillée ?

– Pas faux. Te mettre à poil, je dois reconnaître que ce n'est pas ce que j'ai fait de mieux dans ma vie. Il est temps que tu te remettes au sport. T'es grosse de partout, une bouée de graisse autour du ventre. Et je ne parle pas de tes fesses. Bordel, je n'aime déjà pas les grosses mais là j'ai failli vomir. J'aurais bien aimé te voir au Kosovo, tu devais être en meilleure forme que dans ton hôtel de merde.

– Vous n'êtes pas flic n'est-ce pas ?

– Allez ! On va arrêter la causette. Parlons peu, parlons bien… Où est Lucille ?

– Va te faire foutre, connard. Tu peux me torturer, tu ne sauras rien.

– Pourquoi veux-tu que je te torture, quand la nature peut s'en charger ? As-tu une idée de l'endroit où tu te trouves finalement ?

Mme Sourire pesait sur ses liens. Trop serrés. Ça ne ressemblait pas à du travail d'amateur. Il continua d'un ton hâbleur :

– Allez ! Je vais te donner un indice... On me surnomme l'Apiculteur. Ou Candyman... Ça dépend... Connais-tu un merveilleux jardin où l'on s'enivre de senteurs rares, très bien entretenu et plein de ruches qui ont fait mon ravissement ?

Elle était intriguée.

– Les ruches ne manquent pas dans la région, lâcha-t-elle pour gagner du temps.

– Ouais... mais celles-là tu les connais bien...

– Le parc de l'hôtel ?

– Bravo !

– Comment es-tu entré ? demanda-t-elle sur un ton qui n'était plus tout à fait serein...

– Bah ! Tu sais que l'hôtel jouxte la forêt. C'est amusant, n'est-ce pas, de voir tous ces soldats ou anciens soldats censés œuvrer à la sécurité de l'hôtel et de constater qu'on peut venir les narguer jusque sous leur nez sans qu'ils s'en rendent compte ? Nous sommes à l'extrémité nord-est du parc. Cet endroit un peu isolé rempli de fleurs qu'il n'est pas si courant de voir pousser ensemble... Oui, ma mignonne, je connais bien les fleurs.

– La serre ?

– Exactement, ça m'a intrigué de voir des ruches dans une serre...

Mme Sourire déglutit, prenant soudain conscience des arômes qui l'environnaient. Elle savait à quoi servait la serre.

– Salopard !

– Je pense que personne n'a rien à m'envier sur ce terrain-là à l'hôtel. Une fameuse brochette de pourris, dont tu es la plus belle représentante... C'est dommage que tu ne puisses rien voir, je te présenterais volontiers toutes ces plantes toxiques autour de toi ; je n'en ai jamais vu autant en un seul endroit. Toxiques pour l'homme bien sûr... Mais totalement inoffensives pour les abeilles...

Candyman s'empara d'un pot de terre cuite. Il enfila des gants en latex puis s'approcha, sans un bruit. Mme Sourire tendait l'oreille.

– Tu n'es pas parti, n'est-ce pas ? Tu me mates… Qu'est-ce que tu prépares ?

Il se pencha à son oreille. Ce fut comme un murmure…

– Je te l'ai dit… Une lune de miel… Avec tes chères abeilles…

… un murmure suivi d'une rage sourde. Candyman saisit le miel dans le pot, enduisant de substance sucrée chaque parcelle de ce corps avachi. Ses mains s'insinuaient partout, méthodiquement, sans le moindre égard. Elle se contorsionnait mais plus elle se cabrait, plus la main de l'Apiculteur s'enflammait. Sa poitrine, nappée de sucre roux, si flasque qu'elle tutoyait son nombril, paraissait encore plus dégoulinante. Il en mettait partout, sur sa tête, dans ses cheveux, dans les parties les plus intimes. Mme Sourire se mit à vociférer, c'est ce qu'il attendait. Dès qu'elle eut la bouche ouverte, il la fourra de miel, sans aucun ménagement. Elle hoquetait…

Candyman lui retira le bandeau.

– Alors ma chérie, aimes-tu le miel ?… Le propre du miel est de synthétiser les qualités ou les vices des plantes dont provient le nectar. Les abeilles ne distinguent pas ce que les plantes ont de mauvais pour l'homme. Si les fleurs sont toxiques, on retrouve leur toxicité dans le miel. Ces ruches sont dans une serre pour que les abeilles se gavent en priorité des fleurs qu'elle contient. Combien de poisons avez-vous demandé à vos chères butineuses de synthétiser dans vos serres ? Et quels effets aura donc sur toi ce miel que j'ai prélevé dans ces mêmes ruches avant que tu ne te réveilles ?

– Mais qui êtes-vous ? Comment avez-vous su ?

– Cette question n'a que peu d'intérêt. Bientôt tu seras en pleine communion avec la nature. En plus des effets du miel, les abeilles, les guêpes, les fourmis vont vouloir goûter une personne aussi délicieusement sucrée que toi. J'ai positionné la planche juste au-dessus d'une fourmilière, que j'ai découverte ici par un heureux hasard. Ton pied gauche, que j'ai laissé dépasser de la planche et qui repose sur le sol, va bientôt attirer tes nouvelles amies à pattes… Je regrette juste qu'il n'y ait pas d'ours dans nos campagnes. Où est Lucille ?

– Va te faire foutre…

Elle sentait la tête lui tourner. De même que des plaques rouges lui recouvraient maintenant le corps.

Dans un autre pot, il prit des pétales de couleur rouge et se mit à les disperser sur son corps.

– Ah ! J'ai oublié de te dire… Les abeilles n'aiment pas trop la couleur rouge mais elles adorent les coquelicots, parce que leur œil y distingue des ultraviolets. Qu'est-ce que tu es belle avec tes pois rouges ! Toujours rien à me dire ?

Sans répondre, le regard plein de rage, elle fit un effort surhumain pour essayer de se détacher, mais sans succès.

Il n'y eut pas longtemps à attendre pour que la première abeille vienne se poser sur la voluptueuse. Était-ce une illusion d'optique : elle n'avait jamais vu d'abeille aussi grosse ! Des fourmis commençaient également à monter le long des mollets. Une dizaine d'abeilles se délectaient maintenant de la soupe de sucre et de sueur, l'une d'elles au niveau de la bouche de Mme Sourire. Le sourire de celle-ci s'était transformé en rictus, une guêpe vint se joindre à la fête, rythmant la scène d'un bourdonnement effrayant. La militaire, jusque-là stoïque, fut prise de spasmes. Les ondulations de son corps suscitèrent l'inquiétude de quelques butineuses qui abandonnèrent leur dard dans sa chair.

– Toujours rien à me dire ? demanda Candyman avec morgue. Il me suffit de brancher le Karcher pour te débarrasser de tout ça et tu reprendras une vie normale. Dis-moi où est Lucille…

– Tu peux aller te faire foutre, et elle aussi…

Elle fanfaronnait mais son corps ne suivait plus. Elle voyait les fleurs tournoyer au-dessus d'elle. Elle avait le sentiment que son bras gauche se paralysait.

– Tu crèveras avant. Tu as déjà pris une dizaine de piqûres. Au mieux tu n'es pas allergique et tu sauras encore encaisser une centaine de piqûres. Au pire, tu vas succomber à un choc anaphylactique, voire à un œdème de Quincke… Où est Lucille ?

Sa jambe droite était complètement recouverte de fourmis. La démangeaison créée la faisait tressaillir et cela favorisait les piqûres d'abeilles. Lentement mais sûrement, la résistance de celle qui d'ordinaire menait ses filles à la baguette était en train de fissurer. Si le corps ne lâchait pas, il était certain d'avoir ses infos dans moins d'une heure.

*

Léna avait séché les cours de l'après-midi, beaucoup trop obnubilée par l'absence de Lucille. Elle était persuadée d'avoir découvert quelque chose dans le livre en allemand prélevé dans le bureau de sa mère mais, à ce stade, ce n'était qu'une intuition. Ce n'est qu'après avoir acheté une carte très détaillée de la forêt de Chantilly à la librairie locale que cette intuition s'était commuée en certitude. Elle décida de rejoindre Selena à l'hôpital. Lorsqu'elle vit que Torn était sur pied, elle se précipita vers lui pour lui prendre les mains.

– Je suis si contente que tu sois sorti du coma. Tu es indestructible ! Et tu es suffisamment valide pour être debout, ne devrais-tu pas être couché ?

– Si, mais je ne peux pas rester couché à ne rien faire alors que Lucille est peut-être torturée quelque part.

– Il ne tient pas en place, dit Selena. Personne n'arrive à le raisonner.

– Je pense savoir où est Lucille.

Torn et Selena se regardèrent incrédules, non sans remarquer la mine triomphante de l'adolescente. Léna sortit le livre allemand et des notes de traduction en français.

– Tu parles allemand ?

– Maman a tenu à ce que je choisisse l'allemand en première langue vivante à l'école. Avant l'anglais. Je n'ai pas eu vraiment le choix.

– On t'écoute.

– Pendant la dernière guerre mondiale, l'état-major allemand s'est installé en forêt de Chantilly à cause des chevaux, chers aux officiers. Mais il y avait un autre intérêt : le sous-sol est percé de carrières et de champignonnières pouvant servir d'abris antiaériens. Dans le livre, on précise d'ailleurs que certaines carrières ont été utilisées pour le stockage de missiles V1. Le sous-sol est également arrosé de nombreux rus et petites rivières, qui prennent leur source en forêt de Chantilly, sise en partie haute, et descendent vers le centre-ville, situé en partie basse. Le livre dit que la pouponnière nazie de Westwald disposait d'un lieu de stockage en ville, un lieu forcément en bordure de rivière puisque l'auteur parle d'un quai de chargement. Je pense que l'hôtel est construit sur l'emplacement de l'ancien lieu de stockage du Lebensborn.

Torn était perdu.

– De quoi parlez-vous ? finit-il par dire.

Selena réalisa que Torn n'avait jamais entendu parler du Lebensborn, il était dans le coma lorsque le sujet avait été évoqué par Lucille la première fois. Une fois au parfum, il réagit immédiatement.

– Mais il n'y a pas de rivière, pas d'embarcadère aux alentours de l'hôtel. L'eau est un peu plus loin.

Le visage de Léna s'illumina.

– Surprise ! La rivière est bien là mais elle ne coule pas en surface. J'ai ramené une carte.

– Ma foi, dit Torn, cela pourrait raccorder avec les vieilles photos à l'entrée de l'hôtel.

Selena se souvint brusquement d'un détail.

– Je pense que tu as raison Léna. Dans le monte-charge de l'hôtel, il y a un bouton avec une clé, comme pour aller à un étage interdit. Je l'ai souvent pris ce monte-charge, et je me suis toujours demandé pourquoi on avait un bouton à clé, alors que les accès de l'hôtel sont contrôlés par carte.

– Maintenant que tu le dis c'est vrai, je n'y ai jamais prêté attention. Vas-y Léna, montre-nous !

Qu'il y ait un point d'eau dans les sous-sols de l'hôtel demandait à être vérifié mais, partant de cette hypothèse, elle suivit le parcours d'une hypothétique embarcation remontant le courant d'une petite rivière, majoritairement en sous-sol et qui parfois montrait quelques résurgences en surface. Si on suivait sur la carte les pointillés matérialisant le cours d'eau, ils coupaient la propriété du Lebensborn.

– Le livre mentionne d'ailleurs que lorsque les Alliés sont arrivés dans la pouponnière à la fin de la guerre, ils ont trouvé une coquille vide, les cadres avaient fichu le camp et l'auteur insiste beaucoup sur l'existence de canaux souterrains.

– Mais quelle est ta théorie alors : ils auraient déménagé les caissons par bateau dans l'ancien Lebensborn, et Lucille serait détenue là-bas également ?

– Oui.

– Je ne sais pas si tu as raison, rien ne dit d'ailleurs que Lucille soit enfermée au même endroit que les caissons, mais en tout cas ça se tient. Et ça donne une explication vraisemblable sur la manière dont les caissons ont été évacués de l'hôtel au nez et à la barbe des unités de surveillance.

– Que fait-on ? Il est déjà tard. On appelle Safran ?

Torn tomba sur la messagerie vocale du policier. Il espérait avoir son rappel dans la soirée.

*

Il était un peu moins de 2 heures du matin lorsque Torn mit doucement pied à terre. Il s'habilla silencieusement. Selena dormait cette nuit dans son lit, puisqu'il était de retour dans le monde des conscients. Il s'arrêta net lorsqu'il n'entendit plus la respiration de la jeune femme. Non, fausse alerte, elle reprit aussitôt.

Pas de voiture, pas de train à cette heure… Il ne savait pas encore comment il allait se rendre au Lebensborn mais il ne pouvait pas dormir pendant que son amie était en danger. Il se rendait compte qu'il l'avait très mal traitée ces dernières années, alors qu'elle avait toujours été là pour lui. Cette fois-ci, elle n'avait rien demandé mais plus que jamais elle avait besoin de lui, c'était pour lui l'occasion de se racheter. Il ouvrit doucement la porte de la chambre, l'homme de quart était endormi.

– Où comptes-tu aller sans moi ? demanda une voix d'outre-tombe.

– Toi alors… Tu ne dors donc jamais !… Je veux aller au Lebensborn.

– En pleine nuit ?

– Oui, Safran n'a pas rappelé. Si on attend les procédures, Lucille peut être morte à l'arrivée. Je veux aller la chercher.

– Je suppose qu'il est inutile d'espérer t'en dissuader, avec des arguments aussi ridicules qu'une convalescence après plusieurs jours de coma…

– Pas de temps à perdre.

– Bien. Dans ce cas, tu ne m'en voudras pas mais je préfère veiller sur toi quand tu es encore à peu près vivant, plutôt que d'attendre de te retrouver à peu près mort.

– Je suppose moi aussi qu'il est inutile de discuter ?

– Comme tu dis, pas de temps à perdre ! On appelle un taxi pour aller à la piscine, on retrouve le camion avec lequel Lucille et Léna m'ont récupérée, je sais où sont les clés.

Une demi-heure plus tard, ils étaient en route pour la forêt de Chantilly. Armés de torches, qu'ils avaient trouvées dans le bric-à-brac de la piscine, ils s'étaient également équipés de vêtements chauds, ainsi que de petit outillage réuni dans un sac à dos. Le van filait à vive allure. Torn était complètement absorbé par la route.

– Pas trop fatigué ? lui demanda Selena.

Il répondit par la négative, négligemment, d'un signe de tête.

– Dis donc, tu l'aimes ta Lucille, je ne t'ai jamais vu avec une telle hargne dans les yeux. Allez ! Je vais fermer un peu les miens, comme les chats.

Ils rangèrent le véhicule près du réservoir d'eau, à cinq cents mètres du corps de ferme ayant constitué naguère le seul Lebensborn de France. Une partie était aujourd'hui occupée par une organisation caritative. Le reste des bâtiments restait sous le coup de la propriété privée, avec des investisseurs pas forcément désireux de faire connaître leur identité.

Ils se firent la courte échelle pour passer de l'autre côté du mur, en espérant qu'il n'y ait pas de chiens. La lune se réverbérait dans un bassin au centre du complexe, ils prirent le temps de l'admirer.

– Il faut trouver l'eau, murmura Torn. L'endroit où ils ont amarré le bateau pour décharger les caissons, s'ils sont bien stockés ici.

Après avoir fait le tour du propriétaire, ils durent se rendre à l'évidence. Pas d'accès en bateau directement à côté du corps de ferme.

– Bon sang, c'est dingo, on doit manquer quelque chose. Il y a de l'eau partout, on a même garé le van à côté d'une réserve d'eau et ici il n'y a rien.

Selena commençait à s'énerver. Torn allait tenter de la rassurer quand son inconscient répéta ce qu'elle venait de dire.

– Viens, il faut ressortir, je veux en avoir le cœur net. On retourne au réservoir. C'est le point d'eau le plus proche.

Ils retrouvèrent le van où ils l'avaient laissé. L'eau arrivait par l'arrière du réservoir, par le bras d'une petite rivière dont la direction à première vue s'écartait du manoir qu'ils venaient de quitter. Ils suivirent le cours d'eau sur près d'un kilomètre à travers champs, puis la courbe sembla s'infléchir pour reprendre la direction du corps de ferme, qu'ils avaient néanmoins du mal à situer dans l'obscurité. Un bâtiment se dessina bientôt dans la nuit, mais il paraissait improbable que ce fût déjà le corps de ferme, compte tenu de la distance qu'ils avaient parcourue à pied. Quand ils furent à proximité, ils distinguèrent la structure d'une roue à aubes.

– Un moulin… Ils savent y faire pour brouiller les pistes… Un corps de ferme avec son propre moulin… Regarde, le ponton est juste un peu plus loin. Ils ne se sont pas mis directement dans l'ancien Lebensborn, sans doute à cause des allées et venues liées à l'association caritative. Ils ont rénové le moulin à l'intérieur du domaine. Je suis sûr qu'ils sont ici. Regarde !

Près du ponton, un Zodiac était arrimé, prouvant s'il en était besoin une présence organisée dans des locaux qu'ils auraient dû trouver à l'abandon. Ils s'approchèrent du bâtiment, dont la structure ressemblait davantage à celle d'une longère.

– On n'emploie les torches que lorsqu'on ne sait pas faire autrement.

– Regarde là-haut, il y a une fenêtre ouverte.

– Malheureusement pas très accessible.

Ils continuèrent le tour des lieux, jusqu'à tomber sur deux portes en bois fermées par un gros cadenas. L'accès à une cave. Bien qu'imposant par la taille, le cadenas était de facture assez grossière, Torn n'eut aucun mal à en venir à bout avec les quelques outils du sac à dos. Ils ouvrirent l'une des deux portes battantes, pour s'engager sur un escalier de pierre d'une dizaine de marches. Ils refermèrent la porte extérieure au-dessus d'eux. Une rampe permettait de sortir de l'outillage sur roues pour les travaux extérieurs. L'endroit était une remise pour stocker les matériels, la surface prenait bien un tiers du sous-sol de la longère. La porte de communication avec l'intérieur du moulin était ouverte. Méthodiquement, ils inspectèrent chaque recoin du sous-sol qui, sur la partie à l'opposé de celle par laquelle ils étaient entrés, était subdivisé en espaces de stockage fermés. Le premier box était clos. Le second accès débouchait sur une pièce qu'ils avaient déjà vue : une paillasse, des menottes et des anneaux scellés dans le mur. C'est dans cette pièce qu'avait été prise la photo de Lucille envoyée sur le téléphone d'Alex.

Le visage de Selena prit une expression de crainte et de haine.

– J'espère que nous n'arrivons pas trop tard !

À pas feutrés, ils montèrent l'escalier d'accès au rez-de-chaussée. Tout de suite, un rai de lumière violette sous une porte attira leur regard. Il s'agissait de la même clarté que celle utilisée à l'hôtel, dans la salle des caissons. Selena voulut se précipiter, pensant soudain à son amie Clara, pour voir si elle était toujours prisonnière de sa bulle. Torn la stoppa, en se mordant la lèvre. Il venait de voir, dissimulé derrière l'arche qu'il venait de passer, l'œil d'une caméra qui prenait la porte dans son champ de vision. Ils étaient eux-mêmes entrés dans le champ, avaient-ils déclenché une alarme muette ?

– Nous sommes peut-être repérés. Notre priorité est Lucille. Il faut la retrouver avant qu'ils nous tombent dessus. Il est déjà cinq heures et demie, le jour se lève et eux ne vont pas tarder à en faire autant.

– Et Clara ?

– Ils ont besoin d'elle pour l'enfant. Elle risque moins que Lucille. Il faut se fixer des priorités.

Ils ne savaient pas comment faire pour trouver Lucille, chaque porte qu'ils ouvraient leur apportait le risque d'être confrontés à un ennemi.

– Je pense que nous devrions monter à l'étage, dit soudain Selena.

– Pourquoi ?

– Tu te souviens de la fenêtre ouverte qu'on a vue en arrivant ? Il fait peut-être plus chaud dans cette pièce au point d'aérer parce qu'il y a des appareils dégageant de la chaleur. Je me dis que le poste de garde pourrait s'y trouver. De là, on pourrait avoir une meilleure vue du contenu des pièces. Peut-être...

– Pourquoi pas ?... De toute façon je n'ai pas de meilleure idée... Je ne me vois pas tester toutes les issues au petit bonheur...

Même s'ils prenaient toutes les précautions, les craquements de l'escalier de la vieille bâtisse les trahissaient à chaque pas. Ils ouvrirent doucement la porte de ce qu'ils pensaient être la salle de garde. L'intuition de Selena était la bonne, ils virent tout de suite une série de petits écrans, dont l'un montrant la porte de la salle des caissons, avec un point rouge clignotant. Ils avaient bien déclenché une alarme muette, que l'homme de garde qui ronflait à proximité ne tarderait pas à voir à son réveil. La pièce était en fait coupée en deux, le garde dormant de l'autre côté de la cloison de séparation. Une caméra située dans la salle violette montrait juste quatre caissons, ils en avaient vu davantage à l'hôtel : certaines nymphes étaient-elles sorties de la première partie du processus ? Devaient-ils s'en inquiéter ?

Selena prit soudain le bras de Torn. Puis du doigt, elle désigna un écran. Elle lui montrait une main menottée à l'armature du lit. Ils partirent du principe que Lucille devait se trouver dans l'une des deux pièces du bout, au rez-de-chaussée.

Il n'était pas loin de 6 heures lorsqu'ils entrèrent dans la première pièce. Lucille se redressa d'un coup.

– Qui est là ? dit-elle apeurée.

– Chut ! C'est Torn et Selena.

– Torn ?

Il ne lui laissa pas le temps de parler. Il la serra contre lui en lui caressant le visage, là où visiblement elle avait subi des coups.

– Ils t'ont maltraitée ?

– Uniquement Cicérone lorsqu'il m'a enlevée. Lorsque Réjane a su que j'étais ici, elle est venue et a donné des instructions pour qu'on ne me touche pas.

– C'est vraiment une drôle de bonne femme. Elle est capable du pire, et pourtant il y a des personnes auxquelles il ne faut pas toucher, s'étonna Selena.

– Ne te fie pas à ça. Ce n'est pas de l'amour, mais un sens aigu de la possession. On ne touche pas à ses jouets, sauf quand elle a décidé de les casser… Lucille, ils t'ont injecté quelque chose ?

– Cicérone voulait, mais Réjane s'y est opposée. La vidéo que vous avez reçue était une mascarade.

– Dieu soit loué. Tu es donc en état de marcher.

Selena trépignait.

– As-tu entendu parler d'une certaine Clara ?

– Oui, avant-hier. C'était une des filles dans les caissons de respiration artificielle qu'ils ont ramenés de l'hôtel. Elle a terminé son cycle, ils préparent son transfert dans un autre hôtel du groupe à l'étranger pour finir sa maternité. Elles seront trois filles dans ce cas. Compte tenu de la pression qui grandit en France, ils veulent faire disparaître les preuves et se donner de l'air. J'ai compris qu'ils allaient la conduire dans un aéroport privé demain.

– Torn, il faut qu'on l'emmène avec nous, supplia Selena.

– Vous ne pourrez pas, les filles sont droguées pour gaver le bébé. Moi-même, vous ne pourrez pas m'emmener, à moins de me couper la main.

– Il faut qu'on sorte d'ici et qu'on revienne avec les flics.

Torn demanda à Lucille de se placer à côté du lit. Il retira rapidement le matelas et le sommier, pour voir si l'armature était démontable. Avec une pince et un tournevis, il enleva les boulons qui reliaient les montants horizontaux à la tête de lit, à laquelle Lucille était menottée.

– Désolé, Lucille. Il va falloir que tu portes ta tête de lit. Je ne sais pas faire mieux.

– Allez, Selena, on file. Et on appelle Safran dans la foulée, pour récupérer les autres filles.

Ils partirent aussi silencieusement qu'ils étaient venus, Lucille entravée à sa tête de lit que tous essayaient de porter un peu. Au moment où ils arrivèrent à l'escalier de pierre pour sortir de la cave, une sirène se déclencha dans le moulin. Ils se mirent à courir à découvert pour rejoindre le van près du réservoir.

Le réveil du moulin avait été brutal, les fuyards profitèrent de la confusion encore quelques minutes, mais l'ennemi se réorganisa rapidement. Torn entendit un moteur au loin.

– Plus vite, les filles, le camion est au bout de la route.

Il savait qu'il y avait au minimum cinq cents mètres à parcourir. C'était court et long à la fois, surtout lorsqu'il s'aperçut qu'un quad les pourchassait. Quand soudain ils entendirent des crépitements près d'eux. Selena, qui fermait la marche, s'écroula, touchée par deux impacts.

– Torn, mon Dieu, s'écria Lucille, Selena… Ils lui ont tiré dessus.

Selena avait les yeux ouverts.

– J'ai mal. Partez. Ils vont vous prendre.

– On ne part pas sans toi.

Torn enleva son blouson pour la recouvrir, puis son chandail pour le placer sous sa tête. Même si les balles ne semblaient pas avoir touché d'organe sensible, elle perdait du sang. Pas question de la bouger.

Le regard de Selena se figea. Il crut tout d'abord qu'il s'était trompé de diagnostic mais lorsqu'il sentit qu'elle le repoussait, cherchant coûte que coûte à se remettre debout, il se dit qu'il lui restait pas mal de vigueur pour une mourante. Il sortit son smartphone pour appeler des secours, pas de réseau… Selena se moquait de ses blessures, elle se moquait du quad. Torn suivit son regard pour comprendre ce qui se passait.

Elle aurait donné n'importe quoi pour être valide. Elle s'appuya sur Lucille, toujours enchaînée à sa tête de lit, pour se redresser, sans que celle-ci réalise tout de suite sa motivation. Une force intérieure l'habitait au-delà de tout. Torn se figea à son tour lorsqu'il perçut l'objet de son attention. Marchant d'un pas mal assuré, le ventre très rebondi, une silhouette venait d'apparaître dans la cour. Avait-elle réussi à fausser compagnie à ses gardiens au milieu de la confusion, elle qui tenait à peine sur ses jambes ? Clara avait vu son amie s'effondrer sous les balles. Faisant fi du danger, elle était sortie, malgré son état, malgré les cris et les détonations… Elle cherchait à la rejoindre sans se préoccuper de ce qu'il y avait autour. La vision avait quelque chose d'irréel puisque rien n'existait plus pour les deux jeunes femmes, le monde était comme suspendu à leurs dernières forces, qu'elles jetaient dans la bataille non pour se défendre ou pour fuir mais pour se retrouver quel qu'en soit le prix.

Le quad arrivait sur les fugitifs, tandis que deux filles en blouse grise sortaient du bâtiment pour ramener Clara à l'intérieur… Cette dernière se débattit, sans avoir néanmoins les moyens de résister.

– Clara… Laissez-la, bande de chiens…

Le regard de Selena était rempli de haine. Elle ne sentait plus la douleur, au point que Torn et Lucille durent se mettre à deux pour la raisonner. L'homme au quad était maintenant sur eux, toujours une arme à la main. S'il se sentait menacé, même par une femme déjà blessée, il n'hésiterait pas à tirer. Il leur fit signe de revenir vers le moulin.

C'est alors qu'un vrombissement plus imposant que celui du quad se fit entendre en lisière de forêt. Un hélicoptère de la police était en approche. Par réflexe, l'homme au quad pointa son pistolet-mitrailleur dans sa direction, détournant son attention des fuyards. Torn ramassa vivement le petit sac d'outils, qu'il balança d'un geste ample pour cueillir l'ennemi au menton tel un uppercut. Sous l'effet de la surprise, l'homme vacilla du quad, groggy, mais pas suffisamment pour perdre ses esprits et lâcher son arme. Il se releva, dirigea le pistolet sur Torn, prêt à faire feu. Un hurlement s'éleva, guttural.

– Non, s'écrièrent en chœur les deux femmes, avec cette rage qui caractérise les lionnes quand elles sentent leur progéniture menacée.

Tenant chacune un montant de la tête de lit à laquelle Lucille était toujours attachée, elles se précipitèrent ensemble pour que le montant supérieur vienne frapper la tempe de l'assaillant.

– Crève, hurla Selena au bout de sa douleur.

Le soldat fit un écart sous le choc, Torn ne dut son salut qu'à cet écart car l'autre avait bien appuyé sur la détente. Les balles crépitèrent autour de lui sans qu'il soit touché. Mais le militaire était solide : il avait beau saigner du visage et se prendre des coups, il restait debout. Les filles gisaient maintenant par terre et incapables de se relever, surtout Selena qui avait jeté ses dernières forces dans ce mouvement désespéré.

Le soldat recadra Torn dans sa ligne de mire, avec un rictus mauvais qui se transforma bien vite en sourire de satisfaction. La détonation claqua, sèche et dure. Les filles fermèrent les yeux en voyant Torn plonger pour tenter d'échapper au pire. Contre toute attente, l'homme au quad s'effondra, touché mortellement à la tête.

Candyman n'était pas uniquement à l'aise avec une spatule et un pot de miel. Il maniait aussi le fusil de précision, dont il avait appris les arcanes pendant ses années de GIGN. Son frère, Safran, arrivait par la route avec la cavalerie…

Chapitre 21

L'homme blond aux lunettes hexagonales avait répondu à l'appel à l'aide de Réjane. Elle voulait faire disparaître les preuves. Toutes les preuves. Il avait du mal à imaginer que la situation se fût autant dégradée. Elle d'habitude si froide et calculatrice, était-elle en train de perdre pied ? Cette fois-ci, il n'avait pas délégué, il voulait se rendre compte par lui-même.

Le fils Bormann n'avait pas besoin de réserver sa chambre à l'avance, une suite restait inoccupée à demeure à l'attention du grand patron dans chacun des hôtels du groupe. Il jouissait pleinement de l'héritage de son père, dont l'empreinte restait très présente à son esprit. Lui seul ressentait avec une telle force la filiation avec cet être exceptionnel, dont la photo le regardait d'un air de dire : « Poursuis mon œuvre… » Ni les contours de l'Histoire, ni les détours de sa propre existence n'avaient eu raison de sa détermination. Il se souvenait du jour où son paternel lui avait livré ses sinistres confessions. Il vouait à ce père une forme de fascination, trouvant derrière ce que certains appelaient des « actes criminels » le génie d'un chercheur insatiable allé au bout de ses convictions.

Son père, médecin et administrateur du seul Lebensborn de France, après qu'il eut démontré ses compétences sur la gestion d'une structure similaire de développement de la race aryenne en Poméranie, avait profité de la guerre pour dépouiller les juifs de leurs œuvres d'art. Facile de vendre du rêve à un juif à l'époque… Il suffisait de lui faire miroiter que ses enfants seraient sauvés des camps de concentration à la faveur d'une place au Lebensborn, sous parfaite couverture allemande, et les portes s'ouvraient sur des trésors inestimables. Aussi inestimables que la vie d'un enfant… Il récupérait les œuvres d'art, déportait les parents et utilisait ces enfants dits « de mauvaise naissance » pour des expériences, avant de les faire disparaître. Il aimait à se croire humaniste, puisqu'il donnait aux juifs une raison de mourir, en faisant de ces derniers les premiers contributeurs à la grandeur de la race aryenne : ils fournissaient les fonds et la matière première qui lui permettraient de mettre au point le processus de genèse des enfants parfaits, processus qui ne cesserait d'être optimisé par la suite pour les besoins du Château. Au sortir de la guerre, parlant un français sans accent, il avait choisi de rester en France sous une fausse identité empruntée à l'une de ses victimes sans famille, il s'était enfui de Westwald avec une jeune Ukrainienne sans le sou, arrivée au Lebensborn quelques mois auparavant pour offrir ses services à la grandeur allemande. Elle s'était elle-même vendue comme n'ayant aucun talent, à part celui de la procréation, mais son père s'était vite rendu compte du magnétisme qu'elle exerçait sur les hommes. En la plaçant à la tête d'une galerie d'art dont il fournissait lui-même les œuvres prises aux juifs, il était sûr d'attirer les convoitises de l'homme de goût. Son calcul avait été le bon. Il avait ainsi drainé une clientèle riche et influente, dont il avait profité des faveurs jusqu'à la fin de ses jours. Atteint par une sclérose en plaques, il avait passé les dix dernières années de sa vie dans un fauteuil roulant, ce qui lui avait valu la compassion de ses pairs.

Bormann avait toujours considéré la compagne ukrainienne de son père comme sa mère, même si Réjane était leur seul enfant. Lui ne connaissait pas sa vraie mère. Son père lui avait raconté que, une fois le filon des enfants juifs tari après la guerre, il avait continué les rafles de mineurs dans les pays pauvres de l'est de l'Europe pour ses expériences. Le territoire de Bucovine, partagé entre l'Ukraine et la Roumanie actuelles, était resté son terrain de chasse de prédilection. Ses rabatteurs lui avaient amené également des femmes indigentes, qui acceptaient de participer à des expériences moyennant finance. C'était ainsi qu'il avait engrossé quelques femmes, dont la mère naturelle qu'il avait finalement répudiée après sa naissance. Pourquoi l'avait-il gardé lui, le rejeton d'une liaison sans lendemain ? Il l'ignorait…

Le fils Bormann reconnut immédiatement cette manière nerveuse et sèche de toquer à la porte. Il n'avait pas serré

Réjane dans ses bras depuis près d'un an. Aussi, sa silhouette dans l'encadrement de la porte provoqua comme un électrochoc. Il avait presque oublié la sensualité émanant de ce corps d'âge mûr. Il l'enlaça tendrement sur le pas de la porte, elle ne chercha même pas à résister. Ce ne fut qu'en entendant l'ascenseur monter qu'ils se dirent qu'ils ne pouvaient pas rester ainsi entre deux portes, d'autant que Réjane n'avait rien fait pour se soustraire à ses caresses. Sa robe largement échancrée laissait apparaître sa poitrine dénudée, dont l'homme ne semblait devoir se lasser. Doucement, il la fit entrer dans la suite et referma la porte. Il continua à l'embrasser goulûment. Réjane sentait le feu envahir son corps en différents foyers. Après avoir subi ses assauts contre la porte de la suite, elle se laissa glisser sur la moquette épaisse, ivre de désir et complètement offerte. La langue de son amant continuait de la fouiller, tandis qu'elle repoussait à chaque seconde les limites de l'incandescence. Elle l'attira sur lui pour une chevauchée fantastique où chacun tour à tour devenait le jouet de l'autre pour des jeux érotiques toujours plus inspirés. Elle se mit à le gifler, à le griffer, ce qui eut pour effet de décupler son énergie sexuelle ; il la retourna pour la posséder sauvagement tout en lui immobilisant les mains. Combien de temps restèrent-ils ainsi emportés par leurs ébats, sans la moindre pensée pour ces évènements nauséabonds qui aujourd'hui les réunissaient ? Il n'y avait plus de contrainte, plus de danger, juste deux corps allant au bout d'eux-mêmes dans un même élan d'apaisement. Pantelants, ils reprirent leurs esprits, allongés à même le sol dans une ultime étreinte.

– Tu n'as rien perdu de ta fougue, lui dit-elle.

– Tu n'as rien à m'envier, répondit-il en l'embrassant. Et puis je n'ai pas si souvent l'occasion de baiser ma demi-sœur. Ma reine des abeilles a-t-elle gardé une vie sexuelle aussi frénétiquement dévastatrice qu'à une certaine époque ? Combien de cadavres dans les placards ?

– Bah ! Les hommes sont des créatures tellement faibles, il suffit de flatter leur orgueil et comme la plupart d'entre eux placent leur orgueil sous la ceinture, pourquoi ne pas en profiter ? Notre principale force est d'utiliser la force de l'adversaire. Pourquoi ignorer les lois de l'univers ? En plus j'aime le sexe.

– Je pensais que tu te calmerais après Léna.

– Léna, c'est différent. Le seul enfant que j'ai jamais accepté de porter par amour, cette douce illusion qui berce l'ego des hommes et donne à la femme une dimension sociale.

– Ce n'est pas de l'amour, cela relève du sens politique.

– Pourquoi ? Il faut bien que l'amour serve à quelque chose. Mais il ne faut pas enlever le mérite à Torn, pourquoi lui ? Il avait ce petit quelque chose en plus qui l'a rendu indispensable dans mon projet d'insertion sociale. Je pense l'avoir aimé à ma manière, même si la relation était vouée à l'échec sur la durée. Il a réussi à me faire entrer dans le jeu de la femme modèle, aimante, monogame. C'est le grand mystère de ma vie. Tu connais ma soif de pouvoir et de liberté, comment aurais-je pu m'enchaîner à une petite vie étriquée ? Vivre dans l'ombre d'un homme, puisse-t-il être d'exception, quelle horreur ! Heureusement, ma vraie nature a repris le dessus, et je n'ai pas laissé les émotions ruiner mes ambitions. Il a failli me subjuguer, je ne pouvais pas le laisser prendre trop de place ; finalement, les évènements se sont bien enchaînés, il nous fallait quelqu'un à sacrifier, nous avons fait d'une pierre deux coups.

Et elle partit d'un petit rire nerveux.

Il savait qu'elle mentait. Ils étaient très proches à l'époque et il avait vu comment Torn avait réussi à la chambouler. Elle s'était sincèrement donnée à lui, elle l'avait aimé du plus profond d'elle-même et peut-être même l'aimait-elle encore aujourd'hui. Seuls la négation de soi et l'abandon à un autre lui étaient insupportables.

– Je n'ai jamais compris pourquoi tu n'as pas éliminé Torn, ou au minimum pourquoi tu ne l'as pas éloigné ?

– Une bête blessée est toujours dangereuse. Il m'est apparu plus judicieux de garder un ennemi potentiel sous ma coupe, plutôt que de le laisser dans la nature.

– De là à lui confier ce poste de veilleur de nuit si proche de nos petites affaires. Avec le recul, ne crois-tu pas que c'était une erreur ?

– Il était cassé. Il ne représentait pas une menace et au moins je l'avais à l'œil. Je ne sais pas ce qui a pu le sortir de sa carapace, lui qui n'était qu'un misérable insecte. Entre Léna qui cristallise toute ma haine, tant elle me rappelle à chaque instant ce moment de faiblesse que j'ai pu avoir, et lui qui commence à me faire regretter mes bontés. Tu as sans doute raison, j'aurais sans doute dû les tuer tous les deux, mais on ne va pas refaire l'histoire. Après tout, elle est la fille de Torn ; s'il venait à me nuire, j'aurais une monnaie d'échange.

Elle avait décidément réponse à tout. Il se demanda si elle lui jouait un rôle appris par cœur, ou si réellement elle s'était convaincue de cette réalité. Il était persuadé qu'elle s'était toujours reprochée d'avoir dû le sacrifier et qu'il avait été essentiel pour elle de lui offrir un « après », une manière de se racheter.

– Il sait que Léna est sa fille ?

– Non. Pour lui, la seule fille qu'il ait jamais eue est Svetlana, enfin Séverine. C'est notre plus beau coup, n'est-ce pas ? Faites croire à un loup, qui a la faiblesse de vous aimer, que l'enfant que vous portez est de lui, et le loup devient un agneau. De toute façon, nous n'avions pas le choix, je ne pouvais pas être enceinte de mon demi-frère ! La seule chose que je n'avais pas prévue est que cette petite conne se pende.

– Oui, nous étions des apprentis sorciers à l'époque. Le processus d'enrichissement des embryons humains était encore au stade de l'expérimentation, nous n'avions pas mis au point la ventilation liquidienne et, lorsque tu as joué les cobayes suite à ta grossesse intempestive, on savait qu'il y avait un risque. Avec le recul, nous avons bien vu que les enfants qui sortaient de la chaîne n'étaient pas toujours émotionnellement stables. Heureusement que nous avons su y remédier.

Elle se pressa à nouveau contre lui. Elle voulait qu'il la prenne encore une fois mais il était visiblement repu. Elle caressa son visage, puis son cou.

– Tu n'as jamais pensé à faire disparaître ce motif en forme d'hexagone dans ton cou ? Ce n'est pas discret. Avec ce qui se passe en France, si nous devons partir en cavale et disparaître, nous avons intérêt à rester les plus anonymes possible.

– Tu deviens vraiment parano. C'est ma marque de fabrique. Pourquoi parles-tu de « nous » lorsque tu imagines une cavale ? Je peux te cacher mais je ne peux pas disparaître des affaires du jour au lendemain.

– Avec la police qui met le nez dans nos affaires, je pense qu'il faut me préparer à quitter la France. Je pensais que nous pouvions repartir de zéro ailleurs. Oui, l'Ukraine est une option ; seulement, je ne me sens plus en sécurité sur le territoire européen. Toutes les frontières s'ouvrent progressivement. En Ukraine, j'ai le sentiment qu'ils peuvent remonter jusqu'à moi… Et donc jusqu'à toi…

Bormann fronça les sourcils. Son regard se perdit dans le vague.

– Je n'avais pas mesuré que la situation était aussi catastrophique en France. J'avoue que l'idée de cavale, et l'idée de lâcher tout ce que nous avons construit depuis des années, ne m'enchantent pas. Il doit y avoir une autre solution.

Multipliant les gestes d'attention et les marques d'empathie, les caresses destinées à endormir sa vigilance, Bormann la fit parler. Au fur et à mesure de la conversation, il comprit que la situation n'était plus sous contrôle. Son regard était devenu glacial.

Le smartphone de Réjane vibra. Elle répondit de manière laconique à son interlocuteur, visiblement affectée par ce qu'elle entendait. Elle était blême lorsqu'elle raccrocha.

– C'était Cicérone. Les forces de l'ordre ont investi le moulin. Ils vont remonter jusqu'à l'hôtel. Il faut partir.

Elle se leva pour s'habiller. Bormann fit de même. Chacun restait silencieux, en train de réfléchir à la meilleure option. Il s'approcha d'elle par-derrière et l'embrassa dans le cou.

– On en a vu d'autres, lui dit-il doucement, tout en lui caressant les épaules.

– Tu crois qu'on a le temps de rejoindre l'aéroport en Forêt-Noire ?

Il continuait à minauder tout en lui caressant les seins. Soudain, elle sentit sur l'arrière de la jambe une vive douleur qui la fit vaciller, comme s'il venait de lui faire une béquille. Elle se retrouva par terre, Bormann sur elle la maintenant plaquée au sol avec un genou. De ses mains puissantes, il enserra sa gorge.

– Tu crois peut-être que je vais laisser la police internationale remonter jusqu'à moi pour tes beaux yeux. Ce qui est une menace pour la ruche doit être éliminé de la ruche. Il est temps d'essaimer ailleurs et qu'une nouvelle reine fasse oublier l'ancienne. Il ne fallait pas foirer, je suis obligé de te sacrifier.

Pendant quelques secondes, elle vit sa vie défiler. Les images de son existence avec Torn avant le scandale lui semblèrent les plus douces qu'elle ait vécues. Le remords s'empara d'elle. Bormann continuait de l'étrangler. Réjane se débattait sans pouvoir se libérer de l'étreinte. Elle réussit néanmoins à dégager une main. Commençant à suffoquer, elle sentit alors le bras de son compagnon se verrouiller autour de son cou. Elle sentait son souffle au niveau de son oreille. De sa main libre elle frappa en aveugle avec sa bague venimeuse, qui atteignit Bormann plusieurs fois au visage et une autre fois dans le cou. La douleur décupla la férocité chez l'homme râblé, dont les muscles se contractèrent pour mieux assurer sa prise. Un craquement se fit entendre. Le corps de Réjane retomba inerte.

La reine de la ruche avait sorti son dard pour la dernière fois. Mais cette fois-ci, elle ne verrait pas sa victime mourir. C'était à son tour d'être sacrifiée sur l'autel d'une ambition plus forte que la sienne.

Bormann passa un peu de temps dans la salle de bains pour enlever les pointes de sang de son visage. Il lui restait des rougeurs très disgracieuses mais il ne pourrait pas faire mieux. Prenant le smartphone de Réjane, il rappela le dernier numéro. Cicérone prit connaissance des derniers évènements, le mercenaire assura Bormann de son dévouement et lui proposa un plan de fuite.

L'homme aux lunettes hexagonales détruisit les détecteurs de fumée du plafond avec une chaise retournée. Il plaça le corps de Réjane sur le lit, puis prit dans le minibar une bouteille de whisky dont il imbiba la literie, les rideaux et les vêtements de Réjane. Enfin, il craqua une allumette. Le temps que le feu s'étende et que l'alerte soit donnée, Bormann était sorti du parking et rejoignait la gare.

*

Selena perdait beaucoup de sang. Candyman descendit de l'hélicoptère avec un infirmier et une couverture de survie. Torn aida à la mettre sur le brancard. L'énergie qu'elle mit pour lui saisir le bras lui tira une grimace de douleur.

– Clara... Sauve-la... Si elle quitte le pays... ils la tueront... elle en sait trop...

– Je te promets mais pense d'abord à toi, accroche-toi. Il y a des gens qui t'aiment ici, ils ne veulent pas te perdre.

Elle esquissa un sourire, chaque mouvement semblait lui tordre les entrailles. Elle s'évanouit. Immédiatement, l'infirmier tata le pouls, qu'il eut du mal à trouver.

– Il faut qu'elle soit prise en main rapidement.

Le visage de Torn était devenu cadavérique. Il prit soudain conscience qu'il pouvait ne plus la revoir vivante. Lucille lui toucha la joue de sa main libre, comme pour lui dire que tout était sous contrôle et qu'il ne devait pas s'en faire.

– Je vais avec elle, Torn... Retrouve Clara, elle compte sur toi..., déclara Lucille en montant dans l'hélicoptère, où le brancard avait été hissé avec précautions.

Torn, qui était en train de sombrer dans l'émotionnel, fut revigoré par le rappel d'une telle responsabilité. Ses traits se durcirent.

– Tiens-moi au courant Lucille.

– Ne t'en fais pas... Fais attention toi aussi...

– Vous revenez tout de suite ici dès qu'elle est en sécurité, cria Candyman au pilote.

L'hélicoptère s'envola pour l'hôpital le plus proche. Pendant le trajet, tout en surveillant l'évolution de l'état de Selena, l'infirmier débarrassa Lucille de la tête de lit à laquelle elle était toujours enchaînée.

Les estafettes de police encerclaient désormais la propriété, empêchant toute sortie par la route. Les hommes de l'hélicoptère, lourdement armés, coupaient la route à ceux qui auraient voulu s'enfuir par l'arrière du bâtiment. Ils arrivèrent au moment précis où deux Zodiac jaillissaient du ponton, avec à leur bord des militaires qui avaient placé des femmes en écran humain pour les protéger. Candyman interdit de tirer.

– Merde, on n'a pas pensé aux canaux. L'hélico aurait dû nous couvrir…

Safran vint à la rencontre de son frère.

– Viens ! On va coincer ces fumiers à l'hôtel. J'ai envoyé une équipe là-bas.

– Non, je préfère attendre le retour de l'hélico.

Cicérone, accroupi dans le bateau de tête, déplia la carte des canaux tandis que le centre de la ville apparaissait à droite.

– Vous prenez à gauche, et surtout vous ne réduisez pas la vitesse. Direction Conflans.

Une demi-heure plus tard, ils arrivèrent au confluent de l'Oise et de la Seine. Les bateaux rapides s'immobilisèrent à côté d'une péniche. Les femmes, qui n'avaient pas bougé d'un pouce, complètement shootées pour éviter toute rébellion, furent poussées sans grand ménagement à l'intérieur de la péniche. Cicérone avait choisi de prendre les forces de l'ordre à contre-pied. Il savait qu'il serait attendu sur toutes les routes de France, dans un véhicule puissant qui lui permettrait d'avaler les kilomètres rapidement ; il se rabattit à l'opposé sur l'un des moyens de communication les plus lents qui existent, tant pis s'il devait progresser au rythme des écluses avec le risque de se trouver stoppé à chacune d'elles.

Il donna des consignes aux deux soldats qui emmenaient les Zodiac à l'abri des regards loin de la péniche : ils devaient revenir avec deux fourgons, les plus anonymes qui soient, et suivre la péniche le long des berges du canal, en éclaireur et en éventuelle solution de repli si un problème surgissait sur l'eau. Un fourgon sur chacune des rives, les deux véhicules pouvant être utilisés par la suite en mode *go fast*, l'un ouvrant la route à l'autre pour éviter les barrages. C'était une option envisagée par Cicérone une fois qu'ils seraient sortis de la région parisienne.

Un homme s'approchait de la péniche en courant.

– Préparez-vous, l'équipage est au complet, on appareille, cria Cicérone.

Bormann grimpa sur la passerelle.

– Bien pensé ce plan de repli Cicérone, reconnut Bormann, le gratifiant au passage d'une accolade. Comment se fait-il que nous soyons dans un tel merdier en France avec des personnes de votre trempe ?

– Je n'étais pas sur le dossier au départ. Et le flic qui s'occupe de l'affaire est retors. Paris brûle-t-il ? s'enquit-il avec malice.

Bormann comprit l'allusion.

– J'ai fait ce que vous m'avez suggéré. Il doit y avoir pas mal de fumée dans les couloirs de l'hôtel, à l'heure qu'il est.

– Parfait ! Plus ils auront de fronts qui les occupent, moins ils seront présents à nos trousses.

– Que vous est-il arrivé au visage ?

– Votre patronne s'est défendue.

– Feu ma patronne, vous voulez dire ! dit simplement Cicérone.

La péniche prit son rythme de croisière, charriant ses quelques conteneurs en couverture. Ils devaient passer la capitale et rejoindre le canal de la Marne vers l'est. Ils revêtirent leur uniforme de marins d'eau douce. À quelques kilomètres de là, un hélicoptère tentait de retrouver les Zodiac, en vain. Candyman pestait.

Lorsque Safran arriva à l'hôtel avec Torn, celui-ci était en flammes aux étages supérieurs. Les pompiers s'affairaient pour éteindre l'incendie tandis que le personnel de la réception organisait l'évacuation des clients.

– Safran, j'ai promis à une jeune femme de retrouver son amie. On est en train de se planter, ils ne sont pas repassés par l'hôtel.

– Je le vois bien, Torn, je le vois bien. Ce diable de Cicérone a l'art de brouiller les pistes.

– Lucille m'a dit que demain, ils projetaient de renvoyer les filles dans leur pays à partir d'un aéroport privé. Vous avez une idée de l'endroit où ça pourrait être ?

Safran discutait avec son frère au talkie-walkie. Torn s'approcha.

– Je n'imagine pas que l'aéroport soit civil. Quand on pense aux liens que ces gens-là ont avec l'armée, se pourrait-il qu'il s'agisse d'un aéroport militaire ?

– Nous étions en train de penser à la même chose avec mon frère. Si on part du principe qu'ils sont restés sur l'eau pour éviter les barrages de police et compte tenu de leur destination finale, le réseau le plus important de canaux nous emmène soit en Belgique, soit en Allemagne. Et comme cette histoire est plutôt entachée de pratiques nazies, notre cœur balance pour la frontière franco-allemande, où de nombreuses casernes étaient par ailleurs en activité du temps de la conscription.

Candyman passait quelques coups de fil. Il revint avec une demi-douzaine d'aéroports possibles, qui furent immédiatement placés sous surveillance rapprochée. Safran poursuivit :

– Si on est logique dans le raisonnement et qu'on privilégie l'Allemagne, la seule voie navigable est le canal de la Marne. On met une surveillance aux écluses également ?

– Pourquoi pas ! Mais entre les barrages routiers et les écluses, j'espère que nous aurons suffisamment de personnel.

La traque s'organisait. Les deux soldats chargés de suivre la progression le long du canal en éclaireur aperçurent un peu d'activité policière autour des écluses. Cicérone fut immédiatement prévenu. Il réveilla Bormann pour l'informer de la situation.

– On ne peut pas rester à bord, ils vont nous choper à la prochaine écluse.

– Et les filles ?

– On les leste et on les jette par-dessus bord.

Une fois passé le premier effet de surprise suscité par cette opération macabre froidement annoncée, Bormann se contenta d'objecter :

– On ne peut pas les emmener avec nous ?

– Non, c'est mort. Il nous faut garder notre liberté de mouvement. Les flics sont trop près pour qu'on traîne des boulets. Et je ne veux pas qu'on puisse les interroger.

Safran reçut bientôt un appel des collègues en planque le long du canal. Un fourgon suspect avait été repéré à proximité en amont d'une péniche porte-conteneurs. Candyman orienta l'hélicoptère en amont pour retrouver la péniche, tandis que Safran et Torn taillaient la route en voiture de police pour faire la jonction sur route. Candyman arriva au-dessus de la péniche au moment même où la première fille prenait le bouillon.

– Bon sang ! Ils balancent les filles par-dessus bord, s'écria-t-il.

L'hélicoptère illuminait le pont de la péniche, Candyman commença à tirer en faisant attention de ne pas toucher les filles. Un vent de panique se mit à souffler à bord. Les balles sifflèrent également autour de l'hélicoptère, la riposte vint des policiers venus se regrouper sur la berge pour prendre les soldats sous un deuxième feu. Cicérone, comprenant que le dénouement était proche, exhorta Bormann à se jeter à l'eau et sans demander son reste, sauta dans l'eau glacée.

Bormann n'eut pas le courage de le suivre. Grelottant et en sueur, les premiers effets du venin inoculé par Réjane se manifestaient. Les policiers montèrent à bord de la péniche et l'arrêtèrent, ainsi que les mercenaires encore présents, les autres ayant suivi Cicérone dans l'eau. Ils seraient récupérés plus tard dans les méandres de la Seine.

Ils n'avaient pas pu sauver la première fille, disparue sous la surface des flots avec son enfant. Torn avait suivi les conversations grâce à la radio de la voiture de police. Lorsqu'il entendit qu'ils se débarrassaient des filles dans la Seine, l'effroi, mêlé à un sentiment d'impuissance, lui avait glacé les sangs. Safran roulait à tombeau ouvert, se concentrant sur la route. Les deux hommes demeuraient silencieux, abasourdis par ce qu'ils entendaient. Les ordres, qui passaient d'une équipe à l'autre, les cris, les injonctions au mégaphone, les détonations et même une fusillade... la radio leur faisait vivre l'assaut en direct, en mode discontinu parce que la liaison n'était pas toujours idéale. Lorsque Safran et Torn arrivèrent sur place, le calme était partiellement revenu. Ils distinguèrent tout de suite la silhouette de l'hélicoptère, qui avait atterri dans un champ. Candyman organisait l'arrivée des ambulances pour le transfert des filles à l'hôpital le plus proche, tandis que les équipes de police finissaient de nettoyer la péniche de ses occupants. Les nymphes étaient regroupées dans un fourgon, l'œil vague sous les couvertures de survie. Torn ne voyait pas Clara.

– Il manque des filles, cria-t-il nerveusement à l'attention de Candyman.

– J'ai fait évacuer en priorité celles qui portaient un enfant. Plusieurs sont déjà parties en ambulance.

– Tu as vu une certaine Clara ?

– Je ne sais pas à quoi elle ressemble. Je n'ai pas pu leur demander leur état civil, elles sont toutes droguées. Elles sont tellement shootées qu'elles ne se rendent pas compte à quoi elles ont échappé.

Torn imaginait le pire : que Clara puisse être cette malheureuse fille gisant au fond de l'eau.

– Et vous n'avez pas encore pu repêcher celle qu'ils ont balancée par-dessus le bastingage, je suppose ?

– Non, on ne peut plus rien pour elle de toute façon. Regardez, l'ambulance revient. Montez avec la prochaine fille et rejoignez mes gars à l'hôpital. Vous aiderez à identifier ces malheureuses et ça vous permettra aussi de voir si votre Clara est toujours de ce monde.

Torn ne se le fit pas dire deux fois. Dans l'ambulance, il essaya d'appeler Lucille.

Pendant ce temps, la souricière s'était déployée avec efficacité. Personne ne réussit à passer au travers des mailles du filet tendu par les forces de l'ordre, personne à l'exception de Cicérone, que le deuxième fourgon était venu chercher. Transi au fond du fourgon, épuisé par sa lutte contre le courant pour regagner la berge, il filait vers le Nord, où il avait l'intention de se faire oublier.

*

L'incendie de l'hôtel avait été maîtrisé. Beaucoup de dégâts matériels mais aucune perte humaine à déplorer, si ce n'est ce cadavre calciné retrouvé dans une suite.

Lucille n'avait pas lâché la main de Selena depuis des heures. Ni dans l'hélicoptère, ni dans le bloc opératoire, ni dans les couloirs pendant les transferts, ni dans la chambre après l'intervention. Si elle relâchait sa vigilance, elle avait l'impression que le petit souffle de vie qu'elle devinait derrière cette respiration irrégulière allait quitter ce corps gracile. Et ça Torn ne lui pardonnerait jamais ! Elle luttait pour ne pas s'endormir. Elle prêtait attention aux voix dans le couloir pour rester éveillée, elle reconnut celle de Safran. Non, elle ne rêvait pas, Torn devait être arrivé. Elle entrouvrit la porte, elle ne vit que Safran en train de siroter un café à la machine.

– Où est Torn ? demanda-t-elle angoissée…

– Ah ! Lucille… Ne vous inquiétez pas !… Il a eu un gros coup de fatigue après les évènements. Il tenait sur les nerfs. Une fois que vous lui avez dit par téléphone que Selena était tirée d'affaire et qu'il a retrouvé Clara saine et sauve, la pression est retombée d'un coup. Il a fait un petit malaise. Tout est rentré dans l'ordre, mais ils ont préféré le garder en observation.

– Il rentre quand ?

– Tout le monde arrive d'ici demain, par ambulance, je veux dire les filles et lui. Cet hôpital est mieux équipé pour le suivi médical de ces malheureuses.

– C'est bien. Il pourra voir Selena.

– J'ai une question, Lucille. J'ai vu dans son dossier que Torn avait été médecin. Je sais qu'il n'exerce plus, je sais aussi dans quelles conditions il a dû renoncer, mais il a travaillé dans une branche de la médecine qui pourrait intéresser l'hôpital. Nous ne savons pas ce que les filles ont subi. Pensez-vous qu'il accepterait d'aider le corps médical ici ? C'est une toute petite ville, toutes les bonnes volontés sont bonnes à prendre.

– Je suis sûre qu'il acceptera. Il a un tel besoin de reconnaissance, un tel besoin de racheter le passé… Et puis il y a Clara…

L'ascenseur s'ouvrit sur une silhouette familière. Safran fronça les sourcils en la voyant apparaître dans le halo lumineux.

– Torn ?… Que faites-vous là ?

Lucille se précipita pour le prendre dans ses bras.

– Torn ! Tu m'as manqué… Rassure-toi, Selena va bien, elle se repose.

– Je ne pouvais pas rester là-bas alors que ma famille était ici.

– Ta famille ?

Lucille sentit une bouffée d'émotion envahir tout son être.

– Oui, Selena et toi êtes la seule famille que j'ai. Alors que j'attendais pour un examen à l'étage, j'ai vu un taxi au niveau de l'entrée. Il ne m'était pas destiné mais je l'ai pris. Je pense que les gens de l'autre hôpital sont en train de me chercher.

Le téléphone de Safran vibra. Le policier sourit lorsque son inspecteur lui rapporta que Torn avait échappé à sa vigilance et qu'il avait disparu. Il fit mine de l'avoiner copieusement, sur fond d'incompétence, de manquement au sens du devoir… il en rajouta des tonnes. Lorsqu'il sentit l'autre à la rupture, il lui avoua simplement que Torn était devant ses yeux. Et il se mit à rire… Mais son hilarité fut de courte durée.

Lorsqu'il se mit à les dévisager à chacun des mots qui lui parvenaient, Lucille et Torn comprirent immédiatement que quelque chose était arrivé.

– Léna ? demanda Lucille.

– Presque, répondit Safran. Les spécialistes viennent de confirmer l'identité du cadavre retrouvé à l'hôtel. Il s'agit de Réjane. Elle n'est pas morte par le feu, elle a eu la nuque brisée avant.

Lucille eut un mouvement de répulsion et dut s'asseoir pour retrouver ses esprits. Même si des divergences d'opinions les avaient séparées ces dernières années, les images qui lui venaient lui renvoyaient des rires et des instants de pure amitié. C'est au moment où les personnes disparaissent que ceux qui restent se demandent toujours pourquoi ils n'ont pas su trouver un meilleur chemin pour les accompagner. Torn s'était isolé. Il ne parvenait pas à pleurer, il ne savait pas s'il éprouvait un manque ou une délivrance. Mais il avait l'impression que cette disparition marquait le début d'une autre vie.

Safran demanda à Lucille si elle voulait bien l'accompagner pour annoncer à Léna la triste nouvelle. Lucille acquiesça, perdue dans ses pensées.

– Savez-vous si elle peut compter sur de la famille à proximité ? À 14 ans, elle ne peut pas rester seule.

– Excusez-moi. J'ai besoin de parler à Torn.

Lucille s'approcha doucement. Torn ne sentit sa présence qu'au moment où elle plaça ses mains sur ses épaules. Il releva la tête et leurs regards se croisèrent, chacun trouvant dans les yeux de l'autre le réconfort et la réponse aux silences si lourds des dernières années. En mourant, Réjane avait emporté avec elle l'ombre qui les séparait. Il serra sa main dans la sienne.

– Pardonne-moi, dit-il. Pendant toutes ces années, j'ai été prisonnier de moi-même. Je ne t'ai pas vue. On pense que la vie démarre au moment où on commence à respirer. Mais comme tous ces insectes, nous sommes dans un cocon avant d'atteindre notre stade adulte, nous construisons les conditions de notre futur épanouissement avant de déployer nos ailes. J'ai mis du temps, il a fallu qu'un parfum de musc vienne donner à ma poésie un autre relief, qu'une jeune femme se glisse dans les traits de ma fille disparue pour me montrer que je pouvais encore aimer et tu es là : peut-être que l'heure de ma vraie naissance est venue…

– Est-ce que tu veux dire que je pourrais avoir une autre place après cette renaissance ?…

– Je ne sais pas encore de quoi demain sera fait. Je sais juste que mon passé n'est plus entre nous. Et que ça va m'aider à construire quelque chose.

– Torn, j'ai quelque chose à te dire dont je ne suis pas très fière, mais dont j'espère tu ne me tiendras pas rigueur.

– De quoi parles-tu ?

– Il y a plusieurs semaines notre relation me rendait malheureuse. Je n'ai pas arrêté de te parler de Léna parce que je vous sentais proches, même si vous ne vous connaissiez pas… Je sais que je n'aurais pas dû mais j'ai eu besoin de vérifier ce que je ressentais…

– Mais tu as fait quoi ? lui demanda Torn, se sentant de plus en plus mal à l'aise.

– J'ai récupéré un de tes cheveux, ainsi qu'à Léna. Et j'ai fait procéder à un test ADN, dont j'ai eu le résultat.

– Et ?

– Léna est ta fille.

Torn mit sa main devant sa bouche pour contenir son émotion. Les larmes arrivèrent sans qu'il puisse se maîtriser. Elle le serra contre elle avec force pour qu'il sente toute la chaleur et l'énergie dont elle était capable dès lors qu'il était avec elle.

– Mon Dieu, finit-il par dire. Tu veux dire que mon enfant a passé quatorze ans de sa vie avec une marâtre et un père absent ? Et que son père était là, à ne pas vouloir la regarder… Même ces pauvres enfants du Lebensborn, ballottés de toute part, ont eu quelque chose ou quelqu'un pour se raccrocher.

– N'exagère pas. Elle m'avait, et puis Réjane aimait sa fille à sa manière. Peut-être même qu'elle l'aimait parce qu'elle représentait le seul souvenir tangible de toi.

– Comment a-t-elle pu me cacher ça ? C'était vraiment une saleté…

– Safran vient de me demander si Léna avait de la famille proche… Officiellement elle est orpheline maintenant. Je n'ai rien dit.

– C'est terrible. On ne peut pas annoncer à une gamine en même temps qu'elle n'a plus de mère, que son père est là, après quatorze ans d'absence, et qu'elle doit vivre avec cet inconnu.

– Torn, accepterais-tu qu'elle vive chez moi dans un premier temps ? Elle pourrait se raccrocher à quelqu'un qu'elle connaît. Il sera toujours temps de lui dire un peu plus tard, quand elle aura fait son deuil.

– Je ne devrais pas accepter. Mais pour elle, je suis obligé de reconnaître que tu as raison. En plus, je ne suis même pas sûr d'avoir encore un chez-moi et un salaire après l'incendie de l'hôtel.

Safran n'avait pas osé les troubler, voyant que quelque chose de sérieux était en train de se passer. Il ne sut plus quoi dire lorsque Torn lui annonça qu'il était probablement le père de Léna et qu'avec Lucille, il voulait réfléchir à la meilleure manière de lui offrir un nouveau foyer, sans traumatisme supplémentaire.

*

Lucille aurait eu toutes les raisons de sourire à un bonheur qu'elle sentait à portée de cœur. Mais la situation restait compliquée. Elle ne voulait pas que Torn se sente pris au piège parce qu'elle l'aidait avec la petite, elle voulait qu'il l'aime pour elle-même.

Elle chassa de son esprit toute pensée personnelle. Elle craignait la réaction de Léna, lorsqu'elle lui apprendrait la mort de sa mère. Safran resta un pas derrière Lucille et Torn tandis qu'ils carillonnaient à la porte de la vaste demeure victorienne. Léna apparut, son visage s'illumina lorsqu'elle vit Lucille à la porte, elle se précipita dans ses bras.

– Ils t'ont retrouvée Lucille ! Ils ne t'ont pas fait de mal ?

– Non, ne t'en fais pas. Et ils m'ont retrouvée grâce à toi ma chérie, je sais que c'est toi qui as fait le lien entre l'hôtel et l'ancien Lebensborn. Tu nous fais rentrer Léna ? Safran est un policier, c'est le chef d'Alex que tu as fait rentrer pour récupérer les CD de données l'autre jour.

– Ah ! Je vois… Maman n'est pas rentrée cette nuit, si c'est elle que vous voulez voir, dit-elle à l'attention du policier.

– Léna, nous sommes ici pour t'apprendre une très mauvaise nouvelle.

– Il est arrivé quelque chose à Maman ?

La panique se lisait sur le visage de l'adolescente. Elle n'aimait pas la manière dont sa mère la traitait, souvent absente, parfois méprisante et jamais concernée par ses problèmes. Elle ne se souvenait plus quand sa mère l'avait embrassée pour la dernière fois. Mais elle était son unique point d'ancrage dans la vie.

– Oui… Elle a eu un accident. Un grave accident.

– Elle est…

– Oui, Léna… Elle nous a quittés.

La petite éclata en sanglots, incapable de prononcer le moindre mot. Torn alla chercher un verre d'eau à la cuisine. Elle le but par gorgées, le regard vide. Lorsqu'elle recouvra la parole, Lucille lui proposa d'aller faire un tour dans le jardin. Avec l'accord de Torn, Lucille était en train de dire à Léna qu'elle voulait qu'elle emménage chez elle. Elle lui parla aussi de Torn, de manière un peu plus intime qu'à l'ordinaire, soulignant qu'il pourrait certainement les aider à affronter cette épreuve. Comme il avait connu Réjane dans le passé, ils auraient sans nul doute également des choses à partager.

– Il est gentil, reconnut-elle. Il ne paraît pas très à l'aise ou pas bien dans sa peau.

– Tu sais, sa vie n'a pas été facile jusqu'ici. Nous pouvons peut-être l'aider à se sentir mieux dans sa vie nous aussi…

Lucille mesurait qu'une porte venait de s'ouvrir sur sa propre vie. Elle apercevait Torn à l'intérieur de la maison au travers de la vitre de la porte-fenêtre. Il discutait avec Safran.

Elle avait l'impression de l'avoir toujours regardé au travers d'une vitre. Dieu qu'elle l'aimait. Et comme elle aimait cette gamine. Au plus profond d'elle-même, elle savait qu'elle trouverait le chemin. Aujourd'hui, il la voyait.

Chapitre 22

Dix jours s'étaient passés depuis les évènements. Était-ce la nature qui était particulièrement généreuse cette année ou alors une perception plus intime de son environnement, Torn avait l'impression que le monde se découvrait en mille fleurs diffusant de nouveaux arômes et arborant des couleurs toujours plus chaudes, avec une force qu'il n'avait jamais ressentie. Assis dans le parc de l'hôpital, Torn regardait autour de lui les abeilles effectuer leur danse de vie, au milieu des rosiers, des digitales et des sceaux de Salomon. Ce mouvement incessant avait le goût de l'éphémère, puisque le cycle de vie de ces ouvrières du monde ne durait qu'une vingtaine de jours. Mais il se répétait depuis que le monde était monde pour offrir la vie ; sans abeille et le miracle entretenu de la pollinisation, la Terre ne serait qu'un caillou. Torn sourit à ce bourdonnement.

– À quoi penses-tu ? lui demanda Selena, qui profitait du soleil en silence, encore convalescente de ses blessures.

– T'ai-je déjà parlé du mouvement qui ne déplace pas la ligne, et du symbole du thyrse ?

– Une bonne dizaine de fois au moins, dit-elle d'un air malicieux.

– Tu me charries… J'observais les abeilles, je trouve que leur ballet à quelque chose de baudelairien dans cette manière d'entretenir la vie sans en avoir l'air.

– Oui, c'est comme une respiration, et à bien y regarder nous sommes dans le même rythme. À l'échelle de l'univers, notre existence n'est pas beaucoup plus longue que celle des abeilles, nous n'avons qu'un laps de temps limité pour tirer le miel de ces jours qui s'égrènent inexorablement… Et il y en a qui sont moins doués que d'autres…

Son regard s'assombrit. Il la titilla pour savoir ce qu'elle avait sur le cœur.

– Pourquoi es-tu triste ?

– Bah ! Ne fais pas attention… C'est mon ego qui me travaille. Je suis vivante. Compte tenu des circonstances, je sais que je devrais m'en satisfaire. Mais j'ai besoin de me projeter. Et je ne vois pas trop ce que je vais faire demain. L'idée de tout devoir reprendre de zéro me flanque le vertige.

– Pourquoi de zéro ? Tu n'es plus la pauvre petite Roumaine qui arrive en France. Tu n'es plus seule non plus. Clara est là, je suis là. Pendant plusieurs années, tu es passée devant la loge du gardien sans le voir et sans qu'il te voie. Nous étions des personnes fermées au monde. Ça a changé aussi, ça nous rend sans doute plus forts pour rebondir…

– C'est vrai que, lorsque je t'ai observé de la mezzanine la première fois, tu faisais peur. Un scribouillard compulsif complètement enfermé dans sa poésie, coupé du monde. La poésie, c'est bien mais ce n'est pas le loisir le plus ouvert sur les autres.

– Pas faux. Nous sommes comme ces satanés insectes, avec leurs mues successives. J'étais dans un état végétatif, il fallait passer sans doute par là pour me purger et maintenant je suis prêt à autre chose. Une autre naissance. Nous avons tous finalement plusieurs naissances, tu ne crois pas ?

– Tu es très philosophe ce matin, dit-elle en prenant sa main et en la lâchant presque aussitôt.

– Tu n'es pas d'accord ?

– Je suis d'accord pour dire que ce que nous avons vécu tous les deux nous a grandis. Et j'en suis la première contente, fière… et je pense que je pourrais encore citer une bonne dizaine de qualificatifs derrière. Mais de là à parler de seconde naissance, j'ai encore un doute.

– Pourquoi ce pessimisme ?

– Tu vis parfois trop dans le symbole, Torn. Je ne dis pas que ce n'est pas important, j'ai conscience moi aussi que mes petits dessins ont eux-mêmes pris un peu de relief grâce à ta poésie. Mais, plus concrètement, sans travail, ma propre renaissance va se terminer à l'aéroport, direction Bucarest. Je vais avoir la chance de croiser le regard plein de réprobation de mon père.

Torn plongea les yeux dans les siens et se mit à sourire.

– Ah ! C'est donc cela... Selena, ce serait une très bonne idée d'aller voir ton père pour lui montrer qui tu es devenue. Je pense qu'il serait très fier, et je suis sûr qu'il l'a toujours été, même si vous n'avez pas su trouver les mots pour exprimer ce que vous avez au fond du cœur. Je peux te garantir que ce n'est pas avec les yeux de l'échec que tu vas le regarder.

– Pff ! Toujours tes symboles... Tu m'énerves...

À son tour, Torn arbora une moue amusée.

– Si la vie nous abandonnait, nous pourrions être pessimiste, Selena. Mais déjà ce n'est pas le cas, sinon nous ne serions plus ici pour parler... Et en plus elle nous envoie des messages !

– Que veux-tu dire ?

– J'ai eu deux appels hier, mais si tu préfères te lamenter sur ton propre sort, je t'en parlerai plus tard.

– Allez... accouche... Qui t'a appelé ?

– Non... non... Tu n'es pas réceptive...

– Allez... Ne te fais pas prier... T'es vraiment un sale type !

– C'est vrai... Pendant que j'étais dans mon coma, une personne qui a cru en moi m'a fait des cachotteries. Elle a envoyé des épreuves à plusieurs maisons d'édition... Tu vois de qui il s'agit ?

Les yeux de Selena se mirent à briller.

– Oh ! Excuse-moi. Avec tout ça, j'ai oublié de t'en parler.

– Je ne sais pas si je vais t'excuser.

– En fait, deux maisons d'édition semblent avoir beaucoup apprécié notre travail. Elles veulent voir le reste. Nous avons notre premier rendez-vous demain.

– J'hallucine !

Selena se jeta sur Torn pour le prendre dans ses bras.

– Oh ! Je suis fière ! Si contente pour toi…

– Pour nous tu veux dire.

Elle ne put retenir un cri lorsque, la serrant trop fort, il appuya sur ses blessures, dont la cicatrice était encore trop récente.

– Pardon ! Je t'ai fait mal ?

– Oui… Non, ça va, j'ai surtout été surprise par la douleur, mais ce n'est pas plus fort qu'un bleu.

Elle ne cessait de le fixer avec un mélange de tendresse et d'interrogation. Il ne savait que trop ce que signifiait cette légère déformation de sa bouche. Elle voulait lui demander quelque chose mais elle n'osait pas.

– Qu'y a-t-il ? Allez !… Crache ce que tu as sur le cœur !…

– Rien… Je suis contente pour toi… J'espère que le livre va marcher… C'est bizarre pour moi de penser que mes dessins peuvent être regardés par des milliers de gens.

Elle continuait de le regarder d'un air gêné.

– Oui, Selena, ton nom sera cité pour les dessins. Ce livre est comme notre bébé, ma poésie n'existerait pas sans tes dessins et tes dessins ont besoin de ma poésie pour s'exprimer. Me vois-tu aussi étriqué, aussi peu reconnaissant pour tirer juste la couverture à moi ? On réussit ou on plonge ensemble… Jusque-là, ça ne nous a pas trop mal réussi… Non ?

Elle baissa les yeux.

– Merci Torn. Je ne voulais pas te blesser.

– J'ai autre chose à te dire pour ton avenir.

– Quoi donc ?

– Réjane est morte, elle était à la tête d'une fortune colossale, entre ce qu'elle a hérité de son père et les bénéfices qu'elle a tirés de l'hôtel. Sa seule héritière est Léna. Qui n'est pas majeure. Même si, avec Lucille, nous cherchons à la ménager et nous ne lui avons pas encore avoué que j'étais son père, légalement je suis le tuteur.

– Qu'es-tu en train de me dire ? Que tu vas courir après cet argent sale ?

– Non, je suis en train de te dire que pour les banques d'affaires, l'argent n'a pas d'odeur. Des investisseurs privés sont prêts à se positionner sur la reprise de l'hôtel, et les banques sont entrées en contact avec moi. Un des investisseurs m'a demandé si j'acceptais d'en assurer la gérance, au moins pendant un temps de transition, je connais le personnel et le fonctionnement de l'hôtel.

– Et tu as accepté ?

– Je suis partagé. Cet hôtel représente un passé dans lequel je n'ai pas envie de me buter à chaque pas. En même temps, l'idée de ne pas le fuir et de l'affronter, avec des personnes dont je sais qu'elles m'apporteraient tout leur soutien, m'apparaît aujourd'hui comme si cela devait me faire progresser davantage. Tu sais que je ne sais pas prendre de décision importante sans m'entourer de l'avis des gens qui comptent. Lucille m'a déjà répondu, j'aimerais savoir ce que tu en penses.

– Qu'a dit Lucille ?

– J'aimerais savoir ce que tu en penses, toi.

– Je pense que l'investisseur en question surfe sur ta nouvelle notoriété, puisqu'aujourd'hui la presse locale t'encense comme celui ayant permis le démantèlement d'un trafic odieux. Je crois aussi que tu apparais dans l'inconscient collectif comme un héros de la résistance ayant combattu l'infamie nazie. C'est une belle revanche sur le passé qui t'ouvre de nouveaux horizons, ici ou ailleurs. Je pense que, pour toi, ce serait plus simple de rebondir ailleurs mais, si tu estimes que ton destin est ici, je veux croire que tu as envie de créer un bel endroit à l'image de ta poésie. Si malencontreusement tu devais te retrouver nu dans une chambre froide, ou s'il fallait une nouvelle fois te sortir du coma, je suis convaincue que je peux être d'une certaine utilité. J'aurai un mot à dire sur la décoration ?

Il la serra à nouveau contre lui.

– Lucille me soutient également dans ce projet.

– Cool ! Ça veut dire que j'ai un avenir alors ?

– Oui. Entre l'accompagnement médical des nymphes et la remise en état de l'hôtel, je crois que j'ai un peu de taf. Les bonnes volontés seront bienvenues.

– Finalement tu avais peut-être raison. Ça peut ressembler à une nouvelle naissance !

Et elle partit d'un rire cristallin.

– Allez, tu me conduis à la piscine ?

Elle avait une autorisation de sortie pendant deux heures chaque jour, afin de se rendre à la piscine où elle rejoignait Lucille et Léna pour apprendre à nager. Lorsque le médecin lui avait recommandé la natation pour se remettre plus vite de ses blessures, Léna s'était tout de suite proposée pour l'accompagner. Sa marraine tenta de réfréner l'enthousiasme de la jeune fille, devant le peu d'entrain de Selena, mais cette dernière se laissa convaincre lorsque Lucille précisa qu'elle serait présente également et qu'elle n'aurait pas à mettre sa vie entre les mains d'une adolescente de 14 ans. Tout d'abord mal à l'aise face au regard des autres, elle finit par surmonter ses appréhensions et commença même à montrer des progrès notables.

Torn, assis dans les gradins, observait sa plurielle de femmes avec tendresse. Il aurait aimé que Séverine pût partager ces éclats de rire avec elles, mais il devait maintenant aller de l'avant. Il devait rattraper ces quatorze années où Léna n'avait pas eu de père. Il apprenait à savourer ces moments de petit bonheur…

*

Torn marchait avec Lucille sur le quai, le long de la rivière souterraine qui traversait le sous-sol de l'hôtel. L'endroit ressemblait à une mine désaffectée : de gros blocs de pierre à nu, des piliers de soutènement en béton et, courant le long des parois, un éclairage rudimentaire qui révélait des poutrelles en bois.

– C'est un bel endroit, reconnut Lucille. Effrayant lorsqu'on pense à son utilité. La fuite des nazis… Le trafic d'enfants… Mais esthétiquement parlant, il suffirait de le mettre en valeur pour donner une identité à l'hôtel. Sais-tu à quel endroit on rejoint la surface ?

– Non, je me suis dit l'autre jour que je prendrai le bateau pour aller voir. Finalement, j'ai dû y renoncer par manque de temps. Quand les filles auront accouché, j'y verrai plus clair. Pour Clara c'est imminent.

– Ça va bien se passer tu crois ?

– Il n'y a pas de raison que ça se passe mal. Le protocole médical utilisé, même s'il n'est pas classique sur les premiers mois, a pour vocation à sortir des enfants de qualité supérieure, donc hyper suivis. Si on avait récupéré des filles dans des caissons, j'aurais été plus ennuyé. Interrompre un processus d'enrichissement des embryons peut s'avérer à risque. Là, nous sommes sur une fin de grossesse, qui se traite de manière habituelle.

– Oui, heureusement. Les six caissons que j'ai vus au moulin ont tous été libérés avant votre arrivée.

– Six ?

– Oui… Pourquoi ? Il y a quelque chose d'étrange ?

– C'est bizarre… J'ai l'impression qu'il y en avait plus lorsqu'on faisait des photos avec Selena.

– Certainement… Ils ont été libérés au fur et à mesure. Au moment du transfert au moulin, quelques nymphes avaient sans doute déjà été sorties de leur sommeil.

– Oui… tu dois avoir raison… Alors, tu penses qu'il y a un potentiel à exploiter ici ?

– Oui, j'en suis sûre. Il faut que je réfléchisse. Ne serait-ce qu'au niveau excursion. La capitale n'est pas si loin. Je me demande si nous n'aurions pas la possibilité de créer une marina à proximité. C'est pour ça que je te demandais si la surface était éloignée.

– OK, tu as gagné. Maintenant que tu as piqué ma curiosité, viens, il reste un peu d'essence dans le dinghy. On va aller voir tout de suite, il fait encore clair à l'extérieur.

– Oh ! Monsieur veut m'emmener en croisière…

Il monta dans le canot puis tendit la main, pour que Lucille puisse s'asseoir à son tour. Aucun d'eux n'était à l'aise sur cette surface mouvante. Le canot tangua un peu. Ils se retrouvèrent dans les bras l'un de l'autre, sans l'avoir vraiment cherché. Lucille désespérait qu'il puisse un jour la toucher. Inconsciemment, tout son être réagit à ce coup de pouce du destin, elle se pressa contre lui avec douceur. Ses lèvres cherchèrent les siennes, d'abord timidement, puis goulûment. Ils restèrent enlacés pendant quelques minutes, avec ce sentiment indéfinissable que leur relation avait franchi un cap. Sans savoir à cet instant précis s'ils avaient eu raison ou pas de vivre ce moment. Ils se regardèrent avec beaucoup de tendresse, sans mot dire.

– Ça, c'est l'effet des vagues, dit-elle pour rompre le silence. Moi, dès que je suis sur un bateau, j'ai la tête folle, je deviens incontrôlable...

– Oui, je vois ça. En même temps, il est vrai que les vagues sont d'une force inouïe ici, on peut difficilement lutter...

Il observait d'un air amusé la surface de l'eau, seulement troublée par quelques ridules. Elle sourit de le sentir aussi démuni. Il semblait complètement perdu, comme lorsqu'on recherche son équilibre, après avoir tourné sur soi-même plusieurs fois de suite. Elle caressa sa joue tout en déposant furtivement ses lèvres sur sa bouche.

– À quoi penses-tu ? demanda Torn, soudain intrigué par l'expression dans ses yeux.

Elle lui sourit.

– À rien, Torn. Je sens comme un frémissement en moi et tout autour de moi. C'est une sensation bizarre, je ne suis pas habituée.

En fait, elle s'en voulait d'avoir pu penser une seule minute à une aventure avec Selena. Il n'avait toujours vu en elle que la fille, jamais la femme.

– Bon, maintenant que nous avons vérifié que nous ne manquions pas d'oxygène, on la fait cette balade en bateau ?

– Euh !... Oui... Attends, il faut que je ressorte du bateau, j'ai oublié de prendre une torche, au cas où. Il y a le phare du canot mais on ne sait jamais.

Ils mirent les gaz au minimum puis remontèrent le courant. Ils quittèrent assez rapidement la zone éclairée du quai pour n'avancer qu'à la lueur du phare. L'espace s'agrandit, comme s'ils pénétraient dans une vaste salle souterraine. Ils laissèrent à main droite un autre bras de rivière, qui devait déboucher dans une autre caverne. L'éclairage du dinghy était orientable. En fonction de l'inclinaison, le halo lumineux dévoilait des concrétions calcaires de toutes formes, des stalagmites, des stalactites de toutes tailles. Les reflets, les jeux d'ombres donnaient également l'impression par endroits que la roche se déformait. Sur la gauche, une surprise les attendait. Ils arrêtèrent le dinghy le long d'un quai tout vermoulu, près duquel subsistaient les restes d'une casemate. À cet endroit, la roche avait été creusée puis bétonnée pour servir d'endroit de stockage. Pendaient encore à des chaînes des plaques métalliques, pour la plupart rouillées, mais où l'on devinait encore des têtes de mort et des messages en allemand.

– De quoi s'agit-il ? s'enquit Lucille, qui eut du mal à réprimer un frisson.

– Ce sont des « boves », des espèces de grottes taillées dans le calcaire. Le bord de Seine en regorge. Les Allemands les utilisaient pour stocker leurs missiles, pendant la dernière guerre mondiale.

– J'espère qu'il n'en reste pas. Ce serait dommage de découvrir que l'hôtel repose sur une poudrière.

– Tu as raison. J'ai du mal à imaginer que nous soyons les premiers à explorer l'endroit. En tout cas, je n'en ai jamais entendu parler.

– Tu ne trouves pas qu'il fait plus frais ?

– Oui, c'est vrai... On dirait comme un souffle. Le vent arrive jusqu'ici. On ne doit pas être loin de la sortie.

La casemate semblait défendre l'entrée d'un chenal, elle n'était pas orientée sur le bras de rivière principal. Ils engagèrent le dinghy dans le boyau plus étroit, très vite arrêtés par une grille. Ils ne purent pas voir où ils arrivaient, mais ils distinguèrent nettement au bout du boyau la lumière du jour.

– Dommage pour ta marina ! Nous n'aurons pas notre réponse aujourd'hui...

– Oui et non. En aménageant un peu la grande salle souterraine, la profondeur me semble suffisante pour un hangar à bateaux.

– Ouh là ! Madame voit grand…

Ils rebroussèrent chemin, jusqu'à rejoindre la jonction avec le petit bras de rivière qu'ils avaient croisé à l'aller.

– On visite ?

– Allez ! Tant qu'on y est… On n'a rien d'autre à faire ce soir, dit-elle avec ses yeux rieurs, non sans une certaine provocation.

Torn ignora l'allusion, trop concentré sur un reflet métallique, côté gauche.

– La paroi est aménagée, finit-il par dire. On dirait un débarcadère.

– Décidément, cet endroit est plein de surprises. Une nouvelle marina de fortune ?

– Ben écoute… Regarde, là, il y a même un interrupteur et des lampes sur le mur.

Il actionna le commutateur, sans succès. Puis, il orienta le phare pour balayer la paroi d'un bout à l'autre avec le rayon lumineux. Au bout du débarcadère, il distingua un bâtiment non bétonné. Il semblait d'un autre temps, un mélange de tôle et de bois. Il refit le balayage plusieurs fois pour avoir une meilleure vision d'ensemble. Il était intrigué.

– Qu'y a-t-il ? demanda Lucille. Tu ressembles à un chien à l'arrêt.

– Attends ! Je reconnais cet endroit. C'est la photo du livre de Léna, c'est l'annexe. Comment est-ce possible ?

– Je ne comprends pas Torn.

– D'après le bouquin, l'hôtel a été créé sur l'annexe de l'ancien Lebensborn. Elle aurait dû disparaître et on la retrouve sur le bord d'une rivière souterraine. Est-ce l'annexe originale emmenée en profondeur par un glissement de terrain ? Ou l'ont-ils simplement déplacée au moment de la construction de l'hôtel ? Te rends-tu compte, c'est peut-être l'unique témoignage du passé. Il faut qu'on entre.

– Torn, je préférerais qu'on appelle les flics avant.

– De quoi as-tu peur, Lucille ? Les fantômes ne vont pas resurgir du passé.

Il l'embrassa sur le front et monta à l'échelle.

– Allez ! Viens… On ne va pas s'arrêter au milieu du gué.

– OK. On regarde juste et on y va.

Ils marchèrent le long du débarcadère, en faisant attention où ils mettaient les pieds. Les abords ne donnaient pas l'impression d'abandon, tout était propre et net. Ils parvinrent à la porte du bâtiment, masquée par un volet roulant à actionner électriquement. Seul problème : le boîtier contre le mur ; sans le code, pas moyen d'entrer. Ils firent le tour du bâtiment.

– Bon, je crois que nous sommes coincés… As-tu une idée ?

Lucille essaya plusieurs codes dans ce qui ressemblait à une quête au hasard. Quand, soudain, le volet roulant se mit à trembler avant de s'élever dans une succession de craquements.

– Lucille, comment as-tu fait ? s'exclama Torn.

– J'ai cherché les chiffres qui avaient un rapport avec toi. Lena m'a raconté qu'elle avait entendu Réjane pleurer lorsque tu étais dans le coma. Comme elle aimait tout contrôler, et qu'elle t'aimait de manière inavouée au plus profond d'elle-même, je me suis dit que le numéro pouvait avoir un rapport avec toi.

– Un anniversaire ?

– Presque. L'année de votre rencontre.

La porte derrière le volet roulant n'était pas fermée à clé.

– Respect ! dit-il en pesant sur la clenche. Nous…

Torn n'eut pas le temps de terminer sa phrase. Tout de suite, un remugle de pourriture les prit à la gorge. L'inquiétude monta d'un cran.

– C'est horrible, fit Lucille en détournant la tête.

Le rayon de la torche vint mourir sur des formes qu'il connaissait bien : trois caissons étaient là, reliés à un équipement électrique malheureusement à l'arrêt. Trois corps inertes à l'intérieur.

– Mon Dieu ! Pauvres filles ! Tu avais raison, il y avait bien d'autres caissons.

Torn se précipita. Le spectacle était encore plus insoutenable de près. Des chairs en lambeaux, comme attaquées par un liquide corrosif…

– N'avance pas Lucille. Ce n'est pas beau à voir. Je pense que l'alimentation électrique de l'annexe était couplée à celle de l'hôtel. Lorsque l'incendie s'est déclaré à l'hôtel, il a dû toucher le circuit. C'est aussi pour ça que l'éclairage ne fonctionne plus à l'extérieur.

– Torn, c'est affreux ! Elles sont mortes noyées ?

– Ou asphyxiées. La respiration artificielle s'est arrêtée avec le court-circuit. C'est suite à la visite des flics. Ils ont déménagé les filles à la hâte en attendant le transfert au moulin.

Un rayon vint malencontreusement éclairer un caisson. Malgré la distance, Lucille put distinguer le visage sans traits.

– Mon Dieu ! On dirait que le liquide les a rongées. Elles n'ont plus de visage ! Il faut appeler Safran.

– Oui, ne regarde pas. On ne peut plus rien faire de toute façon.

Torn allait sortir lorsqu'un frisson lui parcourut l'échine. Il crut tout d'abord à un effet de répulsion mais son malaise était plus profond. Les murs étaient tapissés de dossiers d'archives, reliés de vieux cuir. Ils frémissaient, ils respiraient, il les sentait vivre. Il ne pouvait pas encore l'assurer mais il était persuadé que toute la vie de l'ancien Lebensborn était consignée ici. Avait-il rendez-vous avec l'histoire de la Grande Guerre et peut-être l'un des pans les plus noirs de celle-ci ?... Il en oubliait l'odeur, l'horreur autour de lui... Une étrange lueur habitait maintenant son regard. L'esprit du chercheur se réveillait. Trouverait-il ici le descriptif clinique de la résilience infantile, suite aux privations, aux frustrations, au manque d'amour ? Y avait-il eu torture morale ou physique ? Cette avancée médicale indéniable que représentait le processus d'enrichissement des embryons était-elle le résultat d'expériences insensées détaillées dans ces archives ? Le médecin qu'il avait gommé en lui depuis tant d'années trouvait en ce lieu immonde un appel, comme si des milliers de cris étouffés pouvaient surgir à tout moment de la vieille croûte de cuir pour partager une souffrance. Comment cet endroit avait-il pu, avec tous ses secrets, échapper aux enquêteurs du passé ? C'est à lui, l'oublié de la médecine, qu'il décidait de se livrer. Lui qui avait perdu sa fille était peut-être l'élu pour que ces enfants oubliés de l'Histoire puissent enfin se libérer de leurs tourments et reposer en paix.

Ce fut Lucille qui le tira de cette fascination malsaine, lorsqu'elle sortit précipitamment de la pièce pour vomir sur la pierre froide.

– Excuse-moi, Lucille. J'aurais dû t'écouter. On remonte et j'appelle Safran.

*

Clara avait commencé le travail. Les contractions revenaient, telle une vague sur une plage inexplorée. L'amplitude des marées qui cherchait sa plénitude... Des vagues fortes... Toujours plus fortes... Plus la délivrance approchait, plus les chevaux d'une colère sourde galopaient dans son esprit submergé par des idées d'une noirceur extrême. Clara avait refusé la péridurale. C'était sa manière d'expier ce qu'elle tenait pour une faute. Selena avait tenté de la raisonner, mais elle n'avait pas cédé. Porter cet enfant était sa honte, son chemin de croix. Elle ne se souvenait pas du moment où il avait été conçu, ni même de l'homme qui avait fouillé ses chairs pour l'inséminer. Avec un peu de chance, ce bâtard mourrait étouffé entre ses cuisses. Qu'il tente seulement de passer la tête, elle jurait de lui briser le cou avec son bassin. Elle entendait déjà ses petits os craquer.

Selena serrait la main de son amie, tentant de l'apaiser. Jamais elle ne l'avait vue dans un tel état de fébrilité. La sage-femme s'affairait. La fébrilité se mua en douleur morale, qui laissa place rapidement à la douleur physique... Les cris... La rage... Le bâtard voulait sortir, mais elle ne le laisserait pas. Clara suait à grosses gouttes, à tel point qu'il fallut l'éponger. Selena plongea ses yeux dans les siens, sans jamais les détourner. Les jeunes femmes s'affrontaient dans le combat de deux déterminations. Selena crut voir l'esquisse d'un mauvais sourire entre deux râles.

– Clara, bats-toi. Ce n'est pas un moutard né de ta cuisse gauche, c'est ton gosse que tu vas façonner à ton image, avec tes valeurs. C'est la vie que tu portes.

Clara ferma les yeux. Elle pensait à ses frères des rues, à sa mère. Selena trépignait.

– Non, regarde-moi, bordel !

Selena mit ses mains sur ses épaules pour la secouer gentiment. Clara rouvrit les yeux, pour les refermer aussitôt dans un cri de douleur. La contraction venait de s'échouer sur son rivage, ce n'était plus une vague mais un mascaret. L'élancement se diffusait dans son corps par la moelle épinière. Elle avait l'impression que son corps faisait caisse de résonance.

– C'est pas la vie que je porte, hurla-t-elle entre deux spasmes, c'est lui qui va planter la mienne.

Selena s'enflamma.

– Non, c'est toi qui donnes une chance à sa vie. Et vous allez vous porter mutuellement. Bats-toi pour lui, bats-toi pour toi.

Elle serra ses mains avec force, tandis que la sage-femme prenait le contrôle.

– Allez ! Madame, poussez maintenant…

Combien de temps dura ce combat contre elle-même ? Clara implora Selena du regard. Selena l'insoumise…

– Prends ma force, Clara. Je serai toujours à tes côtés. Aime-le, comme tu as su m'aimer moi.

Torn, arrivé dans l'intervalle, fut d'abord inquiet lorsqu'il perçut les éclats de voix à travers la porte. Il entrouvrit doucement la porte. La sage-femme semblait gérer la situation avec beaucoup de maturité ; un accouchement restait un moment de stress où les parturientes s'exprimaient souvent de manière un peu crue, elle en avait certainement vu d'autres. Torn n'avait pas de légitimité dans cette pièce, il resta dans le couloir, prêt à intervenir si la situation l'exigeait.

Et Clara lâcha prise. Le visage en larmes, dans les bras de son amie, ses poussées se firent plus régulières. Plus maîtrisées. La vie reprenait ses droits. Puis, une poussée plus forte que les autres et une petite tête apparut entre ses cuisses. La violence que Clara éprouvait quelques instants plus tôt devint une force que rien ne pouvait détourner de son but. Les deux jeunes femmes s'étaient enfin retrouvées dans ce corps à corps pour la vie. Clara se concentrait sur son devoir de femme. Elle oublia son corps qui travaillait maintenant mécaniquement. Serait-elle une bonne mère ? Était-elle meilleure qu'une autre ? Des pensées l'envahirent, le doute céda à l'espoir. Et tel un écho à l'émotion qui la submergeait, des pleurs d'enfant, soudain, emplirent la pièce d'une douce euphorie.

Chapitre 23

Safran et Torn travaillaient de concert depuis une semaine. Safran sur les CD de données récupérés chez Réjane, qui retraçaient l'historique des affaires, davantage d'un point de vue organisationnel et financier. Torn sur les archives papier de l'annexe, plus anciennes, et plus orientées sur l'expérimentation médicale d'hier ayant mené au fonds de commerce d'aujourd'hui. Suite aux dernières découvertes dans le sous-sol de l'hôtel, le réseau de galeries souterraines et le caractère unique du matériel médico-historique exhumé, Torn devait faire face également à un afflux de popularité. Les médias s'étaient emparés de l'affaire, au point qu'il n'arrêtait plus d'être sollicité pour des interviews d'horizons très variés. Des journalistes ou des spécialistes venant d'Europe ou même de plus loin, puisque des revues outre-Atlantique, s'intéressant à la génétique, avaient bien mesuré les retombées potentielles en lien avec leur domaine d'activité, il fallait coûte que coûte se rapprocher de cette source providentielle d'informations. Personne n'avait oublié *Le Meilleur des mondes*, dont les idées avant-gardistes avaient eu un retentissement international, et l'écrivain britannique Aldous Huxley, même s'il avait toujours dénié la nationalité américaine, avait laissé des traces dans la pensée collective lorsqu'il vivait aux États-Unis.

Le passé médical de Torn resurgit dans les articles des journalistes d'investigation les plus pointus sur la connaissance du nouveau héros, criant désormais à l'injustice et au complot contre un homme qui avait aujourd'hui démontré son engagement auprès des plus démunis, ce nouveau dépositaire du respect et de la dignité de la personne humaine. Les mêmes qui avaient contribué à sa descente aux enfers des années plus tôt le portaient aux nues aujourd'hui.

Torn gérait l'ordre et le chaos comme il pouvait. Une partie de l'hôtel avait dû être fermée suite à l'incendie mais la partie restée ouverte au public ne désemplissait pas. Personne n'était autorisé à descendre dans les galeries souterraines, qu'importe !… Chacun voulait passer une nuit dans ce lieu soudain décrété par la vox populi haut lieu d'histoire et de mémoire. Cette affluence avait achevé de convaincre Torn d'essayer de réhabiliter l'établissement, ne serait-ce que pour tous ceux qui y travaillaient chaque jour et lui montraient leur confiance et leur dévouement. Les individualités sur lesquelles il pouvait compter s'étaient révélées assez rapidement, pour qu'une équipe dirigeante puisse être reconstituée. Au-delà des tâches techniques nécessitant une expertise particulière, Torn avait voulu confier des responsabilités de qualité perçue à certains ayant témoigné une forme de charisme naturel parmi le personnel d'exécution : il avait ainsi nommé un leader pour chacun des cinq sens, considérant que l'insatisfaction d'un client émergeait généralement d'une déception dans la perception sensorielle de son environnement. Ces élus étaient en quelque sorte l'œil, les oreilles, le nez, le goût et le toucher des clients, pour essayer d'anticiper les problèmes avant qu'ils n'affectent les clients réels. Les cuisines et le service des repas étaient sous le regard critique de la personne en charge du goût, un chef de rang s'étant fait remarquer pour ses prédispositions culinaires et son sens aigu de la perfection en salle. Qui mieux qu'un « nez » pour traquer la propreté irréprochable dans les sanitaires ?… Quant à Selena, elle était devenue « l'œil »… Torn avait décidé d'utiliser les talents artistiques de la jeune femme pour s'assurer que l'œil des clients fût toujours flatté : une décoration raffinée mais jamais ostentatoire, un cadre qui devait se régénérer de manière perpétuelle tout en gardant une identité, des chambres confortables tout en restant sobres, telles étaient les missions qui incombaient à sa créativité et à sa rigueur eurythmique.

L'esprit du groupe nouvellement soudé était celui d'un équipage par gros temps, sur un bateau ballotté par la houle, balayé par des vents contraires, chacun savait que la survie de tous reposait sur l'engagement de chacun. Combien Torn était fier de cet esprit qu'il avait réussi à insuffler en si peu de temps ! Il ne savait pas combien durerait l'état de grâce, il se sentait vivre et emmener ces êtres vers un nouvel épanouissement contribuait à sa propre plénitude. Une maturité insoupçonnée que ses proches l'aidaient à porter et dont chacun se nourrissait. Lucille, la sage lumière du jour, qui le guidait au quotidien. Selena, la lunaire fille de l'aurore, qui lui permettait d'évoluer dans des sphères plus symboliques. Autour de lui réunis, son hémisphère gauche et son hémisphère droit. Son conscient et son subconscient. Son yin et son yang. Autant de dualités qui construisaient l'âme humaine dans sa vraie grandeur. Enfin, l'enfant, qui donnait à l'humain sa troisième dimension, qui le prolongerait au-delà de sa propre mort. Celle pour qui le soleil devait briller de tout son éclat. Léna, à la confluence de deux êtres, la source et la destinée de tout, tel un fleuve qui doit trouver son chemin pour rejoindre la mer. Sa plurielle de femmes le soutenait de manière indéfectible. Son socle.

Torn ne disposait plus que de cinq jours avant son rendez-vous avec Safran. Les deux hommes avaient convenu de finaliser ensemble la première trame d'un rapport d'enquête dont chacun ne maîtrisait qu'une partie, le policier étant mal à l'aise sur les aspects médicaux. Maintenant qu'à l'hôtel, le groupe commençait à trouver son régime de croisière, Torn parvenait à se libérer du temps. Il s'isola dans cette chambre rebaptisée « bibliothèque », où précédemment il avait transféré l'ensemble des documents de l'annexe. Il n'y avait passé que très peu de temps ces derniers jours mais là il y était déjà depuis trois heures. À mesure de sa lecture, il était convaincu qu'il allait veiller tard.

Le téléphone sonna. Lucille prenait des nouvelles.

– Lucille, c'est un concentré d'horreurs. Des dossiers médicaux d'enfants juifs comme je n'en ai jamais vu. Les mensurations, la taille des organes, tous les produits testés avec la réaction physiologique associée, le détail des autopsies... Les détails sur la manière dont ils ont développé la ventilation liquidienne sont juste immondes avec tous ces gosses qui finissent asphyxiés. Bormann père, qui supervise toutes ces opérations, se félicite de pouvoir tester directement ses théories sur du matériau humain qu'il peut gaspiller sans compter plutôt que sur des rats, le juif lui permet ce qu'il appelle des raccourcis dans le protocole de recherche médicale. Aucun de ces gosses n'a survécu. Leur cadavre a été disséqué sur l'autel de l'expérimentation médicale.

– Es-tu vraiment obligé de te plonger dans tout ça ? Pourquoi ne laisses-tu pas les spécialistes s'en charger ?... Tu te fais du mal...

– J'ai donné ma parole à Safran. Et puis, compte tenu de mon passé, j'ai l'impression que je ne pourrai pas atteindre l'apaisement tant que je ne serai pas allé au bout.

– Ce que tu appelles ta rédemption ?

– Oui.

– Bon... Je ne vais pas te déranger plus longtemps. Plus vite fini...

– Oui, je vais essayer de bien avancer. Je t'appelle demain.

Et il raccrocha.

Torn ne put que reconnaître la rigueur scientifique dans la description des protocoles et les synthèses. Le véritable coup de génie de Bormann fils avait été d'enrichir les travaux de son père par ses études sur les abeilles, et de croiser les procédés d'incubation entre les insectes et les humains. En médecine, il n'y a pas de progrès sans humanité... Cet aphorisme de la conscience collective n'avait jamais trouvé sa place chez les Bormann ; le parfait détachement au regard des pertes humaines engendrées par le tâtonnement se déclinait au fil des pages, dans une froide monstruosité. Quel carnage ! En matière de genèse d'enfants parfaits, le modèle artisanal des Lebensborn avait été scientifiquement amélioré pour en faire un processus semi-industriel maîtrisé, servant juste l'enrichissement de quelques-uns.

Il était plongé depuis quelques minutes dans la lecture d'un cahier constitué des fiches médicales de tous les enfants ayant transité par le Lebensborn de Bormann père, puis après la guerre dans les cliniques du père et du fils.

Son attention fut attirée par une feuille pliée en deux, d'un aspect moins jauni que les pages à l'intérieur desquelles elle était insérée. Comme si quelqu'un s'en était servi comme marque-page dans une période plus récente. La photo l'intrigua. Il s'agissait de la représentation d'un coin de carte du ciel : un triangle inséré dans un hexagone. L'article était en anglais, il décrivait le Triangle d'Hiver, composé des étoiles Sirius, Procyon et Betelgeuse, inscrit à l'intérieur du grand Hexagone d'Hiver incluant également Orion et les jumeaux Castor et Pollux. Dans ce petit périmètre, un bouquet des étoiles les plus brillantes du ciel, bien connues des navigateurs. Que faisait ce papier ici ? C'est alors que ses yeux raccordèrent avec un dessin à main levée sur l'une des pages du cahier en vieille croûte de cuir. À côté du dessin, des annotations en allemand. Torn sentit sa respiration s'emballer. Le dessin à main levée montrait la partie haute d'un dos humain, on y voyait trois grains de beauté en triangle à la base du cou. Les mêmes que ceux qu'il connaissait à la base du cou de Selena. Les mêmes que ceux de sa fille Séverine. Pourquoi n'avait-il jamais appris l'allemand ? Que disaient ces maudites notes ? Il ne pouvait pas attendre le lendemain. Il photographia la page avec son portable avant de l'envoyer par Internet à Lucille et de l'appeler.

– Oui…, répondit Lucille dans un bâillement.

– Lucille, Léna dort-elle déjà ?

– Non, je ne pense pas. Que t'arrive-t-il ? Tu as l'air stress…

– S'il te plaît, appelle-la et allez sur le micro. Je viens de t'envoyer une page, il faut que Léna me traduise les notes en allemand. Vite s'il te plaît.

– Torn, tu me fais peur. Tu vas bien ?

– Je ne sais pas. Dépêche-toi.

Léna arriva quelques instants plus tard autour du combiné. Lucille avait allumé l'ordinateur tout en laissant le téléphone sur haut-parleur.

– Vous avez le message ?... pressa à nouveau Torn.

Il entendit alors Léna lui répondre ce qu'il redoutait.

– « Comme l'hexagone accouchant d'un triangle dans le ciel d'hiver. Dieu, j'espère que tu ne nous en veux pas d'avoir un tel niveau de perfection avec nos enfants ! C'est notre travail. Les élus porteront la marque du triangle, on ne pourra pas les confondre. Nul ne pourra jamais les égaler. »

– C'est incroyable ! De vrais mégalos avec leur hexagone. L'étoile à six branches, le symbole de la création divine. Et le triangle pour la Trinité. Ils se prenaient pour Dieu ces cinglés.

– Les juifs leur ont fait aimer la peinture Torn. Tous les artistes ont à cœur de signer leurs œuvres.

Lucille regretta presque immédiatement ce trait d'esprit qui tomba comme un véritable flop. Torn explosa.

– Mais Lucille, c'étaient des enfants, marqués comme du bétail. Et Séverine portait leur signature... Et Selena porte leur griffe également... Tu te rends compte de ce que cela veut dire ? Des enfants parfaits, Lucille... Des putains d'enfants parfaits... Ma fille...

Un flash lui brûla les yeux, puis une vive douleur au plexus et soudain ses jambes se dérobèrent sous lui. Torn s'affala sans un mot. Lucille criait dans le téléphone. Mais il n'y avait plus personne pour entendre.

*

Selena arriva quelques instants plus tard, informée par Lucille affolée. Torn, allongé sur le sol, avait les yeux dans le vague. Sa respiration s'était accélérée, devenue incontrôlable sous le coup d'un stress qui semblait lui vriller les entrailles. Elle connaissait les crises de spasmophilie auxquelles son frère était régulièrement sujet étant plus jeune, elle se saisit d'un plastique qui traînait pour immédiatement placer la tête de Torn à l'intérieur. En surventilant dans le plastique, Torn consommait l'oxygène qui se raréfiait. La respiration se rééquilibra d'elle-même à l'intérieur du plastique. Torn put se rasseoir, il était blanc comme un linge. Selena alla chercher un verre d'eau et le fit boire.

– Alors Torn, on se fait son petit malaise vagal, tout seul comme un grand ? Tu ne serais pas un peu fragile comme garçon ?

Elle plaisantait, mais ce n'était que pour essayer de le détendre.

– Lucille t'a appelée ? finit-il par dire, d'un ton un peu inquiet.

– Oui, il faut que je la rappelle d'ailleurs. Elle se fait un sang d'encre. Elle dit que tu travailles trop.

Il ne cessait de la regarder pendant qu'elle parlait avec Lucille. Il ramassa le cahier tombé resté ouvert et le referma, pour être sûr qu'elle ne le lise pas.

– Lucille voudrait te parler.

– Dis-lui que tout va bien, je la rappelle tantôt.

Selena raccrocha très vite, Lucille ne lui avait visiblement pas parlé de la découverte qui l'avait conduit au malaise.

– Qu'est-ce qui t'a mis dans cet état ?

– Rien..., mentit-il. Lucille a raison, je tire un peu trop sur la ficelle.

– Tu veux faire une partie d'échecs ou te promener pour te changer les idées ?

– Non, c'est gentil Selena. Je pense que je vais aller dormir.

Elle le raccompagna jusqu'à cette petite chambre où il avait passé des dizaines de nuits en des temps plus troublés. Même si son statut avait évolué, Torn n'avait pas souhaité changer d'univers.

– Ça va aller ou tu veux que je dorme avec toi, au cas où tu serais pris d'un nouveau malaise ?

Torn l'observa d'un air indéfinissable. Il pensait à ses trois grains de beauté. Elle, si frêle et si forte à la fois. Il avait un peu honte ; depuis qu'il savait qu'elle non plus n'était pas une enfant naturelle, il la regardait de travers. C'était pourtant la même personne. Il sentit la gêne l'envahir, comment pouvait-il avoir une réaction aussi étriquée alors qu'il l'aimait ? Il la serra contre lui pour qu'elle ne voie pas son visage. Ce sentiment de culpabilité qui naissait ne faisait que décupler son désir de lever le voile.

– File Selena. J'ai besoin de récupérer.

– D'accord. J'apporte le petit déj' demain.

L'odeur de musc se dissipa rapidement. Il chercha à rappeler Lucille mais elle ne décrocha pas. Il était à peu près certain qu'elle avait pris la route.

Au lieu de se coucher, il retourna dans sa bibliothèque des horreurs. Calculant mentalement l'année de naissance de Selena, il mit la main sur le cahier correspondant à cette période. Néanmoins, il eut beau fouiller, rien sur Selena enfant. La trace d'une opération au niveau des glandes lacrymales subsistait dans le dossier de quelques enfants. « Les élus ne montrent pas de faiblesse. On leur retirera leur capacité de pleurer... » ; ainsi était-il précisé en anglais dans l'un des cahiers, griffonné à la hâte, sans doute par le fils Bormann. Il eut cependant l'impression de reconnaître une écriture de femme qui pouvait être celle de Réjane. Un nouvel indice confirmant que Selena venait de ce monde, l'absence de dossier la concernant restait pour le coup un mystère.

Bien qu'il fût très tard, il laissa à Safran un message annonçant sa venue au commissariat le lendemain matin. Lucille arriva une demi-heure plus tard.

*

– Bonjour Torn, vous avez une sale tête..., lâcha Safran.

– Vous devez avoir raison, mais ce ne serait pas l'hôpital qui se fout de la charité ?

Les deux hommes se répondirent par un sourire fatigué. À en juger par les poches sous les yeux, aucun d'eux ne ménageait sa peine.

– Vous venez pour les dossiers ? Nous n'avions rendez-vous que dans quelques jours. Y a-t-il quelque chose qui vous chiffonne ?

Le visage de Torn se renfrogna.

– Je veux voir Bormann.

– Il est mourant. L'hôpital a réussi à le prolonger mais il est de plus en plus faible.

Safran vit toutefois qu'il n'y avait pas matière à discussion.

– Allez ! Venez… On va l'hôpital. Vous m'expliquerez dans la voiture.

Torn n'était pas très loquace. Safran commença à parler pour dégivrer l'atmosphère. Il expliqua comment les CD de données récupérés chez Réjane lui avaient révélé le lien entre l'hôtel et l'armée. L'hôtel servait de laboratoire de test pour des agents chimiques développés à des fins militaires. Ils utilisaient les filles de l'Est de retour dans leur pays après une maternité pour tester les produits en vraie grandeur, quelles que soient les séquelles. Certaines en mouraient. En échange l'armée prêtait des mercenaires pour des missions spéciales.

Safran continua :

– J'ai rarement vu des archives aussi détaillées. Si c'est Réjane qui a numérisé tout ça, c'est comme si elle s'était autoproclamée la mémoire de ces génies du mal pour adresser un message à la postérité, une assistante hors pair au service de la science. S'il n'y avait pas ce contexte monstrueux autour, elle en deviendrait presque sympathique.

Torn sortit de sa torpeur.

– Ne vous méprenez pas. La connaissant, elle ne peut l'avoir fait que pour un motif plus intéressé ; n'étant pas médecin elle-même, son seul moyen d'être l'égale de ces cerveaux était, je pense, d'être leur lien avec la réalité, le monde des besogneux. Les génies hyperactifs sont toujours déconnectés d'un quotidien insipide, ils sont dans leur monde. Elle en profitait pour pomper tout ce qu'elle pouvait, pour assurer ses arrières si ces hommes la lâchaient. Le cas échéant, il lui suffisait de retrouver un autre médecin à séduire pour poursuivre les travaux et garantir son fonds de commerce.

– Vous pensez à du chantage ?

– Pas forcément au départ. Plutôt un mode de protection. Pourquoi stockait-elle ces disques ? Pensez-vous qu'ils étaient au courant ?

– Vous voulez dire que ce n'était pas une sauvegarde si l'ordinateur venait à être vérolé ?

– Je suis certain que si vous cherchez un peu vous retrouverez une sauvegarde officielle au nom de la société et que les disques chez Réjane constituaient une copie cachée prélevée au nez et à la barbe de ses mentors. Une garantie sur l'avenir. C'est grâce à de telles méthodes qu'elle a été capable de me piéger il y a quelques années.

– Je vois. En même temps, je dois reconnaître que votre analyse n'est pas dénuée de fondement. Il y a du lourd sur ces disques. Entre les détails comptables de ce que Bormann a extorqué aux déportés condamnés aux chambres à gaz, la liste des couples ayant monnayé un enfant parfait avec l'hôtel, tout est répertorié et je me dis que Réjane tenait bien son petit monde. De là à penser que le journal de bord des expériences réalisées sur fond de crime contre l'humanité puisse être utilisé contre leurs auteurs au cas où, il n'y a qu'un pas…

– Qu'allez-vous faire de tous ces gens riches ayant profité des largesses de l'hôtel sur fond d'illégalité ? Vous allez les poursuivre ?

– Je ne sais pas encore. C'est le juge qui tranchera. C'est pourquoi j'ai vraiment à cœur que notre dossier soit suffisamment robuste, pour que les décisions soient prises sur base d'une argumentation irréprochable. Et vous, si vous me disiez ce que vous avez trouvé qui vous a chagriné ?

Torn se livra. Comment il avait découvert qu'une enfant née Svetlana avait été rebaptisée Séverine à la française pour faire illusion. Comment Séverine était en réalité l'enfant de Bormann fils et de Réjane, que cette dernière avait fait passer pour sa propre fille pour éviter d'avoir à avouer qu'elle s'était fait engrosser par son demi-frère. Torn resta silencieux pendant quelques minutes. La fille qu'il chérissait était en réalité celle d'un autre, alors que Léna, son propre sang, lui avait été soustraite pendant quatorze ans. En deux jours, ses points de repère avaient complètement basculé. Safran essaya de le réconforter.

– Vous avez aimé Séverine. Elle vous a rendu heureux. Elle reste votre fille, celle qui a découvert le monde grâce à vous, celle qui portait vos valeurs… Est-ce si important qu'elle soit de votre sang ou pas ? On ne peut pas réduire la naissance d'un être à un processus médical.

– Je veux parler à Bormann, dit-il d'une voix atone à Safran, comme pour lui dire que la discussion était maintenant close.

*

Bormann avait perdu plus de dix kilos. Son état s'aggravait de jour en jour, sans que les médecins puissent réellement envisager une issue heureuse. Les soins prodigués retardaient sans aucun doute le processus, mais le pneumocoque qui le dévorait de l'intérieur restait insensible aux antibiotiques, quel que soit leur spectre d'action. Sa voix ne portait plus comme naguère mais il parvenait à parler. Safran avait accompagné Torn, ne connaissant pas les intentions de ce dernier. Mais il avait décidé de rester neutre durant l'entretien.

– Bormann, je ne vais pas vous parler de Séverine… ou plutôt Svetlana… cette gamine dont vous m'avez fait croire qu'elle était la mienne. J'en ai lu assez. Vous avez bien dû vous foutre de ma crédulité.

– Vous avez été un meilleur père que je ne l'aurais été. On ne pouvait pas imaginer qu'elle finisse par se pendre.

– Pourquoi dites-vous cela ? Vous avez quelque chose à vous reprocher sur sa mort ?

– Réjane lui a dit que vous n'étiez pas son père, pour qu'elle se désintéresse de vous.

Bouleversé, Torn bondit sur le lit pour l'étrangler.

– Quoi ? Vous lui avez fait perdre son seul repère. Elle était fragile… Vous l'avez tuée…

Safran retint le fauve.

– Torn, respectez la prescription médicale ou je vous évacue, tonitrua-t-il.

Il se reprit puis posa alors une question qui déstabilisa Safran.

– Bormann, qui est Selena ?

– Qui ?

– Selena… Elle porte votre marque. Les trois grains de beauté symétriques dans le cou, Svetlana avait les mêmes. Vous en portez six en hexagone, le rapport médical de Séverine mentionnait que ces grains de beauté étaient votre signature génétique. L'Hexagone d'Hiver qui accouche de son triangle, comme la constellation dans le ciel. Selena est donc également votre fille.

– Je vois qu'on potasse les dossiers. Regarde-les mieux et tu la trouveras. Des filles, j'en ai baisé des tonnes. Peux pas me souvenir de toutes. Et surtout pas des bâtards que j'aurais pu engendrer.

– Ne me prenez pas pour un con. Elle est passée par votre protocole, sinon elle ne porterait pas votre signature. Elle n'apparaît pas dans les dossiers.

Bormann avait pris un air détaché mais on le sentait troublé. Il réfléchit longuement, puis plongea ses yeux dans ceux de Torn.

– Aime-t-elle la peinture et le dessin ? demanda-t-il soudain.

– Oui… Elle est exceptionnelle avec un crayon et un pinceau…

Le visage de Bormann se décomposa. Il chercha à se redresser sur son lit, en vain.

– Mon Dieu, vous l'avez retrouvée. Est-elle ici ?

*

Selena finissait de se rhabiller, il restait un petit quart d'heure avant que son temps de sortie autorisée ne soit écoulé. Lorsqu'elle apparut à la porte des vestiaires, Torn l'attendait. Il regarda Lucille comme s'il espérait d'elle un encouragement. Elle les suivit des yeux jusqu'à l'entrée de la piscine et leur fit un signe de la main.

– Tiens, tu ne me ramènes pas à l'hôpital ?

– Non, j'ai une permission spéciale pour toi.

– Ah ! Et l'endroit où tu me conduis est une surprise ?

La voiture s'arrêta à la plage.

– Lorsque je venais voir Lucille par le train, avant de me rendre à la piscine, je m'arrêtais ici, j'enlevais mes chaussures et mes chaussettes et je laissais l'eau fraîche me masser les pieds. Cela me vide la tête. Tu as déjà essayé ?

– Tu sais, il y a la mer en Roumanie. Je suis déjà sortie de ma campagne. Mais tu as raison, l'immensité de la mer, le bruit de l'eau sont très apaisants. Surtout quand tu as des choses à me dire qui n'ont pas l'air évidentes à sortir.

– Ah ! Tu as remarqué…

– Oui, je te connais un peu maintenant.

Ils marchèrent un moment le long de la plage en silence, laissant l'écume recouvrir leurs pieds. Puis, Torn lui prit la main et se mit à parler doucement, décrivant ce que Bormann lui avait avoué.

Au travers de la galerie d'art, Bormann père était en contact avec un certain nombre d'artistes, déjà révélés ou pas du tout. Une jeune artiste-peintre d'origine roumaine, rêvant de trouver la gloire en France, comme avant elle la princesse de Brancovan devenue la comtesse Anna de Noailles qu'elle avait prise en modèle, avait réussi à gagner les faveurs de l'homme mûr. Une idylle était née, Pygmalion avait trouvé sa Galatée, dans une relation où chacun trouvait son compte et qui ne devait pas rester platonique. Dans les années 1990, Bormann fils avait 16 ans. Il tomba lui aussi amoureux de l'artiste avec qui il eut une relation passionnée. Elle tomba enceinte. Bormann père, croyant que l'enfant était de lui, réussit à convaincre la mère d'entrer dans son programme d'enrichissement des embryons pour que l'enfant soit parfait. L'enfant serait son œuvre d'art, témoin vivant de son génie. Sa première déception fut de constater que l'enfant n'était pas un mâle. Après la naissance, Bormann père découvrit par ailleurs la relation de sa protégée avec son fils. Il comprit que l'enfant n'était pas pur, deux semences ayant pu se mélanger et, même si la deuxième venait de son fils, il ne put se résoudre à un tel affront à son génie. Il entra dans une colère noire et détesta l'enfant. Il répudia l'artiste et l'enfant qui retournèrent dans le pays d'origine de la mère. Bormann fils, toujours animé de la même passion pour la jeune femme, partit à leur recherche. Il mit plusieurs années à retrouver la mère. Elle lui avoua que, seule et démunie, elle avait abandonné le couffin avec l'enfant endormi à l'intérieur, dans le camion d'un fermier un jour de marché. L'artiste mourut quelque temps après de maladie, Bormann fils ne retrouva jamais l'enfant.

Selena avait écouté jusqu'au bout. Elle, qui ne savait pas pleurer, sentit ses yeux piquer. Elle regarda Torn d'un air désespéré.

– Tu veux dire que je suis cette enfant et que le camion au marché était celui de mon père ?

– Oui, Selena.

– Comment peut-on être une belle personne lorsque potentiellement on est la fille d'un tueur de femmes et d'enfants, et d'une mère qui vous a abandonnée ? Peut-on avoir un futur lorsqu'on n'a pas de passé ? Je ne suis même pas une personne, je suis un produit humain issu d'un processus qui n'est pas naturel. Et je vais devoir vivre avec ça.

– Je comprends ce que tu ressens… Moi-même je vais devoir vivre avec l'idée que Séverine n'était pas ma fille de sang. Je l'ai appris hier et je n'en ai pas dormi de la nuit, tellement ça m'a remué.

Il chercha à la prendre dans ses bras mais elle le rejeta.

– C'est horrible. C'est comme si d'une certaine manière nous étions orphelins…

Par bonheur, tu as Léna toi… Moi, te rends-tu compte que je ne suis personne…

– J'ai eu le même sentiment Selena. Mais je ne peux pas te laisser dire ça. J'y ai réfléchi toute la nuit. Notre véritable naissance n'est pas biologique, sinon nous n'aurions d'autres prétentions que de ressembler à n'importe quel animal. Ceux qui font de nous des personnes sont ceux qui mettent tout leur amour à éclairer le chemin pour nous, à nous éduquer, à nous donner des valeurs, à nous construire une âme. Et lorsque ces personnes qui nous aiment ont tissé autour de ce corps vide ce qui nourrira notre vie, alors seulement nous sortons de notre cocon pour devenir quelqu'un.

– Et mon père, dont j'ai toujours cru qu'il ne m'aimait pas…

– Oui, Selena, cet homme, qui ne t'attendait pas, t'a prise comme un cadeau du ciel et il t'a tout donné, comme si tu étais de son sang. Il t'a aimée, il t'a regardée grandir, accompagnant chacun de tes pas, il t'a permis de venir en France pour que tu te construises un destin auquel lui-même ne pourra jamais prétendre. Tu as un passé sensible, celui que tes parents t'ont donné. Et ce que tu prends pour une faiblesse est en réalité ta force : génétiquement, tu as récupéré les dons de ta génitrice et même si le procédé n'est pas entièrement naturel, ce n'est pas la manière dont tu as récupéré ce don qui compte, c'est ce que tu en fais. Connais-tu ce film d'un réalisateur roumain Radu Mihaileanu, *Va, vis et deviens* ?

– Tu sais, je ne regarde pas beaucoup de films.

– Tu es aimée Selena, et c'est ce qui fait de toi une personne. Ne laisse pas tes origines biologiques jeter de l'ombre sur ta véritable naissance. Toi qui dis que tu n'es rien, te rends-tu compte du bien que tu sèmes autour de toi ? Tu apportes la lumière à ceux qui te voient.

– Toi aussi tu as su éclairer mon chemin, Torn. Je suis très touchée par ce que nous sommes aujourd'hui, et, sur lequel, je ne sais pas forcément mettre un nom.

– Chut ! Les fleurs sont-elles moins belles lorsqu'on ignore leur nom ? Ce n'est pas très important. Je dois maintenant te poser une question délicate. L'homme qui m'a raconté tout ça est en ce moment à l'hôpital en train de mourir. Il a demandé à te voir avant de partir. Veux-tu le rencontrer ?

– Mon géniteur tu veux dire ?

– Oui.

– Tu penses que je devrais le voir, n'est-ce pas ?

– Oui, c'est une manière d'affronter tes origines. C'est important de faire son deuil des blessures du passé, cela nous rend plus fort pour l'avenir.

– Je ne veux pas y aller seule. Tu m'accompagneras ?

– T'ai-je déjà laissée tomber ?

*

Selena et Bormann s'observèrent mais ne se parlèrent pas. Elle fixa longuement ses grains de beauté en hexagone puis son visage, afin qu'il soit marqué à jamais comme une partie d'elle-même à ne pas oublier. Bormann esquissa un sourire. Qu'elle avait grandi !

Il l'avait tant cherchée quand elle n'était qu'une môme, elle se présentait à lui comme une femme. Dans le regard de Torn, il vit qu'elle était entre de bonnes mains.

Bormann s'éteignit dans la nuit, le visage apaisé.

Chapitre 24

La vie avait trouvé ses marques, chacun ayant désormais sa place. Léna savait maintenant qui était son père, elle n'avait pas voulu garder la grande maison victorienne qui aujourd'hui était vendue. La moitié de la somme avait été consacrée à l'achat en bordure de mer d'une maison où ils se retrouvaient le week-end. Ils l'avaient voulue sur plusieurs étages, pour que chacun puisse garder son espace. Une jolie maison de maître, haute de plafonds, en pierre de taille et poutres apparentes. L'ancien propriétaire lui avait donné une touche moderne en habillant le bois de teintes pastel. La couleur était d'ailleurs la marque de la station, avec ses vieilles demeures aux façades bigarrées. Malgré son jeune âge, Léna restait propriétaire majoritaire au travers d'un montage financier *via* une société civile immobilière créée par le trio.

Peut-être qu'à la prochaine rentrée scolaire, ils envisageraient un autre mode de vie à trois mais, pour l'instant, ils se donnaient du temps. Après avoir passé quatorze ans sans sa fille, Torn n'avait pas voulu imposer sa présence à plein temps. Et, comme la relance de l'hôtel lui prenait beaucoup de temps, il trouvait dans cet éloignement un équilibre, tant sur le plan personnel que professionnel. Les retrouvailles n'en étaient que plus enthousiastes, plus intenses, voire passionnées en fin de semaine. Ensemble ils apprenaient à jouir simplement des plaisirs de la vie, comme une famille dont tous les membres avaient été très longtemps dispersés et qui apprenaient à nouveau à se connaître.

Selena travaillait avec Torn, ils ne comptaient pas leurs heures pour faire renaître l'hôtel de ses cendres. La jeune femme avait conquis à la force du pinceau le regard des clients qui aimaient revenir à l'hôtel pour la beauté des lignes ; toutes les peintures murales étaient de la main de l'artiste, qui commençait à être reconnue. Torn s'appuyait également sur les compétences de Lucille en gestion en cas de besoin, mais là n'était pas le simple rôle qu'elle voulait jouer dans l'aventure. Elle n'avait pas oublié son idée de marina souterraine. Pour la première fois de sa vie, elle avait l'impression de pouvoir mener un projet par elle-même sans être une simple suiveuse. Aucune étude de faisabilité, aucune des démarches administratives, lourdes pour un tel programme compte tenu des normes de sécurité à respecter, ne semblait devoir avoir raison de sa détermination. Elle qui avait passé son permis bateau très jeune, sans avoir la faculté de pratiquer beaucoup par la suite, avait décidé de le repasser : elle voulait absolument se mettre dans les conditions et les contraintes d'un plaisancier amenant son bateau dans une marina, son projet n'en serait que plus pragmatique, plus légitime dans sa réalisation. Torn se gardait bien d'y mettre le nez, c'était son bébé et il était content de la voir s'épanouir dans une telle entreprise. Lui qui l'avait toujours connue au service de l'eau au bord de sa piscine trouvait d'une valeur symbolique forte que l'eau puisse lui rendre cette forme de consécration. Il souhaitait de tout cœur qu'elle puisse mener ce projet à terme, car c'est une autre elle-même qu'elle trouverait au bout de cette réalisation.

Torn ne savait pas encore si le bonheur était en train de lui sourire, il avait en tout cas trouvé son équilibre au milieu de ses femmes et de l'écriture. Son recueil de poésie avait été publié et remportait un certain succès. Il aurait aimé que le talent littéraire soit seul récompensé, il devait néanmoins reconnaître que la publicité autour de l'affaire du Lebensborn avait dû aussi booster les ventes, de par la curiosité qui pousse parfois les gens à suivre un auteur non pour ce qu'il fait mais parce qu'il défraie la chronique. Il restait donc lucide et humble quant à la portée de son art. Quoi qu'il en soit, c'était déjà une victoire sur lui-même, puisqu'il était allé au bout de son projet. Certes avec l'aide de Selena, mais il savait maintenant que les limites pouvaient être repoussées ; il y était arrivé une fois, il pouvait imaginer qu'il saurait y parvenir une deuxième fois. Se pouvait-il que ce premier livre soit une invitation à explorer plus avant la sphère littéraire et le témoin d'une nouvelle promesse de la vie ?

Il était la preuve incarnée qu'on ne vit que dans le regard des autres. Le vigile au teint blafard, qui noircissait des pages dans ses longues veillées nocturnes, avait trouvé son carburant dans la confiance que les autres avaient placée en lui aujourd'hui, tant à titre privé qu'au travers de ses nouvelles responsabilités. Qui aurait pu dire que derrière la façade aimable du gérant d'un hôtel de luxe, derrière l'insouciance de l'auteur à succès, malgré le bonheur que lui prodiguaient ses femmes, l'homme était toujours profondément tourmenté ? Torn disparaissait régulièrement, parfois plusieurs heures, parfois un jour entier. Comme cela se passait en semaine, ni Lucille ni Léna n'en avaient conscience. Seule Selena le voyait revenir la mine soucieuse, les yeux rougis par le manque de sommeil, comme s'il était accaparé par un sujet qui ne le laissait pas en paix. Elle avait connu ce Torn-là dans le passé, ce côté taciturne et coupé du monde. Elle aurait imaginé que ce passé était derrière lui et cela était globalement vrai… Pourtant, il restait une ombre, sur laquelle elle ne parvenait pas à mettre un nom. Selena avait essayé d'aborder le sujet plusieurs fois avec lui, en vain. Il se fermait. Elle s'était déjà dit qu'elle pouvait le piéger n'importe quand si elle en avait l'envie, mais la traque n'était pas au programme entre amis. Il parlerait quand il parlerait, et elle respecterait son silence, même si cela l'intriguait. Elle ne savait pas s'il s'agissait d'une coïncidence mais les absences avaient commencé après avoir récupéré une copie des CD de données de Réjane auprès de Safran. Nul n'eut imaginé qu'il pût être aussi près : nul n'avait songé à aller le rechercher sous terre. Car c'est bien à l'annexe que l'ancien médecin, celui qui n'avait plus le droit d'exercer, s'éclipsait.

Du haut de son échafaudage – elle peignait un trompe-l'œil sous la mezzanine –, Selena observait l'entrée. Torn était en train d'analyser le taux de remplissage de l'hôtel avec ses collègues de la réception. Depuis un petit quart d'heure, elle avait du mal à se concentrer sur son ouvrage. Quelque chose l'intriguait. Ou plutôt quelqu'un. Un homme était assis à une table basse. Vêtu d'un costume sombre, plutôt élégant, il aurait pu passer inaperçu si ses yeux n'avaient pas couru d'un bout à l'autre du hall, tel un chien à l'affût. Il était là depuis un bon moment, sirotant un cocktail, comme s'il attendait quelqu'un. Depuis que Torn était au comptoir, l'homme ne le quittait pas du regard. Selena posa son pinceau, puis le plus doucement possible, descendit de l'échafaudage, sans attirer son attention. Elle n'était plus directement dans son champ de vision. Elle était restée très méfiante, Cicérone n'ayant jamais été retrouvé par les autorités. S'il lui prenait l'envie de réapparaître pour une opération punitive, par vengeance ou par contrat, l'hôtel était une proie facile : il était si simple de se glisser au milieu de toutes ces allées et venues. Du recoin où elle s'était mise en planque, Selena appela Torn sur le portable. Trop occupé, il ne répondit pas.

Elle vit une nouvelle fois l'homme regarder autour de lui, était-ce de l'appréhension, de la gêne ou autre chose qu'elle lisait dans ses yeux ?… Elle ne percevait pas de violence sourde mais, si tous les assassins potentiels portaient leurs mauvaises intentions sur leur visage, ils seraient immédiatement démasqués. S'emparant d'un plateau et d'une bouteille derrière le bar, devant la barmaid médusée, elle s'approcha de l'homme qui venait de se lever.

L'inconnu se déplaçait d'un pas feutré. Au moment où il arrivait sur Torn, Selena eut juste le temps de se placer en écran.

– Votre vodka, Monsieur.

Qui fut le plus surpris des deux, entre l'homme qui n'avait rien commandé, et Torn qui voyait Selena dans des attributions qui n'étaient pas les siennes… Torn comprit immédiatement qu'il se passait quelque chose et l'inquiétude qu'il lut dans les yeux de Selena acheva de le convaincre.

– Mademoiselle, je n'ai rien commandé. Ce doit être une erreur.

– Excusez-moi.

Et comme elle restait plantée là, Torn interpella l'inconnu.

– Pouvons-nous vous aider monsieur ?

L'homme avait posé sur lui un regard pénétrant.

– C'est vous, n'est-ce pas ?

Selena avait approché la main de la bouteille, prête à agir si l'individu devenait une menace.

– Que voulez-vous dire ? s'étonna Torn.

– C'est vous qui avez sauvé ce malheureux dans le parc, il y a plusieurs mois.

Selena regarda Torn, à son tour très surprise. Jamais ils n'avaient évoqué cet évènement ensemble.

– Êtes-vous un journaliste ? demanda Torn, sans répondre…

Puis le déclic se fit. Il dévisagea l'homme à son tour. Ce dernier remonta lentement sa chemise pour faire apparaître des cicatrices circulaires. Il avait repris du poids depuis son séjour à l'hôpital. L'homme n'était autre que ce malheureux qu'il avait sauvé d'une mort certaine dans le parc. Le SDF s'était visiblement réinséré dans la vie à en juger par son standing aujourd'hui. Torn n'osait y croire. Si le père avait retrouvé le goût à la vie, devait-il imaginer que son enfant avait pu aussi être sauvé ?

– Excusez-moi, je dois reprendre mon travail, dit Selena d'un ton respectueux, en faisant mine de s'éclipser.

– Reste Selena.

Le SDF reprit de plus belle :

– Je sais que c'est vous docteur. Pourtant, ce n'est pas dans le parc que vous m'avez sauvé, c'est lorsque vous avez appelé le Dr Ruppert pour mon fils. Vous avez oublié de masquer le numéro quand vous avez passé votre appel. Le Dr Ruppert l'avait noté dans le dossier, c'était le seul élément tangible qu'elle possédait de l'identité du contact. J'étais bien sûr intrigué, je pensais qu'elle me mentait pour protéger la source. Puis, un jour, elle a dû sortir du bureau et ma curiosité a été la plus forte. J'ai profité de l'instant pour regarder mon dossier dans son dos. Quand j'ai vu le numéro, je l'ai noté dans un coin de ma tête puis j'ai suivi la piste jusqu'à cette région de France. J'ai bien sûr fait le lien avec le sauvetage dans le parc. Lorsque les médias ont commencé à parler de vous, révélant votre passé médical, quelque chose au fond de moi m'a dit que c'était vous.

Selena se souvint de cet appel à l'étranger qui l'avait intriguée de la part d'un simple vigile, alors qu'elle l'observait du haut de sa mezzanine. Mais curieusement, il était resté enfoui dans sa mémoire, jamais elle ne lui avait posé la question. Torn répondit indirectement aux interrogations du SDF.

– Le traitement a-t-il été bénéfique à votre enfant ?

– Il est encore trop tôt pour crier victoire mais le mal est en rémission. Il restait un mince espoir, sans votre intervention nous passions à côté. C'est à toute une famille que vous avez rendu la vie.

Il sortit quelques photographies de son portefeuille. La première montrait un enfant au crâne lisse dans un lit, le teint livide. On lui voyait les côtes tellement il était maigre. Mais le plus choquant restait son regard, presque éteint. Sur la deuxième photo, le garçon était assis en train de jouer, ses yeux malgré la fatigue exprimaient la malice. La troisième prenait les tripes : un sourire éclairait son visage.

Torn ne parvenait pas à détacher son regard des photos. Selena le sentait extrêmement ému. Elle savait qu'il pensait à sa fille, qu'il n'avait pas pu sauver. Cet enfant qu'il avait guidé sur le chemin de la guérison était comme un cadeau du ciel. Une forme de rédemption. Elle aurait aimé lui prendre la main, lui parler ne serait-ce que pour relâcher un peu l'émotion qui le submergeait, mais le petit personnel ne pouvait pas montrer trop de familiarité avec le patron. En particulier devant la clientèle. Sans se laisser déstabiliser, elle ouvrit la bouteille de vodka.

– Souhaitez-vous un verre ?

Torn esquissa un léger sourire.

– Commencez par monsieur, Selena, et allez me chercher un verre. C'est une bonne idée, nous allons trinquer.

– Bien, monsieur.

Ils s'assirent à une table pour évoquer ce qui s'était passé dans le parc. Puis ils parlèrent de l'hôtel, de l'incendie, du sous-sol. Après deux verres, le SDF demanda à voir les dégâts. Torn pensait à ce pauvre hère en train de se vider de son sang embroché sur un arbre. Il le retrouvait en homme cultivé, plein de vie, passionné.

– Torn, je voudrais vous aider comme vous m'avez aidé.

– C'est gentil mais je n'ai pas fait grand-chose. Juste passé un coup de fil.

– Je suis architecte, Torn, vous le savez. Je peux vous proposer des idées innovantes pour donner à l'hôtel une touche moderne. En six mois, on peut avoir remis à flot la partie incendiée et revisité le reste. Qu'en pensez-vous ?

– Ma foi, c'est tentant mais je ne suis pas sûr de pouvoir m'offrir vos services.

– Vous m'avez rendu la vie. J'ai envie de faire quelque chose pour la vôtre. C'est ma manière de vous remercier. L'argent ne sera pas un problème.

Torn commença par contester. Pourtant l'idée faisait son chemin. Selena, qui était retournée à sa peinture tout en les observant du coin de l'œil, les vit se serrer chaleureusement la main. Torn avait son regard des grands jours lorsqu'il accompagna l'architecte jusqu'à l'ascenseur. Il avait l'impression que tout s'enchaînait à un rythme complètement fou. Il regarda en direction de l'échafaudage. Selena lui souriait.

Le lendemain, Torn disparut à nouveau. La visite de l'architecte lui avait fait grand bien. Savoir que l'enfant était guéri résonnait en lui comme la meilleure des légitimités. Il avait tout réussi. Sa famille l'entourait. Enfin, il avait droit à la reconnaissance et au bonheur. Un nouvel homme était né. Mais son évolution devait-elle s'arrêter là ? Il était né pour sauver des vies.

*

Et le sourire de Selena, qu'exprimait-il ? Malgré son épanouissement au sein de l'hôtel, malgré la reconnaissance de son talent, bien qu'elle fût entourée aujourd'hui de l'affection non seulement de Clara mais aussi de toute la tribu, son regard exprimait une douleur. Torn l'avait aperçue parfois dans le parc ou au bord de la rivière, seule, les yeux dans le vague. Il savait que la révélation sur sa naissance la travaillait encore. Elle avait lu toute l'œuvre d'Anna de Noailles, que cette mère inconnue avait prise en modèle. Torn lui avait proposé de l'accompagner en Roumanie, pensant que la confrontation avec ses parents d'adoption pouvait se révéler une épreuve. Elle avait refusé. À son retour, elle n'avait pas dit grand-chose. Il savait juste qu'elle avait longuement parlé avec son père ; ensemble, ils avaient su trouver les mots et pour la première fois de sa vie, elle l'avait vu pleurer. La discussion avec sa mère semblait avoir été plus problématique mais Torn comprit qu'il ne devait pas lui poser de questions. Il n'insista pas, partant du principe qu'elle lui parlerait lorsqu'elle serait prête à le faire.

Elle donnait à sa vie sentimentale une fonction secondaire. Il y avait bien de temps en temps un garçon qui traînait à ses basques, cela ne durait jamais très longtemps. Dès lors que le garçon faisait mine de s'accrocher, elle se mettait à l'éviter. Dans ces moments-là, Torn la sentait très proche, comme si inconsciemment elle se plaçait sous sa protection. Il lui avait fait comprendre qu'elle ne pourrait pas toujours l'utiliser comme épouvantail à mecs, elle avait haussé les épaules avant de ponctuer ses traits d'esprit, pas toujours d'une finesse absolue, d'une grimace de gamine. L'un des prétendants semblait néanmoins témoigner une résilience supérieure à la moyenne. À chaque fois qu'elle le mettait à terre, Nils se relevait pour mieux repartir au combat.

Clara avait embrassé la cause des enfants en déshérence, une vocation dictée par sa situation personnelle. Comme elle était assez souvent en déplacement pour le compte d'une association, elle avait conservé un travail à l'hôtel, mais à mi-temps seulement. Selena était régulièrement mise à contribution pour garder le petit, dont elle était la marraine. Quand elle voyait avec quelle force, quelle grandeur d'âme Clara élevait cet enfant qu'elle n'avait pas désiré, avec ce même amour qui avait dû pousser son propre père à l'aimer comme sa fille, Selena n'aurait jamais fait faux bond à son amie tant elle était admirative. Pourtant, Lucille, la première, perçut le malaise en observant la jeune femme au contact du bambin. Et, après en avoir parlé à Torn, ils furent tous deux d'accord sur le diagnostic : elle ne détestait pas les enfants mais ceux-ci étaient capables de la déstabiliser. Même avec son filleul, le manque de sérénité était palpable. Ils cherchèrent à cerner l'origine du problème, Lucille avait sa théorie.

– Je pense qu'elle a pris conscience qu'elle n'était pas une enfant comme les autres, comme si la proximité des autres gamins lui renvoyait sa différence à la figure. Elle est restée dans un coin de son âme un produit de Lebensborn. Une môme trafiquée.

Torn renchérit :

– Oui, au-delà de ça, c'est le sang d'un eugéniste nazi qui coule dans ses veines. Selena a beaucoup d'imagination, c'est son côté artiste. Même inconsciemment, je la verrais bien en blocage sur l'idée de descendance, comme si une goutte de son sang vicié risquait de contaminer sa progéniture des horreurs commises. Plus qu'une môme trafiquée, une môme souillée.

– Tu penses qu'elle pourrait rejeter l'idée de maternité ?

– Je ne peux pas l'affirmer avec certitude. J'ai juste un gros doute. J'aimerais bien me tromper. Mais ça expliquerait aussi pourquoi elle ne veut pas s'engager dans une relation à long terme avec un mec.

Ils étaient convaincus qu'elle portait telle une étoile jaune sa pauvre venue au monde déracinée, un déshonneur qu'il ne fallait absolument pas offrir comme une tache de naissance à la génération future.

Beaucoup de ces enfants parfaits découverts dans les fichiers de Réjane ou les dossiers de l'annexe éprouveraient un tel sentiment lorsqu'un jour ils connaîtraient leurs véritables origines.

*

C'est en France que Clara avait découvert toute l'horreur de ces enfants roumains parqués dans des orphelinats. Aussi loin qu'elle s'en souvienne, jamais telle honte nationale n'avait été évoquée dans les livres d'histoire utilisés pendant ses cours, visiblement contrôlés par l'administration de son pays. Elle, qui s'était émue des atrocités commises au nom de l'angélisme par l'Allemagne nazie, avait découvert une autre facette du pire dans son propre pays.

Elle regarda son billet d'avion. Il lui restait une demi-heure avant l'embarquement à destination de Bucarest, où ses parents l'attendaient. La biographie de François de Comb, fondateur de l'association humanitaire Solidarité enfants roumains abandonnés, ne la quittait jamais. Elle aimait s'y replonger régulièrement pour s'imprégner de l'œuvre de ce grand humaniste.

Les époux Ceausescu avaient imposé une politique démographique de terreur pour la prétendue grandeur de la Roumanie. Lorsqu'elle était plus jeune, la petite fille n'avait pas forcément compris la teneur des conversations entre ses parents mais, sans savoir expliquer pourquoi, des bribes de celles-ci étaient restées gravées dans son subconscient, voire refoulées comme éléments tabous. La longue phase de sommeil provoquée par le statut de nymphe avait tout fait ressortir. Autant de contraintes internes libérées, comme dans un processus de recuit pratiqué habituellement sur des matériaux plus inertes. Le réveil physique s'était accompagné d'un éveil psychique, avec son lot de questions qui devaient absolument trouver des justifications. Malheureusement, les réponses qu'elle avait obtenues de sa mère l'avaient complètement ébranlée. Elle avait eu la confirmation que sa mère avait sacrifié à sa fonction reproductrice telle que dictée par la plus haute autorité : pas moins de cinq enfants avaient été conçus, dont trois laissés à l'abandon dans des orphelinats d'État. S'ils étaient toujours vivants, deux frères et une sœur de sang croupissaient au mieux dans un établissement probablement oublié de la mémoire collective, au pire dans la rue ; ils avaient perdu leur identité, sans doute souffert de famine et de maltraitance pour que les deux aînés puissent grandir dans le confort d'un foyer et faire des études. « Si vous ne pouvez pas vous occuper de vos enfants, l'État s'en chargera… » Témoin d'une époque où l'idéologie communiste d'un dictateur avait tout perverti, ce slogan, qu'elle relisait dans le livre de François de Comb, lui donnait la chair de poule. Son mauvais rêve s'était donc commué en froide réalité.

Après la mort des époux Ceausescu, François de Comb fut l'un des premiers à s'attaquer au système, soutenu par de nombreux hommes politiques. Grâce à lui, la loi inique qui institutionnalisait l'abandon d'enfants fut annulée et les vertus d'une famille unie réhabilitées. Son charisme permit également de collecter des fonds pour améliorer les infrastructures d'accueil. Néanmoins, si tout le monde était d'accord sur le papier pour fermer les orphelinats en faveur d'établissements plus humains, l'application pratique sur le terrain s'avérait plus laborieuse et les promesses de réinsertion de ces enfants dans la société roumaine très difficiles à tenir. La situation empira le jour où la Roumanie prétendit entrer dans l'Europe… Le sort de ces enfants que même leur mère avait abandonnés était-il finalement une priorité pour l'entrée de la Roumanie dans l'Europe ? Personne ne répondit officiellement à cette question, mais l'argent partit ailleurs, les démarches administratives se firent plus lourdes et les soutiens politiques plus discrets. Le dossier était devenu encombrant. Des milliers d'enfants à la rue, qui continuaient de grandir, à devoir survivre coûte que coûte, à la merci des prédateurs. François de Comb, qui poursuivait sa lutte contre la prostitution infantile, la pédophilie et autres trafics très lucratifs liés à l'adoption internationale, malheureusement encore très répandus dans le pays, s'était senti de plus en plus seul pour combattre l'héritage des Ceausescu.

Clara avait pris conscience, un peu tard, des séquelles que l'histoire avait laissées dans ce pays qui était le sien. C'est de cette engeance miséreuse que les organisations sans scrupule tiraient une main-d'œuvre servile pour leurs basses besognes ou leurs expériences sordides. Se dire qu'elle avait pu appartenir à un tel réseau toxique la minait. Même exploitée, elle avait été complice des exactions du Château. Complice, tout le monde l'était ! Mais ce n'était pas une excuse. Complice, tout le monde voulait oublier. Mais ce n'était pas une fatalité. Pourquoi le salut devait-il venir d'impulsions extérieures ? Il fallait arrêter d'oublier et c'était aux Roumains de panser leurs plaies.

Après l'accouchement, Clara avait sombré dans la déprime, un processus somme toute assez banal chez les nouvelles mères. D'autant plus compréhensible après ce qu'elle avait vécu et les révélations de sa mère. Elle fut néanmoins la première étonnée de se sentir plus forte à chaque fois que son regard se posait sur l'enfant. Ce gosse non désiré. Ce produit humain initialement destiné à la vente. Son déshonneur. L'amour maternel avait pris le dessus. Les mots de Selena alors qu'elle était en salle de travail résonnaient encore dans ses oreilles. Maintenant qu'elle avait ce petit être de chair et d'os devant les yeux, lui qui ne marchait pas encore, lui qui n'avait d'autre choix que d'évoluer sous sa férule, elle savait qu'elle avait son destin entre ses mains. Le sang qu'elle avait fait couler dans ses veines ne servait pas juste à la circulation mécanique au sein d'un corps désarticulé, c'était à elle de gérer le goutte-à-goutte pour que le pantin s'anime. Touchant du doigt son nouveau rôle de mère, elle se disait qu'elle aurait sans doute plus de choses à prouver qu'une autre avec un môme sans père, ainsi qu'une famille qui avait abandonné une partie de sa progéniture.

Entre le salut de son pays et celui de son âme, sa vocation était née : aider ces enfants, qu'ils soient encore jeunes ou devenus adultes en perdition, à trouver leur place dans la société roumaine. Renouer un lien parental naguère coupé pour rendre à chacun son identité familiale, lever des fonds, poursuivre l'œuvre de François de Comb et retrouver des soutiens... La protection des droits des enfants dans le monde n'était-elle pas un vrai enjeu de société ? L'affaire du Château avait eu un certain retentissement dans les médias, Clara avait su entretenir la flamme et développer son réseau et son image, déjà reprise par quelques ONG, pour que le sujet redevienne d'actualité. L'entrée dans l'Europe avait aujourd'hui l'odeur rance du passé, les personnes politiques influentes avaient changé, la petite femme de chambre arriverait-elle à dépasser les clivages et susciter une vraie prise de conscience collective pour qu'enfin les restes honteux d'une dictature infanticide puissent à jamais disparaître ?

La jeune femme timide d'hier avait trouvé sa voie. Elle arborait une élégante détermination. Lorsque Clara passa les sécurités, elle eut brusquement le sentiment qu'une tâche démesurée l'attendait mais qu'aucun retour en arrière n'était désormais possible.

*

L'ambiance était enjouée, comme à chaque fois qu'ils mangeaient des écrevisses. Même si en présence d'extérieurs les trois frères présentaient d'ordinaire une allure austère, avec leurs costumes aux couleurs sombres et leur mine fermée, il suffisait de les pousser un peu pour qu'une franche convivialité s'installe. Et les écrevisses avaient cette particularité de les extraire de leur carcan, sans doute de par la nécessité de les manger avec les doigts. Le vin finissait de les rendre gais. Il ne manquait que quelques femmes peu farouches, elles arriveraient un peu plus tard.

La famille cachait Cicérone dans un chalet à la périphérie de Stockholm. Ce dimanche, il avait été invité à rejoindre la fratrie pour le déjeuner, dans une maison plus cossue du centre de la capitale suédoise. Les médias scandinaves ne parlaient quasiment plus du Lebensborn de France, le démantèlement de la France avait un peu impacté l'Ukraine et le rideau des sociétés écran n'avait pas permis au scandale de remonter jusqu'à eux. Aujourd'hui, la presse avait trouvé un nouvel os à ronger, sur fond de polémique avec la présence de néonazis suédois dans le conflit qui opposait l'Ukraine à la Russie. Les trois frères s'en félicitaient.

– Ils sont cons ces skinheads. Ils ont un tel besoin de notoriété qu'ils en oublient les basiques : l'impact des coups est toujours plus fort lorsqu'on ne sait pas d'où ils viennent. Vivons heureux, vivons cachés…

– Tu as raison. Pendant la Grande Guerre, la Suède n'a jamais accumulé autant d'or qu'en accueillant les juifs du Danemark tandis qu'elle vendait son fer aux Allemands.

Cicérone les écoutait discuter sur un sujet qui ne le passionnait pas. Il s'inquiétait davantage pour son avenir et cette proposition de déjeuner était tombée à pic. Cela dit il ne savait pas encore ce qu'il y avait derrière l'invitation : ou ils avaient un travail pour lui, qu'ils souhaitaient lui expliquer, ou ils avaient en tête de le congédier, et le repas devenait un acte politique pour entériner de manière sympathique une rupture de contrat. Les ruches qu'il voyait au travers des baies vitrées légèrement embuées lui rappelaient celles du Château. Il s'en voulait de n'avoir pas su redresser la barre mais trop d'erreurs avaient été commises sur des fondations approximatives. Avec le recul, il aurait dû faire disparaître Clara sans se poser de questions. S'il n'y avait pas eu l'amitié des deux Roumaines qui était venue l'affaiblir de l'intérieur, l'extérieur aurait eu une moindre prise qu'il aurait su maîtriser. Son hôte s'aperçut de son ennui.

– Avez-vous suivi les répercussions de l'affaire en France ?

– Oui, par Internet. On a sauvé les meubles.

– Ce sont les affaires. On en a bien profité avant. Réjane était une reine sur le déclin, il aurait de toute façon fallu la remplacer.

– Vous allez essaimer ?

– Bien sûr. On ne va pas changer la méthode. On va dédoubler un site existant pour créer un nouveau nid ailleurs.

– Vous avez déjà trouvé la localisation ?

– Pas encore. C'est un point de la réunion d'aujourd'hui. Je ne suis pas trop inquiet sur le côté financier. La vente de l'hôtel en France va compenser notre manque à gagner.

– Ce qui est dommage c'est qu'ils aient chopé les archives médicales.

– Oui, nous avons pris des mesures.

Cicérone tomba de haut. Il pensait qu'il pourrait monnayer ses services mais visiblement ils avaient pris d'autres dispositions. Le Suédois décela la déception dans ses yeux.

– Ne vous en faites pas, vous aurez votre place dans notre prochain projet d'extension. Afin de traiter l'arriéré en France, nous avons préféré vous tenir hors du coup pour mettre en piste un jeune gars dont la tête n'est pas connue.

– Je comprends. Mais il ne connaît ni l'historique ni les lieux comme je peux les connaître.

– C'est pourquoi vous allez le téléguider à distance. Nous ne voulons pas prendre le risque que vous soyez reconnu, en revanche il sera bien sous votre coupe.

– Quelle sera notre mission ?

– Nous n'avons pas été bons : ils ont récupéré nos secrets de fabrications pour l'incubation des nymphes et nous venons de nous rendre compte que notre sauvegarde est incomplète. Si on veut garder le même niveau de prestation sur la vente d'enfants, certains protocoles médicaux nous manquent.

– Comment est-ce possible ?

– Réjane. Nous pensons qu'elle a toujours eu peur d'être évincée et qu'elle a pris ses précautions. Nous avons découvert des transactions informatiques montrant qu'elle a supprimé des dossiers stratégiques de la base centrale après les avoir copiés. C'était à notre sens pour détenir seule des informations capitales et garder une monnaie d'échange en cas de problème.

– Du chantage ?

– Pas déclaré. À ce stade, c'était juste se constituer un dossier pour garder le pouvoir. Toujours est-il que la police a mis la main aussi bien sur les dossiers papier que sur les copies informatiques de Réjane.

– Je vois. Et pourquoi n'ai-je pas le droit de choisir mon équipe ?

– Là encore nous voulons limiter les risques, il fait partie de la famille.

L'homme qu'il tenait comme le plus dangereux des trois frères prit la parole à son tour :

– C'est mon fils, j'en réponds.

– Va-t-il se joindre à nous aujourd'hui ?

– Non, il est en France. Il a le profil parfait pour ce qu'on attend de lui. Il est beau gosse, il a une âme d'artiste, il a officiellement une couverture d'auditeur pour le travail, ce qui lui donne toute latitude de disparaître quelques jours sans éveiller de questions. Il a réussi à approcher une des filles de l'hôtel. Bon, la donzelle n'est pas simple mais il faut être patient. Il devrait être capable de la retourner. Le but est de les infiltrer pour récupérer nos billes.

– Quand avez-vous prévu que je puisse le rencontrer ?

– La semaine prochaine normalement.

– Comment s'appelle-t-il ?

– Nils.

ÉPILOGUE

… Six mois plus tard…

Les faux-bourdons, tels que les avaient surnommés par dérision les militaires anglais dans les années 1930, du fait du vol lent et bruyant des prototypes de l'époque, faisaient couler beaucoup d'encre. Ils avaient été repérés à plusieurs endroits au-dessus de la capitale, ou à proximité des centrales nucléaires. Par certaines caractéristiques, inspirés des V1 de l'armée allemande, ils pouvaient être de simples moyens d'observation comme des machines de guerre, en fonction de leur instrumentation : les drones semblaient se multiplier sous le ciel de France. Depuis quelques semaines, le sujet revenait en boucle aux actualités… soit au travers de récits de chasse au drone, qui se soldaient généralement par l'échec de la police à pincer les contrevenants, soit au travers des mesures que le gouvernement envisageait pour lutter contre la prolifération de ces insectes de métal.

Lorsque l'un d'eux s'égara dans la cour d'une prison de femmes au moment de la promenade, tous les yeux se rivèrent sur l'engin à l'allure futuriste. L'alerte avait été donnée rapidement, mais le personnel était plutôt démuni face à une telle intrusion de l'espace carcéral. La voix dans le mégaphone résonna dans l'enceinte pour qu'aucun mouvement de panique ne soit à déplorer… Il fallait se mettre en rang puis regagner les cellules, calmement. Le drone demeurait statique, à mi-hauteur ; seul l'œil électronique semblait en mouvement, tel un prédateur, scrutant l'espace de la cour intérieure et le visage des détenues s'y trouvant. La confusion ne put être évitée lorsque l'engin prit brusquement de la vitesse, calé sur sa cible. D'une précision implacable au milieu des prisonnières qui couraient dans tous les sens, il alla percuter violemment la tête d'une des pensionnaires. Au moment de l'impact, un nuage de fumée s'échappa de l'enveloppe métallique. Le faux-bourdon alla terminer sa course meurtrière contre le mur, dans un bruit de tôle froissée et de plastique cassé.

Quelques jours plus tard, Torn reçut la visite de Safran, qui l'informa du décès de Mme Sourire. À deux semaines du procès, quelqu'un avait décidé de la faire taire. Il était inquiet. L'analyse du drone, de fabrication suédoise, avait révélé des traces de dérivés cyanurés au milieu de composés floraux que les experts reconnurent être ceux de l'hortensia. L'utilisation d'acide cyanhydrique rappelait les pratiques d'une triste période, avec l'emploi de Zyklon B dans les chambres à gaz pour l'extermination des juifs et des tsiganes. Que celui-ci soit produit à base de fleurs n'enlevait rien à son caractère létal ! Un autre élément troublait les enquêteurs : certaines similitudes entre ce crime et l'assassinat en 1959 par le KGB de Stepan Bandera, à l'aide d'un pistolet à gaz projetant une capsule de cyanure. Bandera était l'un des dirigeants de l'armée insurrectionnelle ukrainienne, connu pour ses sympathies avec le parti nazi contre l'ennemi russe. Des militants néonazis d'origine suédoise avaient aujourd'hui embrassé la cause de l'Ukraine contre la Russie, se réclamant de ses idées.

Safran ne savait pas recoller tous les morceaux du puzzle, ceux-ci donnaient néanmoins l'impression d'une organisation criminelle d'extrême droite aux moyens et aux ramifications tentaculaires. L'Ukraine encore en toile de fond. Se pouvait-il que des pays réputés pour leur neutralité dans les grands conflits du monde moderne fussent impliqués en arrière-plan ? Si tel était le cas, l'histoire semblait se répéter.

L'hôtel était resté sous la surveillance discrète de la police, selon le principe de précaution. Mais ces nouveaux évènements laissaient envisager que la menace pût être plus grande qu'ils ne l'imaginaient. Torn refusa toutefois une présence policière accrue, ne se sentant pas particulièrement en danger. Ses conclusions avaient déjà été rendues publiques, démontrant qu'il ne représentait ni un enjeu ni une menace : les cahiers découverts dans l'annexe ne lui permettaient pas de mesurer l'avancée technologique, s'agissant de la ventilation liquidienne utilisée à des fins de procréation assistée. Il avait émis l'hypothèse que certains cahiers manquaient. Nulle part il n'avait retrouvé les protocoles médicaux permettant une compréhension totale du processus. Après avoir vérifié que ces éléments ne figuraient pas sur les disques saisis chez Réjane, il avait cherché une deuxième fois dans l'hôtel, puis dans l'annexe. En vain. D'aucuns doutèrent que cette position officielle fût réelle mais les médias finirent par se désintéresser du sujet, faute de grain à moudre.

*

Torn sortait de la douche lorsqu'on frappa à la porte de sa petite chambre à l'hôtel. La journée avait été particulièrement éprouvante, un problème de production d'eau chaude dans l'hôtel. Heureusement, le système auxiliaire n'avait pas lâché et la panne du circuit principal était maintenant résolue. Qui donc pouvait bien le déranger à cette heure ? Il n'attendait personne en cette fin de journée. Il espérait juste que le problème d'eau chaude n'était pas revenu. En robe de chambre, il alla ouvrir. Selena était là et le regardait avec un léger sourire. Ils s'étaient quittés quelques heures plus tôt, après le travail.

– Tu as oublié quelque chose ?

Selena continuait son petit bonhomme de chemin, allant même jusqu'à prendre des décisions totalement inenvisageables quelques mois plus tôt. Sa quête de « normalité » la guidait aujourd'hui. Elle avait notamment accepté que Nils emménage chez elle. Il était un peu plus âgé qu'elle. Même sensibilité artistique, davantage tournée sur la musique. Il était fan de Lykke Li et de Zaz. Même richesse culturelle liée à une jeunesse partagée entre la France, l'Allemagne et la Suède. Les tempéraments étaient différents mais les deux jeunes gens se retrouvaient sur des valeurs communes. Sa force tranquille avait eu raison des réactions parfois explosives de Selena, elle s'apaisait et mûrissait à son contact. Torn s'était réjoui de cette nouvelle étape dans l'épanouissement de sa petite protégée.

– Je viens de conduire Nils à l'aéroport. Il a un audit en Allemagne, près de Dortmund, il doit commencer tôt demain.

– Un problème ? s'inquiéta Torn.

– Non… J'aurais bien marché un peu avec toi dans le parc.

– Si tu veux… Tu es sûre que ça va ?

Selena était dans l'un de ces moments où elle préférait goûter à la qualité du silence. Torn avait appris à respecter ces moments. Il était persuadé qu'elle avait quelque chose à lui dire. Il devait juste attendre qu'elle ait rangé les idées dans sa tête et ça sortirait tout seul.

Ils se retrouvèrent à proximité des gisants. Tous deux aimaient les rayons du crépuscule dans la ramure de ces géants couchés par la tempête, même si pour Torn l'endroit évoquait des souvenirs très particuliers.

– Tu vois Torn, cela fait des jours que je viens ici tous les midis, parfois le soir. Ces arbres qui poussent alors qu'ils ont été déracinés me parlent de ma vie, j'ai l'impression qu'ils me donnent un peu de leur force. Les éléments n'ont eu aucune prise sur eux, ils continuent de grandir… Avec eux j'oublie que je suis toute petite, j'oublie combien je suis terrorisée…

– Terrorisée ?

Elle lui tendit la main. Depuis qu'ils se connaissaient, c'était le signe que quelque chose d'important était en train d'arriver. Torn la regardait, ne comprenant pas ce que ce mal-être cachait. Elle tremblait.

– Torn, je voulais que tu sois le premier au courant.

– Qu'as-tu sur le cœur ? Bon sang, parle !

– Je suis à un moment de ma vie où tout semble me réussir, je me suis rendu compte un peu tard que mes parents m'avaient tout donné même si je n'étais qu'une enfant trouvée, j'ai autour de moi des personnes qui m'aiment et croient en moi... Maintenant, j'ai Nils... Il est loin le temps des galères et des lendemains qui déchantent. Cette confiance qui s'exprime si fièrement lorsque je peins, comme j'aimerais qu'elle m'accompagne dans la vie... Mes vieux démons me hantent et, même si je me sens désormais prête dans mon cœur à les affronter, ma tête ne suit pas toujours...

Torn lui prit les mains.

– S'il te plaît, arrête de parler par énigme...

– Je suis enceinte, Torn...

Torn sentit l'émotion l'envahir. Il la serra dans ses bras, prêt à la féliciter, quand la fin de sa phrase tomba comme un couperet.

– ... et je me demande si je dois le garder...

Il plongea ses yeux dans les siens.

– Vous ne l'avez pas voulu, Nils et toi ? C'est un accident ?

– Non, on ne peut pas dire ça. Quand j'ai délibérément arrêté la pilule, je savais que ça pouvait arriver.

– Alors quoi ? Nils t'aime, tu l'aimes. C'est quoi ton problème ? Tu aurais voulu te donner le temps de le connaître encore mieux avant de t'engager de manière aussi intime ?

– Tu vois, tu trouves toi aussi que c'est rapide.

– Selena, personne n'est jamais prêt à ces bonheurs-là. Si tu réfléchis trop, tu trouveras toujours une bonne ou une mauvaise raison d'avoir peur de l'avenir. Que dit ton cœur ?

– Mon cœur me dit que je vais donner à un enfant ce que j'ai reçu de la vie. Ces forces et ces faiblesses qui sont les miennes. Et ce gosse saura qui est son père ; moi qui manque de confiance, je n'ai pas peur de m'engager avec Nils, il est attentionné, il aime les enfants. Cet enfant aura devant les yeux les paysages de France et dans ses veines un peu de Roumanie, d'Allemagne et de Suède. Et le plus important de tout : cet enfant ne sera surtout pas parfait !

– À la bonne heure… Tu ne dois penser à rien d'autre… Selena, que je suis heureux pour toi ! Tu as porté la douleur de tous ces enfants sacrifiés, comme j'ai eu peur que tu n'arrives pas à la surmonter ! Tu es aujourd'hui un message d'espoir pour ceux qui ont toujours cru qu'une naissance se résumait à une filiation. Nous sommes ce que nous faisons de notre vie, nous l'avons tous deux appris. Demain, tu continueras de grandir, en renaissant de l'enfant que tu portes. Et ceux que tu aimes seront à tes côtés pour assister à ce prodige.

Et Torn commença à déclamer ces vers de Charles Baudelaire…

– « Mille pensers dormaient, chrysalides funèbres,
Frémissant doucement dans les lourdes ténèbres… »

Selena s'approcha pour lui mettre la main sur le cœur. Au coin de ses lèvres un sourire d'abord timide, puis exprimant un peu plus de hardiesse. Il s'interrompit, comprenant à son regard qu'il devait s'arrêter. Elle poursuivit sur le même ton…

– « … Qui dégagent leur aile et prennent leur essor,
Teintés d'azur, glacés de rose, lamés d'or. »

Torn regarda le petit bout de femme s'éloigner sous une lune ronde, d'une démarche encore mal assurée mais qu'il imaginait demain pleine de conquête. Il pensait à l'enfant qu'elle portait mais également à tous ceux qu'il y avait encore à sauver.

« Éblouie par la nuit »… Dans la voiture qui quittait l'aéroport, la radio se mit à diffuser un air de Zaz… La haute tour de la Riddarholmskyrkan, nécropole des rois de Suède, apparut bientôt. Elle s'élevait majestueusement, tel un doigt tendu vers le ciel…

Imprimé en France par CPI
en juillet 2017

Dépôt légal : septembre 2016
N° d'impression : 142506